ALEXANDRA CORDES

Geh vor dem letzten Tanz

AC

ALEXANDRA CORDES

Geh vor dem letzten Tanz

Roman

Alexandra Cordes Edition
Schneekluth

Sonderausgabe des
Schneekluth Verlages, München
Schneekluth, ein Verlagsimprint der Weltbild Verlag GmbH, Augsburg
© by Franz Schneekluth Verlag
Einbandgestaltung und Aquarell: Andrea Schmidt
Gesamtherstellung: Presse-Druck Augsburg
Printed in Germany 1998
ISBN 3-7951-1491-8

Für Erich Schaake sen.
Max Knoll
und
Michael

I

Ein Lattenzaun begrenzte den Bahndamm, und darüber wuchsen Sonnenblumen, mit großen gelben Köpfen und weichen braunen Gesichtern. Sie nickten im Wind, der selten war in diesem August und sanft wie sonst nichts. Denn die Großmutter sagte, die Welt steht in Flammen. Und Flammen waren heiß und wild.

Das Kind stand am Fenster und sah den Sonnenblumen zu, wie sie sich im Wind drehten. Dahinter staffelten sich bunt die Häuser von Kessenich in Bonn bis hin zum grünen Wall des Venusberges, auf dem das Lazarett lag, das die Großmutter oft besuchte.

Tau lag noch auf der Hecke des Vorgartens, und ein Rotkehlchen schüttelte den Schlaf aus seinem Gefieder.

Kaum sieben Uhr war es erst, aber das Kind stand stets so früh auf, als könnte der Tag nicht lang genug sein.

»Was schaust du nur, Friedel?« fragte Christine Schwarzenburg. »Eine halbe Stunde stehst du schon am Fenster.«

»Den Sonnenblumen zu«, sagte das Mädchen und wandte sich um. Es war elf Jahre alt, klein für sein Alter und zart, und die Augen, grau waren sie und weit, beherrschten das ganze Gesicht.

Ein Güterzug fuhr vorüber, die Fensterscheiben klirrten leise.

»Und dem Wind«, sagte das Mädchen.

»Aber den Wind kann man nur spüren.«

»Ich sehe den Wind«, sagte das Mädchen.

»Du mußt noch deinen Ranzen packen«, sagte Christine Schwarzenburg.

»Ich weiß.« Aber Friedel blieb stehen, vor dem Fenster, zart, schmal, mit diesen großen grauen Augen.

»Ich muß auch noch einen Brief schreiben«, sagte sie, »an meine Eltern. Auch wenn sie mir nicht antworten.«

»Ich habe es dir erklärt«, sagte Christine. »Seit Amerika in den Krieg eingetreten ist, können sie nicht mehr antworten.« Das Kind wandte sich wieder ab, zog die Schultern hoch. Sein Rücken wurde mager und abweisend.

»Verstehe es doch«, sagte Christine, »deine Eltern gingen zu einer Zeit nach Amerika, als die ganze Welt noch anders aussah. Man ahnte zwar, was kommen würde, aber man wollte es nicht glauben.«

»Warum ließen sie mich hier?«

»Du warst nicht mal drei Jahre alt. Du warst sehr zart und kränklich.«

»Oma, du schwindelst«, sagte Friedel. »Ich war nie krank.«

Christine setzte sich an den Küchentisch, legte ihre linke Hand mit dem Witwenring flach auf das weißgescheuerte Holz. »Ich will versuchen, es dir zu erklären, wie ich es schon oft getan habe. Dein Vater mußte Deutschland verlassen. Es war hier zu gefährlich für ihn geworden. Aber das Geld reichte nur für drei Passagen nach Amerika. Da hat er deine Mutter mitgenommen, Friedel, und seine Mutter, Melanie. Opa Gugenheimer war da schon tot, und sein großes Vermögen war beschlagnahmt. Wir hatten alle kein Geld.«

»Du redest immer nur von Geld. Ich war drei Jahre alt, als sie weggingen. Ich bin jetzt elf Jahre alt, Oma.«

Christine feuchtete ihre trockenen Lippen schnell mit der Zunge an. Das Kind war zu reif für sein Alter.

»Ja, ich weiß. Sie sind vor acht Jahren nach Amerika gegangen, und jeder Mensch würde sagen, in der Zeit hätte dein Vater, mein Schwiegersohn Michael, dich längst holen können. Aber er konnte es nicht, Friedel. Er konnte nicht nach Deutschland zurück. Höchstens mit einem amerikanischen Paß. Und den hat er erst neunzehnhundertvierzig bekommen.«

»Da hatten wir noch keinen Krieg mit Amerika.«

Man mußte vorsichtig sein mit dem, was man dem Kind erzählte.

»Nein, aber deine Mutter war krank.«

»Ich wünscht', ich wär' auch mal krank.«

»Sei froh, daß du gesund bist. Geh jetzt deinen Ranzen packen.«

»Warum war es gefährlich für meinen Vater hier? Er ist doch Deutscher!«

»Er ist Halbjude. Das besagt nicht allzuviel. Es gibt sogar Halbjuden in der Wehrmacht. Aber Anatol, sein Vater, war ein Gegner Hitlers – ich meine, des Führers.«

»Warum?«

»Weil – der Führer die Juden aus Deutschland raushaben wollte. Weil er sie Untermenschen nannte und nennt. Deswegen hat Opa Gugenheimer ihn bekämpft. Dafür haben die – hat die Partei sein Vermögen beschlagnahmen lassen, als er tot war. Daher mußte Michael aus Deutschland weg.«

»Vielleicht sind meine Eltern Volksverbrecher gewesen?« fragte Friedel. »Verbrecher am deutschen Volk?«

Christine preßte ihre Hand fest auf den Tisch.

»Plappere nicht solch dummes Zeug.«

»Aber es gibt sie, Oma, oft genug steht es in der Zeitung.«

»Deine Eltern sind anständige Menschen. Und es war nur eine Frage des Geldes, daß sie ohne uns fortgingen.«

Wovon hätten wir denn fünf Schiffspassagen bezahlen sollen, ich besaß doch nur das Halsband, das ich versetzen konnte?

»Wie sah es aus, Großmutter?«

Christine zuckte zusammen. Das Mädchen lachte leise.

»Immer denkst du laut. Genau wie ich. Erzähl von den alten Zeiten, Oma.« Friedel kniete sich ihr gegenüber auf die Bank. »Erzähl wie es war, als du deinen Zobelpelz trugst in Petersburg.«

8

»Das war im Winter neunzehnhundertneun, und es war sehr kalt«, sagte Christine. »Es lag meterhoher Schnee. Wir machten eine Schlittenfahrt. Schimmel waren vor den Schlitten gespannt. Und abends gingen wir ins Theater.«

Sie war nie im Theater gewesen in Petersburg. Nie hatte sie den großen Schaljapin als Mephisto gehört. Sie hatte Blut gesehen im Schnee vor dem Winterpalais des Zaren. Sie hatte einen sterbenden Jungen in ihren Armen gehalten, und sie hatte Robert, ihren Bruder, wiedergesehen.

»Gott sei ihm gnädig.«

»Wem?« fragte Friedel.

»Deinem Großonkel Robert.«

»Seit wann ist er tot?«

»Nein, nein, er lebt noch«, sagte Christine schnell.

Konnte man Leben in einer Heilanstalt Leben nennen? Auch wenn es das verschwiegene, idyllische Maison Maul in Colmar war?

»Wie sah dein Halsband aus, Oma?«

Sie beschrieb die Perlen, rosa- und grauschimmernd. Sie beschrieb das Smaragdschloß. »Es war der Schmuck einer Fürstin. Es war der Schmuck einer Maharani. Mein Onkel Sebastian, der Missionar, brachte ihn aus Indien mit.«

»Eines Tages werde ich nach Indien fahren«, sagte Friedel und sah so aus, als würde sie es wahrmachen.

»Sicher«, sagte Christine. »Eines Tages wirst du reisen können, wohin du willst.«

»Und du, Oma.«

»Und ich?« fragte sie verblüfft.

»Dich nehme ich mit«, sagte das Mädchen, »aber nur dich. Und jetzt muß ich in die Schule.«

»Komische Gespräche führen Sie«, sagte Fräulein Damen später, die unter ihnen im Parterre wohnte, mit ihrem Hund Pips und der Katze Pops. »Da reden Sie daher von Maharanis und Smaragden. Dem Kind setzen Sie nur Flöhe in den Kopf.«

Sie hatte schon wieder gelauscht.

Sie ist eine alte Frau, dachte Christine, und dann erschrocken: aber ich ja auch.

»Märchen sind zum Erzählen da«, sagte sie und hastete die Treppe hinauf.

In der Garderobe vor dem Spiegel nahm sie ihren Hut ab. Ihr Haar war längst nicht mehr braun, aber es war noch dicht; sie trug es während der Nacht in zwei dicke Zöpfe geflochten und tagsüber am Hinterkopf zu einem dicken Dutt aufgesteckt, wie Friedel das nannte.

Und was war mit ihrem Gesicht? Falten, natürlich.

Aber die Lippen waren noch voll. Und die Augen klar. Sie brauchte keine Brille.

»Du bist selbst eine alte Frau, Christine Schwarzenburg.«

Ja, ich bin eine alte Frau. Fünfundsechzig und ein paar Tage mehr.

Christine ging in die Küche, legte ihr Einkaufsnetz auf den Tisch; heute mittag würde es Apfelpfannkuchen geben, mit Zimt und Zucker bestreut.

Sie trat zum Fenster, öffnete die Flügel weit. Es war ein Sommertag, als sollte es nie einen Winter geben.

Zur Rechten auf dem Feldpfad, der in den Straßburger Weg mündete, sah sie eine Gestalt heranhumpeln, einen alten Mann, so dachte sie noch. Aber dann kam er näher und näher, bis vors Haus, er hob sein Gesicht, und sie sah, daß es sehr jung war. Schmutzig und hilflos und jung.

Das Herz stockte ihr. Sie erkannte das Gesicht unter der Dreckkruste, unter der Maske von Angst und witternder Vorsicht.

Sie lief die Treppe hinunter. Er stand schon in der Haustür, geduckt, den Kopf zwischen den Schultern.

»Hans. Hans Ahrweiler. Wo kommst du her, Junge, was ist passiert?« Sie zog ihn in den Flur.

Sein braunes Hemd war unter den Armen zerrissen, die schwarze Trainingshose hatte Löcher an den Knien.

»Ich komme vom Westwall. Vom Schanzen. Ich kann nicht mehr.« Er lehnte sich gegen Christine.

»Komm rauf.« Sie führte Hans in die Küche, drückte ihn auf die Bank am weißgescheuerten Tisch.

»Du bist abgehauen?« fragte sie leise.

Er nickte. »Sie verraten mich nicht, Frau Schwarzenburg?«

»Du hast Durst«, sagte sie. Ja, Durst hatte er. Das Glas Himbeersaft trank er in einem Zug leer. Das zweite ebenso. Ähnliches hatte Christine bisher nur bei Männern gesehen, die mehr als ihren Durst löschen wollten: die im Ritual des Trinkens, indem sie einen Humpen Bier, einen Pokal Wein oder ein Glas Schnaps so austranken wie der Junge sein Glas Himbeersaft, auch die Angst löschten oder das, was hinter ihnen lag. Sie sah es noch wie heute, die Feuerwehrleute, die den Brand in der Bonngasse löschen sollten, am 9. November 1938, und von der SA daran gehindert wurden; wie sie in der Schenke an der Ecke, wo sie selbst dies alles mit ansah, das Bier hinunterschütteten, als wäre es Wasser. Und den Ausdruck in den Augen der Feuerwehrleute würde Christine nie vergessen: des ungläubigen Schocks.

»Sie verstecken mich, bis es dunkel wird?« fragte Hans.

»Ich bringe dich zu deinen Eltern nach Remagen.«

»Nein! Dort suchen sie mich doch zu allererst. Ich bin – fahnenflüchtig.«

»Hier kannst du nicht bleiben, Junge. Das weißt du, mit den Angriffen und allem anderen. Innerhalb von vierundzwanzig Stunden wärst du geschnappt. Ich bringe dich zum Domscheid.«

»Wer ist das?« fragte der Junge mißtrauisch.

»Ein Bauer im Bergischen. Er hat keine eigenen Kinder, aber dafür hat er ein halbes Dutzend von ausgebombten Familien aufgenommen. Du bist einfach ein ausgebombtes Kind. Wie alt bist du?«

»Fünfzehn.«

»Bien. Für Domscheid bist du dreizehn.« Christine lächelte. »Ein Riese bist du ja nicht.«

Hans wurde rot. »Also gut, ich bin dreizehn. Aber – sucht man mich da nicht?«

»Du bist ausgebombt. In Aachen. Da geht es schon drunter und drüber. Und bald kann kein Mensch mehr feststellen, ob deine Geschichte wahr ist oder nicht. Deine Eltern sind tot. Ist das klar? Und ich bin deine Großtante.«

»Ja, Großtante.« Hans grinste.

»So, und jetzt geh dich waschen«, sagte Christine. »Es gibt zwar kein heißes Wasser mehr, aber dafür hab' ich noch ein Stück gute französische Seife. Und leg deine Kleider vor die Tür, damit ich sie ausbürsten kann.«

Hans humpelte die Treppe innerhalb der Wohnung hinauf, die zum Bad und zu den Schlafzimmern führte.

»Was ist mit deinem Bein?» fragte Christine.

»Geschwüre, vom Hunger, aber das ist nicht schlimm.«

»In dem weißen Kasten hinter der Tür findest du eine Ziehsalbe und Verbandszeug.«

»Danke«, sagte Hans, »meine Mutter hat recht gehabt, Sie wissen immer Rat.«

»Immer nicht, aber manchmal«, sagte Christine und lachte.

Er blieb oben auf der Treppe stehen, schaute auf sie herunter. »Ich will ja nicht unverschämt sein, aber krieg' ich auch was zu essen?«

»Und ob. Apfelpfannkuchen mit Zimt und Zucker.«

Im Bad sang er ›Ich weiß, es wird einmal ein Wunder gescheh'n‹, bis Christine an die Tür klopfte und rief: »Leiser, du machst ja die ganze Nachbarschaft rebellisch!« Sie fürchtete sich nicht vor Fräulein Damen, aber Vorsicht war immer besser.

Das braune Hemd des Jungen war nicht mehr zu flicken, ein weißes würde ihm ohnehin besser stehen. Christine nahm eines der drei seidenen Hemden aus ihrem Wäscheschrank, die einstmals Ernst gehören sollten, ihrem Mann. Zu seinem letzten Weihnachtsfest hatte sie die Hemden für ihn anfertigen lassen, aber er kam nicht mehr aus dem Krankenhaus. Das war jetzt schon zwölf Jahre her, aber eine gute Seide überstand solch eine lange Zeit.

Christine bürstete die Trainingshose aus, stopfte die Löcher. Dann legte sie die Kleider vor die Badezimmertür.

In der Küche schälte sie Äpfel, und briet die Pfannkuchen.

Hans fiel darüber her, stopfte Bissen um Bissen in den Mund, bis er kaum mehr Luft kriegte.

»Ich besorge uns jetzt ein Auto«, sagte Christine, »und dann bringe ich dich zum Domscheid.«

»Ein Auto?« Hans packte erschrocken ihren Arm. »Ich will nicht, daß wir auffallen!«

»Laß das nur meine Sorge sein«, sagte sie einfach.

Er ließ ihren Arm los. »Das haben Sie auch zu meiner Mutter mal gesagt.«

»Wirklich?«

»Als mein Vater arbeitslos war und Mutter mich erwartete, haben Sie es gesagt und das Krankenhaus für sie bezahlt.«

»Jetzt muß ich mich aber beeilen«, sagte Christine. »Hör' Radio, wenn du willst, schau dir die Lesemappe an. Aber bleib vom Fenster weg. Und mach nicht auf, wenn's klingelt. Es könnte sowieso nur Fräulein Damen sein, und die ist sehr neugierig.«

Christine hatte kaum fünfzig Meter weit zu gehen bis in die Coburger Straße, aber sie setzte ihren schwarzlackierten Strohhut auf und zog ihre gehäkelten weißen Handschuhe an.

In dem Haus, in dem sie vorsprach, gab es zwei Dienstmädchen und den Chauffeur.

Die Hausherrin war eine rundliche, blonde Frau, die ihre Kinder liebte und ihrem Mann treu ergeben war, wie sie selbst es oft formulierte. »Frau Schwarzenburg, wie froh ich bin, daß Sie mich besuchen.« Ihre Freude war nicht geheuchelt, schließlich hatte Christine mit Nachhilfestunden dafür gesorgt, daß ihre beiden Söhne die Aufnahmeprüfung für das Beethovengymnasium bestanden. »Einen Sherry vielleicht, wie nennt man das in Ihrer Heimat, einen Aperitif?«

»Ein Sherry wäre schon recht«, sagte Christine.

»Wie oft sage ich zu meinem Mann, wir müssen Frau Schwarzenburg einmal zu einem Abendessen einladen. Aber, um ganz ehrlich zu sein, er fürchtet Ihre unbequemen Fragen.« Die Hausherrin lachte und schenkte ihnen beiden Sherry ein. Sie nippte nur davon, während Christine einen kräftigen Schluck nahm.

»Sie haben mir oft Ihre Hilfe angeboten, diesmal brauche ich sie«, sagte Christine ohne Umschweife. »Ich habe Besuch von einem Verwandten. Er ist nicht ganz gesund, und ich möchte ihn nach Hause bringen. Dazu brauche ich einen Wagen.«

»Aber gern, aber gern, mein Mann ist ja zu einer Sitzung in Köln. Er wird erst am Abend abgeholt.«

»Bis dahin bin ich längst zurück«, sagte Christine.

Hans stand hinter der Gardine in der Küche.
Er wandte ihr sein blasses, hartes Gesicht zu. »Wem gehört der Wagen?«
»Dem Kreisleiter«, sagte Christine.
Einen Moment lang dachte sie, der Junge würde vor Schrecken anfangen zu weinen, aber dann begann er zu lachen, und sie lachte auch.
Christine trat zu ihm, öffnete das weiße, seidene Hemd an seinem Hals und schlug den zu weiten Kragen auf.
»Jetzt siehst du aus, als würdest du in die Sommerfrische fahren!«
»So fühl' ich mich fast.«
»Falls der Chauffeur dich fragt, wie alt du bist—«
»Ich bin dreizehn«, sagte der Junge. »Und du bist meine Großtante.«
»Na, prächtig«, sagte Christine, »dann gibt es ja überhaupt keine Schwierigkeiten mehr, kleiner Hans.«

Domscheids Hof lag im Aggertal und war über den Fluß nur über einen Steg zu erreichen. Das Gras stand hoch zu beiden Seiten des Wegs, und Kinder pflückten Margeriten.
»Das gibt's doch nicht«, sagte Hans. Sein Gesicht rötete sich. »Das ist ja wie im Frieden.«
Vor dem Fachwerkhaus saß Domscheid auf der grünlackierten Bank, las Zeitung, einen Krug Bier neben sich. Er schaute über die Zeitung hinweg, mit gerunzelten Brauen; zu eitel, um eine Brille zu tragen.
»Ich bin's, Christine Schwarzenburg.«
»Als hätte ich Ihren Schritt nicht gleich erkannt!« Er ließ die Zeitung auf den Boden fallen. »Wen bringen Sie mir da?«
»Meinen Großneffen Hans.«
»Sieh einer an. Muß schon sagen, die Männer Ihrer Familie verstreuen ihren Samen sehr großzügig.« Domscheid nahm Hans bei der Hand. »Und du willst bei mir bleiben?« Er sah zum Himmel auf. »Bis der Winter kommt?«
»Bis der Frühling kommt«, sagte Christine.
»Na, dann lauf rein und laß dir von der Gretel das Zimmer zeigen. Zu fünft schlaft ihr da, aber keinen Radau, das sag' ich dir, nach acht Uhr abends!«
»Ist klar!« Hans rannte ins Haus.
»Trinken Sie ein Bier mit, Frau Schwarzenburg?«
»Wenn's dunkles ist?«
»Das ist es. Kräftiges, süßes Malzbier.« Domscheid holte einen Krug für Christine, sie setzte sich auf die Bank neben ihn.
»Lange kann ich nicht bleiben. Der Wagen wartet.«
»Vornehm, vornehm«, sagte Domscheid.

Sie lächelten sich an.

»Man tut, was man kann«, sagte Christine.

»Und warum tun Sie das?« fragte Domscheid.

»Was?«

Er sah ihr in die Augen. »Sie helfen Verfolgten, so erzählt man sich. Sie verstecken Kinder, wie den Jungen. Oder bringen sie zu Leuten wie mir. Sie legen sich mit der Partei an. Warum?«

»Ach, wissen Sie, mein Mann hat mal gesagt, man darf sich durch nichts von dem abbringen lassen, was man tun muß, und schon gar nicht durch den Teufel.«

»Ihr Mann war ein feiner Mann. Ich hab' mich immer gefreut, wenn Sie herkamen, auf Ihren langen Wanderungen. Und wie er die Milch zu schätzen wußte und unser Brot. Ja, unser gutes dunkles Brot, das hat er besonders gern gehabt.«

»Und Ihren Schinken.«

»Ja, und den Schinken. Jetzt holen die braunen Knallköppe alles ab. Aber für die Kinder halt ich genug zurück, das laß ich mir nicht nehmen.«

»Und warum tun *Sie* das, Herr Domscheid?«

»Ich habe keine eigenen Kinder, ich habe nichts zu verlieren.«

»Das ist keine Antwort.«

»Einer muß was tun.«

»Eben.« Christine streifte die dünnen Handschuhe wieder über; sie sollten den Blicken die Gichtknoten entziehen, die sich letztlich an ihren Fingergelenken gebildet hatten und ihr bei nassem Wetter große Schmerzen bereiteten. Aber davon sprach sie nicht, das wußte niemand. Manche hielten ihre immer makellos weißen Handschuhe für eine Affektation.

»Bald wird es vorbei sein«, sagte Domscheid leise. »Die Amis sind schon vor Aachen. In ein paar Wochen sind sie am Rhein.«

»Sie sind ein Optimist, Herr Domscheid. Es kann noch sehr lange dauern.«

»Wenn der Stauffenberg–«

»Still«, murmelte Christine und sagte laut: »Heil Hitler, Herr Domscheid, und grüßen Sie Ihre liebe Frau von mir.« Damit ging sie dem wartenden Wagen des Kreisleiters entgegen.

Es war an diesem Morgen im August, und die Sonne sog rasch die Feuchtigkeit der Nacht aus dem roten Kies des Schulhofs. Über den Kronen der beiden Linden, die den Eingang beschirmten, konnte man die bleigraue Spitze der Nikolauskirche sehen und über dem Schulhaus selbst den dunkelgrünen Hang des Venusberges.

Friedel ging gern zur Schule, und oft richtete sie es so ein, daß sie früher als alle anderen Kinder dort war.

Der Pedell öffnete ihr dann das schwarzlackierte Eingangstor. Herr Boehm trug auch im Sommer einen dicken Schal um den Hals, und seine Augen tränten stets, als habe er einmal in seinem Leben zu lange in die Sonne gestarrt. Er war ein alter Mann, aber Friedel schien es oft, daß es nur noch alte Leute gab und Kinder.

»Was macht die Kunst, Friedel?« fragte Herr Boehm. »Hast du wieder was Schönes gemalt?«

»Einen Kirmesplatz.« Sie trat mit ihm in die Stube neben dem Portal, wo es immer nach Kreide roch und Tinte und natürlich nach Herrn Boehms Medizin. Auf dem Tisch stand eine halbgeleerte Kaffeetasse, und daneben lag ein Stück Brot mit Kunsthonig bestrichen. Fliegen kreisten darüber, aber keine ließ sich auf dem Honig nieder.

Friedel zog den Malblock aus dem Ranzen, legte ihn auf den Tisch. Herr Boehm stopfte seine Pfeife, zündete sie an, paffte, bis sich blauer Rauch kräuselte, dann setzte er seine Brille auf und sah endlich die Kirmes an. Er verstand etwas vom Zeichnen, denn er hatte Friedel gezeigt, wie man Schatten malt und Häuser so, daß sie nicht wie flache Kästen auf dem Papier liegen.

»Die Farben sind schön«, sagte er, »das funkelt und blitzt ja.«

»Wann waren Sie zuletzt auf einer Kirmes?« fragte Friedel. »Zuletzt – ja, warte mal. Vor sechs Jahren, glaube ich. Das muß im Spätsommer achtunddreißig gewesen sein. Auf Pützchens-Markt. – Schön ist das Bild, ja, genauso hat es damals abends ausgeschaut. Da waren hunderttausend Lichter.«

»Hunderttausend?«

»So viele wie Sterne am Himmel. Und es roch nach Bratwurst und gebrannten Mandeln, nach roten Zuckeräpfeln und schäumendem, blondem Bier. Und die Leute waren schier verrückt.«

»Warum?« fragte Friedel.

»Ach, du hättest bloß sehen sollen, wie die getanzt und geschwoft haben. Das war ein Spaß.«

Jetzt schaute Herr Boehm sie wieder an, mit den blauen Augen, die immer feucht waren. »Und das fehlt in deinem Bild, Kind, da ist keine Freude drin, weil keine Menschen drin sind. – Schau her!« Er nahm einen Bleistift, der zuckte hierhin und dorthin, und da schauten plötzlich Köpfe aus den fliegenden Gondeln der Karussells, winzige Gestalten sprangen herum, und Kinder ritten auf den Schultern ihrer Väter.

»Na«, fragte Herr Boehm, »wie gefällt es dir jetzt?«

»Es ist viel schöner als vorher«, sagte Friedel, »aber es ist nicht wahr. Es gibt ja keine Kirmes mehr.«

»Wie man es nimmt«, sagte Herr Boehm. »Am besten ist es, man betrachtet die ganze Welt als einen Rummelplatz. – Aber lauf jetzt, ihr kriegt nämlich heute eine neue Lehrerin.«

Friedel kam als letzte in die Klasse.
Die neue Lehrerin stand vor dem Pult.
Friedel rutschte schnell in ihre Bank, und Lilo, die neben ihr saß, flüsterte. »Guck dir bloß die blöde Gans an.«
Ihr graues Haar war zu Schnecken über die Ohren gelegt, und vorne an ihrer weißen Bluse, die über dem Busen beutelte, trug sie eine große Brosche mit einem goldenen Adler.
»Du da, in der zweiten Reihe, ja, du mit dem Bubikopf, steh auf.«
Friedel stand auf.
»Wie heißt du?«
»Friedel Gugenheimer.«
»Schreib deinen Namen an die Tafel.«
Friedel ging zur Tafel, schrieb ihren Namen auf.
»Was ist dein Vater?«
»Rechtsanwalt.«
»Und an welcher Front ist er?«
»An keiner.«
»Der ist in Amerika!« rief Lilo.
Hätte Friedel jetzt einen Stein gehabt, hätte sie ihn Lilo mitten ins Gesicht geworfen, damit sie Nasenbluten kriegte.
»Setz dich nur hin«, sagte Fräulein Fischbach. Sie berührte Friedels Schulter, und komisch, es war, als wolle sie ihr durch diese Berührung etwas mitteilen. Aber was?
Fräulein Fischbach erzählte ihnen, daß sie vor vielen, vielen Jahren Lehrerin gewesen war, dann von einem Impresario entdeckt wurde, weil sie eine solch schöne Stimme hatte, und danach auf allen großen Bühnen Deutschlands sang. Nun aber kehrte sie in den Schuldienst zurück, weil das Vaterland jeden Menschen brauchte. »Und deswegen erwarte ich von euch, daß ihr besonders gute Schülerinnen sein werdet. Denn aus euch sollen eines Tages Frauen werden, auf die Deutschland stolz sein kann.«
Friedel hörte aufmerksam zu, Lilo kicherte und murmelte: »Die alberne Ziege.«
Fräulein Fischbach ließ sich von jedem Kind den Namen nennen, den Beruf des Vaters und an welcher Front er war. Insgesamt waren sie zweiunddreißig Schülerinnen, elf Väter waren gefallen, vier vermißt.
Friedel dachte daran, wie sehr sie sich immer schämte, sagen zu müssen, daß ihr Vater in Amerika war, in Feindesland. Wie oft hatte sie sich schon gewünscht, aus einer ganz normalen Familie zu stammen, eine richtige Mutter zu haben, einen Vater, der Soldat war – ja, und auch eine Großmutter, die nicht lieber französisch als deutsch las.
Gewiß, Oma hielt ihre französischen Bücher unter Verschluß, aber sie verschwieg nie, daß sie ein Elsässerin war, aus Strasbourg, wie sie es französisch aussprach.

Fräulein Fischbach schloß die Fenster zum Schulhof, eines nach dem anderen.

»Wir wollen für die gefallenen Väter und auch für die Gefangenen beten«, sagte sie. »Steht auf, Kinder.«

Die Mädchen standen auf.

Die neue Lehrerin faltete die Hände und begann, das Vaterunser zu sprechen.

Als sie geendet hatte, blieben alle Kinder sehr still.

Fräulein Fischbach öffnete die Fenster wieder weit.

»Und nun«, sagte sie, »wollen wir unseren Führer grüßen.«

Sie hob ihren Arm, streckte die Hand flach aus.

»Heil Hitler!«

»Heil Hitler!« riefen die Kinder.

»Weil heute unser erster Tag miteinander ist, werde ich euch nun eine Geschichte vorlesen, und wir wollen gemeinsam singen. Morgen fängt dann der Ernst des Lebens wieder an.«

Sie las ihnen die Geschichte vom Hasen und vom Igel vor, sie fügte hier und da ein Wort hinzu – und bald war es, als erhalte die Geschichte einen ganz neuen Sinn.

Der Hase war dumm und arrogant, er glaubte, der unbesiegbare Herrscher seines Ackers zu sein, aber der Igel gab sich nur den Anschein der Dummheit, und bald überlistete er den Hasen und blieb der unbestreitbare, wenn auch sehr bescheidene Sieger.

Mit dem Absingen der Lieder war es ganz genauso. Zuerst stimmte Fräulein Fischbach ›Am Brunnen vor dem Tore‹ an, dann ließ sie ›Ein feste Burg ist unser Gott‹ folgen, und bei ›Das Wandern ist des Müllers Lust‹ war es Friedel, als sollten sie alle aufstehen und fortwandern, weit, weit fort. Dahin, wo es keinen Alarm gab und nicht den schiefen schwarzen Mann an den Hausmauern und nicht die Warnung »Feind hört mit«.

»Friedel, bleib noch ein bißchen, hilf mir, die Tafel sauberzumachen«, sagte Fräulein Fischbach, als die letzte Schulstunde vorüber war.

Lilo grinste schief. »Du schmeißt dich aber ran!«

Friedel mochte Lilo nicht, obwohl sie jeden Tag neben ihr sitzen mußte.

Lilos Vater war Offizier, aber er war nicht an der Front, sondern bei der Kommandantur in der Koblenzer Straße. Lilo aß jeden Tag mit ihrem Vater in der ›Rheinlust‹, wo die Offiziere einen Mittagstisch unterhielten.

Einige Male war die Großmutter mit Friedel dorthin gegangen; die Großmutter kannte Frau Scheifgen, die Wirtin der ›Rheinlust‹, gut, und sie bekamen auf nur ganz wenige Brotmarken einen Speckpfannkuchen und einen Salatteller.

Die Offiziere aßen Braten oder Gulasch, und Lilo, die bei ihrem Vater saß, bekam zum Nachtisch eine große Schale Schokoladenpudding mit Vanillesoße.

Lilo tat, als bemerke sie Friedel nicht, aber sie aß jeden Löffel ihres Puddings, daß einem unwillkürlich das Wasser im Munde zusammenlief.

»Schau nicht hin», sagte die Großmutter.

Aber Friedel mußte hinsehen, auf die feuchten roten Lippen, die sich um den hochgehäuften Pudding schlossen, auf die runden Kiefer, die den Pudding mahlten, auf die weiße Kehle, die ihn schluckte.

Sie las gerne im Lexikon, und dort fand sie einige Tage später das Wort ›obszön‹ – seither dachte sie immer, wenn sie Lilo ansah: sie ist obszön.

»Du bist ein Einzelgänger, Kind», sagte Fräulein Fischbach. »Du bist anders als die anderen.«

Friedel erschrak sehr, sie wollte nicht anders als die anderen Mädchen sein.

»Warum läßt deine Mutter dir das Haar nicht wachsen und flicht es zu Zöpfen?«

»Es hält nicht, weil meine Haare zu widerspenstig sind. Außerdem hab' ich keine Mutter mehr.«

»Oh, das tut mir leid«, sagte Fräulein Fischbach. »Dann bist du ja eine Halbwaise. Bei wem wächst du denn auf?«

»Bei meiner Großmutter.«

»Ist sie denn gut zu dir?«

»Sie ist das Liebste, was ich habe«, sagte Friedel.

»Du bist schon elf, nicht wahr?«

»Ja.«

»Solltest du da nicht schon auf dem Lyzeum sein?«

»Ich habe die Aufnahmeprüfung nicht bestanden.«

»Wie kam denn das?«

»Ich weiß nicht.« Aber Friedel wußte es genau, sie hatte die Prüfung nicht bestehen wollen.

»Na, beim nächstenmal klappt es sicher.«

»Ja, sicher.«

»Na, dann lauf«, sagte Fräulein Fischbach. »Und sorge dafür, wenn Alarm kommt, daß du gleich in einen Luftschutzkeller läufst.«

»Jaja«, sagte Friedel gleichgültig, obwohl schon bei dem Gedanken an Fliegeralarm ihr Herz zu klopfen anfing, als wollte es aus ihrer Brust springen.

Ihre Angst davor war so groß, daß sie niemandem davon erzählen mochte, selbst der Großmutter nicht.

Aber es war eine seltsame Angst, denn wenn die Bomben fielen, wünschte sie sich oft, eine möge geradewegs auf sie heruntersausen und sie töten.

Und dann sah sie sich selbst in einem kleinen weißen Sarg, der mit vielen bunten Blumen geschmückt war, darum standen viele Menschen, vor allem aber ihr Vater und ihre Mutter, und sie weinten sehr. Denn jetzt tat es ihnen leid, daß sie vor so langer Zeit nach Amerika gegangen waren, sie nicht mitgenommen hatten, und nur in den ersten Jahren schrieben. Immer wieder versprachen, bald müßt ihr herüberkommen. Und dann war es plötzlich zu spät, die Großmutter hatte ihr erklärt, daß Amerika nun auch in den Krieg eingetreten war und man deswegen nicht mehr dorthin reisen konnte.

»Aber eines Tages werden wir uns alle wiedersehen«, sagte die Großmutter immer; deswegen hatte sie auch die große Wohnung am Straßburger Weg gemietet, mit sieben Zimmern. Nur Friedel glaubte schon längst nicht mehr daran.

Jetzt war es Mittag, die Sonne schien heiß, und am Abend würde es gewiß wieder ein Gewitter geben.

Aber nicht deswegen waren die Fenster der Häuser geöffnet, sondern wegen des Drahtfunks, damit ihn alle hören konnten.

Die Sirenen waren nach dem Vor- und Hauptalarm verstummt, und nichts mehr war zu vernehmen als das Tak-tak-tak-tak aus den Radios und das Geklapper ihrer eigenen Holzsandalen. Der Ranzen tanzte auf ihrem Rücken, während Friedel so schnell rannte, wie sie nur konnte, den Rheinweg hinauf, dann über die Koblenzer Straße und schräg hinüber unter die Bäume der Allee.

Die Kastanien hatten weitausladende Kronen, und hier fühlte Friedel sich schon fast sicher.

Vor ihr lief eine junge Frau in einem hellgrauen Kittel mit einem kleinen Kind auf dem Arm. Immer wieder warf sie rasch den Kopf zurück.

Aber noch war der Himmel leer.

Hier konnte Friedel das Tak-tak-tak-tak nicht mehr hören, denn Häuser lagen nur jenseits der Allee, diesseits war eine Wiese.

Früher hatten sie oft darauf gespielt, früher hatten sie, die »Fünf von der Roten Hand«, hier oft ihre Drachen steigen lassen.

Rote Drachen mit weißen Sternen waren es, bis der Mann, der die Lebensmittelkarten brachte, der Großmutter sagte, die Drachen sähen wie russische Fahnen aus und der Herr Eichen hätte sich schon darüber beschwert.

Die Großmutter hatte keine Angst vor Herrn Eichen, dem Ortsgruppenleiter, aber im nächsten Herbst bastelte sie Friedel einen Drachen aus blauem Zellophanpapier mit weißen Sternen.

Und sie sagte: »Gegen das Himmelszelt, das unser Herrgott eingerichtet hat, kann wohl keiner etwas haben.«

Aber auch das war schon lange her, und von der »Roten Hand« war nur sie übrig geblieben, die anderen Kinder waren längst evakuiert.

Über das Nachdenken hatte Friedel den Alarm beinahe ganz vergessen, aber jetzt sah sie, daß die Frau vor ihr wieder ihren Kopf in den Nacken warf und dann sich und das Kind. Es flog in hohem Bogen aus ihren Armen, links ins Feld.

Und da hörte Friedel es auch, das neue, ein anderes Tak-tak-tak-tak, so geschwind wie von einer Klapper. Ein Schatten fiel aus dem Himmel über sie, und sie sah, wie es von der Straße aufspritzte, als sei da kein Asphalt, sondern Wasser.

Da warf auch sie den Kopf in den Nacken, noch während sie hinfiel, und sah das Flugzeug über sich und in der Kanzel das Gesicht des Piloten. Und sie schrie, so laut sie konnte: »Vati, Vati! Nicht schießen!«

2

Wie sie in den Bunker kam, wußte Friedel später nie zu sagen. Ganz dreckig war sie, und ihren Ranzen hate sie verloren. Die junge Frau in dem hellgrauen Kittel war schon in der Schleuse, die an beiden Enden mit schweren Stahltüren verschlossen wurde und in der sie warten mußten, bis der Alarm vorüber war.

Die Frau gab ihrem Kind die Brust, und das schlief darüber ein, die Fäuste fest gegen das weiße Fleisch gepreßt.

»Wenn ich es der Großmutter erzähle, wird sie weinen. Also halte ich lieber meinen Mund.«

»Mundhalten ist immer gut«, sagte die Frau.

Friedel errötete, oft passierte es in letzter Zeit, daß sie mit sich selbst sprach, auch vor Fremden.

»Wie alt ist Ihr Kind?« fragte sie, um von sich abzulenken.

»Achtzehn Monate.«

»Hat es sich weh getan – draußen?«

»Ich glaube nicht.«

»Es ist brav.«

»Wenn es satt ist, immer.«

Sie hörten dumpfes Donnern und dann das dünne Geheul der Entwarnung. Zwei Stunden hatte der Alarm gedauert.

In der Wiese fand Friedel ihren Ranzen wieder. Seine Flappe war aufgesprungen, und der Kasten mit den Buntstiften fehlte. Friedel suchte ihn, aber sie fand ihn nicht.

Auf halbem Wege kam ihr Christine entgegen. Friedel rannte auf sie zu, schlang die Arme um ihre Mitte.

Sekundenlang standen sie so, ganz still, das elfjährige Kind und die fünfundsechzigjährige Frau.

Dann gingen sie Hand in Hand nach Hause.

Aus der Kochkiste holte Christine den Topf mit dem Möhren- und Kartoffelgemüse, Rest vom Vortag. Friedel deckte den Tisch gleich in der Küche, denn in letzter Zeit benützten sie das Speisezimmer nicht mehr.

Nach dem Essen ging Friedel in ihr Zimmer. Sie schaute das Bild ihres Vaters lange an. Es zeigte ihn und ihre Mutter bei einer Bootsfahrt auf der Ill in Straßburg. Beide sahen sehr jung und sehr glücklich aus. Aber das war viele Jahre her, lange bevor sie nach Amerika auswanderten.

Friedel zerriß das Bild erst von oben nach unten durch, dann von links nach rechts und schließlich in ganz kleine Fetzen.

Am Abend kamen die Flieger wieder. Diesmal gingen die Großmutter und Friedel nur in den Keller des Hauses. Sie beteten laut, wie sie es so oft in diesen Stunden taten, »eine Mauer um uns baue«. Hund und Katze von Fräulein Damen jaulten und miauten, sie selbst verfluchte den lieben Gott, Churchill und den Führer. Friedel saß zu den Füßen von Christine, und manchmal hielt sie sich die Ohren zu.

Als sie nach der Entwarnung auf die Straße traten, leuchtete es im Nordwesten rot, als steckten am Himmel nicht Sterne, sondern Mohnblumen.

»Schön sieht das aus«, sagte Friedel.

»Das sind Häuser, die brennen, Kind«, sagte Christine.

»Trotzdem sieht es schön aus. – Geh nur, Oma, mich kannst du jetzt ruhig allein lassen.«

»Dann komm mit nach oben, ich bring dich noch ins Bett.«

»Laß nur, ich bleib noch ein bißchen hier sitzen. Die Luft riecht so gut.« Friedel setzte sich auf die Vorgartenmauer, ließ die Beine schlenkern.

Ja, roch das Kind den Brand denn nicht?

Christine ging in die Wohnung, holte ihre Verbandstasche, die der Apotheker Fabrizius stets wohlgefüllt hielt. Sie zog ihren alten dunklen Wettermantel über, auf dem man keine Flecken sah.

»Tschüß, Oma«, sagte Friedel.

Dies war eine Nacht des Feuers, das Menschen im Schicksal über Kontinente hinweg verband, ohne daß sie es erahnten.

In Bonn brannte die Altstadt, die Beethovenhalle, zweihundert Menschen starben; in New Orleans brannte nur ein einzelnes Haus, seine Bewohner konnten sich retten.

Einst hatte die Villa im Vieux Carré der Hafenstadt am Mississippi einer Madame Lalaurie gehört, einer kreolischen Schönheit, die wegen ihres literarischen Salons, ihrer Diners und ihrer Maskenbälle berühmt war.

Als das Haus im Jahre 1834 zum erstenmal in Flammen aufging, enthüllten seine Mauern ein grausiges Geheimnis; in seinem Sklaven- quartier fand man angekettete, verhungerte Männer und Frauen, die durch Krankheit oder Alter zu keiner nützlichen Arbeit mehr getaugt hatten. Die Lalaurie verschwand eilends aus New Orleans; mit einer Fregatte, deren Kapitän ihr Geliebter war, blieb sie auf den Meeren verschollen.

Als Laura Craw das Haus genau ein Jahrhundert später kaufte, warnte man sie vor den Geistern, dem Schreien und Stöhnen der zu Tode gefolterten Sklaven, die in mondlosen Nächten das Haus heimsuch- ten.

Aber Laura lachte nur darüber, sie glaubte nicht daran.

Nun schlugen die Flammen zum zweitenmal wie rote Zungen aus den Fenstern, sie fraßen die Vorhänge aus Brokat, die chinesischen Teppi- che, delektierten sich an den Möbeln aus Rosenholz und Mahagoni.

Das Feuer seufzte und stöhnte und schmatzte und wütete zischend gegen das Wasser aus den Schläuchen.

Als die Feuerwehr den Brand endlich unter Kontrolle brachte, fiel Asche wie schwarzer Regen.

Die beiden Frauen standen abseits; Laura Craws Gesicht, klein, weiß und herzförmig unter dem schweren grauen Haarknoten, zeigt kei- nerlei Regung. Anna Gugenheimer hatte sich in der Aufregung die Lippen blutig gebissen, aber das wußte und spürte sie nicht.

»Jetzt ist es vorbei«, sagte Laura. Sie drehte langsam den Kopf, sah Anna an.

»Du frierst«, sagte Anna, »du bist ganz durchnäßt, Tante Laura.«

»Es gibt nichts, was ein Café Brulot nicht wiedergutmachen könnte.«

Laura lächelte, obwohl sie hätte weinen müssen. Ihr Haus war abge- brannt, in dem sie so viele Jahre ihres Lebens verbracht hatte, nachdem sie Annas Vater, den jungen Ernst Schwarzenburg, in New York ken- nengelernt, ihn vergessen wollte, ihn und die Stadt, in der sie ohne ihn nicht mehr leben konnte. Sie war nach New Orleans zurückgekehrt, woher ihre Mutter stammte.

Der Feuerwehrmeister kam auf sie zu, sein Helm glitzerte gelb.

»Madame, viel ist nicht übriggeblieben.«

»Ich weiß«, sagte Laura.

»Meine Männer untersuchen noch, wo das Feuer ausgebrochen ist. Es wird wohl ein Kurzschluß gewesen sein.«

Er wandte sich an Anna. »Sie brauchen einen Wagen, Lady, man muß Sie in ein gutes Hotel bringen und einen Arzt besorgen müssen.«

Anna war im siebten Monat schwanger. Deutlich war es zu sehen.

»He!« Der Feuerwehrmeister winkte einen jungen Burschen heran, aus der Menge der Zuschauer, die sich seltsam abseits von den beiden Frauen gehalten hatte, so, als sei ihr Unglück eine ansteckende Krank- heit.

»Lauf zur Ecke, besorg ein Taxi, die Damen fahren zum Maison de Ville.«

Dort fand der erste Ball der Saison statt, die Töchter der alten und großen Familien der Stadt wurden in die Gesellschaft eingeführt.

Mit Schwertlilien und gelben Rosen waren die Halle und der Ballsaal geschmückt, die jungen Damen, in duftig schäumendes Weiß gekleidet, traten mit ihren Kavalieren im Frack gerade zur Polonnaise an.

Vier Pagen und zwei Herren vom Empfang umringten die beiden Frauen, die Alte und die Schwangere, nicht zu ihrem Schutz, sondern um die Unglücklichen den Blicken der Glücklichen zu verbergen.

Die Polonnaise war ein Dixie, und zu seinen übermütigen Klängen fuhren sie im polierten Messingaufzug in den ersten Stock hinauf, schritten über roten Teppich, über blauen Teppich, hohe Flügeltüren öffneten sich zu einer Suite.

Man würde sofort trockene Kleider bringen, einen Kaffee, einen Imbiß.

»Bringt uns einen Café Brulot und ein halbes Dutzend Pitchblack«, sagte Laura ungeduldig.

Im Gesicht des ersten Empfangschefs zuckte es, aber seine Lippen formten ein Lächeln.

»Madame sind unveränderlich kapriziös. Ich erinnere mich an die Maskenbälle, die Madame gab . . .«

»Erinnern Sie sich später, mein Lieber«, sagte Laura. »Besorgen Sie uns, was ich Ihnen aufgetragen habe.«

Sie wandte ihm ihren geraden Rücken zu, richtete vor dem Spiegel ihr Haar, an dem es nichts zu richten gab.

Einst war es rotblond gewesen, und nur zwei Männer hatten es je offen gesehen, bis zu ihrer Taille herabfallend. Ernst Schwarzenburg und ihr späterer Mann, Maurice Thionville. Sie waren beide tot, keinem von ihnen hatte sie ein Kind geschenkt. Vielleicht empfand sie deswegen um so heftiger für Anna Gugenheimer, Ernst Schwarzenburgs Tochter mit der Elsässerin Christine Welsch.

Sie suchte die junge Frau im Spiegel mit ihrem Blick; große, ausdrucksvolle Augen hatte Anna, einen Mund, der Freude, aber auch schon Leid erfahren hatte. Schwarz fiel ihr das Haar auf die Schultern, die von dem Gewicht der Brüste ein wenig nach vorne hingen.

»Geh du zuerst ins Bad, Kind«, sagte Laura. »Und nimm dir Zeit.«

»Aber ich muß Michael anrufen. Morgen wird der Brand womöglich in den Zeitungen stehen.«

»Geh nur, ich melde New York schon an und lege das Gespräch ins Bad um.«

»Laura, es tut mir so leid für dich, um das Haus.«

»Ach was, mach dir um mich keine Sorgen. Ich kann das Haus wieder aufbauen. Geh jetzt, Anna, plag dich nicht. Denk an dein Kind.«

Laura meldete das Gespräch nach New York in die 52. Straße an, in der Michael Gugenheimer mit Anna und Melanie, seinen beiden Frauen, wie er sie nannte, wenn er guter Stimmung war, lebte, seit er im Jahre 1936 aus Europa gekommen war, kurz nach der Besetzung oder Befreiung des Rheinlandes – ganz wie man es wollte.

Der Maître d'Hotel brachte selbst den Café Brulot, zündete mit langem Wachsholz eine der strohhalmdünnen Pitchblack für Laura an. Er ließ sich belobigen für den ausgezeichneten Brulot, dem Trank aus schwarzem Kaffee und Cognac, gewürzt mit Orangen- und Zitronenschalen, Zimt und Nelken, und zitierte Mark Twain, der diesen Kaffee so köstlich wie die weniger kriminellen Formen der Sünde genannt hatte.

»Und was ist eine kriminelle Form der Sünde?«

»Madame.« Der Maître errötete, was ihm zu seinem weißen Haar sehr gut stand. »New Orleans ist eine verschwiegene Stadt.«

»In der jeder alles von jedem weiß.« Laura lachte, und er erlaubte sich mitzulachen.

»Aber nun lassen Sie eine alte Frau allein, mein Lieber, kümmern Sie sich um die jungen Dinger unten, die noch glauben, daß das Leben nur rosarote Knallbonbons für sie bereithält.«

Laura zog die Beine auf die Couch, schlürfte ihren Brulot und inhalierte tief den bitteren, scharfen Rauch der Pitchblack. Zwei Freuden, die ihr geblieben waren, zwei Laster auch, denn beide konnte sie nicht mehr missen.

Sie wartete auf das Gespräch aus New York und lauschte auf die leisen gläsernen Geräusche aus dem Bad.

In diesem Hotel hatte sie ihre Hochzeit gefeiert, nicht weit von dieser Suite die erste Nacht mit Maurice verbracht, Jungfernschaft vorgetäuscht, weil nicht sein konnte, was nicht sein durfte, sich sehnlichst ein Kind gewünscht und nie eines empfangen. Aber jetzt hatte sie Anna in ihre Obhut genommen und besaß so doch noch eine Tochter.

Michael liebt sie nicht mehr, dachte sie mit der Sprunghaftigkeit, die in letzter Zeit ihre Gedanken beherrschte.

New York ist schon heiß genug im August, aber wer schickt seine schwangere Frau in die Schwüle New Orleans?

War es nicht genug, daß Anna schon eine Fehlgeburt hinter sich hatte, hoffte er womöglich, daß eine zweite folgte?

Und dabei wollte Anna doch nichts anderes, als ihn über den Verlust des Kindes hinwegtrösten, das sie in Europa hatten zurücklassen müssen.

Als das Gespräch nach New York durchkam, beschränkte Laura sich auf die knappe Mitteilung, daß ihr Haus abgebrannt sei, Anna und sie aber wohlauf im Hotel, Maison de Ville.

Dann legte sie das Gespräch ins Bad um.

In den Flammen hatte Anna ein Mädchengesicht gesehen, aus den Flammen des Hauses im Vieux Carré hatte sie das Schreien eines Mädchens gehört und schließlich immer leiser, immer leiser das Weinen.

Anna saß auf dem weißen Schemel im Badezimmer, die Hände zwischen ihre Knie gepreßt.

Sie ließ Wasser in die Wanne laufen, Laura sollte denken, daß sie ein entspannendes Bad nahm.

Sie spürte, wie sich das Kind in ihrem Bauch bewegte, es war, als klopfe es an eine Tür, die noch verschlossen war.

Nie hatte sie begriffen, warum Michael sich so um Friedel sorgte, nie wirklich darüber nachgedacht. Immer hatte sie Friedel mit ihrer Mutter zusammengesehen, auf der Ill beim Kahnfahren oder auf den Wiesen des Schlössels, im Gutshof selbst, im warmen, lebendigen Dunst der Ställe. Oder am weißgescheuerten Tisch, auf dem der frisch gebackene Laib Brot lag, über den Großonkel Jeremias das Kreuz schlug, bevor er ihn anschnitt. Wasserperlen glitzerten auf der Butter im Tontopf, Schinken duftete nach von Thymian und Majoran gewürztem Rauch.

Das waren ihre eigenen Erinnerungen an den Krieg 14/18, als sie ein Kind war, in der Obhut der Großeltern Welsch, auf dem Schlössel, im Elsaß.

Sicher, es hatte auch dort Aufregung gegeben, Soldaten, zuerst deutsche, dann französische; mit ihren Bajonetten hatten sie in die Heuballen der Scheune gestochen, weil sie einen Fahnenflüchtigen suchten. Doch von der Familie war niemand zu Schaden gekommen.

Aber Großonkel Jeremias war tot, das Schlössel bewirtschaftete jemand anderes, und ob ihre Mutter mit Friedel noch im Haus des Diakons in der Elisabethstraße sicher war?

Die Flammen hatten Anna ernüchtert, der Brand des Hauses, dem Laura und sie nur entkamen, weil eine Katze sie geweckt hatte.

Und sie hatte Michael daran gehindert, Friedel zu retten. Sie hatte Michael daran gehindert, nach Straßburg zurückzukehren, um das Kind zu holen; nicht willentlich, nicht wissentlich, aber sie war krank geworden, wenn er davon sprach, sie hatte eine Fehlgeburt gehabt. Und sie hatte gebetet, daß er bei ihr blieb, denn wie sollte sie ohne ihn leben?

Als das Telefon klingelte, packte Anna den Hörer mit beiden Händen.

»Ich weiß schon alles«, sagte Michael. Seine Stimme klang heiser, atemlos. »Geht es dir gut? Ist dir nichts geschehen? Liebes, höre, wenn ich kann, komme ich am Wochenende zu dir geflogen.«

»Hier ist nur ein Haus abgebrannt, Michael. Aber zu Hause in Europa fallen Bomben!«

»Ja, Anna.«

»Michael, hast du Nachricht von Mama und Friedele?«

»Ja, es geht ihnen gut.«
»Aber die Bombenangriffe . . .?«
»In Bonn ist noch keine Bombe gefallen.«
»In Bonn? Wieso sind sie in Bonn? Seit wann?«
»Hab' ich ›Bonn‹ gesagt? Wie dumm. Das war ein Versprecher.«
»Michael, lüg mich nicht an!«
»Nein, natürlich nicht.«
»Michael!«
»Am nächsten Wochenende komme ich. Paß auf dich auf, Annele,
bleib gesund.«

»Warum belügst du sie?« fragte Melanie Gugenheimer in New York.
»Du hast seit Monaten keine Nachricht mehr aus Bonn. Du weißt
nicht im geringsten, ob es Christine Schwarzenburg und deiner Toch-
ter gut geht. Warum behauptest du immer noch, sie seien in Straßburg,
womöglich im Neuhof, oder sicher im Schlössel? Warum tust du das,
Michael? Warum trägst du die Sorgen allein? Warum mutest du Anna
nicht das zu, was ihr als deiner Frau zukommt?«
Michaels Gesicht war schweißnaß, als er sich zu ihr umwandte.
»Hat mein Vater dich an seinen Sorgen teilnehmen lassen?«
Er stand auf, rieb sich die Schultern, als friere er, obwohl es in der
Wohnung noch immer beklemmend heiß war.
»Nein, du hast recht«, sagte Melanie, »dein Vater zeigte mir auch
immer nur die guten Seiten des Lebens. Und so konnte es geschehen,
daß er starb, ermordet wurde, erschlagen. Hätte ich von dem Schlimmen gewußt, das damals schon passierte, lebte Anatol heute noch. Ich
hätte ihn überreden können, früh genug aus Berlin fortzugehen, hier-
herzukommen. Und in welch anderen Umständen könnten wir dann
leben. Denke nicht, daß ich mich beklage, du tust alles, du bist mir
mehr als ein leiblicher Sohn. Und deswegen möchte ich verhindern,
daß du Fehler machst. Pack Anna nicht in Watte!«
»Sie hat eine Fehlgeburt gehabt.«
»Ihr habt schon ein Kind. Und ich begreife nicht, warum ihr noch
eines in die Welt setzen wollt. In diese Welt!« Melanie schwankte ein
wenig, mußte sich an der Tischkante festhalten.
»Mutter, setz dich doch!«
Sie wandte sich halb ab, damit er ihr Gesicht nicht mehr sehen konnte.
»Du hättest damals Christine mitnehmen sollen und die kleine Frie-
del, nicht mich.«
Er trat neben sie, legte ihr stumm den Arm um die Schultern.
Melanie war nicht seine Mutter, sie war die rechtmäßige Frau seines
Vaters, er nur der Sohn der Geliebten, der kleinen polnischen Schau-
spielerin Mari-Lu; auch schon tot, gestorben an Tuberkulose,
Geschenk ihrer erbärmlichen Kindheit. Und Melanie Gugenheimer

26

hatte etwas fertiggebracht, was nur wenigen Frauen gelingt: Sie hatte ihrem Mann die Freude an dem außerehelichen Sohn gegönnt.

»Bitte, Mutter, leg dich wieder hin.«

Er half ihr, ins Nebenzimmer zu gehen.

»Wenn du mich sterben ließest, wäre es längst vorbei«, sagte sie. Unter dem Hausmantel aus flauschiger Wolle konnte er die Knochen ihrer Schulter spüren.

Sanft drückte er sie aufs Bett, half ihr, sich auszustrecken.

Zwei Operationen hatten nichts genützt, aus dem Krankenhaus hatte Melanie sich selbst entlassen, weil sie sagte, warum sollst du Geld für mich ausgeben, wenn man mir doch nicht helfen kann?

»Ich glaube, es ist Zeit für eine Spritze«, sagte sie.

Er hatte gelernt, wie man Injektionen macht, und als sie immer häufiger notwendig wurden, hatte er Anna auch deswegen nach New Orleans geschickt.

Warum sollte sie das Sterben miterleben, wenn in ihr neues Leben wuchs?

Als die Wirkung der Spritze einsetzte, glättete sich Melanies Gesicht, fast war es, als wollte die Schönheit zurückkehren, die er als junger Bub so bewundert hatte.

Er beugte sich hinab und küßte ihre Hand.

»Geh zu Yochanan«, sagte sie, und ihre Augen öffneten sich in einem halben Lächeln. »Er wird bestimmt schon auf dich warten.«

Als Michael an der Tür war, sagte sie: »Es hätte deinen Vater gefreut.«

Er nickte nur, denn er wußte, was sie meinte.

In dem Zimmer, in dem er und Anna schliefen, zog Michael sich um.

Er wusch sich, das Wasser war lauwarm, hinterließ nicht einmal die Kühle der Verdunstung auf der Haut.

Aber sie konnten froh sein, daß sie diese Wohnung besaßen, in der 52. Straße von Manhattan. Sie war nicht teuer, sie lag zentral. Sie hatte in allen drei Räumen Tageslicht.

Als er nach Amerika kam, hatte er von einem weißen Haus an der Küste New Jerseys geträumt, aber wie so vieles andere war das ein Traum geblieben. Wozu noch daran denken?

Zumindest hatte er vielen Emigranten eines voraus – er besaß, wie auch Melanie und Anna, die amerikanische Staatsbürgerschaft.

Michael zog ein frisches weißes Hemd an, knüpfte die silbergraue Krawatte. Er bürstete sein Haar. Nahm mit dem frischen Taschentuch das Keppele aus der Kommode.

Er schaute noch einmal leise zu Melanie hinein, aber sie schlief.

Dann ging er zu Yochanan Metzler, der über ihnen wohnte. Als er dessen angelehnte Wohnungstür öffnete, sah er schon den hellen Schein der Kerzen auf dem festlich gedeckten Tisch.

»Shabat Shalom«, sagte Yochanan Metzler.
Michael setzte sein Keppele auf und antwortete: »Shabat Shalom.«

Einst war Yochanan Metzler ein bekannter und beliebter Arzt in Düsseldorf gewesen.
Einst hatte er eine kleine, mit erlesenen Kunstwerken eingerichtete Villa am Zoo besessen. Er sammelte moderne Maler, aber nur ein einziges Bild hatte er mit nach New York gebracht.
Es war ein Modigliani, und Yochanan liebte die Frau in Gelb mit dem Hals eines Kranichs mehr als er jemals eine andere Frau geliebt hatte.
Als er Anfang 1939 Deutschland verließ, sich nach New York einschiffte, ließ seine Frau Jutta sich von ihm scheiden.
Nie war ihm vorher aufgefallen, daß der Blick ihrer blauen Augen stechend sein konnte, nie, daß ihre Stimme einen Pfeifton annahm, wenn sie sich erregte, wie bei ihrem letzten gemeinsamen Abendbrot.
»Was soll ich in Amerika? Ich kann nicht einmal Englisch. Düsseldorf ist meine Heimat. Hier bleibe ich.«
Zwischen ihnen auf dem weißen Damasttuch lagen die Schiffsbilletts, Passagen erster Klasse. Er hatte geglaubt, Jutta eine Freude damit zu bereiten, ihre Ängste zu beschwichtigen. Jutta schob sie ihm mit einer ungeduldigen Handbewegung zu.
»Wir sind seit dreiundzwanzig Jahren verheiratet«, sagte er.
»Seit zwanzig Jahren hast du mich nicht mehr angeschaut.«
»Das ist nicht wahr.«
»Mach die Augen zu und sag mir, was ich anhabe.«
»Aber das ist doch Kinderei.«
»Tu es!«
»Du hast ein Kleid an.«
»Was für eins?«
»Blau.«
»Es ist aus brauner Rohseide«, sagte sie heftig.
»Jutta, was ist nur mit dir?« Er legte seine Hand auf ihre.
»Du willst nach Amerika. Dann geh. Ich lasse mich scheiden.«
Er lachte; es hörte sich so unglaublich an.
»Wir haben doch so oft darüber gesprochen«, sagte er geduldig wie zu einem Kind. »Du selbst hast doch erklärt, wenn es sein muß, gehen wir fort. Es muß sein, Jutta, uns bleibt nicht mehr viel Zeit. Ich war lange genug störrisch, wollte hierbleiben, beweisen, was für ein Kerl ich bin, trotz aller Gesetze ein Deutscher. Und du hast darunter gelitten, genug gelitten.«
»Ich habe immer gedacht, gehofft, du würdest dich – irgendwie arrangieren.« Sie sah ihn nicht an.
»Aber wie sollte ich mich arrangieren können?«
»Ich habe dir schon vor Jahren gesagt, schon als wir heirateten, du soll-

28

test konvertieren, zum christlichen Glauben übertreten.« Ihre Lippen zitterten.

»Was hätte das genützt?« fragte er; sie hatte ihm dies nie vorgeschlagen.

»Ich weiß es nicht. Ich weiß nicht mehr weiter.«

»Aber deswegen wollen wir doch fort. Und ich verspreche dir, wir werden ein ganz neues Leben anfangen. In Freiheit.«

»Es ist zu spät. Verstehst du denn nicht, es ist zu spät.« Sie sah ihn an. »Ich kann nicht neu anfangen, mit dir, drüben. Es ist weg. Einfach alles weg, was einmal war, zwischen uns beiden. Geh, und geh allein, Yo. Es ist aus.«

Er begriff es nie, er würde vielleicht nie die Gelegenheit bekommen zu begreifen, was eigentlich geschehen war.

»Wie soll man so etwas verstehen?« fragte er Michael, später in New York. »Wie kann man solches von einer Frau erwarten, mit der man dreiundzwanzig Jahre seines Lebens geteilt hat ohne ein böses Wort? Hat er sie denn verhext, dieser Kerl, dieser Unmensch mit dem Schnäuzer? Wie gut nur, daß wir keine Kinder hatten.«

In der letzten Nacht in Düsseldorf schlief Yochanan Metzler allein. Er vermißte Juttas Nähe, die Wärme ihres Körpers, ihren Atem. Er lag auf dem Rücken, auf der Couch in seinem Arbeitszimmer.

Als der Morgen kam und die Gemälde erhellte, stand Yochanan Metzler auf, löste die Frau mit dem Kranichhals aus ihrem Rahmen, rollte die Leinwand sorgsam zusammen, verstaute sie in seinem Dokumentenkoffer.

Jutta hatte das Haus schon verlassen. Sie war beim Friseur – wie sie es ihn auf einem schnell hingekritzelten Zettel wissen ließ.

Kaum glaublich, das war inzwischen schon sechs Jahre her.

»Was aus den anderen Bildern geworden ist«, sagte Yochanan zu Michael Gugenheimer an diesem Abend in New York, »weiß ich nicht. Vielleicht hat Jutta sie mit meiner Bibliothek als entartete Kunst verbrennen lassen. Und verzeih mir, daß ich dir schon wieder meine Geschichte erzählt habe.« Er lachte. »Ich hoffe, es fällt dir auf, daß ich diesmal nur zehn Minuten dazu gebraucht habe. Vielleicht wird sie eines Tages ganz aus meinem Gedächtnis getilgt sein.«

Aber wie sollte sie das, er war ein Mann von fünfundfünfzig, ein Arzt, der als Portier arbeitete. Ein Mann, der eine Frau nur noch auf einer Leinwand besaß.

Yochanan trug den Scholent auf, wie es am Shabat in traditionsbewußten Familien üblich ist, aus weißen und bunten Bohnen, magerem und fettem Fleisch und einer Kischke darin. Vierundzwanzig Stunden simmerte das Gericht auf kleinster Flamme, bis sich sein volles Aroma entfaltete.

»Schmerzt es dich sehr, daß du die anderen Bilder verloren hast?« fragte Michael.

»Nicht mehr. Nur manchmal träume ich noch von ihnen. Da war eine Landschaft – nichts als das Braun der Erde nach einem Regen und das Weiß von Apfelblüten. Ich habe sogar vergessen, wer der Maler war.«

»Hätte ich dich nicht kennengelernt, Yochanan, wäre mir wohl nie bewußt geworden, wohin ich gehöre.«

»Ich wußte es auch nicht, bis ich Hitler zum erstenmal reden hörte.« Yochanan brach das Zopfenbrot, reichte es Michael. »Ich hoffe nur, du wirst mich nicht eines Tages dafür hassen, daß ausgerechnet ich es war, der dich zum Glauben gebracht hat.«

»Wie sollte ich? Wir leben in einem freien Land. Wir sind Bürger eines freien Landes.« Michael verdünnte seinen Wein mit Wasser, er würde in dieser Nacht noch arbeiten müssen. »Wirst du zurückgehen, nach Deutschland, wenn der Krieg aus ist?«

»Ja«, sagte Yochanan.

Eine Stunde Zeit blieb ihnen nach dem Essen, und sie lasen in der Bibel.

Dann kehrte Michael in seine Wohnung zurück, schaute noch einmal nach Melanie. Sie schlief. Er stellte ihr ein frisches Glas Tee zurecht. Wenn sie nachts erwachte, klagte sie oft darüber, wie ausgedörrt ihr Mund und ihre Kehle seien; das war nur natürlich bei Magenkrebs.

3

Michael legte den allabendlichen Weg von der 52. Straße bis zum Bernstein-Memorial-Hospital stets zu Fuß zurück. Es dauerte genau anderthalb Stunden, er brauchte die Bewegung, und er liebte New York bei Nacht.

Vielleicht war es auch die einzige Zeit, in der er seine Gedanken schweifen lassen konnte.

Wie Yochanan Metzler hatten Hunderttausende in dieser Stadt ihre Story der Flucht – so auch er selbst.

Wie vielen Emigranten, die Europa verließen, während sich der Schatten eines Mannes ins Gigantische auswuchs, der kaum mittelgroß und sehr durchschnittlich war, sich jedoch darauf verstand, hinter der Maske des nationalen Befreiers und Einigers Haß zu säen, der wie eine ansteckende Krankheit bald das ganze deutsche Volk ergreifen sollte, Bosheit und Niedertracht zu verbreiten, dabei scheinheilig den Moralisten spielend, der die Gerechtigkeit verhöhnte und so lange Unrecht mit Fanfaren und Paraden als Recht verkündete, bis beinahe alle Welt es glaubte – so war auch Michael Gugenheimer New York als der rettende Hafen erschienen, den er im Jahre 1936, begleitet von seiner jungen, hübschen Frau und seiner eleganten »Ziehmutter«, erreichte.

New York, das kaum in die Weite wuchs, doch dafür in die Höhe, als sollte es den Himmel berühren, es wollte Heimat sein für alle und jeden, der es zu erobern wünschte. So hatte er es gelesen, so glaubte Michael es, verglich diese Stadt mit einer Frau, die Mutter und Geliebte zugleich sein würde.

Und was wollte man mehr?

Ihr französisches Schiff, die Etoile, legte an einem schmutzigen Pier von Hoboken an, fauliger Wassergeruch stieg zu ihnen hoch, die in einem scharfen, böigen Wind an Deck standen. Die Paßkontrollen, die Zollformalitäten dauerten ewig, wurden mit der Unberührtheit oder Abgestumpftheit von Männern vorgenommen, die in ihren Uniformen allmächtig sind.

Eine Frau warf ihren Hund über Bord, der keine »Einwanderungspapiere« besaß – und er schwamm nicht dem Ufer zu, sondern dem offenen Meer.

Es war im Morgengrauen, die Straßen noch leer, Schächte aus Stein, geschaffen, als wollten die Menschen sich selbst quälen.

Anna weinte im Taxi, stumm, mit zusammengepreßten Lippen, dem Gesicht einer schockgealterten Frau. Melanie zog den Schleier ihres Hutes herab, als könnte sich so der Anblick der Fremde mildern.

Und doch waren sie besser dran, viel besser als eine Unzahl anderer Flüchtlinge.

Sie besaßen genug Geld, um in einem sauberen Hotel abzusteigen, sie besaßen ein Empfehlungsschreiben an einen Mann namens John Craw, der im Jahre 1908 mit Annas Vater eine Filiale der Gugenheimer Bank auf Manhattan eröffnet hatte.

John Craw lebte am Central Park, schnell ließ sich die Adresse im Telefonbuch ausfindig machen.

Der alte Herr reagierte mit einem temperamentvollen »hell, where is he, my old friend Ernst?«

Michael Gugenheimer mußte sagen: »He is deceised, Sir. Mein Schwiegervater, Ernst Schwarzenburg, ist tot.«

Der alte Herr räusperte sich, es klang enttäuscht, dann sagte er: »Come over here rightaway, young man!«

John Craw besaß eine elegant möblierte Wohnung mit Ausblick auf den Park. War pensioniert, lebte dazu von den Zinsen seines Vermögens. Weißhaarig, imposant von Erscheinung, vom Nichtstun in einen leidenschaftlichen Golfspieler verwandelt.

Er ließ den Damen Tee reichen, für sich und Michael verordnete er einen steifen Bourbon, Jack Daniels Black Label.

»And now shoot«, sagte er.

Michael wußte nicht, wo er beginnen sollte.

Die Zeiten der Not im letzten Jahrzehnt, die Wirtschaftskrise hatte Amerika selbst erfahren, den Aufbruch in Deutschland aus einer gescheiterten Republik in den nationalen Fahnentaumel, in Rassenwahn, Großmannssucht und Intoleranz, den Rückfall dieses Volkes, das sich zu Zeiten »Weimars« so liberal gegeben hatte, in Haß, laut propagierte Rache und Revanche für erlittenes oder eingebildetes Unrecht – das konnte man in den Zeitungen nachlesen.

»Mein Vater wurde in der Nacht des Reichstagsbrandes erschlagen«, sagte Michael, »die Mörder nie gefaßt. Er war Offizier im Ersten Weltkrieg, aber stets parteilos. Und daran wollte er auch im Alter nichts ändern. Unser Haus wurde beschlagnahmt, das Vermögen eingefroren. Wir haben eine Tochter, die bald drei Jahre wird und die wir zu uns holen wollen, sobald ich beruflich und auch sonst hier Fuß gefaßt habe.«

»Zuerst müssen wir dafür sorgen, daß Sie ordentliche Papiere kriegen«, entschied Craw. »Die amerikanische Staatsbürgerschaft so bald wie möglich. Und vorerst brauchen die Damen Sonne, Urlaub, Abwechslung. Meine Tochter Laura wird sie in New Orleans willkommen heißen.«

John Craw telefonierte.

Sie lauschten ihm halb ungläubig, halb verschreckt. Ein solches Tempo kannte man in Europa nicht, nicht diese spontane Freundschaft.

Melanie hüstelte, Anna kriegte rote Flecken am Hals, Michael drückte beruhigend ihre Hand.

Einen Tag später würden Anna und Melanie nach New Orleans unterwegs sein.

»Und nun zu uns, mein Junge«, sagte Craw. »Ich habe mich vom Geschäftsleben total zurückgezogen. Aber es müßte doch mit dem Teufel zugehen, wenn wir nicht was für Sie fänden. Abgeschlossenes Studium? In Berlin, Bonn und Straßburg? Gute Universitäten!« Aber es war klar, er hatte keine besondere Ahnung davon.

Und noch klarer wurde bald, er hatte keine Ahnung von der wirtschaftlichen Situation, in der sich Amerika befand.

Lange hatte es gedauert, bis man sich vom ›Schwarzen Freitag‹ erholte, der Krise, die 1931 begann. Der New Deal half nicht überall, und nun kamen Flüchtlinge aus Europa, die man integrieren sollte. Bei aller Liebe, bei allem Wohlwollen für den alten Kontinent, das war nicht so leicht. Waren die Nerven der Europäer nicht auch ein bißchen zu dünn, vielleicht zu abgewetzt von all den Jahrhunderten ihrer bewegten Geschichte? Malten sie nicht zu schwarz, gerieten sie nicht zu leicht in Panik? Schließlich brachte der neue Mann doch Ordnung in Deutschland, sehe man sich doch nur mal die Olympiade an; da

waren nicht nur Stimmen unter der Intelligenzia, die Hitler das Wort
redeten, nein, man hörte sie sogar im Kongreß.
»Aber Berendson und Hedges, das sind alte Freunde von mir«, sagte
Craw. »Die müssen Sie nehmen, mein Junge. Sicher, bei uns fängt man
ganz unten an und arbeitet sich rauf.«
Das hatte Michael getan.
Er hatte ganz unten begonnen, er war der jüngste Partner der
Anwaltsfirma, er blieb es, auch als er die amerikanische Staatsbürger-
schaft bekam. Das Gehalt war gut, man konnte davon leben, doch
seine Stellung in der Firma blieb gleich null.
Zu Recht konnte der alte Berendson drei Jahre später sagen: »There is
a war going on, Mike, and as long as it lasts, for me you are a Kraut.
Later on we shall see.«
»Anna, ich muß woandershin«, sagte Michael nachts, denn nur nachts
waren sie allein, und Anna drückte ihr weiches Gesicht an das seine.
Sie sagte: »Michael, warte es doch ab, bleib, wo du bist. Was wissen wir
denn, was sonst passiert?«
Sie sagte Ähnliches, wenn er nach Europa wollte, Friedel und Chri-
stine Schwarzenburg zu holen. »Warte wenigstens, bis du deinen
amerikanischen Paß hast. Womöglich entläßt Berendson dich sonst,
wenn du Europaurlaub haben willst?«
Er bekam die First Papers, dann die Final Papers.
Er erhielt die amerikanische Staatsangehörigkeit.
Sie feierten es mit Hamburgern, Coke und Bourbon, tanzten zu
Benny Goodmans neuesten Platten bis zum Umfallen.
Und dann wurde Melanie krank. Eine Gastritis, sagte der Arzt, das
geht vorbei. Sie hielt strikte Diät. Sie blieb im Bett.
Schließlich traf Michael Yochanan Metzler auf der Treppe, und der
sagte: »Ihre Frau Mutter, oder wer immer die reizende alte Dame ist,
gehört ins Krankenhaus.«
Sie brachten Melanie ins Krankenhaus.
Sie wurde operiert. Und noch einmal operiert.
Sie sagte, als sie aus der Narkose erwachte: »Michael, laß mich ster-
ben.«
Aber wie konnte er die Frau sterben lassen, die ihm sein Selbstvertrauen als junger Bub geschenkt und erhalten hatte bis zum heutigen
Tag?
»Natürlich kannst du jetzt nicht weg«, sagte Anna. »Sieh doch, Mutter schreibt aus Straßburg, daß alles in Ordnung ist. Laß den Winter
vorbeigehen, fahr im Frühling. Straßburg ist im Frühling so schön.«
Das war 1940. Michael wartete auf den Frühling von 1941. Er hatte
seinen amerikanischen Paß, er hatte das Geld. Er hatte den Mut, Anna
zu sagen – ich fahre nach Europa. Sie bekam eine Fehlgeburt. Er
pflegte sie. Anna wurde wieder gesund.

Am 7. Dezember 1941 griffen japanische Flugzeuge die amerikanische Pazifikflotte in Pearl Harbor auf Hawaii an. Amerika war im Krieg.

Michael Gugenheimer sah die Erlösung in Annas Augen, und er haßte sie in diesem Moment. Er wollte nicht, daß sie jemals wieder schwanger wurde.

Aber Anna wurde es wieder, und sie hatte ihn belogen. Und er konnte ihr Gesicht nicht mehr ertragen, nicht mehr den glücklichen Ausdruck ihrer Augen, als zähle nur noch dieses kommende Kind und nicht mehr das, welches sie in Straßburg zurückgelassen hatten und das er jetzt in Bonn wußte.

Friedel war nun elf Jahre alt. In Bonn fielen Bomben wie anderswo. Er wußte nicht, ob seine Tochter noch lebte. Er wußte nur, sie mußte ihn hassen, wenn er sie jemals wiedersah.

Deshalb war er nicht zur amerikanischen Armee gegangen, er hatte es den Herren Offizieren erklärt, deshalb versah er den Ersatzdienst im Bernstein-Memorial-Hospital.

Nachts um elf begann er, und Michael achtete darauf, stets pünktlich zu sein, wie Anna auf den Victory Garden achtete, den sie in grünen Kästen auf dem Balkon ihrer Wohnung zogen.

Einen Garten des Sieges, denn auch im üppigen New York gab es Einschränkungen.

Den Garten des Sieges, in dem die Tomaten nie rot wurden, der Lauch verkümmerte, dürre grüne Stengel blieben. Nur die Petersilie gedieh, wucherte üppig.

Und Anna erfand eine Petersiliensuppe.

Michael blieb vor der Glastür stehen, die in das Bernstein-Memorial-Hospital führte.

Anna war einem brennenden Haus in New Orleans kaum entronnen, und in Deutschland, in Bonn, verbrannte vielleicht seine Tochter.

Er sah die harten Zeichnungen des Struwwelpeterbuches vor sich, das er wie nichts anderes in seiner Jugend gefürchtet hatte.

Messer, Gabel, Schere, Licht, sind für kleine Kinder nicht. Und dann brannt' sie lichterloh, o weh, o weh, o weh.

»Michael, are you drunk?« fragte eine lachende Stimme.

»Was redest du denn da?«

»Kennst du den Struwwelpeter nicht?« sagte er.

»Na, und ob! Und du sahst eben aus, ganz wie der Hans guck in die Luft!«

»Aber ich bin nicht blau, Susi«, sagte er zu dem Mädchen, das aus dem gläsernen Verschlag heraustrat, in dem die Telefonzentrale untergebracht war.

»Was gibt's Neues?« fragte er.

»Nichts. Nur Jim Weathly hat schon dreimal nach dir gefragt.«

»Richtig«, sagte er und hatte seine Sicherheit wiedergefunden. »Wir haben gestern abend unsere Partie Schach unterbrochen.«

»Armer Kerl«, sagte Susi. »Armer Kerl, der Jim.«

»Geh in deinen Käfig zurück und spar' mir eine Tasse Kaffee auf«, sagte Michael.

In dem Umkleideraum der Pfleger wechselte er seinen guten blauen Anzug gegen ein weißes T-Shirt, weiße Hosen und einen weißen Kittel. Er schlüpfte in die weißen Tennisschuhe, sie waren angenehm kalt.

Dann ging er den Korridor der Männerabteilung entlang, in der er Verwundete betreute. Der Krieg hatte sie mit Verletzungen entlassen, welche die Erinnerung an ihn für den Rest ihres Lebens beklemmend wachhalten würden.

Michael spielte die Partie Schach mit Jim Weathly zu Ende. Jim bewegte die Figuren mit einer kleinen hölzernen Gabel, die er zwischen den Lippen hielt.

Michael säuberte Pfannen, überprüfte Tropfinfusionen, netzte trockene Lippen, wischte Erbrochenes auf.

Um sechs Uhr morgens wurde er abgelöst.

Er nahm einen Shower, dankbar für das heiße und eiskalte Wasser, das es in seiner Wohnung nie gab.

Susi hatte eine Tasse Kaffee für ihn bereitstehen und ein knuspriges Schinkensandwich dazu.

Sie schaute ihm aufmerksam zu, während er aß und trank, und gab ihm Feuer für seine Zigarette.

»Nachrichten von zu Hause?« fragte er.

Sie schüttelte den Kopf.

Sie stammte wie er ursprünglich aus Berlin, war 1938 zu einem Tennisturnier nach Boston gekommen, hatte sich in einen Bill Houston Hals über Kopf verliebt, ihn geheiratet, gegen den Willen ihrer Eltern, die schrieben, daß ein deutsches Mädchen so etwas doch nicht tue. Und war nun mit vierundzwanzig Jahren Witwe.

»Mist«, sagte Susi, »Mist, wenn ich höre, was die im Radio sagen, und wenn ich lese, was in den Zeitungen steht. Bill ist in Pearl Harbor draufgegangen. Seine Eltern haben mich in Boston vor die Tür gesetzt. Jetzt lebe ich hier. Und weiß, daß Berlin zerdeppert wird. Womöglich leben meine Eltern gar nicht mehr? Worüber soll ich mich noch freuen?«

»Daß der Krieg nicht mehr lange dauern kann, Susi.«

»Sagst du.« Sie schnupfte.

»Jeder Emigrant hat jemanden drüben gelassen, um den er sich sorgt. Wenn der Krieg vorbei ist, wissen wir wenigstens, woran wir sind.«

»Mist«, sagte Susi noch einmal, »das alles gibt mir bloß ein mulmiges Gefühl im Bauch.«

Wenn niemand darauf bestand, daß sie Pausen einlegte – und wer sollte schon –, machte Susi Telefondienst rund um die Uhr.

Sie hatte braunes Haar und braune Augen und war plump geworden vom vielen Sitzen.

»Hör mal, Susi, kennst du den Witz von der Ente?« Michael erzählte ihn.

Sie lachte endlich, mit blitzenden weißen Zähnen, und da konnte Michael sie so sehen, wie sie einmal gewesen war, ein junges Mädchen, unbeschwert, leichtfüßig, mit langen, braungebrannten Beinen unter dem wippenden weißen Tennisrock.

»Klasse, Michael, ach, das war Klasse. Da, schau mal.« Sie kramte in ihrer großen braunen Umhängetasche und brachte ein flaches Päckchen zum Vorschein. »Das ist was für dich.«

»Was ist das?«

»Seidenstrümpfe. Echte. Wenn Anna erst ihr Baby hat.«

»Aber Susi, so was verschenkt man doch nicht.«

»Ich schon.« Sie streckte ihre geschwollenen Knöchel unter dem Drehstuhl hervor. »Wer sieht die denn noch an.«

»Du machst kalte Umschläge.«

»Warum?«

»Damit sie abschwellen.«

»Und dann?«

»Sehen sie wie früher aus.«

»Und dann?«

»Schau ich sie gerne an.«

»Michael, nimm mich nicht auf den Arm.«

»Ich möchte mit dir ins Kino gehen.«

»Mit mir?«

»Gehst du nicht gern ins Kino?« Es war ihre Leidenschaft, er wußte es. Aber warum lud er sie ein? Weil sie an andere dachte, an Anna zum Beispiel, während Anna –

Nicht weiterdenken.

Punkt.

»Heute nachmittag?« fragte Susi mit leuchtenden Augen.

»Heute nachmittag um vier hole ich dich ab«, versprach er und hatte beinahe vergessen, wozu.

»Michael, ich könnte dich küssen.«

»Dann tu's doch.«

Sie wurde blaß, küßte ihn auf die Wange.

»Bis heute nachmittag um vier.«

Er würde Anna die Seidenstrümpfe schicken. Er würde nicht zum Wochenende nach New Orleans fliegen.

Er wollte sie nicht sehen mit ihrem dicken Bauch.

Er ging zu Fuß zurück in die 52. Straße.

36

Er war müde, als er dort ankam, und gleichzeitig war ihm, als brauche er niemals mehr Schlaf.

Am Nachmittag würde er ein Mädchen namens Susi treffen und mit ihr ins Kino gehen.

Michael richtete Melanies Frühstück, das aus einer halben Scheibe Toast bestand und einer Tasse Tee mit Honig gesüßt.

Danach zog er sich wieder um, ging zu Berendson und Hedges.

Er arbeitete bis vier Uhr und traf Susi an der Central-Station.

Sie trug einen gelben Pullover und einen grünen Rock. Auf den hohen Korksohlen ihrer Sandaletten schwankte sie bedrohlich, und sie lachte dankbar und erlöst, als er ihren Arm nahm.

Auf ihrer gepuderten Nase bildeten sich bald kleine Schweißperlen, nie hatte er das bei Anna gesehen.

»Michael, im ›Prestige‹ läuft ein wundervoller Film.« Das war auf dem Broadway.

»Dann nehmen wir ein Taxi«, sagte er.

Sie saß im Wagen neben ihm, sie roch nach Lux-Seife, sie roch wie ein junges, aufgeregtes Mädchen.

Einmal griff sie schnell nach seiner Hand, drückte sie fest, ließ sie auch sofort wieder los.

Als sie im Kino saßen, einer dieser glitzernden, sprühenden Revuefilme über die Leinwand glitt, fragte er sich, was tue ich hier?

Er hörte Susi neben sich atmen, sah ihren halbgeöffneten Mund, sah, wie ihre Hände zuckten.

Vor der Wochenschau ging er hinaus mit ihr.

Ich bin ein Feigling, dachte er, ich kann noch nicht einmal die Bilder des Krieges ertragen.

Und er sah das Gesicht eines kleinen Mädchens vor sich, mit glattem schwarzem Haar, das sich nicht zu Zöpfen flechten ließ, seine Tochter, für die der Krieg nicht aus Bildern bestand.

»Ach, Michael«, sagte Susi, »war das nicht ein wundervoller Film? Die Musik und die Kostüme und überhaupt. Weißt du eigentlich, daß ich auch einmal Tänzerin werden wollte? Ich habe sogar schon mal einen kleinen Part gehabt, auf der Schule, weißt du. Zu Fastnacht führten wir eine Revue auf, und alle sagten, ich hätte großes Talent.« Sie lachte. »Und heute hab' ich Beine wie ein Elefant.«

»Weißt du was, wir gehen tanzen.«

»Jetzt?«

»Sicher.«

»Mitten am hellen Nachmittag?«

»Es ist sechs Uhr, Susi, und zum Fröhlichsein ist es nie früh genug.«

»Warum verwöhnst du mich so, Michael?« Ihre Augen waren naß.

»Herrgott, Susi, stell nicht so dumme Fragen.«

Das ›Savoy‹ lag in Harlem, und es war wohl New Yorks größtes Tanzlokal.

Ließ man die Eingangshalle hinter sich, in der es wie in einem Hotel für Handlungsreisende zuging, gelangte man in einen Raum, der endlos schien und mit nichts anderem angefüllt als Bewegung und Jazz. Jazz, wie ihn niemand mehr in Europa kannte. Jazz, wie er in Deutschland verboten war, als Niggermusik verschrien, als Schwarze Magie.

Michael ließ sich vom Rhythmus ergreifen, ließ sich hineinziehen in die Hingabe seines Körpers an Bewegung und nichts als Bewegung. Er vergaß seine Müdigkeit, seine Enttäuschung, seine Ängste, vergaß Anna und Friedel und Melanie.

Susi tanzte auf ihren gefährlichen hohen Korksandaletten und mit ihren geschwollenen Knöcheln in ihre Jugend, ihre Unbekümmertheit zurück.

Ihre Augen glänzten, ihr Haar schien von neuer Lebendigkeit zu knistern. Jetzt war sie keine vierundzwanzigjährige Witwe mehr, jetzt war sie nur mehr Susi.

Sie tanzten, bis sie erschöpft auf irgendwelche Stühle an irgendeinem Tisch sanken. Sie tranken Coke, und Champagner hätte ihren Kehlen nicht wohler tun können.

»Michael, I love you«, sagte Susi. »Du weißt gar nicht, wie froh du mich machst.«

Hatte er Anna jemals froh gemacht?

O ja, im Anfang ja, als die Welt noch in Ordnung war, als man noch auf der Ill Kahnfahren konnte und auf Gartenfesten tanzen.

»Michael, woran denkst du?«

»An dich, Susi«, sagte er.

»Ich wußte, daß es eines Tages passieren würde«, sagte sie.

Er tanzte wieder mit ihr, und sie schmiegte sich an ihn, und er wußte, daß sie ebenso hungrig war wie er.

»Michael, glaub mir, ich werde keine Ansprüche stellen. Michael, glaub mir, ich werde dich niemals nachher daran erinnern.«

Er nahm ihre Hand, und sie verließen das ›Savoy‹.

Draußen in den braunen Schatten des Abends bettelten Kinder sie an:

»Mister, a dime, a dime, Mister.«

Sie warfen alle Münzen unter sie, die sie bei sich hatten, wie zum guten Glück.

Susi bewohnte ein Zimmer mit Kochnische und Bad im Village. Sie teilte es mit Lavina, die als Schwester im Bernstein-Memorial-Hospital tätig war.

»Heute abend kommt sie nicht vor elf Uhr zurück«, sagte Susi.

Vor dem Fenster des Zimmers lief eine Feuerleiter entlang, und aus dem Hof waren streitende Stimmen zu hören. Von dem Fenster aus konnte man in Dutzende andere Fenster sehen, die geöffnet waren, um ein bißchen Zugluft in die Wohnungen zu lassen, in denen sich die Augusthitze staute, maßlos, zum Irrsinn, zur Trunkenheit, zur Verzweiflung oder auch zur Resignation treibend. Und man sah die Menschen, wenig oder nicht bekleidet, dahinschlurfend oder schlaff in Stühlen hängend. Es stieß Michael ab und erregte ihn, gewöhnen konnte er sich nicht daran.

Susi zog die Vorhänge zu. Sie legte Schallplatten auf, und Marlene Dietrich sang ›Glück ist wie Glas‹ und ›Lili Marlen‹ und ›Mein Mann ist verhindert, er kann Sie unmöglich sehen‹ und natürlich ›Ich bin von Kopf bis Fuß auf Liebe eingestellt‹.

Sie lagen auf dem schmalen Bett, rührten sich nicht an und hatten doch eines gemeinsam: diese verdammte Sehnsucht nach zu Hause.

»Der Errol Flynn ist ja ganz toll und der Gable auch, aber wenn ich an den Willy Fritsch denke und die Lilian Harvey. Vom Victor de Kowa hab' ich ein Autogramm.«

»Denk nicht mehr dran, Susi«.

»Nein.«

Susi stand auf, legte eine Glenn-Miller-Platte auf. ›Die Moonlightserenade.‹

Sie legte sich wieder zu Michael und flüsterte: »Weißt du noch, Berliner Weiße mit Schuß und die Bouletten und wie's war, wenn man im Grunewaldsee schwimmen ging? Ach, Michael, ich möchte nach Hause.«

Ich auch, dachte er, ich auch. Aber er sagte es nicht. Er streichelte Susis Gesicht, das ganz naß war, und er umarmte sie, damit sie zu weinen aufhörte.

Als er in die 52. Straße kam, fand der Melanie in ihr schönstes Kleid gehüllt, es war aus grauer japanischer Rohseide, und es hing wie ein Sack an ihr. Auch Yochanan Metzler war da, in seinem dunkelblauen Anzug.

Kerzen brannten, Wein stand auf dem Tisch und Lachsschnitten vom Delikatessen-Melchior an der Ecke.

»Da bist du ja endlich!« Melanie reichte Michael ein Glas. »Wir haben vor einer Stunde Lauras Telegramm aus New Orleans bekommen und auch schon mit ihr telefoniert. Anna hat einen Sohn geboren. Beide sind wohlauf, trotz der Frühgeburt. Dein Sohn wiegt fünf Pfund.«

»Mazel tov«, sagte Yochanan.

Michael trank den Wein, um nichts sagen zu müssen.

Dann ließ er sich von Melanie und Yochanan auf die Wangen küssen und auf die Schulter klopfen.

»Und jetzt telefonier mit Anna«, sagte Melanie. Yochanan führte sie in ihr Zimmer.

Michael setzte sich vor das Telefon. Dann nahm er endlich den Hörer ab. Er ließ sich Western Union geben und diktierte ein Telegramm: ›Liebe Anna, ich bin froh, daß es vorüber ist und du endlich ein zweites Kind hast. Hoffentlich wirst du jetzt glücklicher sein.‹

4

›Wechseljahre (Klimakterium), Zeitraum zwischen dem 40. und 50. Lebensjahr der Frau, in dem die Tätigkeit der Eierstöcke langsam erlischt, die Menstruation nur unregelmäßig erfolgt und schließlich ganz aufhört. Unfruchtbarkeit ist die natürliche Folge . . .‹
Friedel übertrug den Text aus der Enzyklopädie in ihr Tagebuch.
Sie achtete sorgfältig darauf, daß sie auch nicht ein Komma falsch setzte.
Darunter schrieb sie: ›Es ist anzunehmen, daß Anna Gugenheimer bald in die Wechseljahre kommt. Sollte sie jedoch inzwischen noch ein Kind zur Welt gebracht haben, betrachtet Friede Gugenheimer, genannt Friedel, sich nicht mehr als ihre Tochter.‹
Sie fügte ihre Unterschrift hinzu sowie das Datum des Tages.
Irgendwo einmal hatte sie gelesen, daß eine solche Erklärung auch mit einem Stempel beglaubigt werden müsse, und falls man diesen nicht zur Hand hätte, mit einem Daumenabdruck. Also tupfte sie etwas Tinte auf ihren rechten Daumen und preßte ihn auf das Blatt neben ihre Unterschrift.
Aus der Küche hörte sie, daß die Großmutter den Abendnachrichten lauschte. Friedel unterschied die Stimme des Nachrichtensprechers von allen anderen, denn sie gehörte ihrem Onkel Eberhardt Belheim, den sie allerdings noch nie gesehen hatte.
Er und Tante Lilli, Großmutters jüngere Tochter, lebten in Berlin-Dahlem. Großmutter sprach nie von ihnen, folgte jedoch den Nachrichten, wenn sie von Onkel Eberhardt gesprochen wurden, immer besonders aufmerksam.
Friedel ging in die Küche und fragte: »Warum tust du das?«
»Was denn, Friedele?«
Sie machte eine Kopfbewegung zum Volksempfänger hin.
»Ach so. Vielleicht hab' ich die Hoffnung, daß er mal mehr von der Wahrheit sagt als andere.«
»Warum kommt deine Tochter Lilli dich nie besuchen?«
»Berlin ist weit weg.«
»Magst du deine Tochter Lilli nicht?«
»Ich habe sie so lange nicht mehr gesehen, daß ich sie vielleicht gar nicht mehr erkennen würde.«

»Oma, du weichst mir aus.«

»Das hab' ich davon«, sagte Christine und lachte.

»Wovon, Oma?«

»Weil ich dich alles lesen lasse, was du willst, wirst du immer vorwitziger und naseweiser.«

»Ach, ich könnte mir denken, daß ich das von dir geerbt habe«, sagte Friedel. »Aber jetzt mal im Ernst, Oma, magst du deine Tochter Lilli nicht?«

»Nein, ich mag sie nicht, das stimmt«, sagte Christine, »aber weißt du, wenn sie in Not wäre und zu mir käme, dann würde ich ihr natürlich helfen.«

Lilli zog die beiden Elfenbeinbürsten durch ihr Haar, das immer noch silberblond war, wenn sie es auch insgeheim – denn Eberhardt hätte es nie geduldet – nachbleichen mußte.

Sie liebte diese beiden Bürsten, die ehemals Melanie Gugenheimer gehörten; wie die venezianischen Spiegel, das Tafelsilber für vierund zwanzig Personen, das Porzellan aus Limoges, die Teppiche aus Täbris und Buchara, das Haus selbst in seinem Park in Dahlem, hatte Eberhardt sie ihr zum Geschenk gemacht.

Lilli war jetzt dreiunddreißig Jahre alt, und nach der Geburt ihres Sohnes Adolf hatte sie Vorkehrungen getroffen, nicht wieder zu empfangen.

Sie war so schlank wie in den Jahren vor dem Krieg, als sie Alperts Kleider vorführte; schade, daß er ausgewandert war, denn niemand hatte wie er verstanden, sie zu kleiden.

Aber vielleicht war es auch besser so, denn er hätte nie begriffen, warum sie ihr Haar zu Zöpfen flocht, es in einer Krone um ihren Kopf legte: Sie konnte sich seinen Spott vorstellen, hätte er gesehen, daß sie Dirndlkleider trug.

»Darf ich dich einen Moment stören, Mutter?« Adolf trat ein, wie immer im unpassendsten Augenblick.

Die Zigarette hing zwischen ihren Lippen, vor ihr auf dem Ankleidetisch stand ein Glas Sekt.

»Was ist denn?« fragte sie und hütete sich davor, ihrer Stimme die Irritation anmerken zu lassen.

»Ich möchte morgen einige Kameraden zu einem Imbiß in unseren Garten einladen.«

»Gewiß, warum nicht?«

»Ich möchte, daß es nur Eintopf gibt. Wir brauchen auch keine Limonade.«

»Warum denn nicht?«

»Meine Kameraden sind viel ärmer als wir.« Er hatte plötzlich Falten um den Mund. Und das mit sieben Jahren.

»Adolf, komm einmal her.«

Er zögerte, gehorchte. Sie zog ihn an sich, spürte, wie sein Körper sich versteifte.

»Was hast du denn? Was bedrückt dich denn?«

»Der Vater von Liesel ist gefallen, und die Mutter von Peter ist beim Angriff umgekommen.«

»Das tut mir sehr leid.«

»Warum ist mein Vater nicht an der Front? Warum machst du dich immer nur schön?«

»Bin ich denn wenigstens schön?« fragte Lilli.

»Ja«, sagte Adolf und senkte den Kopf.

»Vater ist wichtiger in Berlin als an der Front, und weil das so ist, muß ich auch schön für ihn sein. Sonst würde er sich doch meiner schämen. Verstehst du das?«

Lilli spürte, wie sich seine Arme hoben, als wollte Adolf die Schultern zucken, eine winzige Bewegung war es nur, doch dann nickte er.

»Versteh es«, sagte sie, »einige Menschen bringen eben Opfer, die jeder sehen kann, andere tun es im stillen.«

»Kann ich jetzt wieder gehen?« fragte er.

»Natürlich.«

Sie sah ihm nach wie er hinausging, mager, eckig, und sie wünschte, Eberhardt hätte erlaubt, daß Adolf wenigstens das Haar ein wenig länger trug. Es existierte ein Bild, auf dem der kleine Adolf dem großen Adolf die Hand gab, beide waren in der braunschwarzen Uniform. Sie trugen den gleichen Haarschnitt, und beiden fiel die Strähne in die Stirn.

Lilli fand das Foto lächerlich und pathetisch, Eberhardt aber hatte eine Vergrößerung in seinem Arbeitszimmer hängen.

Lilli trank ihr Glas leer, rauchte noch eine Zigarette, während sie ihre Nägel farblos lackierte.

Lange Zeit war sie sicher gewesen, daß ihr Instinkt, Eberhardt aus dem Heer ihrer Verehrer auszuwählen, der richtige gewesen war.

Woher kamen dann die Zweifel, wenn sie ihren Sohn sah, warum empfand sie Schuld, unerklärbar, nicht begründet? Sie liebte ihren Mann, sie war ihm die Ehefrau, die er sich wünschte, sie war keine schlechte Mutter.

Sie war nur eine schlechte Tochter.

Ja, das war sie.

Es mußte mindestens zwei Jahre her sein, daß sie zum letztenmal nach Bonn geschrieben hatte.

Aber warum sollte sie Christine Schwarzenburg schreiben, wenn sie nie eine Antwort erhielt?

›Liebe Mutter,
ich sende Dir dieses Päckchen mit meinen besten Grüßen. Ich erinnere

mich, wie sehr Du immer Lavendelwasser liebtest, und hier findest Du Lavendelessenz aus dem Lavandou, die Eberhardt von einer Reise dorthin mitgebracht hat.

Der Trainingsanzug müßte Friedel passen, denn obwohl Adolf viel jünger ist, so ist er doch schon ein sehr großer Junge, und ich habe den Anzug nach seinen Maßen gekauft.

Dieser Tage haben wir Fotos aus alten Zeiten betrachtet, und Adolf findet es sehr traurig, daß er seine Großmutter gar nicht kennt. Er ist ein sehr lieber und aufgeweckter Junge, und in vielen Eigenschaften erinnert er mich an meinen Vater. Er ist schon jetzt ein kleiner aufrechter Deutscher, und ich nehme an, daß er wie Vater eines Tages Berufsoffizier wird.

Ich würde Dich gern einmal in Bonn besuchen, aber Eberhardt mag es nur zulassen, wenn eine offizielle Einladung durch Dich erfolgt. Du kennst ja seine Prinzipien.

Natürlich würden wir Dich auch sehr gerne einmal bei uns in Dahlem haben, aber bisher hast Du unsere Einladungen ja stets unbeantwortet gelassen.

Nun, ich wäre dankbar, wenn Du wenigstens den Eingang der Geschenke bestätigen würdest. Deine Lilli.‹

»Warum schreibst du solch blöde Briefe?« sagte Eberhardt. »Warum kriechst du dieser Alten permanent in den Hintern?«

Lilli war nachlässig gewesen, hatte den Brief herumliegen lassen.

Eberhardt war betrunken, hielt sein Glas so in der Hand, daß etwas von seinem Inhalt überschwappte.

In letzter Zeit betrank er sich, sie wagte nicht mehr zu fragen, warum.

Lilli nahm ihm das Glas aus der Hand, stellte es auf den Nachttisch.

»Sie ist doch meine Mutter«, sagte sie.

»Sie ist ein Biest, all deine schlechten Eigenschaften hast du von ihr.«

Lilli beugte sich vor, ihm das Hemd aufzuknöpfen. Wenn er erst einmal im Bett lag, würde er Ruhe geben.

»Laß das!« Er schob sie weg, griff wieder nach dem Glas. Er streckte sich auf dem Bett aus.

Er stellte das Glas auf seine Brust, der Cognac schwappte wieder über, färbte den Hemdstoff rötlich.

»Warum hast du den Kindern bloß Eintopf zu fressen gegeben?«

»Sie wollten es so«, sagte sie.

»Du hättest ihnen Bouletten machen können und einen anständigen Kartoffelsalat und ein paar Hähnchen braten und eine Torte backen.«

»Adolf wollte es nicht. Er hätte sich vor seinen Kameraden geschämt.«

»Der kleine Idiot«, sagte Eberhardt, »ihr seid alle Idioten. Ein bißchen Frieden im Krieg für ein paar Kinder, was ist denn schon dabei?«

Er fing an zu weinen.

Lilli ging schnell ins angrenzende Bad. Sie wußte, Eberhardt würde ihr nie vergeben, wenn sie ihn schwach sah.

Das Paket traf in den ersten kühlen Herbsttagen in Bonn ein, Christine erkannte sofort Lillis Handschrift.

»Komisch«, sagte Friedel, »wir haben doch niemanden mehr, der uns Pakete schicken kann.«

»Aber was! Wir haben noch viele Menschen, die an uns denken. Deine Großmutter Melanie zum Beispiel und Tante Laura und deine Mutter und dein Vater.«

»Die sind tot«, sagte Friedel.

»Was sagst du da?«

»Sie sind tot«, sagte Friedel. Ihr Gesicht war weiß, die Lippen ganz dünn.

Christine schob das Paket zur Seite, setzte sich neben das Kind auf die Küchenbank.

»Warum sprichst du so von deinen Eltern?«

»Weil ich will, daß sie tot sind.«

»Und warum willst du das?«

Friedel schüttelte den Kopf.

»Na gut«, sagte Christine, »wenn du es mir nicht sagen willst, brauchst du es nicht zu tun.«

Sie knüpfte sorgsam die Kordel des Paketes auf. Sie faltete auch das Packpapier; manchmal amüsierte es sie selbst, aber sie konnte nichts mehr wegwerfen, für alles schien es in letzter Zeit Verwendung zu haben.

Sie las Lillis Brief laut vor, und während sie es tat, beschloß sie um des Kindes willen, sich an den Geschenken zu erfreuen.

Der Trainingsanzug war aus einem festen dunkelblauen Wirkstoff, mit buntgestrickten Börtchen an den Ärmeln und am Kragen, dazu einem silbern blinkenden Reißverschluß. Friedel probierte ihn sogleich an, er paßte wie angegossen. Und warum sollte Christine sich nicht am Lavendel erfreuen, auch er brachte so viele helle Erinnerungen zurück. An ihre Jugend in Straßburg-Neuhof, im Sommer die geschlossenen Läden gegen die Hitze, und die schlanke, flinke Gestalt von Mama Stella, die Engländerin, die in den letzten Jahren ihres Lebens nur noch Elsässer Dytsch babbeln wollte. Die Gestalt ihres Vaters, das Diakonschwarz seiner Kleidung nur aufgehellt durch das weiße Einstecktüchlein, das ebenfalls nach Lavendel roch.

Und sie selbst in jener Silvesternacht, als sie Georg Bonet erwartete, um sich mit ihm zu verloben. Ihren ganzen Körper hatte sie mit Lavendel parfümiert, als sollte Georg ihn schon in jener Nacht entdecken und besitzen.

Und dann hatte sie ihm doch nie angehört.

Ob er noch lebte, in Afrika, ein alter Mann jetzt wie sie eine alte Frau? Immer noch Arzt im Urwald, unbekannt, keineswegs berühmt wie Albert Schweitzer.

»Von wem sprichst du, Oma?«

»Hab' ich denn gesprochen?«

»Ja, das hast du. Von deinem Georg Bonet hast du was gesagt.«

»Wirklich?«

»Ja, wirklich.« »Wir sind schon ein seltsames Paar«, sagte Christine.

»Ich glaube, Oma«, sagte das Kind, »wir sind zuviel mit uns allein.«

Und dann, von einem Tag auf den anderen, änderte sich das.

Es klingelte eines Abends gegen acht an der Wohnungstür, Christine öffnete nur so weit, als es die eingehakte Vorlegekette zuließ.

Im bläulichen Verdunklungslicht des Flurs sah sie einen Jungen stehen, sah ein helles Gesicht mit einem Schopf braunen Haares, der ihm in die Stirn fiel, und er sagte:

»Guten'Ovend, bin ich hier recht, bei der M'selle Welsch, Frau Schwarzenburg?«

Friedel kam, nahm die Vorlegekette ab, ließ den Jungen ein.

»Ja, wer bist du denn?« fragte Christine. »Aus Straßburg bist du, das hör' ich ja.«

M'selle Welsch, so hatte man sie als Lehrerin im Elsaß genannt.

Der Junge lachte, stellte seine Reisetasche ab, schaute sich neugierig um, zwinkerte Friedel zu. »Also meine Mutter hat behauptet, Sie erkennen mich sofort, M'selle Welsch!«

»Du bist ein Sohn – nein, du bist der Enkel von der Lisette und dem Kutscher Francois!«

»Aber jo, genau der bin ich. Und ich heiße Georg.«

Christine schüttelte den Kopf, als habe ein plötzlicher Windstoß ihr das Haar vors Gesicht geweht und sie könnte nichts mehr sehen.

»Georg heißt du?«

»Ja, M'selle Welsch, meine Mutter hat einen Bonet geheiratet, und der Georg Bonet in Afrika ist mein Patenonkel.«

Der Bub war gerade so alt wie ihr Georg es war, als er im Jahre 1892 zu ihnen kam, mit Onkel Sebastian aus Indien und Sudi, dem indischen Prinzen, des Hausmädchens Lisettes erster Liebe.

Christine spürte, wie Friedel sich an ihre Seite drückte, schaute schnell hinab in das kleine, ernste Gesicht, und dachte, jetzt passiert es, jetzt fängt alles wieder von vorne an.

Eine Viertelstunde später saßen sie im Speisezimmer, Christine holte das gute Limoges-Porzellan hervor, die schönen Kristallgläser, die Mama Stella in Paris gekauft hatte, während der Weltausstellung des Jahres 1889, als der Eiffelturm 28 Millionen Besucher anlockte.

Friedel verschwand, kam angetan mit ihrem neuen Trainingsanzug wieder, setzte sich still an den Tisch.

Aber Georg sagte: »Mensch, hast du einen tollen Anzug an!« Und nicht nur das Licht der Kerzen – sollten sie halt schon vor Weihnachten brennen – spiegelte sich in den Augen des Mädchens.

Georg hatte einen Gugelhupf mitgebracht und Wein, Gewürztraminer vom Schlössel. »Ach, wissen Sie, M'selle Welsch, uns geht's gut. Meine Mutter zieht Hühner, wir haben noch eine Kuh im Stall, und vom Wein bleibt auch immer was übrig, obwohl Vater die Offiziersmesse beliefern muß.«

Georg hatte auch Walnüsse mitgebracht, von seiner Mutter eingewecktes süßes Maronenpüree und Quittengelee – und eine ganze Speckseite.

Warum er nach Bonn gekommen war, erzählte er endlich auch.

Seine Matura hatte er bestanden, mit sechzehn.

Ja, war das denn die Möglichkeit?

Ach, das war gar nicht so schwer. Weil er in Chemie so gut war, hatte man ihm andere Fächer erlassen.

Ja, und dann hatten die Eltern ihn gefragt, was er sich denn wünsche. Eine Reise natürlich.

Weil die Eltern so oft von M'selle Welsch, auch wenn sie längst Frau Schwarzenburg hieß, gesprochen hatten, hatte er sich für Bonn entschieden.

Und so war er hier. Punktum.

»Ei jo, jetzt bist du hier«, sagte Christine und lachte.

»Ich kann auch schon Französisch«, sagte Friedel, »und im nächsten Jahr komme ich auf die höhere Schule. Und ich habe einen Geheimbund gehabt, der hieß ›Die Rote Hand‹.«

»Und meiner hieß ›Die Schwarze Hand‹!«

»Habt ihr auch eine Geheimsprache gehabt?«

»O ja, die B-Sprache.« Georg erklärte ihr, wie die ging; zwischen jede Wortsilbe mußte man ein B fügen und dann so rasch wie möglich sprechen. Also garantiert, dann verstand einen kein Mensch.

»Laß mich auch ein Glas Wein trinken, Oma«, sagte Friedel, als Christine die Flasche geöffnet hatte und eingoß.

Warum nicht? Warum sollte das Kind keinen Wein trinken, und wenn das Leuchten in seinen Augen deswegen auch nur ein paar Minuten länger anhielt.

Georg war also da. Und er blieb da.

Er schrieb nach Hause: ›Ich glaube, M'selle Welsch kann mich ganz gut gebrauchen. Schließlich ist hier kein Mann im Haus.

Wenn die Angriffe kommen, bin ich mit Friedel per Rad schneller im Bunker, als wenn sie zu Fuß laufen müßte.

Das Fahrrad hat eine ganz besondere Geschichte. Soldaten haben es Friedel geschenkt.«

Eines Tages dröhnte es von vielen Autos in der Coburger Straße, Friedel, neugierig wie sie war, lief hin, um zu sehen, was dort geschah.

Unter den Birken, die sich schon entlaubten, hielt eine Militärkolonne, aber das seltsame war, viele der Soldaten sprachen untereinander nicht deutsch.

Friedel sah, daß vor manchen der Häuser die Rolläden heruntergelassen, auch Vorhänge vorgezogen und Läden geschlossen wurden. Sie sah, die Leute wollten mit den Soldaten nichts zu tun haben.

Sie fragte einen von ihnen, er war ein großer junger Mann mit einer lustigen Nase, die aussah wie der Schnabel eines Spechts: »Was sprechen Sie für eine komische Sprache?«

Der Soldat lachte und sagte: »Das ist Rumänisch, Mädelchen.«

Friedel lief nach Hause, berichtete davon, und Georg sagte: »Gib dich nicht mit denen ab, die sind von der SS.«

Am Nachmittag klingelte es bei ihnen, und da stand der Soldat mit der Spechtnase, in der Beuge seines linken Arms hielt er einen Stahlhelm und in der rechten Hand einen Sack.

»Ich weiß nicht, ob ich hier richtig bin«, sagte er, »aber da war heute morgen ein Mädelchen auf der Straße. Sie war die einzige, die mit uns gesprochen hat, mit mir. Und da dachte ich, ihre Eltern sind vielleicht auch freundlich?«

Friedel konnte dies alles ganz genau hören, denn in der Küche spielte sie mit Georg ›Mensch ärgere dich nicht‹.

»Wie sah das Kind aus?« fragte die Großmutter.

Der Soldat antwortete: »Es war so um die Zwölf und mit schönem schwarzen Haar. Ja, ein schönes Mädelchen war es.«

Friedel spürte, wie ihr das Blut ins Gesicht schoß, und sie senkte schnell die Augen. Sie hörte Georg prusten, als müßte er platzen.

»Na, das war wohl die Friedel«, sagte die Großmutter an der Wohnungstür, »aber ich verstehe nicht, was sie eigentlich von ihr wollen?«

»Hier ist Butter drin«, sagte der Soldat, »und hier Kartoffeln. Meine Freunde und ich, wir haben seit Tagen kein warmes Essen gefaßt. Wir sind auf dem Rückzug, und ich dachte—«

»Oma, mach doch Reibekuchen«, rief Friedel.

Da war es einen Moment lang ganz still. Dann lachte Christine, lachte der Soldat, und dann sagte die Großmutter: »Na, kommen Sie rein.«

Er kam in die Küche. Er stellte den Sack mit den Kartoffeln neben den Herd, den Stahlhelm, in dem sich ein großes Paket Butter befand, hielt er Christine hin.

Zu Friedel sagte er: »Guten Tag, Mädelchen«, und zu Georg: »Guten Tag, junger Herr.«

»Tag«, sagte Georg knapp und dann zu Friedel: »Los, du bist dran!«
Aber dieses Mal beachtete Friedel Georg nicht, sie ließ die Würfel liegen, stand auf, ging zu dem Soldaten hin und gab ihm die Hand.
»Ich bin die Friedel, und wie heißen Sie, bitteschön?«
»Ich bin der Johann Krensnikow aus Pazpalla.«
»Wo liegt das bitte?«
»In Rumänien, Dummkopf«, sagte Georg.
»Meine Großmutter macht die besten Reibekuchen, die Sie sich vorstellen können«, sagte Friedel. »Nur beim Reiben müssen wir ihr helfen, denn sie hat Gicht in den Daumen.«
Wenig später schälten Georg und Friedel die Kartoffeln, Johann raspelte sie, und Christine buk die Reibekuchen in den großen eisernen Pfannen, die in ihrer elsässischen Heimat zum Omelettbacken benutzt werden.
Die fertigen Reibekuchen wurden in den Ofen geschichtet, auf die Backbleche, damit sie warm blieben, und schließlich zog Johann glücklich damit ab, zu seinen Freunden in der Coburger Straße.
»Wieso nennt er sie nicht seine Kameraden?« fragte Friedel.
»Freunde ist ein viel schöneres Wort«, sagte Christine.
Und Johann war es, der ihnen das Fahrrad brachte, bevor seine Einheit abrückte, über den Rhein.
Es war ein schwarzes Fahrrad mit gelbgemalten Felgen, damit man den Rost darauf nicht sehen sollte. Einmal in der Woche schmirgelte Friedel die Speichen und rieb sie mit einer Speckschwarte ein.
Friedel weinte bitterlich, als die Angriffe häufiger wurden, die Schule schloß, und Christine entschied, man würde vorläufig ganz in den Bunker übersiedeln.
Friedel weinte nicht um ihre Puppen, nicht um ihre Bücher. Sie weinte nur um das Fahrrad.

Es kam der 18. Oktober 1944, und die Altstadt Bonns fiel in Schutt und Asche. 20 000 Obdachlose, 300 Tote und 1000 Verletzte würde man später zählen, und die Leute raunten sich zu, daß es auf dem Münsterplatz wie in einem Leichenschauhaus roch. Im Bunker an der Gronau versagte die Entlüftungsanlage, und alle Männer mußten an die Pumpen.
In der drei mal zwei Meter großen Zelle, in der Christine und Friedel, dazu Georg und eine Frau Janings mit vier Kindern – mit dem berühmten Emil Jannings hatte sie nichts zu tun, obwohl sie andere Leute gern in diesem Glauben wiegte – unterkamen, betete eben diese Frau:
›Ein Kreuz, ein Leid, hat uns der Herr gegeben, soll Er es wieder von uns nehmen.‹
Zu St. Martin versammelte Christine alle Kinder des Bunkers um sich und führte sie mit ihren Laternen durch die nahe gelegene Pädagogi-

sche Akademie. Dem Feinkosthändler Leander, der dort in einem ehemaligen Lichtbildraum seinen Laden aufgemacht hatte, schwatzte sie sechs Hartwürste ab, die in Scheiben geschnitten unter die Kinder verteilt wurden. Zu Heiligabend sollte der Führer zu seinem Volk sprechen, aber die Lautsprecheranlage versagte, und statt dessen wurden die Menschen so still, daß man meinte, der Bunker habe sich wie durch Zauberhand entvölkert.

Sechs Betten gab es in der Zelle der Schwarzenburgs, jeweils drei übereinander.

Weihnachten nächtigten dort zusätzlich ein junges Mädchen und zwei junge Burschen, schmutzig, verlaust, erschöpft.

Wegen des Platzmangels schliefen Friedel und Georg in einem Bett, er am Fußende, sie am Kopfende.

Seine Hand drückte ihre Füße von seinem Gesicht fort, aber sie blieb auf ihrer Wade liegen. Friedel konnte es ganz genau durch die Wollstrümpfe spüren, die sie wegen der Kälte trug und auch, damit sie stets angezogen war.

Manchmal zuckte Georgs Hand im Schlaf, und Friedel blieb so lange wach, bis seine Hand von ihrem Bein rutschte.

Aber es war ein köstliches Wachsein, der Nähe, der Wärme und des Ahnens, das solches nur ein Anfang war.

5

Nur noch das Parterre der Villa in Berlin-Dahlem war zu bewohnen, erster und zweiter Stock waren vor kurzem ausgebrannt.

Die Räume, ehemals weit und elegant, mit der Spärlichkeit guten Geschmacks eingerichtet, glichen nun Lagerhallen, in denen sich Kisten und Kartons türmten, Möbelstücke unter Decken und Laken.

Aber einen Raum, die Küche, hatte Lilli davon freigemacht. Sie hatte den roten Kachelboden gewachst, sie hatte die Herdplatte geschmirgelt, bis sie silbern glänzte. Sie deckte den groben Küchentisch mit einem Tuch, das sie in den Nächten, in denen sie auf Eberhardt wartete, mit rotem Kreuzstichmuster bestickt hatte.

Sie lächelte spöttisch vor sich hin, während sie Besteck auflegte, die Gedecke; seltsam war es schon, daß ausgerechnet sie sich mit Handarbeiten abgab.

Aus dem Park hörte sie das dumpfe Zuschlagen einer Axt. Es war ein kleiner Baum, den Adolf schließlich hereinschleppte.

»Genügt er?«

»Der ist wunderschön«, sagte Lilli.

»Hier riecht es so gut, Mutter.«

»Tut es das?«
»Früher hast du nie selbst gekocht.«
»Früher war ich dumm.«
»Ich mag dich jetzt lieber«, sagte er.
»Ich dich auch.«
Er schleifte den Baum in die Ecke zwischen dem Fenster und dem Küchenschrank.
Gemeinsam richteten sie die Tanne auf, befestigten sie in einem Korb, den sie mit Steinen und Erde beschwerten.
»Kommt Vater heute abend nach Hause?«
»Ich hoffe es.«
»Warum trinkt er so viel Schnaps, Mutter?«
»Weil er unglücklich ist.«
»Warum ist er unglücklich?«
»Weil Bomben fallen, weil Krieg ist. Weil er an etwas geglaubt hat, das Lug und Trug ist. Weil wir den Krieg verlieren.«
Sie hatte sich angewöhnt, mit dem Jungen zu sprechen, als sei er mindestens doppelt so alt wie seine sieben Jahre.
»Ich glaube, Vater hat Angst.«
»Ja, das hat er. Alle haben heutzutage Angst.«
»Du auch?« Adolf sah sie an, als wundere es ihn.
»Ja, ich auch.«
Eines Tages, wenn alles vorbei war, würde dieser Sohn ihr Fragen stellen, eines Tages, wenn er erwachsen war, würde er wissen wollen, was hast du getan?
»Ich möchte dich von jetzt an Achim nennen«, sagte Lilli.
»Warum?« Er lachte. »Warum denn das? Unser Führer heißt doch auch Adolf?«
»Aber dein Großvater hieß Achim. Und du hast ihn doch liebgehabt, nicht wahr?«
»Nein«, sagte Achim. »Er hat immer nur geschimpft. Er hat immer nur geflucht. Auf die Roten und die Braunen und die Schwarzen. Ach, ich weiß nicht, auf wen noch. Aber auf Vater vor allen Dingen und auf dich auch!«
»Hat er das?« fragte Lilli.
»Und ob! Er hat gesagt, du bist eine Hure. Was ist das?«
»Ein scheußliches Wort«, sagte Lilli. »Das ist ein böses Schimpfwort.«
»Aber was bedeutet es?«
»Hol mir die Kerzen aus der linken Schublade«, sagte sie.
»Ja, Mutter.«
So also hatte der alte Belheim sie gesehen, Berufsoffizier, 14/18 dabeigeblieben bis zum bitteren Ende, wie er es nannte, sich erschossen, als sein Sohn Eberhardt im Rundfunk über den 20. Juli berichtete.
War man eine Hure, wenn man sich selbst mehr liebte als alles andere?

»Warum willst du nicht weg, Mutter?« fragte Achim.

»Wohin denn?« fragte sie.

»Unser Haus ist das einzige, das noch bewohnt ist.«

»Wo sind die andern denn hin?«

»Evakuiert.«

Sie befestigte die Kerzen in ihren Haltern, zog das Lametta über die grünen Zweige.

»Vater sagt, daß wir hier sicher sind.«

»Vielleicht kommen die Russen auch gar nicht«, sagte Achim.

Und wenn sie kommen, wird Eberhardt uns erschießen. Er hatte es oft genug gesagt, sie wußte, daß er eine Pistole besaß, Munition. Sie wußte nur nicht wo.

»Vater wird uns verteidigen«, sagte Achim.

»Sicher.«

»Er hat eine Pistole im Haus versteckt.«

»Wirklich?« Unwillkürlich hielt sie den Atem an.

»Sie klebt hinter dem Spülkasten im Bad.«

»Du erzählst ja Märchen.« Lilli lachte.

»Nein«, sagte Achim, »soll ich dir's zeigen?«

Lilli ging zum Herd, zog die Gans aus dem Backofen, knusprigbraun wie in ihrer Kindheit in Straßburg.

Auch damals war Krieg gewesen. Auch damals hatte man sich gefürchtet, hatte am Ende im Keller gehaust, hatte gehungert und gefroren.

Aber man hatte an einen Frieden geglaubt.

Heute glaubte niemand mehr an einen Frieden, denn niemand konnte sich vorstellen, wie ein solcher aussehen sollte.

Eberhardt kam in der Nacht um zwei.

»Ich kann nur zwei Stunden bleiben«, sagte er.

Lilli fragte nicht warum, denn er hätte ihr doch keine Antwort gegeben.

Sie holte Achim aus dem Bett, sie zündete die Kerzen an, wärmte die Gans auf, brühte Kaffee.

Sie sangen ›Stille Nacht, heilige Nacht‹.

Dann brachten sie Achim wieder zu Bett. Eberhardt öffnete eine Flasche, die kein Etikett trug, goß für sie beide ein.

»Warum nennst du den Jungen plötzlich Achim?« fragte er.

»Weil ich so oft an deinen Vater denken muß.«

»Oder fängst du an, dich zu distanzieren?« Sein Lächeln war nicht ironisch und auch nicht zynisch.

»Vielleicht«, sagte Lilli. Warum sollte sie lügen?

Er kippte sein Glas. Der Alkohol brachte keine Farbe in seine Wangen.

51

»Ich will, daß du nach Bonn fährst. Zu deiner Mutter. Noch kann ich es arrangieren.«

»Und du?«

Er stand auf, trat ans Fenster. »Komisch, der Garten sieht aus wie in irgendeiner Winternacht. Wie mag er wohl ausgesehen haben, als Anatol Gugenheimer hier erschlagen wurde? Ich wünschte, wir wären nie hier eingezogen.«

»Warum?« fragte sie.

Er schüttelte den Kopf.

»Dein Onkel Robert wurde verrückt, weil er an den Kommunismus glaubte und sah, was dann vor und während der Revolution in Rußland geschah. Es genügt, einen Verrückten in der Familie zu haben, meinst du nicht?«

»Womöglich ist er längst tot.«

»Das ist ein begehrenswerter Zustand.«

»Ich habe deine Pistole fortgenommen und versteckt«, sagte Lilli.

Eberhardt drehte sich um. »Haßt du mich so sehr, daß du mir nicht einmal den Tod gönnst?«

»Aber ich hasse dich doch nicht«, sagte sie, »wenn ich will, daß du am Leben bleibst.«

Er kam zu ihr und küßte sie auf den Mund. Das hatte er seit vielen Monaten nicht mehr getan.

»Ich muß gehen«, sagte er, »hoffentlich habt ihr eine einigermaßen ruhige Nacht.«

Neujahr kam, ein Januar mit viel Schnee, in Bonn fand Christine Schwarzenburg auf dem Speicher ihres Hauses in der Truhe mit den alten Kleidern rote Saffianstiefel, die mit weißem Lammfell gefüttert waren. In den zwanziger Jahren hatte Ernst sie ihr zu einem Karnevalsfest maßschneidern lassen und Christine zärtlich seine Csárdásfürstin genannt. Karneval im Bürgerverein und im Königshof. Über vierzig war sie schon, aber Ernst schwor, du siehst keinen Tag älter als achtundzwanzig aus.

Jetzt trug sie die Stiefel gegen die wütende Kälte, trat in Erinnerungen mit jedem Schritt, an die Jahre, in denen Ernst noch bei ihr war, sie eingehüllt in seine Liebe, die Liebe ihres einzigen Mannes.

Zwei Männer hatte sie geliebt, Georg Bonet und Ernst Schwarzenburg, aber nur Ernst gehört. Und nun war sie froh darüber, nun war sie glücklich, weil die Erinnerung nicht teilbar ist.

»Die Stiefel stehen dir gut«, sagte Friedel.

»Sie haben Beine wie die Marika Rökk.« Georg grinste.

Wenn kein Alarm war, ging Christine mit den beiden Kindern hinunter in die Gronau. Baute einen Schneemann, dem Friedel ein weggeworfenes Käppi aufsetzte und eine ebenso nutzlos gewordene Uniformjacke umhing.

Sie beförderte den Schneemann zum Feldwebel Fritz.

Februar und März kamen schmutzig, hungrig und laut wie Gassenjungen, die Armut und Verkommenheit mit zorniger Absicht zur Schau tragen.

Wo blieb die Bläue des Rheins, das Grün des Venusberges, wo das Rollschuhlaufen, das Hüpf- und Reifenspiel der Kinder? Wo die ersten Krokusse?

Fräulein Damen tötete ihren Hund Pips und ihre Katze Pops, weil sie nicht dem Feind in die Hände fallen sollten. Sie begrub sie im Garten und säte Vergißmeinnicht.

Friedel stahl eine Wurst vom Feinkosthändler Leander in der Pädagogischen Akademie, aber Christine brachte es nicht fertig, mit ihr zu schelten.

Die Mitbewohner ihrer Bunkerzelle wechselten nun beinahe jeden Tag. Eines Nachts gebar dort eine Frau ein Kind. Christine durchtrennte die Nabelschnur, badete es in der Zinkwanne, die ihnen allen als Waschschüssel diente, und bettete es in den Lackkoffer, der sie einst nach Petersburg begleitet hatte.

Das Kind überlebte die Nacht nicht, und am anderen Morgen begruben sie es unter einer kanadischen Pappel im Garten des Wasserwerks, wo es vielleicht heute noch liegt.

»Es ist besser so«, sagte die Mutter, »denn es hätte seinen Vater nie gekannt.«

Das Weinen des Jungen durchdrang die Wände und die geschlossenen Türen der Wohnung in der 52. Straße in New York. Es schallte, wie Michael wußte, bis in Yochanans Wohnung über ihnen, und die Mieter unter ihnen hatten sich auch schon beschwert.

Der Junge war kräftig und groß für seine vier Monate und, wenn Anna ihn herumtrug, damit er still war, für sie viel zu schwer.

»Aber was soll ich denn tun?« fragte sie. »Ich kann ihm doch nicht dauernd Schlaftabletten geben.«

»Geh mit ihm zu einem Arzt«, sagte Michael. Er saß über komplizierten Formularen; sie sollten ihm die Reise nach Deutschland ermöglichen, und das war gewiß nicht leicht.

»Doktor Metzler hat ihn sich doch angeschaut. Boris fehlt nichts.«

»Yochanan ist kein Kinderarzt.«

»Du haßt deinen Sohn, und das spürt er. Deswegen weint er. Er hat Angst vor dir.«

Michael sah auf, sah Anna an, das Kind in ihren Armen.

Er hatte den Jungen noch nicht angerührt, nicht ein einziges Mal.

»Bitte, geh mit ihm ins Nebenzimmer«, sagte Michael.

»Du kannst nicht einmal seinen Anblick ertragen. Dabei ist er dir wie aus dem Gesicht geschnitten. Er ist dein Sohn.«

Michael stand auf, er ging zu Anna, wollte ihren Arm fassen, sie aus dem Zimmer schieben.

Und dann sah er in das Gesicht des Kindes.

»Er nimmt fort, was Friedel gehört.«

»Nein«, sagte Anna, »nein, das tut er nicht. Viele Leute haben mehr als ein Kind.«

»Aber nicht Menschen wie wir, die ihr erstes Kind verlassen haben.«

»Bald bist du ja drüben.«

»Ja«, sagte er, »bald bin ich drüben.«

Er zog seinen Mantel an, er schaute nach Melanie. Yochanan Metzler saß an ihrem Bett, wie nun beinahe jede Nacht.

Sie konnte nicht mehr schlafen, er hielt ihre Hand. Er lauschte ihrer Stimme, die von Tag zu Tag schwächer wurde, doch in Erinnerungen schwelgte. Sie sahen und hörten Michael nicht.

Im Bernstein-Memorial-Hospital saß Susi im Glaskäfig des Empfangs. Susi war immer da, auch in der Heiligen Nacht. Sie lächelte Michael glücklich an und sagte: »Fröhliche Weihnachten!«

Michael schenkte ihr die Lacklederhandtasche, gefüttert mit roter Seide, die für Anna bestimmt gewesen war.

»Du hättest doch zu Hause bleiben können«, sagte Susi.

»Sicher hätte ich das«, sagte er leichthin.

»Aber Jim Weathly wird sich freuen, daß du da bist. Seine Eltern haben ihm ein Schachspiel geschickt, aus Elfenbein und Ebenholz.«

»Selbst sind sie nicht gekommen?«

Susi zuckte die Schultern. »Seine Mutter hat mit mir gesprochen. Sie meinte, es gehe einfach über ihre Kräfte, ihren verstümmelten Sohn zu sehen.« – »Das hat sie gesagt?«

»Das hat sie gesagt.« Susis Augen wurden naß. »Mist, was, Michael?«

»Ja, verdammter Mist«, sagte er.

Aber Jim Weathly gewann wenigstens beide Partien Schach in dieser Heiligabendnacht.

Und während Anna ihren Sohn durch die Wohnung trug, damit er nicht weinen sollte, hielt Melanie Yochanan Metzlers Hand. Sie, die sich zeitlebens vor sentimentalen Berührungen, wie sie es nannte, gescheut hatte, empfand es als wohltuend, empfand es als tröstend. Weit schon hatte sie sich von Michael und Anna entfernt, gar nicht erst dem kleinen Kind genähert.

Yochanan war Arzt, und das war etwas ganz anderes. Sie wußte, daß er wußte, was sie tat. Sie verweigerte Nahrung und Injektionen.

Sie bereitete sich auf das Sterben vor.

Manchmal schien es ihr, als dauere es ungebührlich lange, manchmal haßte sie ihr Herz, das so zäh war.

Dann wieder war sie dankbar, denn eines wollte sie noch miterleben – eines wollte sie noch erfahren, das Glück in Michaels Augen sehen, wenn er zurückkehren durfte nach Deutschland. Und das mit klarem Kopf, mit wachem Blick und Gehör.

»Als ich ein Kind war, bekamen wir nur Süßigkeiten zu Weihnachten«, sagte sie. »Vergoldete und versilberte Nüsse und Äpfel, die in roten Zuckersirup getaucht waren, der ganz unheimlich knirschte, wenn er kalt und fest geworden war und wenn man hineinbiß. Und einen Schlitten bekamen wir, ja, jedes Jahr einen neuen Schlitten.«

»Wir auch«, sagte Yochanan, »jedes Jahr einen neuen Schlitten, der immer größer wurde, je mehr Geschwister wir wurden.«

»Ich habe drei Töchter geboren.«

Yochanan verbarg sein Erstaunen, er hörte zum erstenmal davon.

»Ja, drei Töchter – und nie hat mich eine besucht.« Melanie sah ihn mit Augen an, die noch lächeln konnten.

»Sie leben alle hier in Amerika. Aber sie haben mir nie vergeben, daß ich Michael als Anatols Sohn anerkannt habe.«

»Amerika ist groß«, sagte Yochanan, »und das Reisen beschwerlich und teuer heutzutage.«

»Sie brauchen mich nicht zu trösten. Meine Töchter fehlen mir nicht. Meinen Sie, daß Michael bald nach Deutschland reisen kann?«

»Ich bin sicher. Berendson hat sich für ihn in Washington verwandt, und Laura Craw tut ein übriges. Ich bin sicher, Ostern wird Michael in Bonn feiern.«

»Das Passahfest«, sagte Melanie mit diesem Lächeln in den Augen.

»Wie man es nennt, ist doch egal«, sagte Yochanan. »Auch der Name, den Gott trägt, ist gleichgültig.«

»Sie sind wie Christine Schwarzenburg«, sagte Melanie. »Unerschütterlich in Ihrem Glauben an das Gute im Menschen und an diesen einen Gott.«

6

›Ein neues Weltreich kann nur durch Blut und Eisen geschaffen werden, unter dem Zeichen eines stahlharten Willens und der rücksichtslosesten Gewalt . . .‹

So hatte Hitler es verkündet und doch nur wiederholt, was schon in Ludendorffs Buch ›Der totale Krieg‹ zum Ausdruck kam, das der gescheiterte General, der Nervenzusammenbrüche wohl zu nützen wußte, nach dem Ersten Weltkrieg verfaßte.

Von 1939 bis 1945 hatte Hitler sich des Blutes und des Eisens bedient, um sein Tausendjähriges Reich zu schaffen.

Nun war er gescheitert.

Das Erbe, das er seinem Volk hinterließ, wie er es so oft und gern genannt hatte, waren Schande, Scham und Schuld. Die Namen derer, um die man trauern mußte, waren Legion.

Nicht mehr das Bild eines getöteten Dichters, eines verfolgten Malers trieb Tränen in die Augen, sondern das Foto von einem Brillenberg, den die Alliierten in Auschwitz fanden.

Das Volk der Dichter und Denker kroch aus Kellern und Bunkern, kroch unter Schutthalden und aus Stollen hervor, geblendet von der Zerstörung, Verirrte in der Wüste ihres Leids.

Konnte, durfte, mußte das Leben von neuem beginnen, jetzt da der Krieg verstummt war?

In Bonn maß man 595 100 Kubikmeter Schutt. Das Brückemännchen streckte niemandem mehr seinen frechen Hintern hin, die Brücke über den Rhein war gesprengt. Aber nun fielen keine Bomben mehr, und auch die Artillerie schwieg. Der Leiterwagen ratterte laut über das Kopfsteinpflaster, beladen mit Bettzeug. Christine zog ihn unter der Reuterbrücke hindurch, dann über die Kaiserstraße.

Friedel trug einen Rucksack, in den sie ihre Kleider gestopft hatte, Georg schleppte zwei Koffer.

Es war ein Mittag im Mai, heiß, windstill, aber alle Fenster der Häuser, an denen sie vorübergingen, waren geschlossen. Leute, die ihnen begegneten, hielten die Köpfe gesenkt, niemand schien neugierig.

Als sie die Schumannstraße erreichten, sahen sie, daß nur zwei Häuser zerstört waren. In den Vorgärten blühten Tulpen, und unter den Bäumen war kühler grüner Schatten.

»Schön ist es hier«, sagte Friedel, »richtig schön, Oma.«

Aus der Goethestraße hörten sie Lärm, Christine hielt vor der Straßenecke an und sagte: »Wartet!«

Sie setzte ihren Hut auf, sie zog ihre weißen Handschuhe an und ließ die Kinder mit dem Leiterwagen hinter sich.

Sie überquerte die Goethestraße und kam wieder zurück.

»Auf der linken Seite sind Amerikaner einquartiert, sie fassen gerade Essen.«

Christine packte das Querholz des Leiterwagens, und sie zogen ungeschoren bis vor das Haus Nummer zwölf.

Es lag hinter einem Vorgarten mit schmiedeeisernem Gitter und schwarzweißem Kies. In der Haustür war ein buntes Fenster eingelassen, das beinahe so schön war wie in einer Kirche.

Sie mußten lange läuten, so lange, daß Christine schließlich sagte: »Der Franz scheint abgehauen zu sein. Sähe ihm ähnlich.«

Aber dann hörten sie ein Gesumm und leichte, hüpfende Schritte, und eine alte Frau mit weißen Löckchen öffnete die Tür einen Spalt.

Schwarze Vogelaugen starrten sie an, der Mund spitzte sich zu einem
»Oh«, dann schnappte das Gesicht weg, die Tür beinahe zu, aber
Christine hatte schon ihren Fuß dazwischen.
»Stell dich nicht an, Lucy, laß uns rein!«
Sie schob die Tür auf, richtete die kleine alte Frau auf, die verschreckt
dahinter hockte, und fing an zu lachen, daß es durch den hohen Flur
mit dem schwarzweißen Marmorboden hallte.
»Die Engländer haben uns aus der Wohnung gesetzt. Die Häuser am
Straßburger Weg sind von der Royal Air Force beschlagnahmt. Es ist
wohl selbstverständlich, daß ihr uns aufnehmt.«
»Aber der Franz, der Franz, Christine, der Franz, der Franz!«
»Papperlapapp«, sagte Christine. Sie drehte sich zu den Kindern um.
»Ich bin gleich wieder da.«
Sie fand ihren Schwager, einen bleichen Franz Schwarzenburg, im
Wintergarten. Eine Decke lag über seinen Knien, eine Decke lag um
seine Schultern. Seine Lippen waren blau.
»Ich bin zurückgekehrt, Franz«, sagte Christine, »um meiner Enkelin
willen. Wir werden in diesem Haus wohnen und andere Menschen
dazu, die kein Obdach mehr besitzen. Du wirst nichts dagegen
haben.«
Er schüttelte stumm den Kopf.
Sie ließ ihren Blick über den Schreibtisch wandern, über die dunkel-
grüne Rupfenwand darüber. Da hing wieder der Kaiser – aber wohl-
gemerkt der alte. »Wie gut du dich doch anzupassen verstehst.«
»Ich habe dem Kaiserreich treu gedient.«
»Gewiß.«
»Ich bin ein alter Mann, ich trage keine Schuld an dem, was später
geschah.«
»Gewiß.« Sie trat näher, aber sie hätte auch so erkannt, daß ein
Gedichtband von Heinrich Heine vor ihm auf dem Schreibtisch lag.
»Denk ich an Deutschland in der Nacht, so bin ich um den Schlaf
gebracht – ist es das, was du nachlesen wolltest?«
»Du hast mich immer gehaßt«, sagte er, »und hast nur darauf gewar-
tet, dich eines Tages an mir zu rächen.«
»Nein, Franz, dazu hatte ich nie Zeit.« Sie spürte, wie ihre Knie zitterten, vor Ekel, vor Zorn, sie hätte sich gern einen Moment nur gesetzt,
aber sie tat es nicht.
»Wisch dir den Puder aus dem Gesicht«, sagte sie, »wir sind hier nicht
in Straßburg, wo man Talkum gegen die Schnaken benutzt. Und was
immer du dir auf die Lippen geschmiert hast, du siehst trotzdem nicht
wie ein Herzkranker aus.«
»Warum kannst du nicht verzeihen?«
Wieder gelang es ihr, zu lachen. »Wie sollte ich jemandem verzeihen,
der nicht bereut? Du hast mich um dieses Haus gebracht. Nur wegen

der Kinder bin ich jetzt wieder hier. Die Kinder und ich werden die beiden vorderen Zimmer bewohnen. Alles andere wird sich wohl von alleine finden.«

Lucy hatte die Kinder mit in die Küche im Souterrain genommen. Sie schnitt Honigkuchen auf, der so gut schmeckte wie er roch. Für Christine stand eine Tasse echten Kaffees bereit.
Lucy hüpfte hierhin und dorthin, sie summte ihre Lieder von der grünen Aue und dem Mädchen aus dem Sachsenland.
Sie lachte und sagte: »Ach, wenn ihr wüßtet, wie froh ich bin, nicht mehr mit dem Franz allein zu sein. So froh. Zusammennehmen wird er sich jetzt, o ja, vor Fremden gibt er sich nie eine Blöße. Da ist er ein Herr.«
»Bleiben wir hier, Oma?«
»Ja, wir bleiben hier«, sagte Christine.
»Der Garten ist schön.« Friedel schaute verlangend nach draußen.
»Die Birnbäume blühen schon«, sagte Lucy. »Ach, es wird sicher ein herrlicher Sommer werden. Der erste Sommer im Frieden.«
»Wie hast du's überstanden, Lucy?« fragte Christine.
»Ach, weißt du, mein Leben war ja nie so ganz normal. Und der Krieg – nun ja, ich hatte keine große Angst, wenn ich oben saß. Solange ich die Bomben hörte –«
»Wieso oben saß?«
»Na ja, oben, auf der Treppe unterm Dach.«
»Aber warum denn das?«
»Wegen der Brandbomben natürlich. Damit ich sie früh genug entdeckte.«
»Und wo war Franz?«
Der faltige Mund wurde breit wie bei einem Clown.
»Komm, ich zeig's dir.«
Lucy führte Christine in den Keller. Dort, wo das Gewölbe begann, wo einstmals der Wein gelagert wurde, war nun eine Stahltür installiert. Ein Bett stand dahinter, ein Tisch und ein bequemer Stuhl.
»Siehst du, wenn Alarm kam, ging Franz hier hinein, und ich schloß ihn ein. Er hatte sich ausgerechnet, daß nur eine Zehn-Zentner-Bombe mit einem Volltreffer das Gewölbe zerstören könnte. Hin und wieder mußte ich allerdings runterlaufen, um die Tür einen Spalt zu öffnen, damit Franz wieder frische Luft bekam. Und einmal« – Lucy kicherte, schüttelte den Kopf, daß ihre Perücke verrutschte –, »da hat er vor Angst in die Hosen gemacht. Da hat er immer wieder gerufen, Lucy, ich hab die Hosen voll. Aber da hab ich ihn auch drin gelassen, bis die Entwarnung kam.«
»Warum hast du Franz nie verlassen?« fragte Christine.
»Ich hab' ihn halt geliebt.«

»Aber er hat dich dein Leben lang nur gequält.«
»Sicher. Aber es gab auch schöne Stunden, Christine. Weißt du, manchmal, da hat der Franz mich gebraucht, und wenn er mich brauchte, dann hat er mich auf seine Weise auch geliebt. Und überhaupt. Ich war nie hübsch. Und dann, nach der Papageienkrankheit, mit meinem kahlen Kopf – welcher andere Mann hätte mich denn noch genommen? Und weißt du, jetzt, da Franz älter ist, mit ihm langweile ich mich nie. Immer hält er mich in Aufregung, und das gibt mir das Gefühl, noch ein bißchen jung zu sein.«
»Du lebst in einer Scheinwelt.«
»Sicher, aber wer tut das nicht? Unser ganzes Volk hat es doch während der letzten zwölf Jahre getan. – Hast du Nachricht von Anna und Michael?«
Christine schüttelte den Kopf.
»Du kannst froh sein, daß sie in Amerika sind. Sicher werden sie dir Pakete schicken, und überhaupt. Na komm, ich hab' noch was für dich.« Lucy und Christine kehrten in die Küche zurück. Aus einem der beiden altmodischen Schränke, in denen Lucy die Tischwäsche verwahrte, holte sie ein Päckchen hervor.
»Echter Virginia«, sagte sie, »Player's.« Ihre Wangen röteten sich. »Du weißt doch, Franz raucht seine Zigaretten immer nur halb, und da hab ich vorsichtig die Kippen an beiden Enden abgeschnitten und das Papier abgepult. Du brauchst keine Sorge zu haben, der Tabak ist rein. Und frisch ist er auch, regelmäßig hab ich ein Kartoffelstückchen reingelegt.«
»Und woher bekommt der Franz die Player's?«
Lucy grinste wieder wie ein Clown. »Du kennst ihn doch und seine Berechnungen. Im Frühjahr '39 hat er sich ausgerechnet, daß ein Krieg vier Jahre dauern würde. Seine tägliche Zigarettenration hat er mit fünfzehn veranschlagt und sich ein Lager angelegt. Das hat er auch noch mit anderen Sachen gemacht. Mit seinen Seidensocken zum Beispiel, die er immer von Tiemann und Söhne in Berlin bezog. Jeweils ein Dutzend braune, schwarze und graue hat er sich für jedes Kriegsjahr hingelegt.« Lucy hob ihren Rock. »Mir reichen sie bis übers Knie.«
»Und warum schminkt er sich jetzt, als wäre er ein Herzkranker?«
»Eine reine Vorsichtsmaßnahme«, sagte Lucy, »er behauptet, die Amis setzen keinen hochdekorierten Marinemaat des Ersten Weltkrieges aus seinem Haus, und einen kranken schon gar nicht. Das Komische ist bloß, Franz ist tatsächlich herzkrank und weiß es nicht, weil er seinem Arzt immer von seinen eingebildeten Leiden erzählt und niemals einer gestellten Diagnose glaubt.«
Christine stopfte ihre Pfeife, zündete sie an. Sie trat in den Hof hinaus, der mit einer bemoosten Steinballustrade den Garten begrenzte.

Die Birnbäume blühten, und die Kinder balgten sich auf dem Rasen, dessen Gras geschossen war.

»Schau sie dir an, Lucy«, sagte Christine, »schau sie dir an. Für sie fängt jetzt das Leben an.«

Christine bezog mit Friedel und Georg die beiden vorderen Zimmer des Parterres. Sie waren als Chambres d'amies eingerichtet; wieviel freundlicher klang das doch als Fremdenzimmer. Es roch nach Mottenkugeln und nach Kampfer, die Scheiben der Fenster waren mit Pappe vernagelt, daher nicht gesprungen.

Die hüpfende und summende Lucy schleppte einen wunderschönen Teppich herein, Georg half ihr, ihn auszurollen. Lucy bestand darauf, die schweren Samtportieren gegen hell- und dunkelgrau gestreifte Chintzvorhänge auszuwechseln – »ihr sollt es doch hell haben hier drin«, meinte sie.

An den Wänden hingen Glasmalereien, die Lucy mit Spiritus blank rieb, und sie brachte zwei Lampen, deren Petroleum Franz Schwarzenburg ebenfalls gehortet hatte.

Zur Probe zündete sie den grünen Kachelofen an, der beide Zimmer heizte, und war glücklich wie ein Kind, daß der Kamin zog, Rauch nur in dünnen, kaum sichtbaren Spiralen in die Zimmer quoll.

Franz ließ sich während des ganzen Nachmittags nicht blicken, verzichtete auch darauf, nach Lucy zu rufen.

»Wahrscheinlich liegt er im Bett und brütet über die Ungerechtigkeiten seines Lebens nach«, sagte Lucy ungerührt.

Auch zum Abendessen, das Lucy kochte und das aus Reis mit Backpflaumen bestand, ließ sich Franz nicht sehen.

Nach dem Abwasch bat Lucy, Christine möge doch nur ein einziges Lied singen und dazu Klavier spielen.

Und da die Kinder es auch wollten, tat sie es.

Sie sang. ›So nimm denn meine Hände und führe mich . . .‹, und aus dem Augenwinkel sah si‿, ⸗aß Friedels Hand sich in die von Georg stahl.

In den Wochen, die folgten, wurde Georg mürrisch. Er ließ Friedel nicht mehr beim ›Mensch ärgere dich nicht‹ gewinnen, er nannte Christine häufiger Frau Schwarzenburg als M'selle Welsch.

Eines Tages packte sie ihn bei der Schulter. »Was ist mit dir? Willst heim, was?«

Seine Ohren wurden feuerrot.

»Antworte mir.«

»Ja, M'selle Welsch.«

»Wir werden dich beide vermissen, aber am meisten die Friedel.«

»Ich weiß es, und deswegen bleibe ich ja noch.«

»Aber wenn du nicht fröhlich bist, nützt es dem Kind nichts.«

»Ich gebe mir ja Mühe, aber die Gedanken – ich weiß doch nicht, was aus meinen Eltern geworden ist. Vielleicht haben die Franzosen das Schlössel angezündet? Vielleicht haben sie meinen Vater aufgehängt, weil er doch die deutschen Offiziere mit Wein beliefert hat?«

»Wenn ich in Erfahrung bringen könnte, was mit deinen Eltern ist, würdest du dann noch bleiben – bis Friedels Eltern aus Amerika kommen?«

»O ja.«

»Gut. Dann will ich es versuchen. Nimm inzwischen die Friedel und geh mit ihr zum Schwimmen an die Gronau.«

»Ja, M'selle Welsch.«

Sie sah ihm nach, wie er durch das ewig halbdunkle Wohnzimmer, es war mit Holz getäfelt, schritt, siebzehn war er nun, der einzige Halt, den Friedel hatte. Nur er ließ sie die Alpträume vergessen, die sie Nacht für Nacht quälten, wimmern ließen und manchmal schreien. Nur er vermochte noch die tief eingesunkenen Augen zum Glänzen zu bringen.

Christine ging in das Zimmer, das sie mit Friedel teilte. Lange stand sie vor dem Kleiderschrank, zog sich dann mit Sorgfalt um.

Das graue Kostüm, eine weiße Bluse mit Spitzen am Hals. Dazu der schwarzgelackte Strohhut, die schwarzen Handschuhe.

Nah hob sie ihr Gesicht an den Spiegel heran, puderte die Nase, tat ein bißchen Vaseline auf ihre Lippen. Es war wichtig, daß man auf sich achtete, sich nicht vernachlässigte, gerade im Alter und in einer solchen Zeit.

Ach was, dachte Christine lächelnd, ich bin halt immer noch eitel.

Ein Major Earth hatte die Häuser des Straßburger Weges für die Royal Air Force beschlagnahmt. Sein Büro befand sich in Christines ehemaligem Speisezimmer.

Der Eßtisch diente ihm als Schreibtisch, Ernsts Buddha aus fast weißer Jade als Briefbeschwerer.

Earth ließ Christine vor dem Schreibtisch stehen, schaute zu ihr auf mit einem halben Lächeln unter dem blonden Schnurrbart.

»How do you do, Major«, sagte sie sanft.

»Thank you. Nice weather, isn't it?«

»Es ist ein herrlicher Tag, und Sie sind sehr freundlich, mich sofort zu empfangen.«

»Warum nehmen Sie nicht Platz?«

»Ja, warum nicht?« Sie sah sich nach einem Stuhl um, der stand an der Wand. Sie blieb stehen.

Major Earth erhob sich, trug den Stuhl vor den Schreibtisch.

»Danke«, sagte Christine.

»Sie können das Fahrrad ihrer Enkelin mitnehmen, falls Sie deswegen gekommen sind«, sagte er.

»Da wird Friedel sich freuen.«

»Wir haben nichts gegen deutsche Kinder.«

»Das habe ich schon bemerkt.«

Unten, vor den beschlagnahmten Häusern, spielten Kinder, die Kaugummi kauten und ihr Schulenglisch ausprobierten.

»Ich komme zu Ihnen mit einer großen Bitte«, sagte Christine. »Ein Junge aus dem Elsaß befindet sich bei mir. Der Sohn von Freunden, der meiner Enkelin und mir in den vergangenen Monaten eine große Stütze war. Nun hat er angefangen, sich Sorgen zu machen um seine Eltern, wir sind ohne Nachricht von ihnen. Georg möchte ins Elsaß zurück. Aber ich habe Gründe zu wünschen, daß er noch eine Weile bei uns bleibt. Könnten Sie für mich in Erfahrung bringen, wie es seinen Eltern geht?«

»Warum sollte ich das tun?«

»Weil ich Sie darum bitte.«

»Warum sind Sie mit Ihrer Enkelin neununddreißig nach Deutschland gekommen?«

»Die Antwort wäre eine lange Geschichte.«

»Ich habe Zeit«, sagte Earth.

»Ich war neugierig«, sagte Christine, »ich wollte wissen, was in diesem Land, dem ich mich durch meine Heirat zugehörig fühle, vor sich ging.«

»Aber Sie hatten es doch schon einmal mit Abscheu verlassen, als Sie Mrs. Melanie Gugenheimer aus Berlin rausholten. Und als sich Ihr Schwager des Hauses bemächtigte, in dem Sie nun wieder leben?«

»Das ist wahr«, sagte Christine, »aber ich ging ja nicht freiwillig.«

»Lieben Sie Deutschland?«

»Ich liebe Frankreich und Deutschland. Und ich betrachte beide Länder als meine Heimat. Das eine durch meine Geburt, das andere durch meine Heirat.«

»Sie haben im Lazarett auf dem Venusberg gearbeitet. Sie haben eine SS-Einheit im letzten Herbst bekocht – und andererseits einem Fahnenflüchtigen geholfen und obdachlosen Frauen und Kindern in der Altstadt von Bonn. Was soll das – wie sagt man – Hü und Hott?«

»Es ist doch ganz einfach«, sagte Christine, »in jedem Falle handelte es sich um Menschen.«

»Also eine Wohltäterin?«

»Ich mag solche Worte nicht.«

»Haben Sie jemals Angst?«

»Oft.«

Earth lachte. »Aber wohl nie Angst vor der eigenen Courage. – Also, wie heißen die Leute im Elsaß, über die Sie Auskunft haben wollen?«

»Bonet. Friederike und Alain Bonet.« Sie gab die genaue postalische Anschrift, die Telefonnummer des Schlössels.

»Ich werde Sie wissen lassen, was ich erfahren kann«, sagte Earth.

»Ich danke Ihnen, Major«, sagte Christine.

»Ach ja« – er sah sie unter halb gesenkten Lidern an –, »Sie werden in den nächsten Wochen Besuch aus Übersee bekommen.«

Sie setzte sich wieder hin.

»Ihr Schwiegersohn, Michael Gugenheimer, ist zur Zeit in London.«

»Ich danke Ihnen, Major«, sagte Christine noch einmal.

»Ich lasse Sie nach Hause fahren«, sagte Earth.

»Sie sind sehr freundlich.«

Er telefonierte nach dem Wagen, dann brachte er sie zur Tür.

»Und ich werde nicht wieder versäumen, einer Dame einen Platz anzubieten«, sagte er lächelnd zum Abschied.

Chauffeur und Wagen waren dieselben, in denen Christine im August 1944 den fahnenflüchtigen Hans Ahrweiler über den Rhein zum Bauern Domscheid ins Aggertal gebracht hatte; nur die Besitzer hatten gewechselt.

»Das hab' ich Ihnen zu verdanken«, sagte der Chauffeur. »Ihnen und dem Hans Ahrweiler. Ich hab' ihn noch mal rechtzeitig besucht, und er hat es mir sogar schriftlich gegeben, daß ich ihm zur Flucht verholfen und meinen Mund gehalten habe. Und deswegen haben die Engländer mich eingestellt. Wenn Sie mal was nötig haben, Frau Schwarzenburg, brauchen Sie es mir nur zu sagen.«

Sie nahmen auch Friedels Fahrrad mit, und das Kind tanzte vor Freude, als es das Rad sah.

Von ihres Vaters bevorstehender Ankunft berichtete Christine nichts, sie war ratlos, wußte nicht, wie beginnen.

7

Hoch standen Schilf und Gras an der Gronau hinter dem Bismarckturm. Blendend gelb waren die Sandinseln dazwischen und längst wieder sauber, denn Beutegut, das aus Stahlhelmen, Uniformen, aber auch Zivilkleidern und den verschiedensten Gerätschaften bestand – fortgeworfen in jenen letzten Tagen des Kriegs, als Soldaten und Zivilisten noch über den Rhein flüchteten, obwohl es sinnlos war, überhaupt zu flüchten –, war längst nächtens verschwunden. Eine »wilde Badeanstalt«, so konnte man es in der ersten Zeitung lesen, die wieder erschien, dem ›Kölnischen Kurier‹, breitete sich an der Gronau aus. Aber Georg fand stets einen Platz für sie und auch ein Gebüsch, in dem Friedel sich umziehen konnte.

Sie besaß einen dunkelroten Badeanzug, dessen Oberteil die Großmutter durch dunkelblau Gestricktes verlängert hatte, da sie so
schnell wuchs. Und sie besaß, darauf war sie besonders stolz, eine
schneeweiße Badekappe.

Georg brachte Friedel das Schwimmen bei, mit der einen Hand hielt er
ihr Kinn über Wasser, mit der anderen ihren Bauch in der Waagerech-
ten. Er war sehr geduldig, schalt nur mit ihr, wenn sie vergaß zu atmen.
»So lernst du es doch nie. Aus – ein, aus – ein, du mußt im Takt atmen,
sonst bleibst du eine bleierne Ente.«

Und sie konnte ihm nicht erklären, warum sie zu atmen vergaß.

Diesmal zog er einfach seine Hände weg und ließ sie absacken. Als sie
prustend hochkam, sah sie ihn zu ihrem Handtuch und der Decke
zurückgehen.

»Georg, Hilfe!« Der Strom zog ihre Beine weg vom Boden, zog und
zog. Sie schlug um sich, schluckte Wasser, bekam nun wirklich keine
Luft mehr. Sah nur noch grün und gelb und dann nichts mehr.

Als Friedel wieder zu sich kam, floß ihr Wasser aus Mund und Nase.
Georg kniete über ihr und pumpte es raus.

Als sie leer war, drehte er sie auf den Rücken und fing an, sie mit dem
Handtuch abzureiben. Sie schloß die Augen, damit er nicht sehen
sollte, wie glücklich sie war.

»Los, mach die Augen auf! Friedel!« Er gab ihr zwei Schläge, rechts
und links ins Gesicht, daß ihr die Tränen in die Augen schossen.

Da machte sie die Augen wieder auf. Und sie sah, daß er geheult hatte.

Meinetwegen, dachte sie, meinetwegen hat er geweint. Und sie hob
sich blitzschnell hoch und schlang die Arme um seinen Hals.

Da lachte jemand, und noch jemand, und wie eben noch das Wasser,
wogte jetzt das Lachen um sie, daß es war, als müsse sie nun darin
ertrinken.

Alle Kinder waren zusammengelaufen, die großen und die kleinen,
und juxten und machten Witze.

Georg rief: »Haut ab, haut doch endlich ab!«

Er sprang auf und verjagte sie alle, kreischend liefen die Kleinen
davon, johlend die Großen.

»Zieh dich an«, sagte er dann zu Friedel.

Sie hockte auf den Fersen, hatte die Wolldecke umgenommen. Jetzt
klapperten ihr die Zähne, und das wollte überhaupt nicht mehr aufhören.

»Zieh dich an«, sagte Georg noch einmal.

Er nahm seine Kleider, verschwand im Gebüsch. Sie zog sich unter der
Decke an. Sie war früher fertig als er und packte auch das Badezeug
zusammen, rollte es in die Decke.

»Wir gehen nach Hause«, sagte Georg. Wohin auch sonst? Er zog sie
an der Hand hoch. »Komm schon.«

64

»Warum bist du böse mit mir?«

»Ich bin nicht böse.«

»Was dann?«

»Ich weiß nicht.«

Mindestens eine halbe Stunde lang sprach er kein einziges Wort. Dann sagte er: »Gib mir das Badezeug«, aber das war nichts Besonderes, denn sie wechselten sich immer beim Tragen ab.

»Du bist erst zwölf Jahre«, sagte er schließlich, »und ich bin schon siebzehn.«

»Was weiter?«

»Nichts weiter.«

»Gut. Nichts weiter.«

»Doch. Du machst mich verrückt.«

»Wieso?«

»Stell dich bloß nicht schon wieder an. So dumm wie du tust, bist du nicht. Aber ist ja auch egal. Ich fahr' ja bald weg.«

»Wohin?« Sie blieb auf der Stelle stehen, konnte keinen Schritt mehr tun.

»Nach Hause. Nach Straßburg.«

»Warum.«

»Weil ich es will.«

»Aber du hast doch versprochen, du läßt uns nicht im Stich.«

»Quatsch, das war noch im Krieg.«

»Wenn du weggehst, sterbe ich.«

»Blödsinn. So schnell stirbt man nicht.«

»Doch. Heute wäre ich fast gestorben.«

»Du bist verrückt. Du bist übergeschnappt. Ich will doch bloß nach Hause, zu meinen Eltern. Und irgendwann komme ich wieder.«

»Wann?«

»Wenn du vernünftig geworden bist.«

»Wie soll ich vernünftig werden, wenn ich verrückt bin?«

Er lachte: »Ach, red nicht solch einen Stuß. Du bist kein Kind mehr, aber du tust so, als wärest du schon eine richtige Frau.«

»Eines Tages werde ich eine Frau. Und eines Tages werde ich sehr schön. Und dann wird es dir leid tun, daß du weggegangen bist.«

Er lachte, bis sie sich die Ohren zuhielt.

Er knuffte sie in die Seite und sagte: »Du bist wirklich ein verrücktes Huhn.«

Aber abends ließ er sie wieder beim ›Mensch ärgere dich nicht‹ gewinnen, und er klaute für sie sechs getrocknete Pflaumen aus Tante Lucys Vorrat, die Friedel so gern wie Bonbons lutschte.

Christine erfuhr nicht, daß Friedel an diesem Tag beinahe ertrunken wäre.

Michael Gugenheimer zögerte, London zu verlassen, nun, da das Wiedersehen mit seiner Tochter und Christine Schwarzenburg greifbar nahe war.

Er machte sich selbst nichts vor, er zog die Verhandlungen – es ging um die Anfechtung eines Testaments –, um deretwillen Berendson ihn nach London gesandt hatte, mit Absicht in die Länge.

»Wenn Sie erst mal in London sind, ist es nur noch ein Katzensprung nach Deutschland«, hatte Berendson gesagt. »Sie müssen sich nur an die richtigen Stellen wenden.«

Dies nach Monaten der vergeblichen Eingaben, Anträge und Vorsprachen bei allen möglichen zivilen und militärischen Dienststellen in New York und Washington. Da nützte es auch nur wenig, daß Laura Craw Mrs. Roosevelt aus ihrer Jungmädchenzeit kannte, John Craw Freunde bei der Navy auf den »jungen brillanten Anwalt Michael Gugenheimer«, der ja sogar einen amerikanischen Paß besaß, aufmerksam machte.

Denn ebenso wie private Post- und Paketsendungen von USA nach Deutschland verboten waren, gab es auch noch keinen privaten zivilen Reiseverkehr.

Schließlich fand der trockene, meist mürrische Berendson den Ausweg: »Nach London kann ich Sie schicken. Sie kümmern sich um das Testament der van Meurens, der alte Knabe muß es in einem Anfall von geistiger Umnachtung abgeschlossen haben. Na ja, wahrscheinlich war er verkokst.« Der Ölmagnat van Meuren war im Alter von fünfundsechzig Jahren in einem Londoner Hotel verstorben, das vorwiegend jungen Männern mit ausgefallenem Geschmack als Unterkunft diente. Und eben einem solchen hatte er sein ganzes Vermögen vermacht. Daß seine Frau und die beiden Söhne, die er in seiner dreißigjährigen Ehe gezeugt hatte, das Testament anfochten, wunderte niemand.

Michael traf mit dem Erben zusammen, einem Griechen, der aussah wie ein Norweger und das Englisch eines Dockarbeiters sprach.

»Eine Tracht Prügel für ihn wäre das wirksamste«, kabelte Michael an Berendson, aber er mußte sich mit zwei englischen Anwälten auseinandersetzen, die ihren Klienten so loyal und fair vertraten, als gehöre er ihrer eigenen Gesellschaftsklasse an.

Die Anwälte luden Michael in ihren Club ein, er traf dort Freunde seines Vaters wieder und eigene aus Berlin.

Er trank Portwein mit ihnen, diskutierte die Weltlage, Stalin, Churchill und de Gaulle. Er trank Whisky mit ihnen und schloß sich ihren abendlichen Streifzügen durch das ›gay London‹ an, die regelmäßig in einem Kellerlokal endeten, das den Namen ›Your Mutual Friend‹ trug.

Erst beim Whisky konnte er dann von seinem Problem sprechen.

Von Friedel und Christine Schwarzenburg und warum er endlich zu ihnen wollte – und doch nichts Konkretes unternahm, um es in die Tat umzusetzen.

Eines Morgens schließlich, er befand sich schon achtzehn Tage in London, fand er beim Frühstück einen Brief vor, dessen Handschrift er nicht kannte und der auch mit einem unleserlichen Namenszug versehen war.

›Sie werden sich meiner kaum erinnern, denn als ich Prokurist bei Ihrem Herrn Vater war, lebten Sie noch nicht in dessen Haus.

Ich wurde gestern abend ungewollt, aber dann interessierter Zeuge ihrer Unterhaltung mit Sir Donald, der als Student in Berlin häufig den Kredit Ihres Herrn Vaters in Anspruch nahm.

Wenn Sie wirklich nach Deutschland wollen, rufen Sie mich an.‹

Eine Telefonnummer in Chelsea war angegeben.

Der Brief schloß mit ›Ihr ergebener‹ – und dann kam der unleserliche Namenszug.

Michael ließ sich sofort mit der Telefonnummer verbinden. Die Stimme einer alten Frau versprach, Mr. Brunn sofort an den Apparat zu rufen.

Brunn, Karl Friedrich Brunn. Ein Bein hatte er im Ersten Weltkrieg verloren, sein Gesicht war von blauen Einschüssen gesprenkelt, hin und wieder überfiel ihn unkontrollierbares Zittern, Folgen einer Verschüttung. Michaels Vater hatte ihn bis zweiunddreißig in der Bank behalten, dann schied Brunn freiwillig aus.

»Sie erinnern sich meiner doch noch?« Der alte Mann lachte vergnügt.

»Und ob. Sie haben nicht nur Sir Donald zu Krediten bei meinem Vater verholfen, sondern auch mir zur Aufbesserung meines Monatswechsels.«

»Na ja, Ihre Freundin war meine Nichte, und ich wollte doch, daß Sie sie standesgemäß ausführten.«

»Die rote Ella etwa?«

»Die rote Ella.«

»Das war ein Teufelsmädchen!«

»Jetzt ist sie eine brave Mutter von fünf Kindern.«

»Na so was«, sagte Michael, »das ist ja fast ein halbes Dutzend.«

»Das sechste ist unterwegs. Ella lebt auf einer Farm in Ostafrika.«

Die rote Ella, so genannt, weil sie stets flammend rote Kleider trug zu ihrem flammend roten Haar und der rahmweißen Haut.

»Und Ellas Mann kann Ihnen helfen«, sagte Brunn mit seinem leisen Lachen. »Er ist bei der RAF in Bonn stationiert. Major Earth. Sie werden ihn dort besuchen.«

»Wann?« fragte Michael.

»Die Einzelheiten können wir beim Mittagessen besprechen, wenn Ihnen das recht ist?«

»Und ob.«

Michael notierte sich Brunns Adresse, erschien pünktlich um 12.30 Uhr in den Queens Mews, wo der alte Herr ein zweistöckiges Tudorhaus bewohnte, umsorgt von seiner Schwester.

Es roch nach Rinderbraten und grünen Bohnen in süß-saurer Rahmsoße, und Brunn servierte dazu Bier, wie Michael es seit nahezu zehn Jahren nicht mehr gekostet hatte.

»Es ist deutsches Bier«, sagte Brunn. »Bill Earth versorgt mich jetzt damit.«

Zum Nachtisch, roter Grütze mit Vanillecreme, öffnete Brunn eine Flasche Rheinwein.

»Ein-, zweimal im Jahr, bei festlichen Anlässen, gestatte ich mir diese Freude«, sagte er und hatte Tränen in den Augen, als er den ersten Schluck nahm. »Ja, es geht doch nichts über den deutschen Wein.«

Michael fand ihn zu süß und zu schwer – aber das lag gewiß daran, daß er nichts von Weinen verstand. Wann hätte er das auch lernen sollen?

»Bill wird am Wochenende auf Urlaub kommen. Er weiß, daß Sie hier sind, er weiß, daß Sie nach Bonn wollen. Er wird Sie dorthin mitnehmen.« Brunn nahm dankend eine von Michaels amerikanischen Zigaretten. »Was werden Sie tun, wenn Sie wieder in Deutschland sind, werden Sie bleiben?«

»Ich hatte vor, so bald wie möglich meine Tochter und meine Schwiegermutter zu mir nach New York zu holen.«

»Aber Sie müssen in Deutschland bleiben. Männer wie Sie braucht man jetzt dort.« Brunns Augen brannten mit einemmal in einem leidenschaftlichen Feuer. »Sie sind jung genug. Sie müssen mithelfen aufzubauen, das Land, wie es einmal war. Sie müssen den Menschen eine Stütze sein, damit sie sich wieder zurechtfinden. Sie müssen dafür sorgen, daß das, was unter Hitler geschah, niemals wieder geschehen kann!«

»Das verlangen Sie, der noch früher emigrierte als ich?«

»Da war ich schon achtundsechzig, und ich wollte mir meinen Lebenswunsch erfüllen, in London zu leben, das ich bis dahin nur von meinen Ferienreisen kannte. Ginge ich nach Deutschland zurück, wäre ich ein alter Mann mehr. Die braucht man jetzt dort nicht. Man braucht die jungen wie Sie!«

»Meine Frau ist in New York geblieben, mit meinem Sohn. Und meine Mutter, Melanie Gugenheimer, auch.«

Der alte Mann senkte den Blick. Er drückte langsam die Zigarette im Aschenbecher aus. Trank einen Schluck Wein, aber seine Lippen wurden sofort wieder trocken, als habe er plötzlich Fieber.

»Ich weiß«, sagte er. »Wir haben in brieflicher Verbindung gestanden. Es war auch Frau Gugenheimers Wunsch, daß Sie wieder in Deutschland leben sollen.« Er hob seinen Blick.

»Melanie Gugenheimer ist tot. Ihre letzten Worte galten Ihnen.«
Brunn zog ein sorgfältig gefaltetes Blatt bläulichen Papiers aus seiner
Brusttasche, reichte es Michael.
Melanie war in der Nacht gestorben, als Michael New York verließ.
Yochanan Metzler schrieb: »Ihr Tod war leicht, ihre letzten Worte
galten Michael: Er muß aufbauen, was zerstört wurde. Er darf nicht
zaudern, nicht verbittern. Er muß den Menschen helfen, denn er ist
Anatols Sohn.«
»Werden Sie es tun?« fragte Brunn leise.
»Ja«, sagte Michael, »ich werde es tun.«

Er hatte in London Zerstörung gesehen, in Paris. Aber in beiden Städ-
ten bräunte die Sonne dieses langen heißen Sommers den Menschen
die Gesichter, entzündete das Licht der Hoffnung und des »Jetzt geht
es wieder aufwärts« in ihren Augen. Jean-Paul Sartre lehrte den Exi-
stentialismus, in den Jazzkellern tanzte man zu ›Don't fence me in‹
und ›On the sunny side of the street‹. Die Mädchen trugen duftige,
blumige Kleider, und die jungen Männer kragenoffene Hemden. In
London war man gay, in Paris fou.
In Bonn wucherte Unkraut auf den Trümmern, die Gesichter der
Menschen waren bleich, ihre Augen die von Blinden.
Ein Commandcar brachte Michael und Bill Earth vom Flughafen
Düsseldorf nach Bonn. Es hielt vor dem Bahnhof. Bill sagte: »Ich
nehme an, Sie wollen sich ein bißchen umsehen, bevor Sie in die Schu-
mannstraße gehen?«
Michael nickte nur.
»See you later.«
»So long«, sagte Michael. Und da stand er, mit seinen beiden Koffern.
Sah eine Straßenbahn vorbeischwanken, überquellend von ihrer
menschlichen Fracht. Er sah ein paar Fahrzeuge mit seltsamen hohen,
röhrenförmigen Gebilden, die wie schwarzlackierte Warmwasser-
boiler aussahen; Holzvergaser, wie er später erfuhr. Er sah Jungen,
die ihn mit den Augen hungriger Hunde anstarrten, Mädchen, deren
einzige Farbe die Schminke im Gesicht war.
Die Kaiserhalle, wo er mit Anna bei Kerzenschein diniert, lag in
Schutt – wieso standen die Kastanien des Kaiserplatzes noch? Er ging
den schmalen Fußgängersteig an den Gleisen des Bahnhofs entlang,
dann unter der Brücke durch, sah die Poppelsdorfer Allee vor sich; da
dehnte sich ein Löschbecken und dahinter ein Kartoffelacker.
Im Bürgerverein, ausgebrannt, hatte er mit Anna Karneval gefeiert
und zu ›Einmal am Rhein‹ geschunkelt.
Michael wurde angerempelt, angesprochen, verstand zuerst nicht,
merkte dann, daß es um Schwarzmarktware ging. Er mußte den ver-
schlagen-wachen Augen sofort als Ausländer kenntlich sein.

Er sah Leute vor einer Bäckerei Schlange stehen, Ecke Königstraße, in der er und Anna sich immer die Zuckerbrötchen gekauft hatten, die man aus der Hand aß, mit weißer oder brauner Glasur bedeckt und Amerikaner genannt. Und dahinter standen Frauen und Kinder und alte Männer vor dem Hospital Schlange, Kochgeschirre in der Hand, die Gesichter so blaß und blutleer in der Sonne, als seien sie kaum von langer schwerer Krankheit genesen.

Und schließlich die Schumannstraße.

Still lag sie da, nur zwei Häuser waren, soweit er sehen konnte, zerstört.

Es war Mittagszeit, hier keine Kinder zu sehen. Niemand.

Als er vor dem Haus stand, in dem Anna mit ihren Eltern gelebt hatte, als er um ihre Hand anhielt, spürte er eine ähnliche Erregung wie damals bei seinem Antrittsbesuch. Spürte, wie ihm der Schweiß im Nacken in den Kragen lief, den Rücken runter.

Er zog an dem Messingzug, hörte es läuten, schallen durchs Haus.

Schritte schließlich, fest, rasch.

Aber zuerst wurde das bunte Fenster der Tür geöffnet, und Christine sah ihn an, mit erhitzten Wangen, mit gesträubtem Haar – ein lebendiges, endlich ein lebendiges Gesicht.

Und dann riß sie die Tür auf. Streckte ihm die Arme entgegen, aber bekam keinen Ton heraus.

Und er auch nicht. Kein Wort.

Sie küßte ihn auf die Wangen, sie preßte seine Arme, seine Hände. Sie packte ihn bei den Schultern, schüttelte ihn, als könnte sie es nicht glauben.

Und dann sagte sie mit ganz normaler Stimme: »Na, das wurde aber auch langsam Zeit.«

Sie fing an zu lachen und rief: »Friedel, Friedel, komm doch! Sieh doch, wer da ist!«

Und wieder Schritte, und wieder ein erhitztes Gesicht, fliegendes schwarzes Haar, Riesenaugen, grau und hell und dann ganz dunkel.

Er lief auf sie zu. Er kniete vor ihr hin, um mit ihren Augen auf einer Höhe zu sein.

»Friedel.« Er legte seine Hände um ihre Mitte. »Friedel!«

Sie blieb stockstill stehen.

»Friedel, du weißt doch, wer ich bin?«

»Sicher.«

»Du bist so groß geworden, so groß.«

Sie hob den Kopf, sah über ihn hinweg. »Was will er jetzt noch, Oma?«

»Friedel, das ist dein Vater«, sagte Christine. »Und er ist endlich da.«

»Jetzt brauchen wir ihn nicht mehr.«

Friedel trat einen Schritt zurück. »Ich gehe wieder hinunter, Oma. Ich mache die Wäsche allein fertig.«

Sie drehte sich um, stieg die Treppe hinab.

Christine packte Michaels Arm.

»Nimm es nicht tragisch. Das war ein Schock für sie. Komm erst mal rein.«

Er holte seine Koffer in den Flur, Christine führte ihn ins Wohnzimmer.

Sie öffnete die Tür zum Balkon weit. »Setz dich. Ich mach' uns schnell einen Kaffee.«

Er trat an die Brüstung, spähte durch die blühenden Glyzinien in den Hof. Sah Friedels mageren Rücken, den Kopf mit dem halblangen schwarzen Haar eifrig vorgebeugt, vor einem Waschzuber. Sie rieb Khakifarbenes auf einem Waschbrett mit einem Stück Kernseife, dessen Schärfe er bis hier oben riechen konnte.

Eine Treppe führte vom Balkon in Garten und Hof, aber er hatte nicht den Mut, hinunterzugehen.

Christine trat zu dem Kind, sagte etwas halblaut, das er nicht verstand.

»Nein«, antwortete Friedel nur.

»Wir haben Glück«, sagte Christine wenig später zu Michael. Sie balancierte ein Kaffeetablett vor sich her, stellte es auf dem Balkontisch ab. »Franz und Lucy sind bei Fabrikantenfreunden eingeladen. Franz wird sich dort den Wanst vollschlagen und nicht vor Abend zurück wollen. Und außerdem habe ich echten Kaffee für dich.«

Wie konnten Augen in dem Gesicht einer alten Frau so jung sein?

»Und Friedel?« fragte er.

»Laß ihr Zeit«, sagte Christine. »Sie hat mit solch einer Inbrunst auf dich gewartet. Sie kann jetzt einfach noch nicht begreifen, daß du da bist.«

»Das ist es nicht«, sagte er. »Es ist etwas anderes.«

»Zieh keine voreiligen Schlüsse. Setz dich und erzähle. Nun setz dich doch, Michael. Gib dem Kind Zeit.«

Er erzählte von Anna, von Melanie, von seinem Sohn, den er nicht liebte. Von New York, von den Menschen, die ihnen geholfen hatten und noch halfen. Und während der ganzen Zeit hörte er, wie Friedel dort unten die Wäsche schrubbte, hörte das dumpfe Rubbeln auf dem Wellbrett, hörte das Platschen des Wassers, wenn sie es wechselte und dann mit einemmal hörte er sie singen.

Ihre junge klare helle Stimme hob sich und sang ›Wir werden weitermarschieren, wenn alles in Scherben fällt, denn heute gehört uns Deutschland und morgen die ganze Welt‹. Sekundenlang verließ alle Farbe Christines Gesicht, aber dann sprang sie auf, rief: »Friedel, hör sofort auf!«

»Warum, Oma?« kam die klare, helle und unschuldige Stimme von unten.

»Weil du vorher solch ein Lied nie gesungen hast!«

71

»O doch, Oma, in der Schule.«

»Komm jetzt sofort herauf!«

»Ich bin noch nicht mit der Wäsche fertig, Oma.«

»Bitte, komm herauf, Friedel.«

Sie kam die Treppe herauf, mit trotzig vorgerecktem Kinn, ja selbst die Knie unter dem zu kurzen Kleid waren trotzig. Und was immer es war, was ihn dazu brachte, Michael mußte lachen. Und wieder blieb Friedel stockstill stehen, diesmal auf der oberen Stufe.

Michael trat zu ihr, fuhr ihr durch das Haar und sagte, immer noch lachend: »Du wolltest mir wohl einen Schrecken einjagen, was? Und beinahe ist dir das auch gelungen. Ach, Friedel, was bin ich froh, daß du mir nicht einfach um den Hals gefallen bist.«

Die grauen Augen schauten ihn verblüfft an, und dann fragte sie: »Wieso?«

»Weil ich das nicht verdient habe, denn ich hab' dich schließlich im Stich gelassen.«

Die Verblüffung in den Augen wich Verwunderung, machte das Grau weich und wieder heller.

»Ich hätte natürlich viel, viel früher zu dir kommen und dich holen sollen, aber ich habe immer wieder den richtigen Zeitpunkt verpaßt und mich abhalten lassen. Wir werden noch Zeit genug haben, daß ich es dir erzählen kann.«

»Oma, ich habe die Wäsche aufgehängt«, sagte Friedel, »kann ich jetzt auch eine Tasse Kaffee haben?«

Und dann, mit dem ersten flüchtigen Lächeln ihres kindlichen Mundes: »Vielleicht höre ich Michael dann auch zu.«

8

Friedel nannte ihren Vater Michael und fragte nicht, wie lange er bleiben würde; oft wich sie ihm aus, verschwand für Stunden im Urwald, einem unbebauten, verwilderten Grundstück, das hinter dem Garten lag, in dem inzwischen Bohnen wuchsen, Tomaten sich röteten, Christine Lauch und Möhren zog und sich sogar an Kartoffeln versuchte.

Was Friedel im Urwald tat, wußte niemand, selbst Georg zuckte die Schultern. »Wenn's ihr in den Kopf kommt, nimmt sie nicht mal mich mit.«

»Aber wenn sie dich mitnimmt, was tut ihr dann?« fragte Michael. Sie hatten auf Anhieb ein gutes Verhältnis miteinander gefunden, der Junge aus dem Elsaß und Michael, der zwar die amerikanische Staatsbürgerschaft besaß, aber sich in dieser zweiten Hälfte des Jahres 1945 nirgendwohin gehörig fühlte.

»Wenn wir zusammen im Urwald sind, spielen wir Räuber und Gendarm und klettern auf die höchsten Bäume. Und – na ja, was man halt so spielt. Friedel hat Phantasie, ihr fällt immer wieder etwas Neues ein.«

»Aber sie ist schlecht in der Schule«, sagte Michael.

»Weil sie alles schon weiß. Und es paßt ihr nicht, daß die Schüler jetzt nach Konfessionen getrennt sind. Sie hat einen ganz alten Lehrer, und sie sagt, er ist wie der Onkel Franz.«

Michael grinste, aber die Bemerkung machte ihn nicht vergnügt; er ging, um einen offenen Streit zu vermeiden, den er den Frauen und Friedel nicht zumuten mochte, dem alten Mann aus dem Weg.

»Sie sollten dafür sorgen, daß Franz Schwarzenburg von hier verschwindet«, sagte Georg, »er vergiftet das ganze Haus.«

»Ich habe kein Recht dazu«, sagte Michael, »ich bin selbst hier Gast.«

Er und Georg arbeiteten im Garten, ernteten erste Kartoffeln, die allerdings schrumpliger waren als jene, die Christine gesät hatte, jäteten Unkraut.

Friedel war wieder einmal im Urwald verschwunden, Christine nach Alfter gegangen, den acht Kilometer langen Weg ins Vorgebirge zu Fuß, alle Einwände beiseite schiebend mit der Bemerkung: »Die Bewegung hält mich jung.«

Sie arbeitete dort in einer Bäckerei, bis ihr die Schultern so weh taten, daß sie hätte weinen mögen, und sie ihre Arme nicht mehr heben konnte, aber das wußte niemand.

Sie brachte von dort Brot mit, Mehl und hin und wieder ein Glas Eingemachtes. Dazu das Saatgut für den Garten.

Ihre Pension hätte Christine erlaubt, notwendigste Lebensmittel auf dem schwarzen Markt zu kaufen, aber das lehnte sie rundweg ab: »Solange wir einigermaßen gesund sind, solange wir einigermaßen satt werden, kommt das nicht in Frage. Ich will nicht dazu beitragen, daß sich die Schlaueren an der Not der Ärmeren bereichern.«

Der tägliche Kaloriensatz pro Kopf der Bevölkerung in Bonn betrug im Herbst 1945 rund 980 Kalorien. »Auf diese Weise werden wir auch nicht dick«, sagte Christine. Aber sie wusch und plättete für die Engländer am Straßburger Weg – die freigebigen Amerikaner waren aus Bonn abgezogen – und besserte so ihre täglichen Mahlzeiten auf.

Franz und Lucy Schwarzenburg ließen es sich nur zu gern gefallen.

Lucy verschwand fast ganz aus der Küche im Souterrain, wandte sich der Glasmalerei zu, wie einst ihre Schwiegermutter Sofie. Lucy bevölkerte paradiesische Landschaften mit Vögeln und Säugetieren, die sie mit menschlichen Fratzen ausstattete.

Die Bilder schienen Michael Ausdruck einer kranken oder verkrüppelten Seele, eines Geistes, der der Wirklichkeit zu entfliehen sucht.

Franz Schwarzenburg tat sie als »Schnickschnack einer Verrückten«

ab; er nahm nur an den gemeinsamen Mahlzeiten teil, bewachte argwöhnisch das Austeilen der Portionen, befand mit eisigem Hohn, daß Michael wohl nur auf dem Papier zu den amerikanischen Siegern gehöre, denn sonst könnte er sie nicht so hungern lassen.

»Ich bin Zivilist«, sagte Michael, »und wenn man es genau betrachtet, bin ich sogar illegal hier. Die Versorgungsdepots der Besatzungsmächte sind mir verschlossen.«

»Laß Michael in Ruhe«, sagte Friedel, »siehst du nicht, daß er bloß wie wir sein will?«

»Du vorlauter Panz«, sagte Franz.

Aber Friedel ließ sich nicht einschüchtern. »Du bist der scheußlichste alte Mann, den ich kenne.«

Franz verschwand mit hochrotem Kopf – »Ach, würd' ihn doch endlich der Schlag treffen«, sang Lucy –, um sich weiterhin seinen Memoiren zu widmen, der Lebensgeschichte eines deutschen Marineoffiziers von 1914/18, obwohl er es nur zum Maat gebracht hatte.

Franz behauptete fest, eines Tages werde die Welt wissen wollen, wie er und seinesgleichen Kaisertreue empfunden hätten.

»Wir sind schon ein komisches Haus«, sagte Michael. Er lehnte die Hacke gegen die Gartenmauer, setzte sich daneben, zündete sich eine Zigarette an.

»Kann ich auch eine haben?« fragte Georg.

»Entschuldige, natürlich –«

Bill Earth versorgte sie mit genügend Rauchwaren. Und Christine lachte oft, abends, wenn sie bei einer Partie Dame oder Schach saßen, und meinte: »Siehst du, Michael, so eine Zigarre mit ihrem würzigen Duft macht vieles andere wett.«

Georg hockte sich auf die Fersen, Michael gegenüber. Er rauchte ungeschickt, behielt den Rauch zu lange in den Lungen, mußte husten.

»Du hast doch was auf dem Herzen?« fragte Michael.

»Vor Weihnachten will ich nach Hause.«

»Die Nachrichten von zu Hause waren nicht gut?«

Georg zuckte die Schultern. »Mein Vater sitzt im Lager Stutthof. Meine Mutter schreibt, die Franzosen werden ihn wohl in irgendein Bergwerk stecken. Und nur, weil er die deutschen Offiziere mit Wein beliefert hat.«

»War er nicht in der Partei?«

»Sicher nicht. Er wollte nie was anderes als ein Elsässer sein.«

»Und deine Mutter?«

»Sie hat das Schlössel abgeben müssen. Allein konnt' sie es doch nicht bewirtschaften. Und selbst wenn ich dagewesen wäre, mich hätten sie's nicht tun lassen. Sie ist sogar froh, daß ich nicht da war. Sie meint, dann hätte man mich auch eingesperrt. Es geht ihr nicht schlecht, wis-

sen Sie, wir haben Verwandte auf dem Land, in Bischweiler und Ingweiler, wo ja auch die Frau Schwarzenburg herstammt. Meine Mutter
meint, ich soll mir keine Sorgen machen und hierbleiben, solange man
mich braucht. Aber jetzt sind Sie ja da.«
»Ich muß irgendwann zurück«, sagte Michael. »Bald. Meine Frau ist
allein in New York mit unserem Sohn.«
»Aber nicht ohne Friedel?« fragte Georg. »Sie lassen Sie doch nicht
hier?«
»Es gibt keine Möglichkeit, sie mitzunehmen. Bill Earth und ich
haben inzwischen alles versucht.«
»Dann dreht sie durch«, sagte Georg. »Wenn Sie wieder weggehen,
dreht Friedel durch.«
»Wer dreht durch?« rief die helle Stimme von Friedel; durch Licht und
Schatten kam sie heran, daß es aussah, als tanze sie.
Georg setzte sich auf sein Hnterteil. »Du hörst aber auch alles.«
»Sicher.« Lächelnd blieb sie neben ihnen stehen. »Ist es schon soweit
mit Tante Lucy?«
»Die wird steinalt und bleibt bei aller Verrücktheit kerngesund«,
sagte Georg.
»Schaut mal, was ich gefunden habe!« Friedel öffnete ihre kleine erd-
verschmutzte Hand. Darin lag ein schwarz und gelb gestreifter Käfer.
»Nein«, sagte Michael, »nur das nicht.« »Der ist doch hübsch«, sagte
Friedel, »so einen hab' ich noch nie vorher gesehen.«
»Das ist ein Kartoffelkäfer«, sagte Georg.
»Ach so.« Friedel kniete nieder, setzte den Käfer auf den Boden.
»Wer macht ihn tot?«
Sie sah ihren Vater an, dann Georg und wieder ihren Vater.»Na los
doch«, sagte sie. »Warum tust du's nicht?«
Aber Michael war's, als wollten ihre Augen, ihr ganzes jäh erblaßtes
Gesicht, dieser jäh gespannte Körper, etwas ganz anderes von ihm
wissen.
Georg setzte seinen Fuß in der Sandale auf den Käfer und zertrat ihn.
»Wer will eine Limonade haben?« fragte er.
Im Vorratsraum hinter der Souterrainküche hatte er sich ein kleines
Labor eingerichtet, und aus Essigessenz, Sacharin und weiß der Him-
mel was sonst mixte er zu Friedels immer wieder neuem Vergnügen
Limonaden.
»Ich!« rief sie dann auch. »Eine rote diesmal, Georg, so rot wie Blut!«
Sie ließ Michael allein, lief Georg nach, und wieder war es, als tanze sie
durch die grüngoldenen Schatten unter dem Ahorn- und Birnbaum.
In einer anderen Zeit, in einer anderen Welt hätte man sie eine Elfe
genannt.
Michael stand auf, fuhr mit dem Unkrautjäten zwischen den kleinen
Wirsingpflanzen fort.

Aus dem Haus hörte er das Gelächter und die Stimmen von Georg und Friedel.

Bill Earth erwartete Michael Gugenheimer an diesem Abend zum Dinner in der Coburger Straße.

Noch war die Fraternisierung mit den Besatzungsangehörigen den Deutschen nicht erlaubt; aber Michael war ja dem Paß nach kein Deutscher mehr, und so ließ Bill ihn auch in seinem Wagen abholen, was den Nachbarn in der Schumannstraße natürlich nicht verborgen blieb.

Nicht Michael, wohl aber Christine bekam ihre Neugier, ihr Mißtrauen und auch ihre Anbiederung zu spüren.

Ihr Schwiegersohn war Amerikaner? Ach, da hatte sie es aber gut, wie? Wann wanderte sie denn aus?

»Überhaupt nicht«, sagte Christine. »Wenn ich noch mal irgendwohin zieh', dann bloß in meinen Elsaß.«

Bill hatte Bourbon besorgt, eine Aufmerksamkeit, denn er wußte, daß Michael den Maiswhisky dem schottischen vorzog. Ein Feuer brannte im offenen Kamin von Bills Salon; Michael hatte ihn im Verdacht, daß er nur wegen des offenen Kamins auch dieses Haus beschlagnahmt hatte.

Bill gab es lachend zu. »Junge, ich hab' so lange meine Knochen hingehalten, warum soll ich mir sie jetzt nicht wärmen an einem schönen deutschen Beutekamin? Schau dir das an, er ist erst nachträglich installiert worden. Und weißt du, wo man solche Kamine findet, diese Art und aus diesem Blaustein? In der Normandie!«

»Wer hat früher hier gewohnt?«

»Was weiß ich?« Bill zuckte die Schultern. »Als ich das Haus übernahm, waren seine Bewohner geflohen.«

»Und wenn sie zurückkommen?«

Bill zuckte wieder die Schultern. »Was soll schon sein? Sie werden irgendwo unterkommen.«

»Du haßt die Deutschen?«

Bill sah ihn erstaunt an, kaute einen Moment lang an seinem blonden Schnurrbart.

»Nein«, sagte er dann, »nein, ganz und gar nicht. Aber verlange nicht, daß ich zum derzeitigen Zeitpunkt Mitleid mit ihnen haben soll.«

»Du bist wie euer Stadtkommandant, hart aber gerecht, was?«

»Na und?«

»Nichts«, sagte Michael. »Ich bin viel zu verwirrt, um mir über irgend etwas ein Urteil erlauben zu können.«

Bill goß ihm einen Bourbon nach. »Die Misere, die die Deutschen jetzt erfahren, haben sie tausendfach vorher über andere Menschen gebracht. Ich bin kein Anhänger des Prinzips Auge um Auge, Zahn um Zahn, aber verlange nicht von mir, sie brüderlich zu umarmen.«

»Nicht alle waren schlecht, nicht alle waren Verbrecher und Menschenschinder.«

»Natürlich nicht. Aber ich persönlich kann die Guten noch nicht von den Schlechten unterscheiden. Komm, alter Junge, laß uns zum Essen gehen.«

Er führte Michael in den Nebenraum, wo der Tisch gedeckt war. Silber glänzte, weißer Damast, englisches Porzellan, französisches Kristall.

»Auch Beutegut?« fragte Michael.

»Du bist verdammt reizbar heute«, sagte Bill. »Na, setz dich, und laß es dir schmecken. Das beruhigt die Nerven.«

Es gab eine klare Ochsenschwanzsuppe, die Bill bei Tisch durch einen Schuß Calvados verfeinerte, danach Roastbeef, winzige runde Backkartoffeln und grüne Bohnen.

Sam servierte lautlos, geschickt, mit schmalen dunklen Händen, deren Innenfläche von der Farbe gelber Blütenblätter war.

Sam war ein Kikuyu, Bill hatte ihn aus Kenia mitgebracht, wo er seine Frau und Kinder auf der Farm an den Ngong-Hügeln zurückgelassen hatte.

»Sam ist mein Schatten und mein Talisman«, sagte er, »solange er bei mir ist, kann mir nichts passieren. Was, Sam?«

»Ja, bwana«, sagte Sam. Er hatte eine sanfte Stimme, und wie sein Aussehen täuschte sie ebenso darüber hinweg, daß er, wie Bill, auf die Fünfzig zuging.

»Wir wurden in der gleichen Nacht geboren«, sagte Bill. »Meine Mutter starb, seine Mutter nährte mich. Das war auch nötig, denn meinem Vater war gerade die letzte Kuh am Milzbrand eingegangen. Seither sind Sam und ich unzertrennlich, was, Sam?«

»Ja, Bill bwana.«

»Mach uns einen Irish Coffee, bitte, und bring ein Glas für dich mit.«

»Ja, Bill bwana.«

»Siehst du, das sollte ich eigentlich nicht tun«, sagte Bill, während er mit Michael allein war. »Sam ist, wenn du so willst, mein Bursche und Diener. Aber er ist auch mein Freund, weil ich weiß, was es für ihn bedeutet. Er spricht außer Englisch auch Deutsch, mein Vater hat ihn wie mich bis zur mittleren Reife unterrichtet, dann ging ich nach England ins Internat, Sam in seinen Kral zurück. Er heiratete, hatte schon vier Kinder, als ich meinen ersten Sohn zeugte. Er hat einen äußerst wachen Verstand und stets ein gesundes Urteil. Es gibt viele Fälle, in denen ich nicht weiter wußte und mich auf ihn verlassen habe. Sollte mir eines Tages etwas passieren, bin ich sicher, daß Sam die Farm für Ella weiterführen würde, ganz in meinem Sinne. – Sie hat mir oft von dir erzählt.«

»Wer?« fragte Michael.

»Ella natürlich.« Bill lachte. »Du warst ihre erste große Liebe.«

»Na, ja so schlimm war's sicher auch wieder nicht.«

»O doch, bei ihr schon. Sie läßt dich übrigens grüßen und hofft, daß du uns mal in Kenia besuchen wirst.«

»Ich habe das Gefühl, daß ich nie im Leben von hier fortkomme«, sagte Michael.

»Wobei wir beim Thema wären«, sagte Bill.

Sam brachte den Irish Coffee, sie gingen wieder in den Salon. Sam legte Holzscheite nach, schürte das Feuer im Kamin.

»Aber ich kann nicht von hier weg, solange ich Friedel nicht mitnehmen kann«, sagte Michael. »Und das kann unter Umständen Jahre dauern.«

»Sam und ich haben über dich beratschlagt.«

»So?«

»Es gäbe eine Möglichkeit, alle deine Probleme mit einem Schlag auszuräumen.«

»Und die wäre?«

Bill und der Kikuyu wechselten einen Blick.

»Indem du für uns arbeiten würdest.«

»Für euch?«

»Für das Foreign Office.«

»Das habe ich in Amerika abgelehnt. Um genau zu sein, in Washington.«

»Ich weiß. Aber da wußtest du ja noch nicht, was dich hier erwartete.«

»Ich kann nicht«, sagte Michael. »Ich kann nicht gegen die Deutschen arbeiten.«

»Das sollst du auch gar nicht«, sagte Bill. »Sam, es war deine Idee, erkläre ihm, was es damit auf sich hat.«

Sam zog ein Päckchen Zigaretten aus der Brusttasche seiner Uniformjacke, die keinerlei Rangabzeichen aufwies, reichte es herum.

»Um Gottes willen, verschone mich mit dem Kraut«, sagte Bill. Und zur Erklärung: »Ella schickt ihm seine geliebten Zigaretten, Marke Hunter, die in Kenia selbst produziert werden. Jede einzelne ist ein echter Sargnagel.«

Michael rauchte eine, sie schmeckte bitter und so wie er sich als kleiner Junge den Rauch von Buschfeuern vorgestellt hatte.

»Shoot«, sagte Bill zu Sam.

»Es ist eigentlich ganz einfach«, sagte Sam, »alles, was Sie zu tun hätten, Mr. Gugenheimer, Sir, wäre, die Augen und Ohren offenzuhalten und ein bißchen im Lande herumzureisen. In Deutschland, meinen wir. Eindrücke aufzunehmen, wie die Menschen reagieren, wie sie ihre Niederlage verkraften, was sie erwarten, wohin sie tendieren. Und dies aufzuschreiben.«

»Das ist alles?« fragte Michael.

»Das wäre alles«, sagte Sam.

»Für uns wäre es wichtig«, sagte Bill. »Du siehst aus wie ein Deutscher, du sprichst wie ein Berliner. Daß du einen amerikanischen Paß hast, geht niemanden was an. Du kannst dich in jeder Umgebung bewegen.«

»Und wie mache ich meine mangelnde Fronterfahrung wett?«

»Da würden wir dir helfen, wir haben sie ja.«

»Du sagtest, Bill, damit würden sich alle meine Probleme mit einem Schlag erledigen. Aber ich sehe nur neue auftauchen. Ich wäre unterwegs und Friedel wieder mit meiner Schwiegermutter allein. Außerdem finanziell –«

»Offiziell würdest du für uns als Dolmetscher arbeiten. Du bekämst natürlich einen Wagen und entsprechende Papiere. Und ein Gehalt. Was deine Tochter angeht, wir würden dafür sorgen, sie über London nach New York zu schleusen.«

»Und Christine Schwarzenburg?«

»Wenn du darauf bestehst, sie auch.«

»Könntet ihr auch meine Frau und meinen Sohn aus Amerika herüberkommen lassen?«

»Sicher ließe sich das machen.«

»Ich muß es mir überlegen«, sagte Michael.

»Wie wäre es jetzt mit einem Irish Whisky on the rocks, Sir?« fragte Sam.

»Ihr macht mich zum Säufer«, sagte Michael.

»Hast du noch nicht bemerkt, daß dieses Leben manchmal nur im Suff zu ertragen ist?« fragte Bill und lachte. Aber seine Augen blieben ernst.

Und Michael fragte sich, was sein skeleton in the cupboard war, Bills Problem, mit dem er nicht fertig wurde.

»Wird er es tun, Sam?« fragte Bill, als sie allein waren; Michael hatte den Wagen verschmäht, sagte, er wolle zu Fuß nach Hause gehen, da es für ihn keine Sperrstunde gab.

»Sicher wird er es tun«, sagte Sam. »Mr. Gugenheimer liebt seine Tochter mehr als sich selbst, und er hat vieles an ihr gutzumachen.« Sam leerte die Aschenbecher aus, räumte die leeren Gläser fort.

»Und mir ist, als hätte ich von ihm eine unzüchtige Handlung verlangt.« Bill schüttelte verwundert den Kopf. »Michael hat zwar eine neue Nationalität, aber in seinem Herzen ist er ein Deutscher geblieben. Und wäre er nicht der Sohn Anatol Gugenheimers und deswegen rausgegangen worden, wäre er wohl an irgendeiner Front krepiert.«

»Amen«, sagte Sam.

»Du impertinenter Hund«, sagte Bill.

Aber sie grinsten beide.

»Wo fährst du hin?« fragte Friedel. »Oma hat mir erzählt, du fährst fort.«

»Nach Berlin«, sagte Michael. Zwei Monate waren seit seinem abendlichen Besuch bei Bill vergangen. »Es ist zu unserem Nutzen.«

»Zu meiner Tante Lilli fährst du?«

»Ja, vielleicht besuche ich sie.«

»Oma mag ihre Tochter Lilli nicht, aber mir hat sie einen wunderschönen Trainingsanzug geschenkt. Und sie hat einen Sohn, der Adolf heißt, obwohl Oma meint, in letzter Zeit habe sie ihn Achim genannt. Tante Lilli hat ihren Sohn nicht allein in die Evakuierung geschickt, weil sie sich nicht von ihm trennen wollte. Wenn du sie siehst, dann sag ihr, daß ich sie deswegen lieb hab'.«

»Gut, versprochen.« Michael räumte die Straßenkarten zusammen, die Bill Earth ihm zur Verfügung gestellt hatte. Er sollte mit dem Wagen quer durchs Land nach Berlin fahren, weiß der Himmel, ob ihm die Karten dabei überhaupt noch von Nutzen sein konnten.

Friedel betrachtete die Straßenkarten, das Kinn zwischen ihren Händen aufgestützt.

»Könntest du mich nicht mitnehmen?« fragte sie.

»Auf dieser Reise noch nicht. Aber ich will dir ein Geheimnis verraten« – er strich ihr übers Haar –, »bald werden wir beide nach Amerika reisen.«

»Und die Oma?«

»Sie kommt nach.«

»Und wie viele Jahre dauert das, bis du sie nachkommen läßt?«

»Nicht lange, vielleicht ein Vierteljahr, höchstens ein halbes.«

»Sie ist alt. Sie kann sterben. Sie kann sogar schnell sterben. Sie spuckt nämlich Blut.«

»Was sagst du da?«

»Wenn Oma hustet, spuckt sie Blut. Und ich weiß auch, was das für eine Krankheit ist. Es ist die Lungentuberkulose.«

»Seit wann weißt du das?«

Friedel hob die Schultern. »Wir hatten ein Mädchen in der Klasse, das ist daran gestorben. Im letzten Monat.«

»Wo ist die Oma?«

»In Alfter, in der Bäckerei. Die backen Printen für Weihnachten, du weißt doch!«

»Wir holen sie ab, ja?«

»Mit deinem neuen Auto?«

»Natürlich. Zieh deinen Mantel an und die warme Mütze.«

»Gut.« Friedel verließ das Wohnzimmer, ging in die beiden Schlafzimmer.

Es war elf Uhr morgens, Georg stand seit sechs Uhr wegen Brot an. Michael war seit acht bei Bill Earth gewesen, hatte seine Papiere und den Wagen in Empfang genommen. Er hatte nicht darauf geachtet, daß Christine schon außer Haus war.

Friedel kam in ihrem Mantel zurück, den Christine aus schwarzem Krimmer geschneidert hatte, aus einem aufgetrennten Wintermantel, den sie selbst einmal getragen hatte. Dazu trug Friedel eine dicke rote Wollmütze. Das Schwarz und das Rot ließen ihr Gesicht noch blasser, noch dünner erscheinen.

Bevor sie Bonn verließen, machte Michael einen Umweg über den Straßburger Weg.

»Willst du im Wagen sitzenbleiben oder lieber mitkommen zu Bill?«

»Lieber sitzenbleiben«, sagte Friedel. Er konnte den Ausdruck ihrer Augen nicht deuten. Sie wandte den Kopf und sah an dem Haus hoch, in dem sie mit Christine während der Kriegsjahre gelebt hatte.

»Weißt du«, sagte sie, »die Fenster könnten die wohl hin und wieder putzen.«

Er küßte sie auf die Wange, sagte: »Ich werd's Bill bestellen.«

»Vergiß es aber nicht«, sagte Friedel.

Er fand Bill in seinem Büro.

Sah zum erstenmal den Buddha aus Jade bewußt, den Ernst Schwarzenburg als Erinnerung an seine Zeit in China während des Boxeraufstandes von dort mitgebracht hatte; sein ewig lächelnder Dolmetscher Tu-wan aus Tientsin hatte ihm den Buddha geschenkt.

Michael nahm ihn auf, wog ihn in der Hand.

»Du kannst ihn mitnehmen«, sagte Bill. »Und grüße deine Schwiegermutter von mir.«

»Sie spuckt Blut«, sagte Michael. »Habt ihr einen guten Arzt?«

»Den haben wir. Aber er darf keine deutschen Zivilisten verarzten.«

»Christine wird er sich ansehen und behandeln, sonst spiele ich nicht mit.«

»Du lernst schnell, was?« fragte Bill.

»Und noch etwas, ich brauche ab sofort feste Zulieferungen von Grundlebensmitteln in die Schumannstraße.«

»Für wie viele Personen?« fragte Bill.

»Für sechs.«

»Du hast eine große Familie.«

»Du weißt, daß Christines Schwager und seine Frau noch bei uns wohnen. Und dann der Georg.«

»Was brauchst du?«

»Butter, Fleisch, Eier, Milch oder Milchpulver, Zucker, grünes Gemüse.«

»Na schön«, sagte Bill, »ich werde sehen, was sich machen läßt. Aber halten deine Verwandten dicht? Werden sie sich nicht über den plötzlichen Segen wundern und darüber quatschen?«

»Das werde ich schon verhindern.«

»Gut.«

»Wann kann der Arzt sich Christine ansehen?«

»Heute abend. Zwischen sieben und acht. Hier. – Und wann fährst du?«

»Morgen«, sagte Michael, »oder übermorgen.«

»Gut. Viel Glück.«

»Ach ja«, sagte Michael schon an der Tür, »meine Tochter Friedel läßt dir ausrichten, ihr könntet auch hin und wieder die Fenster dieser Wohnung putzen.«

Bill sah aus, als würde er platzen, aber dann brach er nur in schallendes Gelächter aus.

»You bastard!« rief er.

»Selber einer«, sagte Michael. Und da war ihm schon viel, viel leichter.

In der Backstube in Alfter war es mollig warm, wenn man aus dem Nieselregen und dem böigen Wind dieses Novembers eintrat. Christine stellte sich mit dem Rücken zum Ofen, bis die Wärme ihre Kleider durchdrang, ihre Finger die Steifheit verloren und sie fähig war, ihren Mantel aufzuknöpfen, ihren Hut abzulegen.

Manchmal brachte Frau Pfeil ihr eine Tasse Kaffee oder Tee, und das schönste daran war, daß beides stets mit richtigem Zucker gesüßt war.

Die Pfeils hatte Christine kennengelernt, als Friedel im Jahre 1942 mit Scharlach im Südsanatorium in Dottendorf lag und im selben Zimmer die Tochter des Bäckers, Annamarie, die, wie Friedel sagte, aussah wie die Goldmarie, mit ihrem langen, blonden Haar und den braunen Augen, in denen goldene Punkte tanzten.

Annamarie litt sehr darunter, daß sie stotterte; in den acht Wochen, in denen Friedel und sie das Krankenzimmer teilten, hatte Christine manche Stunde darauf verwandt, ihr Selbstvertrauen einzuflößen, ihr die Furcht zu nehmen, sich vor fremden Menschen lächerlich zu machen. Das Stottern ließ bald so weit nach, daß es nur noch auftrat, wenn Annamarie sich erregte.

Und die Pfeils dankten es während der letzten Kriegsjahre mit regelmäßigen Weihnachtspäckchen.

Dann, als der Zusammenbruch kam, als man oft nicht einmal das wenige kaufen konnte, was es auf die Bezugskarten gab, hatte Christine sich eines Morgens nach Alfter aufgemacht, die Pfeils zu besuchen.

Sie waren zu Hause, August Pfeil, der amerikanischen Gefangenschaft in Holland entkommen, setzte schon wieder ein Bäuchlein an, Martha Pfeil buk Schmalzkringel zur Feier des Tages, und sie luden Christine ein, wann immer sie wollte, zu ihnen zu kommen, ein bißchen im Geschäft und im Haus zu helfen, denn dabei fiel dann gewiß was für sie ab.

Das bißchen Hilfe wuchs sich zu Arbeit aus, die Christine nicht scheute, die ihr jedoch oft schwerfiel; im Gemüse und Obstgarten, beim Hausputz, in der Backstube.

Christine sagte nichts, sie tat sie und dachte, daß sie dadurch wenigstens davon verschont blieb, etwas geschenkt zu bekommen.

An diesem Morgen brachte Martha Pfeil ihr eine Tasse Pfefferminztee. »Sie hätten heute wirklich nicht kommen sollen, bei dem Wetter«, sagte sie.

»Was ich versprochen habe, halte ich«, sagte Christine und lächelte. »Wann geht's denn mit dem Printenbacken los?«

»Ja, das wissen wir nicht.« Martha wischte mit der Rechten über den Backtisch, Mehl blieb an ihrer Hand kleben, stäubte auf. »Noch hat mein Mann die Erlaubnis nicht.«

»Da wird er ärgerlich sein«, sagte Christine.

»Ach, wissen Sie, es gibt so vieles, worüber man sich heutzutage ärgern muß. Manchmal fällt es schwer, überhaupt weiterzumachen.«

Martha heftete ihren Blick auf das schwarze Samtband, das Christine um den Hals trug; er war so faltig geworden in letzter Zeit, und das Band hielt die lose Haut zusammen.

»August hat Angst vor Ihrem Husten. Er hat Angst, daß die Kinder sich anstecken werden. Sie wissen doch, daß die Annamarie sein Augapfel ist, und die Ulrike ist eh immer erkältet.«

»Das heißt, daß ich nicht mehr herkommen soll?«

»Mit tut es leid, Sie können es mir ehrlich glauben. Ich habe Ihnen ein Paket zurechtgemacht. Auch mit Kleidern für die Friedel. Und mit einem Paar Winterstiefel, die sind noch fast neu.«

»Das ist sehr liebenswürdig von Ihnen«, sagte Christine. Martha Pfeil hob den Blick. »Wenn Ihr Husten weg ist, im Frühjahr, dann kommen Sie ruhig wieder. Dann werd' ich mit dem August reden. Im Frühjahr sieht sowieso manches ganz anders aus. Trinken Sie noch Ihren Tee, und dann –« Sie verstummte. »Ich muß in die Küche. Es tut mir leid.«

»Gehen Sie nur«, sagte Christine, »lassen Sie sich nicht aufhalten.«

»Von den Kindern soll ich Sie grüßen. August hat sie heute mit nach Köln genommen. Obwohl ich mich frag', was er ihnen in dem Trümmerhaufen noch zeigen will!«

»Vielleicht den Dom«, sagte Christine. »Vielleicht, daß es in der Stadt mehr Not gibt als auf dem Land.«

»Wir haben ganz schön zu kämpfen«, sagte Martha, »Sie müssen nicht glauben, daß wir es hier leicht haben.«

Christine zog ihren von der Feuchtigkeit schweren Mantel an.

»Das Paket liegt im Flur, Sie können es nicht verfehlen.«

»Ja, danke«, sagte Christine. »Und auf Wiedersehen.«

Christine ging über den Hof zum Torbogen, fand davor, im kurzen, halbdunklen, steinernen Flur das Paket.

Aus dem Wohnteil des Hauses hörte sie Stimmen und jemanden, der »pscht, pscht« machte.

Natürlich waren August und die Kinder zu Hause.

Was sollten sie auch in Köln?

Sie schüttelte lachend den Kopf, während sie das Paket aufnahm. Es war schwer. Sie würde es oft von einer Hand in die andere wechseln müssen, oft stehenbleiben.

Christine trat auf die Straße, in den Nieselregen, den böigen Wind. Der Himmel hing tief. Unten vor dem Dorf standen die Pappeln schief gegen den grauen nebligen Horizont.

Christine ging zwanzig Schritte, dann blieb sie stehen, zwang sich, tief durchzuatmen, obwohl es schmerzte. Wechselte das Paket von der rechten in die linke Hand.

Ihre Finger waren schon wieder klamm steif, wollten sich kaum um die Kordel schließen.

Wenn ich erst auf der Landstraße bin, kann ich singen.

Wenn ich erst auf der Landstraße bin, begegnet mir vielleicht ein Wagen, der mich mitnimmt.

Hin und wieder war solch ein Wunder geschehen. Hin und wieder hatte sie die acht Kilometer nach Hause nicht ganz zu Fuß zurücklegen müssen.

Sie erreichte das Wegkreuz, wo die Bank unter den drei Birken stand. Der mittlere Baum trug frische weiße Axtwunden, jemand hatte wohl versucht, ihn zu fällen, und war dabei überrascht worden.

Kein Wunder, denn nachts, wenn sie wach lag, und das geschah nun sehr häufig, hatte Christine sich auch schon ausgerechnet, wieviel Klafter Holz wohl der Ahornbaum im Garten ergeben würde, wieviel Tage, an denen der Kachelofen nicht kalt bleiben mußte.

Die Bank war aus Gußeisen, wie die Bänke, die früher im Kurgarten von Neuenahr standen.

Christine blieb zögernd stehen, zweifelnd, ob sie sich einen Moment lang setzen sollte, ausruhen.

Aber dann würde sie die Kälte und die Nässe stärker empfinden.

Also ging sie weiter.

Wie still es war, nicht einmal Raben krächzten über den Feldern, die von allem Grün entblößt, nacktes, sumpfiges Braun zeigten.

Leise begann Christine vor sich hin zu singen, bis ein Hustenanfall ihre Stimme erstickte.

Sie ließ das Paket fallen, krümmte sich im Wind, im Husten, im Schmerz.

Als es vorbei war, fühlte sie sich schwindlig, müde, erschöpft. Aber sie dachte, was soll denn das, einen Kilometer hast du schon hinter dir, und die restlichen wirst du auch noch schaffen.

Sie legte zwei weitere Kilometer zurück, dann kam ihr ein Wagen entgegen. Der Motor röhrte und klopfte laut, es war ein altes Gefährt, graugestrichen, unansehnlich.

Als er noch etwa dreißig Meter von ihr entfernt war, hupte der Fahrer laut, so, als versperre sie ihm die Straße – und beinahe sah es so aus, denn er bremste, und der Wagen schaukelte im Zickzack, bis er stand. Friedel sprang heraus, und dann Michael.

»Oma, was, da staunst du!« rief Friedel und kam auf sie zugelaufen.

Michael grinste und sagte: »Darf ich Sie zu einer Spazierfahrt einladen, Madame?«

Christine hätte weinen mögen vor Erleichterung, vor Freude, aber natürlich tat sie es nicht.

Sie sah das Kennzeichen des Wagens und wußte, was es bedeutete: Michael hatte sich mit Bill Earth verbündet.

»Heizung hat der Wagen keine«, sagte Michael, »aber ich habe eine Decke für dich mitgebracht.« Er half Christine, den nassen Mantel auszuziehen, wickelte sie in die Decke. »Gibt's denn so was, ein Auto mit Heizung?« fragte Friedel.

»In Amerika, ja.«

Friedel wurde mit dem Paket der Pfeils auf den Rücksitz verfrachtet, Michael wendete den Wagen und meinte, Bill müsse ihm allerdings noch neue Reifen besorgen, die hier seien ja lebensgefährlich.

»Es war eine herrliche Fahrt, Oma, er ist ganz schnell gefahren, auch in den Kurven.«

»Weil die Bremsen nicht in Ordnung sind«, sagte Michael, »blieb mir ja gar nichts anderes übrig.«

»Weißt du, auf was du dich einläßt?« fragte Christine. »Mit Bill?«

Michael sah sie kurz an. »Ja.«

»Ich hoffe es. Unsretwegen brauchst du es nicht zu tun.«

»Wovon redet ihr?« fragte Friedel. »Habt ihr ein Geheimnis?«

»Nein. Nichts Wichtiges. Mach mal das Paket auf. Da sind Sachen für dich drin.«

»Für mich?«

»Aber zerreiß das Papier nicht und wickel die Kordel auf.«

»Ja, Oma, natürlich.«

»Ich fahre nach Berlin«, sagte Michael.

»Quer durch die Russenzone?«

»Ja.«

»Und – das ist nicht gefährlich?«

»Nicht für mich.«

Christine fror trotz der Decke. »Wenn du nach Berlin kommst, wirst du Zeit haben, nach Lilli Ausschau zu halten?«

»Ja.«

»Habe ich dir schon gesagt, daß sie zuletzt in eurem Dahlemer Haus wohnte?«

85

»Nein, das hast du nicht.«

»Ich kenne die Umstände, wie es dazu kam, nicht. Lilli hat mich nur von der Tatsache unterrichtet. Daß ich nicht froh darüber bin, kannst du dir denken, aber wissen möchte ich doch, ob sie noch lebt. Sie ist halt auch meine Tochter.«

»Sobald ich es weiß, werde ich es dich durch Bill wissen lassen«, versprach Michael.

An diesem Abend zwischen sieben und acht wurde Christine von dem britischen Militärarzt gründlich untersucht, wie Bill Earth es versprochen hatte.

Sie hatte keine Tuberkulose. Sie litt an einer schweren Bronchitis, und sie hatte Magengeschwüre.

Der Arzt verordnete Bettruhe und eine entsprechende Diät.«

»Bei den Rationen, die wir bekommen, wird mir das nicht schwerfallen«, lachte Christine.

In der Nacht um zehn hielt ein unbeleuchteter Lastwagen vor ihrem Haus in der Schumannstraße. Zwei Männer stiegen aus, kamen zur Tür.

»Wo geht's in den Keller?« fragte der größere der beiden.

»Warum?«

»Wir bringen Kohlen.«

Sie schleppten sechs Zentner Eierbriketts in den Keller.

Dann mußte Christine ein Papier unterzeichnen, daß die Lieferung auf Anordnung der britischen Militärverwaltung erfolgt war.

»Na ja, da kann man sehen, wer an der Quelle sitzt«, sagte der kleinere der beiden.

Christine gab ihm zwanzig Mark.

»'n paar anständige Kippen wären mir lieber«, murrte er.

Georg und Michael zündeten den Kachelofen im Parterre noch an. Michael braute einen Grog aus Whisky.

Lucy und Franz kamen hinzu. Sie alle scharten ihre Stühle um den Kachelofen, ließen die Tür einen Spalt auf, um die wärmende, flackernde Glut zu sehen.

Friedel kuschelte sich in Christines Arm und meinte: »Das ist noch viel schöner als Weihnachten oder Geburtstagsfeiern.«

Christine erschrak sehr, denn sie hatten tatsächlich den Geburtstag des Kindes in diesem Herbst vergessen.

Friedel war nun schon zwölf Jahre alt.

»Macht doch nichts, Oma«, sagte Friedel leise. »Du mußt halt viel zuviel im Kopf behalten.«

Michael Gugenheimers Reise von Bonn nach Berlin dauerte dreizehn Tage.

Bill Earths Straßenkarten des ehemaligen Deutschen Reichs waren dabei so nutzlos, als entstammten sie einem anderen Land.

Es gab zerbombte Straßen, gesprengte Brücken, Behelfsfähren, unpassierbare Bahnübergänge. Und es gab die Scharen von Menschen, die von Ost nach West und umgekehrt, von Nord nach Süd und umgekehrt das zerstörte Land durchzogen.

Michael passierte Kontrollen der verschiedensten Militärpolizei. Und auch der deutschen Ordnungspolizei. Sein Wagen blieb nie leer, meist hatte er fünf und einmal auch acht Mitfahrer.

Sie fragten nicht, wer er war, fragten nicht, wohin er wollte, wunderten sich nicht einmal, daß jemand, der ihre Sprache redete, noch einen Wagen besaß, Benzin dafür bekam, ihnen Zigaretten gab oder auch was zu essen. So tief saß der Schock der bedingungslosen Kapitulation, daß sie sich ganz in sich selbst zurückzogen auf den einen einzigen Willen, weiter zu überleben.

Michael konnte es an Kindern beobachten, an jungen und an alten Frauen, an jungen und an alten Männern.

Er las es aus der Art, wie sie aßen; nicht hungrig, sondern gierig, so, als könnte ein Gramm verlorene Nahrung ihren Tod bedeuten.

Er las es aus ihren Händen, die sich an ihre Habe klammerten, in die Kleider vergruben, die sie trugen.

Er las es in ihren Augen, die ihn nur als einen Mann sahen, der ihnen nützte, den sie benützen konnten.

Michael faßte seine Aufzeichnungen für Bill Earth abends, wo immer er auch nächtigte, und wählerisch durfte er da ganz und gar nicht sein, in Englisch ab. Es verwunderte ihn selbst – aber er erkannte bald, daß ihm die fremde Sprache gestattete, sich nicht vom Grauen und vom Elend mit Mitleid überwältigen zu lassen.

Am fünften Tag notierte er: ›Was immer Bill Earth und das F. O. in London mit meinen Notizen beabsichtigen, eines wird ihnen nach der Lektüre klar werden: wer von den Deutschen übriggeblieben ist, wird nie wieder Krieg wollen!‹

War no more – Michael unterstrich es dreifach.

Er hörte sich Geschichten an, jeder Flüchtling hatte eine – und wie es ihm schon im Kreis der Emigranten in New York aufgefallen war: Für jeden war es ein Bedürfnis, ein Zwang geradezu, sie zu erzählen.

Vom letzten Bombenangriff, vom Einmarsch der Amerikaner, der Russen, der Engländer, der französischen Marokkaner.

Wie man den Mann verloren hatte, den Sohn, die Tochter und, im selben Atemzug, das Klavier, die Handschrift Händels, die erste Ausgabe von Brehms Tierleben, den Stahlstich von Potsdam aus der Zeit Friedrichs des Großen, handkoloriert.

In einer Scheune schlief er mit einem Mädchen, das zu ihm kam in der Nacht, sich an ihn klammerte und flüsterte: »Du riechst so gut, du bist sauber, du hast dich gewaschen mit richtiger Seife. Du hast dich mit richtiger Seife gewaschen, nicht wahr?«

Und sie zeigte ihm eine Schale, die mit scheußlichen violetten Rosen verziert war, einziges Stück von zu Hause; darin hatte ihr Vater seinen Rasierschaum geschlagen, wie süße Sahne sah das aus.

Auf der Flucht hatte sie ihre Mutter verloren, aber davon sprach sie nicht – und nicht davon, daß ihr kleiner Bruder in einer Nacht erfroren war. Ein alter Schreiner erzählte es Michael am Morgen, der aus dem selben Dorf stammte wie das Mädchen, das schon fort war mit dem ersten Tageslicht.

Vom Grauen sprachen sie, wenn sie froren, vom Frieden, wenn es ihnen warm wurde, im Stroh, an einem Ofen, einmal an die Leiber von Schafen gedrückt, mit denen sie den Stall teilten.

Aber wie es werden sollte, wie die Zukunft aussah, das konnten sie alle sich nicht vorstellen.

»Vielleicht in zwanzig, vielleicht in dreißig Jahren wird es hier wieder Häuser geben, richtige, meine ich, und Geschäfte mit Leuchtreklame am Abend«, sagte der alte Portier in dem Grandhotel in Leipzig, das seine Gäste in den Kellergewölben nächtigen ließ.

Am Eingang, ›Nur für Lieferanten‹ stand da immer noch, mußten sie sich eintragen, die Bettstelle im voraus bezahlen.

Michael bekam Kleiderläuse und wurde sie wieder los.

Er bekam Ausschlag an den Händen, dagegen ließ sich nichts tun. Vielleicht in Berlin.

»Wenn du nicht mehr weiter weißt, wende dich an unsere Militärmission«, hatte Bill gesagt, »aber mir wäre es lieber, du tätest es nicht. Mir wäre es lieber, du erlebtest Deutschland in the raw.«

Im rohen Zustand.

Ja, Michael erlebte das Nach-Hitler-Deutschland im rohen Zustand, und er würgte daran jeden Abend und jeden Morgen.

Als Michael Gugenheimer in Berlin eintraf, war es Nachmittag. Es lag Schnee, und die Stadt schien so still, als sei sie nur ein Acker.

Wegen des Schnees und der Trümmer und der aufgerissenen Straßen fand er sich überhaupt nicht mehr zurecht und brauchte weitere drei Stunden, bis er endlich zum Haus seines Vaters in Dahlem gelangte – zumindest zu dem, was davon übriggeblieben war.

Eine Mauer stand noch, die südliche zum kleinen Weiher hin. Der Kamin stand noch, und jemand hatte schon begonnen, im Schutt aufzuräumen.

Da waren Stapel von Ziegeln, von Dachschindeln. Da lagen auf einer Seite eine Reihe von angekohlten Balken.

Aus den schmalen Fenstern des Kellergeschosses schimmerte Licht.

Michael hatte den Wagen am Parktor abgestellt, das verbogen in seinen Angeln hing, die schmiedeeiserne Handwerksarbeit zerknittert wie ein mißlungener schwarzer Scherenschnitt.

Er ließ den Strahl der Taschenlampe über das gleiten, was ehemals die Terrasse gewesen, wo sein Vater gestorben war. Da stand ein ausgebrannter Personenwagen, aus dessen Tarnanstrich hier und da das Feuer gelben Lack zum Vorschein gebracht hatte.

Michael schritt um die Reste des Hauses herum, schaute in den Wagen – er war leer. Michael ging weiter, kam zur nördlichen Seite, wo sich der Eingang zur Waschküche und zu den Kellern befand.

Er stieg die Steinstufen hinunter. Er klopfte an die Tür, deren Fenster mit Brettern vernagelt waren.

»Wer ist da?« Die Stimme klang hell und furchtlos, wie Friedels Stimme manchmal.

»Michael Gugenheimer!« rief er. »Machen Sie auf, Lilli.«

»Schieben Sie etwas unter der Tür durch, das Sie identifiziert.«

Er griff nach seinem Paß, ließ ihn stecken, zog statt dessen seine Brieftasche, nahm das Foto heraus, das Anna, Christine und ihn noch in Straßburg zeigte, vor der weiß- und grüngestrichenen Laube des Hauses der Welschs in der Elisabethstraße.

Lange Zeit blieb es drin im Keller still.

Schließlich wurde die Tür geöffnet. Dahinter war es dunkel.

»Guten Abend«, sagte die helle, furchtlose Stimme, »treten Sie nur ein.«

Lilli verschloß die Tür sofort hinter ihm, riegelte sie zu.

Michael knipste seine Taschenlampe an.

Lilli drehte ihr Gesicht so, daß er nur blondes Haar sah.

»Kommen Sie«, sagte sie, ging ihm voraus, stieß eine Tür auf. »Sie sollten Ihren Mantel anbehalten, hier ist nicht geheizt.«

Deswegen trug sie ihren Pelzmantel mit dem Futter nach außen.

Sie trat an den Tisch, zündete eine zweite Kerze an, die in dem siebenarmigen Silberleuchter steckte.

Dann wandte sie sich um.

»Was muß ich jetzt sagen?«

»Vielleicht, willkommen?«

Sie hatte seltsame Augen, sehr jung, sehr durchsichtig.

Sie trug ihr blondes Haar glatt, halblang, in der Mitte gescheitelt. Auf dem Bogen ihrer linken Wange war ein dunkler, schorfiger Fleck.

»Willkommen, Michael«, sagte sie.

»Guten Abend, Lilli«, sagte er.

»Sie sind mit einem Wagen gekommen?«

»Ja.«

»Sie gehören zu den Siegern.«

»Das weiß ich nicht so genau.«

»Was vom Haus übriggeblieben ist, gehört wieder Ihnen. Warum setzen Sie sich nicht?«

»Haben Sie ein Bett, wo ich heute nacht schlafen kann?«

»Sicher.« Sie lächelte spöttisch.

»Gut, dann hole ich den Wagen und mein Zeug.«

»Achim kann Ihnen dabei helfen.« Ihre Stimme hob sich nur wenig, aber die Tür zu einem der Vorratskeller öffnete sich, und der Junge kam herein.

Er trug eine dicke wattierte Jacke, die ihm zu groß war. Er hatte das gleiche Gesicht wie Lilli, die gleichen hellen, durchsichtigen Augen.

»Das ist dein Onkel Michael«, sagte Lilli.

»Ich habe es gehört«, sagte der Junge.

»How do you do, Sir?«

»Michael spricht deutsch«, sagte Lilli scharf.

Achim folgte ihm durch den Park, zum Wagen.

Er stapfte mit Schritten, die sich den seinen anpassen sollten, neben Michael her.

»Sind Sie direkt aus New York gekommen?«

»Nein, nicht direkt.«

»Waren Sie schon in Bonn?«

»Ja.«

»Lebt meine Großmutter noch?« Lilli hatte nicht danach gefragt.

»Ja.«

»Ich habe sie noch nie gesehen. Zuletzt wollte mein Vater, daß wir zu ihr fahren, zu Großmutter Schwarzenburg, meine ich, aber meine Mutter wollte bei meinem Vater bleiben.«

»Wo ist dein Vater jetzt?«

»Wir wissen es nicht. Seit dem 6. Januar ist er vermißt. Er war Nachrichtensprecher. Er war ein wichtiger Mann. Man hatte ihn in den Führerbunker befohlen. Von da kehrte er nicht zurück.« Es klang wie auswendig gelernt.

»Hast du deinen Vater liebgehabt?«

»Ja. Aber –«

»Was, aber?«

»Ich habe ihn ja kaum gekannt.«

»Er war doch nicht eingezogen, oder?«

»Nein. Aber er kam selten nach Hause. Und wenn er kam, dann war er meist betrunken. Ich sollte das vor Fremden nicht sagen, aber Sie gehören ja zur Familie. Wissen Sie, daß mein Großvater Belheim sich erschossen hat im August vorigen Jahres? Er war aktiver Offizier, aber unter dem Kaiser. Nicht unter dem Führer.«

Sie hatten das Auto erreicht.

»Sie sind mit dem Wagen von Bonn gekommen?«

»Ja.«

»Ein altes Baujahr. Mein Vater besaß einen Mercedes.«

»Komm, steig ein«, sagte Michael. Er fuhr bis nahe an den Eingang zur Waschküche und schloß den Wagen sorgfältig ab.

»Darf ich Sie was fragen?«

»Sicher«, sagte Michael.

»Wollen Sie was von meiner Mutter?«

»Wie meinst du das?«

»Sie wissen schon.«

»Nein«, sagte Michael.

»Das ist gut«, sagte der Junge, »dann gebe ich Ihnen mein Bett.«

In der Waschküche hatte Lilli den Ofen angezündet, dessen Rohr durch eines der Fenster nach draußen wies.

»Meinetwegen hätten Sie das nicht zu tun brauchen«, sagte Michael.

»Oh«, sagte sie, »ich tue es nicht Ihretwegen, wir haben noch Heizmaterial genug im Keller. Aber meistens lassen wir den Ofen aus, um uns vor unliebsamen Besuchern zu schützen. Sie könnten den Rauch sehen.«

»Soldaten?« fragte er.

»Sicher. Vor allem Russen. Und dann DPs.«

»Was sind das?«

»Displaced persons. Ehemalige Fremdarbeiter oder Kriegsgefangene oder sonstiges.«

Achim sah erwartungsvoll zu, während Michael seine Rationen auspackte; die letzten Konserven, die Bill Earth ihm mitgegeben hatte.

»Keine Schokolade?« fragte Achim enttäuscht, und da erst merkte man, wie jung er noch war.

»Du sollst nicht betteln«, sagte Lilli.

»Lassen Sie ihn doch. Ich habe Kakao, und wenn ihr Zucker habt, kann ich dir Schokoladenkaramellen machen, Achim.«

»Oh ja, Zucker haben wir noch!« Achim lief in einen der Keller, kam mit einem Kilopaket Zucker zurück. »Du erlaubst es doch, Mutter?«

»Sicher«, sagte Lilli, und mit einemmal klang ihre Stimme weich.

Die blonde Frau und der Junge sahen zu, während Michael in einer Pfanne einen Stich Butter zergehen ließ, den Zucker hineinrührte, bis er schmolz, dann das Kakaopulver hinzufügte.

»Wie das duftet«, sagte Achim. »Herrlich!«

Michael zog noch mehr Fett unter die Masse, rührte sie, bis sie erkaltete, formte sie dann zu Kugeln.

»Fabelhaft«, sagte Achim, als er das erste Karamelbonbon gekostet hatte. »Die besten, die ich je gegessen habe. Noch voriges Jahr brachte Vater mir welche aus Holland mit, aber die waren lange nicht so gut.«

91

Lilli hatte ihren Pelzmantel ausgezogen. Sie trug darunter ein hochgeschlossenes schwarzes Kleid, das gerade wegen des einfachen Schnitts seine Klasse verriet. Lilli war sehr schmalhüftig, man konnte sich kaum vorstellen, daß sie jemals ein Kind geboren hatte.

»Mögen Sie Champagner, Michael?« fragte sie.

»Sicher.«

»Mein Mann brachte ihn mir immer aus Paris mit.« Sie ging in die Vorratskeller, kam mit einer Flasche Heidsiek zurück.

»Gläser haben wir keine mehr, aber vielleicht schmeckt er auch aus Tassen.«

»Ich verstehe nicht, warum Plünderer immer alles kaputtmachen müssen. Warum nehmen sie die Sachen nicht einfach mit?« fragte Achim.

»Gibt es viele Plünderungen?«

»Täglich, obwohl die Militärregierungen sie verboten haben.« Lilli zuckte die Schultern.

»Und Vergewaltigungen«, sagte Achim.

Er sprach das Wort korrekt aus und schien auch genau zu wissen, was damit gemeint war.

»Wenden die Plünderer auch Waffengewalt an?«

»Sicher«, sagte Achim. »Sehen Sie sich doch Mutters Gesicht an. Was sie da auf der Wange hat, war ein Streifschuß.«

»Ihr solltet nicht hier draußen allein leben.«

»Wo denn sonst?« fragte Lilli. »Haben Sie die Innenstadt nicht gesehen?«

»Wenn meine Arbeit in Berlin beendet ist, kann ich Sie mit nach Bonn nehmen.«

»Zu meiner Mutter?« Es klang spöttisch.

»Zu Ihrer Mutter. Sie bat mich, Sie ausfindig zu machen. Sie wird glücklich sein, daß Ihnen nichts passiert ist.«

Lilli hatte plötzlich Tränen in den Augen. Sie wandte sich schnell ab, machte sich am Ofen zu schaffen.

»Und wie geht es ihr? Hat sie sich über den Lavendel gefreut?«

»Sicher«, sagte Michael, obwohl er nicht wußte, was sie meinte.

»Ich habe meine Mutter seit einem Jahrzehnt nicht mehr gesehen«, sagte Lilli.

»Ach, bitte, Mama, laß uns mit ihm nach Bonn fahren«, sagte Achim. Sein Blick ging schnell zwischen Michael und Lilli hin und her. »Bitte, laß uns von hier weggehen.« Das Drängen in seinen Worten hatte einen seltsamen Unterton, es klang nach Panik.

»Vielleicht tun wir's wirklich.«

»Versprichst du es, Mutter? Und hältst du dein Versprechen?«

»Gut, ich verspreche es«, sagte Lilli. Und mit einem tiefen Atemzug. »Ja, ich verspreche es.«

Als Michael in seinen Aufzeichnungen für Bill Earth Bilanz zog, stellte er zu seiner Überraschung fest, daß sie ausgeschrieben wahrscheinlich mehr als hundert Seiten umfassen würden.

Er fügte seinen Beobachtungen über die Zivilbevölkerung auch solche über die Besatzungsmächte hinzu; sie fielen weder beschönigend noch gerade positiv aus.

Aber wieviel Vergeltung, wieviel angestaute Bitterkeit mochte sich nun in der Hauptstadt des tausendjährigen Reiches entladen und sich am Sieg berauschen?

»Es bleibt nur zu hoffen, daß alle, die diesen Krieg überlebt haben, aus ihm lernen werden«, schrieb Michael und unterstrich das ›alle‹.

Die Rückfahrt nach Bonn dauerte nur neun Tage.

Diesmal nahm er keine anderen Flüchtlinge in seinem Wagen mit.

»Schauen Sie sich doch nur Ihre Hände an«, sagte Lilli. »Sollen wir denn alle die Krätze kriegen?«

Aber als sie in Bonn ankamen, hatten sie alle drei Kleiderläuse und alle drei die Krätze.

Bill Earth sorgte für Entlausung und medikamentöse Hilfe. Zu Michael sagte er spöttisch: »Eigentlich war diese Reise nicht so gedacht, daß du dir gleich eine Meise mitbringst. Aber dein Bericht ist Klasse. Beim nächsten brauchen wir nur mehr Namen und konkretere Details.«

Friedel begegnete Lilli vom ersten Tage an mit offener Feindseligkeit.

»Sie sieht aus wie ein Flittchen«, sagte sie, und Christine gab ihr einen Klaps auf den Mund.

»Sie ist deine Tante!«

»Trotzdem! Du magst sie doch selbst nicht. Gib's doch zu, Oma!«

»Sie ist meine Tochter.«

»Wo steht geschrieben, daß man seine Tante oder Mutter lieben muß?«

»Es steht geschrieben, du sollst deinen Nächsten lieben«, sagte Christine, »das gilt für Fremde, Freunde und Familie.«

Friedel lachte. »Oma, du klingst wie der Herr Pastor!«

»Lach nicht, sondern merke es dir, wenn du einem Menschen übel begegnest, wird er es dir mit gleichem vergelten.«

»Ich kann mich nicht verstellen«, sagte Friedel. »Ich habe ja versucht, Tante Lilli zu lieben, aber es ging nicht.«

»Lieben brauchst du sie auch nicht. Aber ehe du ein Urteil fällst über einen Menschen, sollst du versuchen, ihn zu verstehen.«

»Deine Tochter Lilli hat Augen wie eine Ladenkasse.«

»Wie was, bitte?«

»Ich höre, wie es klick-klick dahinter macht, in ihrem Kopf. Und manchmal rasselt es, und dann klimpert es im Kasten.«

»Ich wünschte wirklich, ich verstünde, was du meinst«, sagte Christine. Sie schob die Kartoffeln zur Seite, die sie geschält hatte. Sie wikkelte die Schalen fest in Zeitungspapier; sie würde sie dem Nachbarn, Professor Fricke, bringen, der seit kurzem ein Schwein in seinem Garten hielt.

»Paß auf, ich erklär's dir«, sagte Friedel. »Michael erzählt, daß die Engländer vom Straßburger Weg eine Sekretärin brauchen. Da fängt es an, in Lillis Kopf klick-klick zu machen. Onkel Franz oder Tante Lucy fragen dann, ob die in Geld oder Naturalien bezahlen. Bei Tante Lilli macht es immer noch klick-klick. Sie sagt keinen Ton, sie hört nur zu. Und dann verschwindet sie am nächsten Morgen, läßt dir die ganze Hausarbeit liegen und kommt zurück und hat den Posten. Sie hat ihn nämlich, und sie kriegt Geld *und* Naturalien! Da staunst du, was? Ja, sie kriegt auch eine Wohnung, in der Coburger Straße. Damit sie näher an ihrer Arbeitsstelle ist.«

»Was du nicht sagst.«

»Es ist zwar nur ein Zimmer vorerst, und Achim soll natürlich bei uns bleiben. Aber dann hat sie ja auch freie Bahn.«

»Und jetzt will ich kein Wort mehr hören«, sagte Christine.

»Oma, du hast immer gesagt, man soll keine Vogelstraußpolitik betreiben. Aber jetzt tust du es selber.«

»Noch ein Wort und du kriegst eine Watsche.«

»Ein letztes«, sagte Friedel ungerührt, »ich wünschte, du und ich und Georg, wir lebten wieder allein.« Damit nahm sie das Paket mit den Kartoffelschalen auf und fügte hinzu: »Ich bring's schon zu Frickes.«

Lilli zog aus, Achim blieb in der Schumannstraße. Er wurde zu einem sehr stillen Jungen, der sich allen wilden Spielen – und sie waren wild im Urwald – von Friedel und Georg unterordnete.

Einmal in der Woche besuchte er seine Mutter in der Coburger Straße, einmal in der Woche kam Lilli in die Schumannstraße.

Von seinen Besuchen bei ihr sprach er nie, während ihrer Anwesenheit in der Schumannstraße konnte man beobachten, wie er sich mehr und mehr von Friedels Feindseligkeit anstecken ließ.

Lilli brachte ihm einmal ein Paar neue braune Halbschuhe mit. Er behauptete steif und fest, sie paßten ihm nicht, obwohl jeder sich vom Gegenteil überzeugen konnte.

Später, als er mit Friedel einen Moment lang allein war, sagte er mit Tränen in den Augen: »Die Schuhe sind so schön, und Mutter meint es vielleicht sogar gut. Aber ich kann doch keine funkelnagelneuen Schuhe tragen, wenn alle anderen Kinder nur olle Latschen haben.«

»Schmier sie mit Dreck ein«, sagte Friedel, »dann merkt's niemand mehr, daß sie neu sind.«

»Meinst du wirklich?«

Sie zupfte ihn am Ohr. »Na, tu's schon.«

»Jetzt gleich?«

»Jetzt gleich!«

Friedel ging aufs Klo. Das war im Grunde der einzige Ort im Haus, wo sie in Ruhe nachdenken konnte.

Es war doch merkwürdig, daß ausgerechnet ihre Großmutter zwei Töchter hatte, die so herzlos waren.

Lilli brauchte man bloß anzusehen, um zu wissen, daß sie eine Egoistin war.

Und Anna, ihre eigene Mutter, konnte doch auch nichts anderes sein; Friedel glaubte Michael einfach nicht, daß er nur wegen der behördlichen Schwierigkeiten Anna in Amerika zurückgelassen hatte. Er sprach so selten von ihr, als habe er sie fast schon vergessen.

Aber einmal sehen möchte ich sie doch, dachte Friedel. Einfach mal sehen, damit ich weiß, wie meine Mutter überhaupt aussieht.

10

Zuerst hatte Anna Gugenheimer geglaubt, die Trennung von Michael nicht überleben zu können. Sie hatte Fieber bekommen, Erstickungsanfälle, Yochanan Metzler gab ihr Brom zur Beruhigung; Michael übersah beides.

Dann kamen die letzten Tage, angefüllt mit seinen Reisevorbereitungen. Sie wusch und plättete seine Hemden, dämpfte seine beiden besten Anzüge auf, gab die Schuhe zum Besohlen.

Sie ging aus, in die Fifth Avenue zu Sak's, kaufte ihm neue Krawatten; aus reiner Seide, bemalt mit Motiven, die den Phantasien Dalis entsprungen schienen.

»Wer soll die denn tragen?« fragte Michael und packte seine alten Klubkrawatten ein, grünblau und rotschwarz gestreift. Anna erstand ein weißes Organdykleid mit schwarzer Samtschärpe für Friedel, die Verkäuferin versicherte ihr, daß es garantiert einer Elfjährigen passen würde.

Michael sah es an und kriegte schneeweiße Lippen. »Du glaubst doch nicht, daß ich das Friedel mitnehme? Auch Kinder können schon denken, aber das scheinst du ja zu vergessen!«

»Ich wollte ihr doch nur eine Freude machen, ihr etwas schenken, das es ganz bestimmt nicht mehr drüben gibt«, sagte Anna leise. Michael überhörte es.

Sie ging wieder aus, kaufte ein Schottenkleid und ein Paar deftige Schuhe mit Kreppsohlen.

Aber auch das wollte Michael nicht mitnehmen.

»Begreif es doch endlich. Wenn ich mit solchen Sachen ankomme, wird Friedel denken, wir versuchen mit Geschenken gutzumachen, was wir versäumt haben, und wir prahlen mit dem Überfluß, in dem wir leben.«

»Gut«, sagte Anna, »gut, aber nimm die Sachen wenigstens mit. Du brauchst sie ihr ja nicht gleich zu geben. Du kannst ja abwarten, bis sie Geburtstag hat oder bis Weihnachten.« Und da stockte ihr der Atem. Bis Weihnachten? Rechnete sie selbst damit, daß Michael so lange fortbleiben würde, ein halbes Jahr?

Die letzten Tage waren hektisch, verzerrt von ihrer Unfähigkeit, miteinander zu sprechen. Reizbarkeit breitete sich aus wie ein unsichtbares Gas, nistete in allen Ecken der Wohnung.

Und Boris, wie Anna ihren Sohn getauft hatte, bekam Keuchhusten.

Melanie verweigerte auch den letzten Rest der Nahrung, nahm nicht mal mehr ihren früher so geliebten Tee.

Anna brachte Michael im Wagen zum Flughafen. Auf dem Weg nach La Guardia wandte er nur einmal den Kopf, als sie den Broadway hinter sich ließen. Wie lange war es her, daß sie dort Kurt Weills Musical ›Lady in the Dark‹ gesehen hatte?

»Setz mich nur ab bei Pan Am«, sagte Michael. »Die Formalitäten werden wahrscheinlich endlos dauern.«

Er umarmte Anna, aber sie empfand es als Pflichtübung, der er sich unterzog.

»Habe ich dich schon verloren?« fragte sie.

»Bitte, Anna«, sagte er, »keine Szene!«

Du wirst mir schreiben? Friedel ist auch mein Kind. Und es ist meine Mutter, bei der sie lebt. Vergiß das nicht! Sie dachte es, aber sie wagte nicht mehr, es auszusprechen.

»Auf Wiedersehen!« rief sie ihm nach, aber da war er schon im Flughafengebäude verschwunden.

Anna fuhr in die Stadt zurück, lenkte den Wagen mit leichter Hand, weil sie es gelernt hatte, als sie sich noch nicht fürchtete, als sie noch glaubte, das Leben liege wie ein klarer Fluß vor ihr, in dem man sich spiegeln, eintauchen könne, sich tragen lassen an ein neues unbekanntes Ufer.

Die letzten zwei Stunden in der Wohnung hatte Michael mit Melanie verbracht, nicht mit ihr, nicht mit seinem Sohn.

Anna starrte mit trockenen Augen in den Lichterglanz von Manhattan, das sich dem Abend zuneigte.

Sie fuhr den Wagen in die Garage am Central Park, nahe dem Appartementhaus, in dem John Craw lebte und Laura, wenn sie zum Shopping oder zur Theatersaison in New York weilte.

Die Craws hatten Anna eingeladen, den Fünfuhrtee bei ihnen zu trinken.

»Bist du es, Anna?« rief Melanie, kaum daß sie eingetreten war.
Sie lief rasch in Melanies Zimmer.
»Hilf mir bitte, mich aufzurichten, Anna.«
Sie tat es, legte Kissen auf Kissen in den abgezehrten Rücken.
»Im Schrank ist ein kleiner schwarzer Kasten«, sagte Melanie. »Reich
ihn mir doch bitte.« Sie selbst vermochte nicht mehr, das altmodische
Messingschloß zu öffnen, Anna mußte es für sie tun.
Auf gelbem Samt lag eine flache goldene Taschenuhr, die kunstvoll
eingravierte Initialen trug. »Wenn du zu Michael nach Deutschland
fährst, sollst du sie ihm geben«, sagte Melanie. »Sie hat Anatol, mei-
nem Mann, gehört und vor ihm dessen Vater Boris. Ich bin dir dank-
bar, Anna, daß du deinen Sohn Boris genannt hast. Eines Tages wird
Michael sich darüber freuen.« Sie nahm Annas Hand. »Du mußt zu
Michael fahren, hörst du!« – »Ja, Mutter.«
Melanies Augen lächelten. »Du brauchst keine Angst zu haben, nichts
Böses kann zwischen euch geschehen. Manchmal entfernt man sich
voneinander. Vergiß nicht, ihr seid schon beinahe dreizehn Jahre ver-
heiratet. Aber ihr werdet zusammenbleiben, so wie Anatol und ich
zusammenblieben, bis zum Ende.«
»Ja, Mutter.«
»Und deswegen sollst du dies tragen.« Ihre Rechte bemühte sich,
unter der goldenen Uhr etwas hervorzuziehen, es gelang ihr nicht.
»Nimm es heraus und lege es an«, sagte sie.
Anna zog eine dünne Kette hervor, an der ein brillantenbesetztes klei-
nes Herz hing. Ihre Hände zitterten, als sie es umlegte.
»Es soll dir Glück bringen«, sagte Melanie, und ihre Augen, so tief ein-
gesunken, so fahl schon, lächelten noch einmal.
Anna küßte ihre Hand und lehnte ihr Gesicht an Melanies Gesicht.
»In dieser Nacht werde ich gut schlafen«, sagte Melanie leise.

Melanie Gugenheimer starb in dieser Nacht.
Sie wurde auf dem St.-Michaels-Friedhof beigesetzt, der sich Meile
um Meile hinter La Guardia in Queens erstreckt.
Anna, die Craws gaben ihr das letzte Geleit, und Yochanan Metzler
natürlich.
Melanies drei Töchter, die verheiratet an der Ostküste lebten, sandten
Wachsblumenkränze.
»Warum kommst du nicht mit mir nach Palm Springs«, sagte Laura
Craw beim anschließenden Imbiß, den John Craw im ›Plaza‹ gab.
»Warum willst du zu Hause herumsitzen und die leeren vier Wände
anstarren?«
»Ich werde keine Wände anstarren«, sagte Anna. »Ich will mich
darum kümmern, daß ich Michael so bald wie möglich nachreisen
kann.«

»Aber mein liebes Kind, du weißt doch, daß es schier unmöglich ist. Es kann noch Monate, vielleicht sogar Jahre dauern, bis es wieder einen normalen Reiseverkehr zwischen den Staaten und Deutschland gibt.«

»Du weißt nicht, wie hartnäckig ich sein kann, wenn ich etwas erreichen will«, sagte Anna.

»Wirklich?« Laura sah sie an, als sei sie höchst erstaunt. »Ich hab' es bisher nur noch nie unter Beweis stellen müssen.«

Anna trug das schwarze Trauerkleid und als einzigen Schmuck das kleine Brillantherz von Melanie. Es war seltsam, aber sie war sich in jeder Sekunde dieses Schmuckstückes bewußt; es war Mahnung und Kraftspender zugleich.

»Und warum ziehst du nicht überhaupt zu uns? Das Gästezimmer ist groß genug, auch für Boris' Wiege. Wir könnten ein Kindermädchen einstellen, und du und ich könnten uns ein wenig amüsieren.«

»Du meinst es gut, Laura« – Anna berührte die weiße kleine Hand, deren Nägel tiefrot schimmerten –, »aber ich habe viel zu lange an der Wirklichkeit vorbei gelebt. Ich möchte etwas tun. Etwas leisten, verstehst du?«

»Du könntest in meinen Klub eintreten, wir veranstalten regelmäßig Abende für unsere Verwundeten. Ernest Hemingway hat übrigens zugesagt, am kommenden Wochenende zu lesen. Wir brauchen Hostessen.«

»Laura, ich will etwas mit meinen Händen tun und mit meinem Kopf. Etwas Nützliches.«

Anna spürte Metzlers dunklen Blick auf sich ruhen. Er hörte nur zu, griff in keiner Weise in das Gespräch ein.

Aber John Craw meinte schließlich: »Laura, Anna is grown up, let her do what she wants!«

Schon immer hatte Anna sich gewünscht, einmal das Bernstein-Memorial-Hospital zu besuchen, dem Michael drei Jahre lang seine halben Nächte gewidmet hatte.

An diesem Abend tat sie es, während Yochanan auf Boris aufpaßte.

Anna ging, wie früher Michael, den weiten Weg zu Fuß, verirrte sich, fand sich einmal in einer Sackgasse wieder, in der gerade per Fußtritt ein Betrunkener aus einer Bar befördert wurde, kam durch eine Straße aus der Gründerzeit; Laternen brannten hier, die aussahen, als würden sie noch mit Gas gespeist. Anna wurde von italienischen Kindern gellend angebettelt, von einem Mann angesprochen, dem der Wermuth alle Farbe aus den Augen gewaschen hatte.

Und wieder tauchte sie in hellerleuchtete üppige Geschäftsstraßen, den nie abreißenden Strom der Wagen, glitzernd und blendend.

Take the cars, the central-heating and the chicken-farms in USA away – and what will you have? A national break-down!

Aber Amerika – das waren nicht nur chromblitzende Wagen, Zentralheizung und Hühnerfarmen, das waren tausend Gesichter der Armut und des Reichtums, der Lockung, der Verführung, spontaner Freundschaft wie nirgendwo sonst. Die New Yorker tragen ihr Herz auf der Zunge, dachte Anna oft und beneidete sie um ihre Ursprünglichkeit. Es war wie ein Sog, in den man geriet, sich sofort beim Vornamen zu nennen, über die eigenen Probleme und die der anderen zu sprechen, sich zu öffnen, wie man es in Europa verpönt hätte. Michael hatte sich rasch angepaßt, hatte Freunde gefunden, bei Berendson und Hedges, im Bernstein-Memorial-Hospital, unter den Emigranten, mit denen er durch Yochanan Metzler zusammentraf.

Sie aber hatte sich weiterhin zurückgehalten, nur bei Laura Halt gesucht, die sie wie eine Tochter behandelte, ein unmündiges Kind, zu zart für die Stürme des Lebens.

Gleichaltrige Freundinnen hatte Anna nicht, niemand, dem sie ihr Herz ausschütten konnte, der sie verstand oder ihr auch einmal den Kopf zurechtrückte.

Und sie dachte an diesem Abend, ich bin wie eine Treibhauspflanze, die man zum erstenmal einem kräftigen Platzregen aussetzt.

Geräusche bis hin zum Geschrei, Gerüche bis hin zum Gestank umgaben sie.

Leben so schnell pulsierend, als würde es mit Hochdruck durch die steinernen Adern der Stadt gepumpt.

Soldaten pfiffen Anna nach, einer sprach sie an, lud sie zu einem Drink ein, sie deutete verwirrt auf ihr schwarzes Kleid. Er verstand, kriegte rote Ohren. Es brauchte ja kein Drink zu sein, vielleicht ein Soda im nächsten Drugstore? Warum eigentlich nicht? Er war so jung, sie fühlte sich alt und wurde doch unter seinen Augen wagemutig.

Das Soda war schaumig, rosarot und schmeckte nach Colgate-Zahnpasta.

Er war entlassen, aus der Army. Zwei Tage New York lagen noch vor ihm. Dann würde er nach Hause fahren. Aber erst noch zwei Tage Broadway und Chinatown und Harlem und Hudsonriver! Hui, war das ein Leben!

Er nannte sie Anne und fragte, ob er sie wiedersehen dürfe. Er bezahlte das Soda mit einem Hundertdollarschein, als müsse er Zeugnis ablegen, daß er sie ausführen könne, in ein Musical, in eine Show, oder zu einer Fahrt im Einspänner durchs Village einladen.

Warum wollte sie nicht den ganzen Abend mit ihm verbringen, einfach lustig sein?

»Ich muß ins Krankenhaus.«

Er erschrak. War sie krank?

Nein, nein, sie schüttelte den Kopf. Im Krankenhaus wollte sie arbeiten.

Lagen da Verwundete?

Sie sagte nicht nein und nicht ja, denn sie wußte es nicht; Michael hatte nie davon erzählt.

Er kriegte nasse Augen und meinte, Sie sind ein prächtiges Mädchen, ja, wirklich, a wonderful girl!

Und wieder in das gelbblitzende Blau und Braun des späten Abends, und die letzte Viertelstunde mit dem jungen GI Hand in Hand bis zum Bernstein-Memorial-Hospital.

Da zog er sein Käppi und schüttelte ihre Hand, als habe er einen Brunnenschwengel zu fassen gekriegt, und pfiff noch einmal, als sie die sechs Marmorstufen zum Eingang hinaufstieg, ihren Beinen nach.

Über allem ein perlmuttfarbener Himmel, wohl vom Sonnenuntergang; denn die Sonne konnte man in diesem Steinschacht niemals sehen.

Anna stand vor dem schmucklosen, sandfarbenen Bau des Krankenhauses; links war eine Einfahrt für Ambulanzen, rechts der Empfang.

Drinnen falscher Marmor, künstliche grüne Pflanzen, grelles Licht, das aus Leuchtröhren kam, die in die Decke eingelassen waren. In dem Glaskäfig der Telefonzentrale saß ein braunhaariges Mädchen, ein Kreuzworträtsel vor sich.

Sie schaute Anna mit warmen braunen Augen fragend an. Das mußte Susi sein.

»Sie sind Susi?« fragte Anna.

»Ich bin Susi«, sagte das Mädchen.

»Ich bin Michaels Frau«, sagte Anna.

Susi wurde blaß, starrte auf ihr schwarzes Kleid.

»Haben Sie – schlechte Nachrichten von ihm, von Ihrem Mann?«

»Nein«, sagte Anna, »es tut mir leid, ich habe Ihnen sicher einen Schrecken eingejagt? Nein, meine Schwiegermutter ist gestorben.«

»Ach, Gott sei Dank!« Susi kam aus ihrem Glaskasten, schüttelte Annas Hand. »Ich freue mich, Sie kennenzulernen.« Sie errötete. »Natürlich tut es mir leid, um Ihre Schwiegermutter, aber sie war ja schon lange sehr krank.«

Woher wußte sie das?

»Michael hat es mir erzählt«, sagte Susi. »Wie geht es ihm? Haben Sie Nachrichten von ihm?«

»Ja.«

»Gute?«

»Ein Telegramm, daß er in London angekommen ist.«

Susis Augen wurden unsicher, die Lider senkten sich. »Verzeihen Sie, Sie müssen mich für aufdringlich halten, aber nachts, ich meine, wenn Michael Nachtdienst hatte, da hatten wir hin und wieder Zeit für einen kleinen Schwatz. Und da kommt man sich näher.«

Wie nah? dachte Anna.

»Möchten Sie vielleicht einen Kaffee? Kann ich Ihnen irgend etwas kommen lassen? Oder wollen Sie vielleicht zu Jim Weathly? Er war ja Michaels besonderer Schützling. Jede Nacht haben die beiden Schach miteinander gespielt.«

Warum hatte Michael ihr nie etwas davon erzählt?

Anna schüttelte stumm den Kopf.

»Ja, warum sind Sie denn dann hergekommen?«

»Ich dachte – vielleicht gibt es hier etwas für mich zu tun, zu arbeiten?«

»Ach so.« Erleichterung machte Susis Gesicht um Jahre jünger.

Warum war sie so erleichtert?

»Wissen Sie was, ich bitte Lavina, mich eine halbe Stunde zu vertreten«, sagte Susi eifrig, »dann können wir in der Kantine ein bißchen reden. Ich wohne mit Lavina zusammen, wissen Sie, und manchmal vertritt sie mich, sonst ist sie auf Station.«

Lavina war eine Puertoricanerin, ein Geschöpf wie aus dunklem Elfenbein geschnitzt.

»Eine halbe Stunde habe ich Zeit«, sagte sie, »aber nicht länger. Denn wir erwarten einen Abgang.«

»Wer ist es?« fragte Susi.

»Bob von Nummer sieben. Er hat die zweite Embolie.«

»Der arme Kerl«, sagte Susi.

»Das war ein besonders lieber Junge«, sagte sie zu Anna, als sie den Korridor zur Kantine entlanggingen. »Lungenschuß, aber schon fast wieder gesund. Und dann passierte das mit seiner Frau.«

»Was?« fragte Anna.

»Sie kam und erklärte ihm, sie hätte keine Lust, mit einem Krüppel verheiratet zu sein. Seitdem will er nicht mehr leben.«

Sie waren allein in der Kantine, deren Büfett von einer großen kräftigen Negerin beherrscht wurde, die Susi mit »Tag, Schatz«, begrüßte.

»Zwei große heiße Kaffee, Mamie«, sagte Susi. »Möchten Sie auch etwas zu essen, Frau Gugenheimer? Mamies Pfannkuchen mit Ahornsirup sind die besten in ganz New York, was, Mamie?«

»Das will ich wohl meinen!« Die Negerin brach in glucksendes Lachen aus.

Sie blieben allein in der Kantine, Betrieb würde erst gegen zehn Uhr einsetzen, wenn die Pfleger und das andere Personal wechselten.

Mamie brachte ihnen den Kaffee in hohen Gläsern, auf denen die Schlagsahne wie Flügelhauben schwebte. Und bald zog der süße Duft der knusprigen Pfannkuchen durch den Raum.

»Arbeiten möchten Sie?« fragte Susi.

»Ja. Aber ich hab' nichts gelernt«, sagte Anna. »Ich – habe so früh geheiratet.«

»Können Sie ein Telefon bedienen, eine Kartei führen?«

»Wenn mir's jemand zeigt, glaub' ich schon.«

»Sollen wir uns den Dienst am Empfang teilen?«
»Meinen Sie das wirklich?«
»Warum nicht?«
»Aber – dann verdienen Sie doch viel weniger?«
»Ich verdiene mehr als ich brauche«, sagte Susi. »Ich bin ja allein.«
»Ganz allein?«
Susi nickte.
»Aber können Sie das einfach so entscheiden, ich meine, den Dienst
mit mir zu teilen?«
»Ich müßte Mister Bell fragen, er ist unser Personalchef.«
»Das wäre wirklich sehr nett von Ihnen«, sagte Anna.
Susi lächelte flüchtig. »Ist doch selbstverständlich.«
»Wie lange sind Sie schon in Amerika?« fragte Anna.
»Oh, seit Urzeiten. Aber so bald ich kann, geht's nach Hause zurück.«
Plötzlich wirkten die braunen Augen tiefer, so, als leide Susi Schmer-
zen.
»Sie haben Heimweh?« fragte Anna.
Susi nickte.
»Ihr Mann will nach meinen Eltern Ausschau halten. Falls er nach Ber-
lin kommt.«
»Wenn Michael das versprochen hat, wird er es bestimmt tun.«
»Ja, Mischa hält, was er verspricht.«
»Mischa?« fragte Anna leise.
»Es ist nur eine Angewohnheit«, sagte Susi rasch. »Ich suche immer
Verkürzungen für die Namen von Freunden. Jim Weathly zum Bei-
spiel auch, er nennt Ihren Mann Mike.«
»Ich muß jetzt gehen«, sagte Anna. »Ich hab' noch ein Baby zu Hause.
Aber wenn ich Sie morgen anrufen dürfte wegen der Stelle?«
»Natürlich«, sagte Susi. »Ja, bitte tun Sie es.«

War London in diesem ersten Nachkriegsjahr gay und Paris fou – so
barst New York schier vor Leben.
Zehntausende von GIs kehrten in ihre Heimat zurück, und die meisten passierten New York oder blieben dort.
Es gab kein Restaurant, das nicht überfüllt war, keine Bar, in der nicht
die Khakiuniformen überwogen, die erhitzten Jungmännergesichter
mit den blitzenden Augen derer, die gesund heimgekehrt waren,
bereit endlich das Leben zu genießen.
Es gab kaum ein Appartement, in dem nicht jeden Abend eine Party
stattfand, die berühmten Bottle-Parties, die bald auch ihre Nachah-
mung in Europa finden sollten.
›Nur gibt es da einen Unterschied‹, schrieb ein bekannter Kolumnist,
›bei uns bringen die Leute Booze mit, in Berlin, Hamburg und München Briketts und – wenn es hochkommt, Knolly Brandy . . .‹

»Alles wiederholt sich«, schmunzelte Yochanan Metzler. »Als ich neunzehnhundertachtzehn nach Hause kam, war mein erster Schnaps auch aus Kartoffeln gebrannt. Aber die Hauptsache ist, die Leute feiern wieder, kommen fröhlich zusammen.«

Briefe von Michael waren Wochen unterwegs, weil sie über London gingen, von dort durch Mr. Brunn an Anna weitergeleitet.

Michael schrieb nicht von Parties, nicht von Kartoffelschnaps.

›Die Zerstörung ist schlimmer, als Du es Dir vorstellen kannst. Manchmal erwache ich in der Nacht, weil ich glaube, unter einem der Schuttberge zu liegen, die hier nun die Städte ersetzen.

Die Lebensmittelrationen reichen hinten und vorne nicht. So wie es zur Zeit aussieht, wird Friedel ihre ersten neuen Schuhe made in Germany vielleicht im Jahre 2000 bekommen. (Ich habe ihr deswegen Deine mit den Kreppsohlen geschenkt.)‹ Aber kein Wort, ob Friedel sich darüber gefreut hatte. Keine Zeile von ihrer Tochter selbst.

›Deine Mutter hält sich großartig. Nur als ich ihr sagen mußte, daß Melanie tot ist, war sie ein paar Tage sonderbar. Zittrig und so. Aber jetzt ist sie wieder in Ordnung.

Grüße Yochanan und die Craws, bleib gesund. Michael.‹

»Männer reagieren anders als Frauen«, sagte Yochanan, dem Anna den Brief zu lesen gab. »Wie ich Michael kenne, weiß er dich versorgt und macht sich daher keine Sorgen um dich. Und vergiß nicht, wie schwer es selbst für den Gutwilligsten ist, sich das Vertrauen und die Liebe eines Kindes zu erwerben.«

»Aber Friedel ist jetzt alt genug, zu verstehen, daß wir sie damals nicht leichtfertig zurückließen.« »Reagierst du nicht oft auch nur aus dem Gefühl heraus, Anna?« fragte Yochanan.

»Ja, viel zu oft und viel zu oft einfach aus Instinkt. – Glaubst du, ich habe Michael verloren?«

»Dramatisiere es doch nicht, Anna, Michael hat andere Dinge im Kopf.«

Was ließ sich darauf antworten oder weiterfragen?

»Bleibst du heute abend bei Boris?« fragte Anna. »Oder hast du etwas Besseres vor?«

»Was sollte ich Besseres vorhaben, als den Schlaf eines Kindes zu bewachen und mir vorzustellen, daß es in eine friedliche neue Welt hineinwächst?«

»Wenn ich dich nicht hätte, Yochanan, wäre ich jetzt sehr allein.«

»O nein«, sagte er, »das stimmt nicht. Denn das liegt nur an dir.«

Seit Michaels Abreise nach Europa arbeitete Anna im Bernstein-Memorial-Hospital. Sie wechselte sich dort mit Susi im Telefon- und Empfangsdienst ab.

Meist übernahm Anna den Nachtdienst, denn Susi flatterte von einer Party zur anderen.

Als Anna an diesem Abend im Bernstein-Memorial-Hospital eintraf, saß Lavina im Empfang, Susi war schon in der Umkleide der Pflegerinnen.

»Macht sich schön«, sagte Lavina. Ihre dunklen Augen schlitzten sich. »Sie ist so glücklich, daß der Krieg aus ist, und überall wird sie eingeladen, weil sie so fröhlich ist.«

Susi tanzte fast über den Flur, in einem grünen Chiffonkleid, gleichfarbene hohe Pumps an den wieder schlanken Füßen, das Haar in einem glänzenden herbstlichen Rot.

»Du siehst wie Rita Hayworth aus«, sagte Lavina.

»Wirklich? Gibst du mir dein Ehrenwort?«

»Ich schwöre es.« Lavina hob drei Finger zum Eid.

»Wo geht's denn heute abend hin?« fragte Anna.

»Oh, etwas ganz Exklusives«, sagte Susi. »Navy, die Party findet in einem Golfklub statt.«

»Und wie kommst du dahin?«

»Ich werde abgeholt.« Susi schwang sich auf den Schreibtisch, fing an, ihre Nägel zu lackieren.

»Und wann schläfst du mal?« fragte Anna.

»Aber wer schläft denn in einer solchen Zeit, Anna!« Susi breitete die Arme aus. »Du kannst es dir nicht vorstellen, was für einen Nachholbedarf die Boys haben.«

»Doch«, sagte Anna, »das haben Männer, die aus dem Krieg kommen, wohl immer.«

»Na, siehst du. Und wenn einer unter ihnen ist, der mir gefällt, dann heirate ich ihn. Nur eines muß er sein, Berufsarmy. Damit er mich mit nach Hause nehmen kann.«

Nach Hause war Berlin, nach Hause war die Zwangsvorstellung, unter der Susi litt. Und nach Berlin konnte Susi vorerst nur als Ehefrau eines Besatzungsangehörigen gelangen.

Michael hatte ihre Eltern nicht gefunden, das Haus, in dem sie gelebt hatten, war ausgebombt. Er hatte eine Nachforschung beim Roten Kreuz eingeleitet und, wie Aberhunderte außer ihm, im Bahnhof und am Postamt einen Suchzettel angeschlagen. Aber nur Mut, solange man nicht behördlich davon unterrichtet wurde, daß ihre Eltern nicht mehr lebten, war immer noch Hoffnung.

An die Hoffnung klammerte Susi sich. Und dafür war sie bereit, alles zu tun, einfach alles.

11

Lavina legte ihre Hände um den roten Plastikbecher, in dem der Kaffee dampfte, den sie neuerdings im Empfang aus einem Automaten ziehen konnten. Man steckte einen Nickel in den Schlitz, und »klack« fiel der Plastikbecher in einen Chromring, und dann zischte Kaffee hinein; das war angenehmer, als den Instant Coffee aufzubrühen.
»Du bist immer so still«, sagte sie zu Anna. »Du bist immer so ernst. Warum trägst du immer noch Schwarz? Es steht dir gut zu deiner hellen Haut, aber es macht dich älter.«
»Ich bin siebenunddreißig.«
»Aber du könntest so jung wie Susi aussehen. Und du könntest dich des Lebens freuen, wie Susi es tut.«
»Du tust es doch auch nicht. Du jagst doch auch nicht von einer Party zur anderen.« Anna blickte von der Gehaltsliste auf; neben dem Telefondienst übernahm sie hin und wieder auch Büroarbeiten für Mr. Bell, den Personalchef des Hospitals.
»Bei mir ist das etwas anderes.« Lavinas dunkle Augen füllten sich mit einem sanften Leuchten. »Ich bin versprochen. Ist es dir denn noch nicht aufgefallen?« Sie streckte ihre kleine linke Hand aus, auf deren Fingerspitzen die Nägel wie rosige Muscheln ruhten. Sie trug einen dünnen silbernen Ring.
»Du bist verlobt? Und wer ist der Glückliche?«
»Oh, du kennst ihn nicht. Ich bin ihm versprochen, seit ich zwölf war. Nächste Ostern, wenn ich einundzwanzig werde, heiraten wir.«
»Er ist Puertoricaner, wie du? Er stammt aus deinem – Dorf?« Anna konnte sich nie den unaussprechlichen Namen merken.
»Natürlich. Pablo ist Schreiner. Zur Zeit schreinert er unsere Möbel. Das Schlafzimmer ist schon fertig. Für das Wohnzimmer bekomme ich ein großes Sideboard und ein riesiges Bücherregal. Pablo liest viel, mußt du wissen, in seiner Freizeit natürlich. Und er besitzt sogar einen handgeschriebenen Brief von John Dos Passos.«
»Und wirst du zurückgehen, in dein Dorf?«
»O nein.« Lavina schüttelte den Kopf, daß sich kleine Locken an ihren Schläfen lösten. »Pablo kommt natürlich nach New York. Ich bin schon auf der Suche nach einer Wohnung. Es ist sehr schwer, eine zu finden. Die meisten sind zu teuer, und andere wieder, da läßt man uns nicht rein.« Auch New York hatte seine Ghettos.
»Vielleicht kannst du unsere Wohnung übernehmen«, sagte Anna, »wenn ich nach Deutschland fahre.«
»Hast du denn schon Nachricht auf deine Anträge?«
»Nein«, sagte Anna. »Aber wenn ich nicht bald welche bekomme, mach' ich's wie Michael. Ich fliege nach London. Von da aus ist es ja nur noch ein Katzensprung.«

»Du – liebst ihn sehr? Deinen Mann?«

»Ja«, sagte Anna, »ja.«

»Ich vermisse Pablo auch, obwohl wir noch nicht Mann und Frau sind. Manchmal träume ich von ihm, und das ist schrecklich, weil es so schön ist.« Anna träumte nie von Michael und hätte es sich doch so sehr gewünscht.

»Bei uns gibt es ein Sprichwort: ›Die Liebe ist ein Feuer, das man sehr freundlich behandeln muß.‹ Ich bin sehr neugierig, wie es sein wird, wenn ich erst mit Pablo verheiratet bin. – Aber jetzt muß ich gehen.« Lavina stand auf, strich ihren weißen Rock glatt. »Wenn du Zeit hast, schau doch zu Jim Weathly rein. Er freut sich immer so.«

Zwischen ein und zwei Uhr nachts war immer eine ruhige Zeit, dann kamen fast nie Anrufe, und Anna wußte, daß Jim schlaflos lag. Am Kopfende seines Bettes würde eine kleine Lampe brennen, er würde lesen; Jim verschlang mathematische Formeln wie andere Leute Krimis.

Sein langes blondes Gesicht, dem er seit kurzem einen blonden Schnurrbart angedeihen ließ, würde sich im Lächeln in die Breite ziehen, seine blauen Augen würden ihr zuzwinkern, und er würde leise, um die anderen Verwundeten nicht zu wecken, »hello, Anna« sagen.

Sie würden sich nur flüsternd unterhalten, flüsternd würde Anna den jüngsten Brief von Michael vorlesen. Und flüsternd würde Jim ihr ein paar Zeilen diktieren, die sie ihrer Antwort an Michael beilegte.

Jim hatte keine Hände mehr, aber nicht deswegen lag er noch im Krankenhaus, sondern weil er an einer bisher unbekannten, oft fiebrigen Lebererkrankung litt, die nur mit strikter Diät zu bekämpfen war.

»Es wird komisch sein«, sagte er in dieser Nacht zu Anna. »Am Anfang hab' ich mir immer vorgestellt, wenn ich hier rauskomme, werd' ich in die nächste Bar rennen und mich vollaufen lassen, bevor ich mich wieder ins pralle Leben stürze. Aber der Doc hat mir gesagt, Jim, hat er gesagt, nie mehr einen Tropfen. Ein einziger Tropfen, der über deine Lippen kommt, kann dein Tod sein. Und einen Turkey wollt' ich essen, einen richtigen großen, saftigen, knusprigen Truthahn wie bei uns zu Hause. Es gibt hier ein Lokal, oder es gab's, Mom's Inn, da kriegte man ihn so wie bei uns zu Hause, mit Äpfeln und Backpflaumen gefüllt und Semmelbrösel mit Zimt und Kardamom und Butter verknetet. Aber der Doc hat gesagt, kein Fett mehr, Jim, kein Gramm Fett, das sich vermeiden läßt! Jetzt frag ich Sie, Anna, was soll ein Mensch wie ich noch vom Leben erwarten? Die machen mich ja hier geradewegs zu einem Krüppel.«

»Warten Sie's doch ab, Jim«, sagte sie, »wenn Sie rauskommen, sind Sie vielleicht ganz gesund. Bis dahin hat man vielleicht ein neues Medikament erfunden wie das Penicillin, und Sie können alles wieder essen und trinken, was Sie wollen.«

»Wenn nicht, wird es schwierig sein, vor allem für meine Frau. Wie soll eine Frau ohne Fett kochen?«

»Sie sind verheiratet?« fragte Anna überrascht.

Er erhielt nie Besuch, nicht von seinen Eltern und schon gar nicht von einer jungen Frau.

»Pscht, noch nicht.« Jim grinste, und sein Gesicht wurde wieder breit. »Noch nicht. Aber bald.«

»Und wer ist die Glückliche?«

»Sie weiß noch nichts von ihrem Glück.«

»Jim, Sie halten mich zum Narren.«

»O nein, das würde ich nie tun. Schon weil Sie Michaels Frau sind. Aber wissen Sie, das ist so. Ich muß ihr noch was Zeit lassen, sich auszutoben. Sie hat nie was vom Leben gehabt. Ist doch schon Witwe und erst vierundzwanzig Jahre alt.«

»Die Arme –.« Aber die Worte blieben Anna fast im Hals stecken.

»Ja, nicht wahr? Susi ist ein ganz armes Tier. Immer nur geschuftet hat sie, bis Sie kamen. Aber jetzt soll sie sich ein bißchen amüsieren, und dann, wenn sie es leid ist, werd' ich sie heiraten.«

Die quicklebendige Susi und der schwerfällige, ernste Jim? Susi, die von ihren Navy-Boys schwärmte, und Jim, der seine lange Nase in Logarithmentafeln steckte und eines Tages sein Mathematikstudium beenden würde, falls er am Leben blieb?

»Ich weiß, was Sie denken, Anna«, sagte er, »aber Gegensätze ziehen sich an. Und ich kann Susi etwas bieten, was ihr sonst so schnell keiner geben kann. Ich habe einen Onkel, der Senator ist, und dieser Onkel kann uns die Möglichkeit verschaffen, nach Deutschland zu gehen. Ich will in Berlin studieren oder in Heidelberg, ganz egal, eben da, wo Susi leben möchte. Eines haben wir übrigens doch gemeinsam: die Liebe zur Natur. Von langen Waldspaziergängen, von langen Sommerwanderungen hat Susi mir erzählt, die sie früher mit ihren Eltern und dann mit ihrer Jugendgruppe gemacht hat. Und zwei Beine hab' ich ja noch zum Wandern.«

»Sie haben sich alles so gut überlegt«, sagte Anna, »daß es ja geradezu klappen muß.«

»Tut es auch«, sagte Jim, »da bin ich ganz sicher. – Und jetzt« – er legte sich zurück, seine Schultern räkelten sich bequem in die Kissen – »lassen Sie hören, was Michael zu berichten hat.«

›Es ist, als begänne mit dem neuen Jahr‹, schrieb Michael ›mit dem Frühling, den ich noch nie so grün empfunden habe, ein neues Leben. Du glaubst nicht, Anna, wie lebhaft die Menschen mit einemmal sind. Sie lachen, ja, sie lernen wieder zu lachen, über neue Witze, über sich selbst; das fällt mir am meisten auf. Und sie diskutieren. Dabei spielt die politische Vergangenheit keine große Rolle, nicht etwa, weil sie verschwiegen würde, sondern weil sich der Blick in die Zukunft richtet. Bonn hat beispielsweise jetzt eine neue Stadtvertretung, hierin sind erstmals die neugegründeten Parteien CDU, SPD und KPD vertreten. Und man spricht davon, daß es schon in diesem Jahr ›gewählte Stadtverordnete‹ geben wird. Das ist Demokratie, und sie wird sowohl von den englischen Besatzern als auch von den Bonner Bürgern unterstützt.

Wir haben jetzt einen ›Samstagkreis‹, der sich, wie schon der Name sagt, jeden Samstag im Hause Deiner Mutter trifft; sehr zum Mißvergnügen von Onkel Franz, der unsere Diskussionen für utopische Schwafelei und reinen Blödsinn hält. Aber daran können wir uns nicht aufhalten. Friedel meint, Franz wird eines Tages an seiner eigenen Bosheit ersticken.

Aber zurück zu unserem Samstagkreis: Du kannst Dir nicht vorstellen, wieviel kultureller Nachholbedarf auch bei den jungen Männern und Frauen besteht. Du solltest ihre Augen sehen, wenn sie echten, guten Jazz hören, Louis Armstrong zum Beispiel – oder erst Gershwin. Bill Earth stellt mir die Schallplatten und das Grammophon zur Verfügung. Bill sorgt auch dafür, daß wir Zucker im Tee haben.

Wir lesen Autoren, die unter den Nazis verboten waren. Remarque und Thomas Mann und Lyrik von Wolfgang Borchert; Borchert ist Jahrgang 1921, und Bill, der ungeheuer belesen ist, hält ihn für den größten lebenden Dichter deutscher Sprache. Bill hat uns Borcherts Erzählungen und Gedichte aus der Schweiz besorgt. Du kannst Yochanan sagen, nicht *alle* Bücher guter Autoren sind verbrannt worden; Christine hat eine ganze Menge gerettet und versteckt gehabt.

Wenn das Wetter warm ist, hocken wir im Garten rund um den alten versiegten Springbrunnen (dies, damit Du es Dir vorstellen kannst), wenn's kalt ist oder regnet, beschlagnahmen wir den Wintergarten. Oft schleicht dann Franz herum – und klaut Zucker! Obwohl er das nicht nötig hätte. Übrigens, seine neueste und letzte Erfindung war eine batteriegespeiste elektrische Sperre für seinen Vorratsschrank, die prompt einer Maus das Leben gekostet hat. In dem Schrank verwahrt Franz seine Butter- und Fleischrationen, er erlaubt weder seiner Frau noch Christine, daß sein Fleisch mit unserem zusammen gekocht wird. Christine hat das natürlich kategorisch abgelehnt, und Lucy freut sich diebisch wenn Franzens Fleisch so verbrutzelt, daß er eigentlich Holzkohle ißt.

Wieder zurück zu unserem Samstagkreis. Ich brauche jede Menge Bücher! Am besten Pocketbooks! Yochanan soll Dir dabei helfen, gute neue Amerikaner auszuwählen! Schickt das Paket bitte nach London an Brunn, er kann es dann Lilli mitgeben.

Apropos, Deine Schwester Lilli – wie sie das geschafft hat, ist selbst

Bill ein Rätsel, aber aufgrund ihrer phantastischen englischen Sprachkenntnisse ist sie zu einem Sprachenkongreß nach England eingeladen worden. Vier Tage London, zehn Tage Rundreise einschließlich Schottland und Irland. Lilli hat ein Ausnahmevisum, eine Ausnahmeflugkarte, Bill schäumt vor Wut. Er haßt Lilli – obwohl ich insgeheim das Gegenteil annehme.

Nochmals zurück zu unserem Samstagkreis – wir gehen auch regelmäßig ins Theater und in Konzerte. Ja, so was gibt es schon wieder. Und gut dazu. ›Turandot‹, aufgeführt von der ›Bühne der Stadt Bonn‹, haben Christine, Friedel und ich im Turnsaal der Clara-Schumann-Schule gesehen. Es heißt, daß im Mai/Juni erstmals wieder ein Beethovenfest stattfinden soll. Ich will mich früh genug um Karten bemühen – hoffentlich bist Du dann schon hier? Christine hofft bei der Gelegenheit Elly Ney wiederzusehen, die bei Euch wohl oft zu Gast war, als Dein Vater noch lebte. – Es gibt auch wunderschöne private Musikabende in Christines Bekanntschaft, zu denen jeder ein Brikett mitbringen muß. Vereinzelt tauchen sogar Abendkleider auf, die rührend altmodisch sind, und Smokings, die Konfirmationsanzügen gleichen.

Du siehst, in diesem knappen Jahr des Friedens hat sich vieles verändert. Apropos Frieden – in einem sind sich alle meine Freunde einig: Nie wieder wird einer von ihnen ein Gewehr anrühren, oder, wie sie es nennen, eine Knarre in die Hand nehmen! Meine deutschen Freunde sind praktisch alle jünger als ich, alle waren an der Front. Aber sie reden nicht gern darüber, auch nicht, wenn Bills Whisky hin und wieder ihre Zunge löst. Sie verfolgen brennend interessiert die Nürnberger Prozesse, und sie haben ein tiefeingewurzeltes Mißtrauen gegenüber den Älteren. Die Redefreiheit ist für sie wie eine Droge, die sie aber nicht benebelt, sondern zu sehr klaren und oft faszinierenden Ergebnissen führt. Sie sind fest entschlossen, ein demokratisches Deutschland aufzubauen, und auf Parteigeschwätz fallen sie bestimmt nicht wieder rein. Sie sparen auch nicht mit Kritik an uns, d. h. dem Morgenthau-Plan zum Beispiel, aus Deutschland einen Agrarstaat zu machen. Und die private Initiative, die sich in Paketen mit Kleidung und Lebensmitteln hier von Übersee aus seit langem bemerkbar macht, bewegte sie tief.

Rolf, er will Journalist werden, sagte mir gestern abend: Ihr müßtet uns eigentlich alle hassen, daß ihr es nicht tut, gibt uns die Hoffnung, eines Tages wieder zur Gemeinschaft der Völker zu gehören.

Ich bin dankbar, daß ich dies miterleben darf. Dankbar, daß Friedel in eine Zeit hineinwächst, in der Ehrlichkeit und Anstand das Leben der Menschen bestimmen werden.

Christine ist in den letzten Wochen richtig aufgeblüht. Die Gastritis ist ausgestanden, ihre Bronchitis ebenfalls. Sie ist so schlank wie ein junges Mädchen. Bill hat ihr aus England einen schönen grauen Tweed zu Weihnachten geschenkt, und ich habe ihr eine Schneiderin besorgt – durch Zufall! –, die daraus ein wahres Pariser Modell gezaubert hat. Christine behauptet, die Coco Chanel hätt's nicht besser machen können. Und jetzt, da ich es schreibe, fällt mir auf, das Kleid sieht genauso aus wie das, was sie bei unserer Verlobung trug. Friedel behauptet, daß ihre Oma alle Weiber in die Flucht schlägt, wenn sie es nur will! (Wundere Dich nicht über den rüden Ton, so was lernt sie in der Schule, und wenn sie es angebracht hat, meist um Franz zu ärgern, vergißt sie es bald wieder.) Friedel hat nicht unrecht mit ihrem Urteil über Christine, meine Freunde liegen Deiner Mutter wie Pagen oder Minnesänger zu Füßen. Silvester – Bill hat alle Freunde anschließend nach Hause fahren lassen, damit es keinen Ärger wegen der Sperrstunde gab – hat Christine mindestens ebensoviel getanzt wie die Jungen. Jetzt würdest Du Dich sicherlich schon hier wohl fühlen, Anna. Ich hoffe, es geht Dir gut? Und was macht der alte Yochanan? Und Jim Weathly? Grüße beide bitte sehr herzlich. Auch Susi und Lavina und die Craws.

Bis bald, Michael.‹

»Na, das ist mal ein prima Brief«, sagte Jim Weathly. »Richtig glücklich klingt der ja. Aber so ist es wirklich, wenn's erst mal Frühling wird, macht das Leben halt wieder neuen Spaß. Wann fahren Sie zu ihm, Anna?«

»Ich weiß es nicht«, sagte sie. »Wenn ich meine Papiere kriege. Aber ich zögere auch, weil Boris noch so klein ist. Wegen der Ernährung. Er braucht frische Milch und Obst und Gemüse.«

»Glauben Sie, daß man in Deutschland aufgehört hat, Kinder zu kriegen und zu ernähren?«

Anna sah Jim an; sein Gesicht wirkte sehr, sehr lang und ernst.

»Und die Kinder werden auch groß. Meine Mutter hat mir Zuckerwasser gegeben, als sie mich nicht mehr nähren konnte. Milch war zu teuer. Ich bin einssechsundachtzig groß geworden.«

Anna stand auf, sie beugte sich über Jim und küßte ihn auf die Wange. »Sie haben recht. Ich bin eine dumme Gans. Eine dumme, ängstliche Gans.«

»Als Trauzeugin für Susi und mich hätt' ich Sie noch gern, aber dann nichts wie ab, was? Wir bringen Sie schnurstracks zum Flughafen. Spätestens zu Ostern!«

»Spätestens zu Ostern!« Sie lachten beide, leise, wie Komplizen.

Von heute auf morgen hatte Susi die Partys satt. Das äußere Zeichen: Sie ging zum Friseur, kam mit ihrer alten Haarfarbe zurück, dem warmen Mittelbraun.

Sie trug wieder flache Absätze, und ihre Knöchel schwollen langsam, aber zusehends wieder an.

Sie war lustig wie immer, sie lachte und sang. Aber sie tat es leiser, gedämpfter, tat es wie jemand, der plötzlich an Trauriges denkt, verharrt und dennoch weitermacht.

Wenn im Radio Judy Garland sang ›Somewhere Over The Rainbow‹, bekam Susi feuchte Augen und einmal einen Weinkrampf.

Aber den focht sie mit sich allein aus, ging unter die Dusche in der Umkleide der Pflegerinnen, drehte die Brause voll auf, bis niemand mehr ihr Schluchzen hören konnte.

Früher hielt Susi gern einen Schwatz, blieb noch eine Weile, wenn Anna kam, um sie abzulösen; jetzt stand sie meist schon mit Handtasche und Handschuhen parat und verschwand so schnell wie möglich.

Und dann, eines Dienstags, blieb Susi unentschuldigt dem Frühdienst fern.

Anna rief Yochanan an, sagte ihm, daß sie noch nicht nach Hause kommen könne, ob er Boris Frühstück geben und ihn trockenlegen würde?

»Ist schon geschehen«, sagte Yochanan und lachte. »Der junge Herr hat mich heute morgen um halb sechs aus dem Schlaf geheult. Du könntest ihn als Sirene verleihen!«

»Ist er krank?« fragte Anna erschrocken.

»Ach was! Hunger hatte er und die Hose voll!«

»Was täte ich, wenn ich dich nicht hätte, Yochanan?«

»Dann fändest du jemand anderen.«

Lavina kam auf einen Becher Kaffee um acht zu Anna in den Glaskasten. Sie brachte Fotos mit von Hochzeitskleidern; sie schwankte zwischen weißem Satin und weißer Spitze. Sollte es kurz oder lang sein? Ausgeschnitten oder hochgeschlossen? Sollte sie frische Apfelblüten im Haar tragen oder lieber seidene Orangenknospen?

Das Telefon klingelte mehrmals; einmal war es Susi.

Mit kaum vernehmbarer Stimme sagte sie: »Anna, bist du es?«

»Ja, sicher.«

»Bist du allein?«

»Lavina ist bei mir.«

»Ach so.« – Dann: »Ich kann heute nicht kommen.«

»Bist du krank?«

»So kann man es nennen. Bitte, schirm mich gegen Bell ab. Sag ihm – erklär ihm, ich hätte einen Unfall gehabt.«

»Aber –«

»Bitte, tu es, Anna. Ich werd's dir auch nie vergessen.«

»Ja, ist gut, Susi, und kurier dich aus.«

Lavina räumte still die Fotos der Hochzeitsroben zusammen.

»Weißt du, was mit Susi los ist?« fragte Anna.

»Sie wird einen Arzt gefunden haben«, sagte Lavina.

»Du meinst – deswegen war sie so verändert? In letzter Zeit?«

Lavina hob den Kopf. »Erinnerst du dich noch an den Abend, als Susi das grüne Chiffonkleid trug? Du hättest es nach der Party sehen sollen. Viel war nicht davon übrig.«

»Sie war gar nicht in einem Golfklub? Gar nicht bei den Navy-Kadetten?«

»Susi war das einzige Mädchen auf der Party.«

»Warum ist sie nicht früh genug abgehauen?«

»Das hat sie versucht, aber es hat ihr nichts genützt.«

»Arme Susi. – Erzähl bloß Jim Weathly nichts davon.«

»Aber Anna, natürlich nicht. Er ist Susis letzte Chance.«

»Du weißt also auch, daß er sie heiraten will?«

»Das weiß doch jeder hier.«

»Und was meint Susi dazu?«

»Sie wird's bald erfahren, denn Jim wird nächste Woche entlassen.«

Ein großer Aufenthaltsraum, der sich auf einen Hof öffnete, wo grüne Bastmatten Gras vortäuschten, in zwei mit Feldsteinen verkleideten Kübeln Birken wuchsen, beschienen von gelben, geschickt angebrachten Ampeln, die Sonnenlicht vortäuschen sollten – dieser Raum stand den Genesenden im Bernstein-Memorial-Hospital zur Verfügung.

Es gab da ein ausgezeichnetes Radiogerät, das auf einer Messingplakette den Namen der Spenderin trug, es gab Bücher, Zeitschriften, Spiele aller Art bis hin zu einer elektrischen Eisenbahn, es gab bequeme Korbliegen und Sessel, alle mehr oder weniger auffällig mit den Plaketten ihrer Spender versehen.

Und es gab einen neuen Automaten, aus dem Erfrischungen – von Coke über Kaffee und Tee bis hin zum Bier – gezogen werden konnten.

Eine große Tafel über dem Eingang untersagte jedoch den Genuß harter Alkoholika.

Als das ›Recreation Centre‹, wie der Aufenthaltsraum genannt wurde, im Jahre 1942 eingeweiht wurde, waren seine Wände mit einem rustikalen weißen Anstrich versehen worden.

Die Patienten hatten zuerst mit bunten Drucken und ausgeschnittenen Magazinfotos den Wänden Farbe gegeben, und dann hatte ein John F. Mason damit begonnen, die Wände auszumalen.

Auch hieran erinnerte eine Plakette, denn John F. Mason war inzwischen seiner Hirnverletzung erlegen.

Auf den Wänden konnte man die Träume der jungen Männer sehen, die der Krieg mit Verwundungen entlassen hatte, die sie für den Rest ihres Lebens von ihrer Umwelt unterscheiden sollten.

Da gab es eine Bauernkate, beschirmt von einer Weide, da gab es einen sprudelnden Bach, Kühe, Pferde, einen Zug Wildgänse. Blau und grün und braun waren die Farben, die überwogen, das Blau des Himmels, das Grün der Pflanzen und das Braun der Erde.

Mr. Bell, der Personalchef des Hauses, führte einflußreiche Besucher gern hierher; aus seinem Munde, der sparsam mit den Worten umging, klang der Kommentar pathetisch und doch wahr: »Sie sehen, meine verehrten Gäste, wonach der Mensch sich sehnt – nach der Erde, dem Licht und dem Wasser, der reinen Natur also.«

Und die Leitung des Bernstein-Memorial-Hospitals griff in keiner Weise in den Ausdruck der Phantasie seiner Schutzbefohlenen ein, wie Mr. Bell betonte.

Seit Jim Weathly wieder aufstehen durfte, kam er jeden Morgen hierher, um Musik zu hören oder Zeitungen zu lesen. Meist kam er direkt nach dem Frühstück, wenn die Fenster zum künstlichen Garten noch aufstanden und man hin und wieder Vogelstimmen hören konnte, obwohl man Vögel nie sah.

An diesem Morgen war Jim so früh da, daß eine der farbigen Putzfrauen noch den Bohnerbesen über das blaue Linoleum gleiten ließ.

Aber nicht deswegen erstarrte Jim auf der Schwelle, sondern wegen des Gemäldes, das er auf der Stirnseite des Raumes sah.

Schwärze hatte das ländliche Idyll dort ausgelöscht, und in dem Schwarz explodierten Grün, Gelb und Rot, Farben wie Schreie!

Alles kam zurück, das Grauen, das Entsetzen in der Nacht, in dem es ihm die Hände abriß.

Schweiß brach ihm aus, Angst, die er längst überwunden glaubte, ließ ihn nach Atem ringen.

Eine Hand packte seinen Ellenbogen, eine Stimme sagte: »Jim, komm! Jim, so komm doch!«

Der Schweiß lief ihm in die Augen, und er mußte sie ein paarmal schnell öffnen und schließen, damit er wieder klar sehen konnte.

»Susi, wer hat das getan? Wer hat das gemalt?«

»Ein ganz armer Kerl«, sagte Susi. »Er war dabei.«

»Wo dabei?«

»Hiroshima. Oder Nagasaki. Aber komm jetzt.«

»Wohin denn?«

»Ich weiß nicht«, sagte sie, »bloß hier raus. Ich hab's vergangene Nacht schon gesehen. Bell wird gleich hier sein, ich soll inzwischen abschließen.«

»Ich will den Jungen kennenlernen«, sagte Jim.

Susi zog ihn neben sich auf eine Bank im Flur, die eigentlich nur für Besucher bestimmt war.

»Jim, ich hab' dich auch gesucht, um dir zu danken.« Sie streichelte seinen Arm.

»Wo ist der Junge jetzt? In welchem Zimmer liegt er?«

»Jim, ich wollte dir für deinen Brief danken.«

»Ich muß mit dem Jungen reden!«

»Bitte, Jim, laß doch. Hör mir doch zu.«

»Was ist mit ihm?« Susis Augen wurden ganz hilflos. »Er – er schläft. Er hat eine Beruhigungsspritze bekommen, und er wird heute noch verlegt.«

»Du meinst – er ist nicht ganz richtig im Kopf?«

»Du weißt doch, wie auf dich nur das Bild gewirkt hat. Ihm ist nicht mehr zu helfen.«

»Ja«, sagte Jim, »ja. – Würdest du mir bitte die Stirn abwischen und die Augen? Das Taschentuch ist in meiner linken Tasche.« Susi zog es heraus, faltete es auseinander. Zum erstenmal berührte ihre Hand sein Gesicht.

»Einen Moment lang hab' ich gedacht, ich müßte auch durchdrehen«, sagte er, »aber dann bist du gekommen.«

»Du hast mir einen so lieben Brief geschrieben. Und als du nicht in deinem Bett warst, dachte ich, daß ich dich hier finden würde.«

»Lavina hat mir erzählt, was dir passiert war«, sagte Jim. »Zuerst wollte sie es nicht tun. Aber ich hab's schließlich aus ihr rausgelockt, denn du hattest doch noch nie eine Woche gefehlt, und da war ich richtig froh, daß es nicht was Schlimmeres war.«

»Es war schlimm genug, Jim.«

»Ich kann's mir denken. Wahrscheinlich hast du jetzt eine Wut auf alle GIs?«

»Es waren Kadetten«, sagte sie.

»Du brauchst nicht mehr drüber zu reden«, sagte Jim. »Ich könnte mir denken, daß du es schnell vergessen willst. Aber du sollst wissen, daß es mir nichts ausmacht. Sieh mal, ich bin ja auch nicht heil, und – na ja, ich meine, wir zwei könnten uns gegenseitig eine Stütze sein. Ich krieg' bald neue Hände. Und damit kann ich sogar arbeiten. Richtig, verstehst du? Im Prospekt dazu steht, ich kann sogar Holz hacken.« Er grinste, was sein Gesicht wie immer in die Breite zog. »Wenn du ja sagst, dann mußt du noch mal in meine Tasche greifen, diesmal rechts.«

Susi tat es sehr zögernd, aber Jim nickte ihr ermutigend zu, und dann hielt sie das rote Etui in der Hand.

»Mach' es auf«, sagte Jim sanft. »Wenn ich mich nicht irre, trägt man bei euch zu Hause den Verlobungsring links.«

Susi öffnete das Etui und nahm den Ring heraus und steckte ihn an. Dann hob sie das Gesicht und legte es an Jims Gesicht, und ihre Haut war weich und roch genauso, wie er es sich vorgestellt hatte.

»Du tust es doch nicht nur aus Mitleid?« flüsterte sie.

»Tust du es aus Mitleid?« fragte er.

»Nein, o nein. Aber wenn du den Brief nicht geschrieben hättest, ich hätte nie den Mut gefunden, dir zu zeigen, daß ich dich gern mag, weil ich gedacht hätte, du würdest denken, ich tue es nur aus Mitleid.«

»Hör doch mal einen Moment mit dem Denken auf«, sagte Jim, »und auch mit dem Reden. Und gib mir einen Kuß, wie sich das gehört, willst du?«

Am Abend war die Schreckensvision Hiroshimas aus dem Recreation Centre des Bernstein-Memorial-Hospitals getilgt.

Die Stirnwand des Raumes glänzte weiß und war mit grünen Zweigen und Narzissen geschmückt.

Zum erstenmal seit Bestehen des Hospitals fand eine Verlobung im Hause statt.

Alle Verwundeten und Patienten, die ihre Betten verlassen durften, fanden sich ein, alle Ärzte, die auf Station waren, alle Verwaltungsangestellten, die nicht auf einen Verbindungszug in die Vororte New Yorks angewiesen waren.

Es gab eine Unmenge Kuchen und Sandwiches, Tee und Kaffee, und als Kompliment an Susi von Mr. Bell eine Erdbeerbowle mit Früchten aus der Konserve.

»Let us be happy«, sagte Mr. Bell, »laßt uns alle glücklich sein, daß Susi und Jim sich gefunden haben. Und möge ihr gemeinsamer Lebensweg, wo immer er sie auch hinführen mag, ein fröhlicher und zufriedener sein.«

Susi weinte, aber das tut jede Braut, und Jims Gesicht sah aus wie ein roter Mond, der einen blonden Schnurrbart trägt.

Lavina veranstaltete eine Sammlung für das Verlobungsgeschenk, und stolz konnte sie zweihundertundachtzig Dollar zählen.

Susi umarmte Lavina und Anna und fing wieder an zu weinen. Aber dann gab sie sich einen Ruck, schneuzte sich in Jims Taschentuch, das er in der linken Jackettasche trug, und rief: »Hört mal alle zu, bitte, hört mal alle zu!«

»Wir sehen dich nicht«, riefen die, die hinten saßen, »Susi, steig auf einen Stuhl!«

Susi stieg auf einen Stuhl, und die Nächstsitzenden konnten sehen, daß ihre Knie ganz wacklig waren.

»Ich muß ja wohl auch was sagen.« Sie hielt inne, hob die Hände, als wollte sie alle umarmen. »Zuerst einmal danke. Danke, daß ihr euch mit uns freut. Jim und ich werden bestimmt glücklich werden, das verspreche ich euch. Und zu eurem großzügigen Geschenk, ihr wißt, daß ich aus Berlin stamme, aus Deutschland –«

Langsam verebbte selbst das leiseste Geflüster.

»Der Krieg, den wir, die Deutschen, angefangen hatten, ist vorbei. Ich weiß nicht, wie wir gutmachen sollen, was wir angerichtet haben. Aber

ich möchte wenigstens damit anfangen. Jim, erlaubst du mir, die zwei-
hundertachtzig Dollar dem Roten Kreuz zu geben, für notleidende
Kinder, wo immer sie sind?«
»Na klar.«
Die anderen begannen zu klatschen und zu trampeln und riefen:
»Susi, Susi, Susi! Long live Susi!«

»Du kannst es dir kaum vorstellen«, sagte Anna, als sie um Mitter-
nacht zu Hause, in der 52. Straße, bei Yochanan Metzler saß. Er hatte
noch einen Tee aufgebrüht, vor dem Fenster stand die nie dunkelnde
Nacht Manhattans. »Zum erstenmal hatte ich das Gefühl, wir alle
gehören zusammen, ja, alle Menschen, die guten Willens sind, gehören zusammen. Und man muß etwas tun, damit es noch mehr werden.
Viel, viel mehr!«
Sie ging zu Boris' Bettchen, beugte sich über den schlafenden Jungen.
Sie sah lange in das kleine, zufriedene Gesicht.
»Ich glaube fast, dieser letzte Krieg war wirklich das letzte. Ich glaube,
er hat tatsächlich die Welt verändert, aber zum Guten.«
Metzler schwieg, lächelte dann. »Glaub dran, Anna, denn der Glaube
kann Berge versetzen.«

Am nächsten Mittag traf Anna sich mit Laura zum Lunch.
»Wann habt ihr in eurem Klub die nächste Veranstaltung?« fragte sie.
»Kommenden Samstag. Warum?«
»Könnt ihr noch eine Rednerin gebrauchen?«
Laura nippte an ihrem Glas Riesling, der aus Kalifornien kam.
»Dich?«
»Ja, mich.«
Lauras Augen blieben sekundenlang noch unter den dünnen, leicht
violett gefärbten Lidern verborgen.
»Selbstverständlich werden wir dich gern anhören, Anna. Über was
möchtest du denn sprechen?«
»Über Kinder. Notleidende Kinder.« Und Anna erzählte von dem
Beispiel, das Susi gegeben hatte.
»Ich weiß nicht, ob du Erfolg haben wirst«, sagte Laura. »Aber du hast
recht – notleidenden Kindern muß geholfen werden.«

12

Lauras ›Girls‹, wie sie ihre Freundinnen nannte, waren zwischen fünfzig und siebzig, hatten irgendwann einmal als junge Damen einen Bil-
dungsurlaub in Europa verbracht – nicht wenige von ihnen noch im

kaiserlichen Deutschland – oder später ihre Hochzeitsreise in Berlin unterbrochen, in den zwanziger Jahren, als die Hauptstadt der Weimarer Republik mit ihren Theatern und Varietés, ihren literarischen Cafés und ihrer leidenschaftlichen Lebenslust Dichter und Schriftsteller, Tanzerneuerer und Regisseure, Schauspieler und Maler, Journalisten und schöne Frauen in ihren Bann zog.

»Als ich Fallada vorgestellt wurde, kam ich mir vor wie eine dumme Gans«, sagte Patricia, die Witwe eines Bundesrichters, die selbst Gedichte schrieb, die an Ringelnatz erinnerten.

Laura gab den ersten Empfang vor einem ausgewählten Kreis ihrer Girls, vor denen eben, deren Interesse sie für Deutschland voraussetzen konnte.

Sie hatte nachmittags um fünf Uhr in ihr Appartement eingeladen. Die Damen erwarteten Cocktails, statt dessen ließ Laura eine Original-Feuerzangenbowle reichen, die sie unter größtem persönlichem Einsatz zustande brachte; ihre verbrannten Fingerspitzen gaben Zeugnis davon.

Die Girls waren entzückt, weil's so romantisch und originell war.

»Geheimnis meines Lebens«, sagte Laura, »stets das Unerwartete zu tun oder zu lassen.«

Die Girls trugen das kleine Schwarze, Perlenhalsbänder und schwarze, überhohe Velvetpumps, die ihre Beine in den Shear Nylons – den Glasnylons, wie man sie später in Europa nennen sollte – straff, elegant und unglaublich lang erscheinen ließen.

»Ich bin nicht mit Ihnen zusammengetroffen, um mit Ihnen von der Kultur zu sprechen, die es vor Hitler gab«, sagte Anna zu der Witwe des Bundesrichters, die von Max Reinhardt schwärmte und von Gustaf Gründgens.

»Das wissen wir doch, Anna, dear«, sagte Laura, »aber laß uns alte Mädchen doch ein bißchen in romantischen Erinnerungen schwelgen. Schließlich war ich auch einmal in einen preußischen Offizier verliebt, deinen Vater.«

»Laura, wir haben keine Zeit zu verlieren.«

»Nun gut.« Aber eine kleine Unmutsfalte erschien zwischen den sorgfältig gezupften Brauen. Laura klatschte in die Hände.

Ihre Girls wandten sich ihr zu, als sie sagte: »Ich habe euch, wie ihr schon bemerkt habt, einen jungen Gast vorzustellen, Anna Gugenheimer, die ich seit beinahe zehn Jahren kenne und wie eine eigene Tochter liebe, die ich leider nie gehabt habe. – Laßt eure Gläser noch einmal füllen, laßt euch Feuer für eure Zigaretten geben, aber dann hört Anna bitte aufmerksam zu.«

Die beiden italienischen Lohndiener füllten die Bowlengläser, reichten Feuer für Zigaretten mit Goldmundstück, andere, die in zartfarbiges Papier gedreht waren, und nicht wenige Zigarillos.

Die achtundzwanzig Girls nahmen Platz, immer bemüht, ihre Beine, die noch glatte Linie des Kinns, die noch straffen Arme in graziöser Weise dem Auge darzubieten, obwohl die italienischen Lohndiener die einzigen anwesenden Männer waren.

Laura führte Anna lächelnd zu einem kleinen Schreibtisch, einer florentinischen Intarsienarbeit um 1850, auf dem ein Schreibblock und ein goldener Drehbleistift lagen, eine Orchidee in einem Kristallkelch stand. Anna blieb hinter dem Schreibtisch stehen.

Sie sah sich achtundzwanzig Augenpaaren gegenüber, die sie offen und rasch taxierten: Sie war jung, sie war schlank, sie trug Trauer, sie trug als einzigen Schmuck ein kleines Brillantherz.

»Du hast Klasse«, hatte Laura gesagt, »deswegen werden sie dir zuhören. Sprich leise, dann werden die Girls an deinen Lippen hängen.«

»Es ist das erstemal in meinem Leben, daß ich versuche, eine Rede zu halten«, begann Anna. »Ich bitte um Verzeihung, sollte ich hier und da zögern oder über ein Wort stolpern, denn Sie alle wissen, daß ich nicht in diesem Land aufgewachsen bin. Doch hat mich New York mit einer Großzügigkeit und Liebenswürdigkeit aufgenommen, die es mich überhaupt heute wagen läßt, zu Ihnen zu sprechen. Ich bin verheiratet, ich habe zwei Kinder, mein Sohn Boris wurde im vergangenen August in New Orleans geboren, meine Tochter Friedel – sie ist inzwischen zwölf Jahre alt – ließen wir im Jahre neunzehnhundertsechsunddreißig in Europa in der Obhut meiner Mutter zurück. Wir ließen sie zurück, weil wir uns damals nur drei Schiffspassagen leisten konnten. Mein Mann und meine Schwiegermutter mußten vor den Nazis flüchten – ich begleitete Michael, weil – weil wir so kurz erst verheiratet waren.

Meine Tochter überstand den Krieg in Bonn. Inzwischen ist mein Mann bei ihr, kümmert sich um sie. Friedel wird es an nichts mangeln. Aber ich weiß inzwischen, aus den Briefen meines Mannes, wie die Kinder in Deutschland hungern. Sie hungern, weil Deutschland den Krieg verlor, den es angefangen hatte.

Nun könnten Sie sagen, diese Kinder hungern zu Recht, schließlich sind es deutsche Kinder, die Kinder von Nazis. Ich weiß nicht, ob alle Deutschen Nazis waren, ich denke auch nicht an die Eltern. Ich denke nur an die Kinder. Ich denke daran, daß kein Kind mit Hunger für Unrecht und Krieg bezahlen sollte. Denn Kinder können keinen Krieg anfangen, und sie können ihn nicht führen, sie können nur darunter leiden.

Ich bitte Sie heute nicht um große Spenden, ich bitte Sie nur um eines: einmal im Monat auf eine Mahlzeit zu verzichten – damit ein Kind in meiner Heimat sich einmal im Monat satt essen kann.

Ich habe Karten vorbereitet, darauf finden Sie meine Adresse, und ich wäre dankbar, wenn ich auf Ihre Unterstützung hoffen dürfte.«

Anna ging durch die Reihen der Girls, der Duft kostbarer Parfüms umwehte sie, schlanke, gepflegte Hände mit perlmuttschimmernden Nägeln nahmen die Karten entgegen, auf die sie nichts weiter geschrieben hatte als BROT FÜR DIE KINDER – und dann ihre Adresse.

»Laura, erlaubst du, daß ich auch etwas sage?« fragte die Frau des Bundesrichters.

»Aber natürlich, Patricia.«

»Danke.« Sie trat hinter den kleinen Schreibtisch. »Girls«, sagte sie, »ich glaube, Anna Gugenheimer sollte eines wissen: Wir wollen nicht einmal im Monat, sondern einmal in der Woche auf eine warme Mahlzeit verzichten. Unter uns ist kaum eine, die nicht ein Kind geboren hat, und unter uns sind einige, die als Kinder Hunger kennenlernten. Wir waren nicht immer da, wo wir heute sind. Let's do it, girls, let's go out and tell it to the people: Give gread to the hungry children!«

Und so begann, was eine der privaten Initiativen werden sollte, die Schuld der Väter nicht den Kindern aufzubürden.

In den folgenden drei Monaten geschahen viele Dinge zur gleichen Zeit. Laura und Patricia reisten im Staate New York von einem Frauenklub zum anderen und gaben die Botschaft weiter: »Gebt den hungernden Kindern Brot!«

Yochanan Metzler gab seinen Job als Portier auf, lief sich zuerst die Hacken schief, bekam dann einen kleinen Lieferwagen, auf der Suche nach Großhandelsfirmen, die Milchpulver, Haferflocken, Eipulver und andere unverderbliche Lebensmittel günstig anboten.

Annas Wohnung in der 52. Straße verwandelte sich in ein Warenlager, in dem Susi, Lavina und sie selbst ein Paket nach dem anderen packten.

Yochanan wiederum karrte sie zum Postamt, und in London mußte Karl Friedrich Brunn kräftige Trinkgelder verteilen, um die Postboten, welche die Paketflut zu ihm brachten, bei Laune zu halten.

Immer noch gab es keinen privaten zivilen Paketverkehr zwischen den alliierten Siegerstaaten und Deutschland.

Von London aus sandte Brunn die Pakete an Bill Earth.

Und in Bonn schließlich wunderte sich die deutsche Nachbarschaft, daß vor den drei von der Royal Air Force beschlagnahmten Häusern am Straßburger Weg Tag um Tag Paketberge abgeladen wurden.

Von hier aus übernahmen Christine Schwarzenburg und Michael Gugenheimer die Verteilung der Lebensmittel an Schulen, Waisenhäuser und Kindergärten – und auch direkt an besonders kinderreiche und bedürftige Familien.

Laura sandte Michael ein Plakat mit dem Porträt eines Mädchens der Aktion ›Brot für die Kinder‹.

»Anna hat's gemalt«, schrieb Laura dazu. »Es ist ihr verdammt gut gelungen!«

Es war ihr besser gelungen, als selbst Laura es ahnen konnte: Das Mädchen sah aus wie Friedel.

Michael zeigte das Plakat seiner Tochter sofort.

»Deine Mutter hat diese Aktion ins Leben gerufen«, sagte er.

»Tatsächlich?« Das war Friedels einziger Kommentar.

»Sie hat es deinetwegen getan«, sagte Michael.

»Warum denn? Ich hab' noch nie gehungert. Dafür hat Oma gesorgt.«

»Friedel, willst du mir einen Moment lang zuhören und darüber nachdenken?« Er hätte sie so gern in den Arm genommen, er hätte so gern die Starre aus ihrem Gesicht gestreichelt.

Die großen grauen Augen sahen ihn an.

»Ich höre dir immer gut zu, Michael«, sagte Friedel, »das müßtest du inzwischen wissen.«

»Wenn ich dir etwas Böses zufüge und es von ganzem Herzen bereue, könntest du es dann nicht eines Tages verzeihen und vergessen?«

»Hast du mir denn etwas Böses angetan?«

»Friedel, ich hoffe, nicht willentlich und wissentlich.«

»Was sollte ich dir dann verzeihen?«

»Ich wollte nicht von mir sprechen – sondern von deiner Mutter. Sieh, ich habe dich schon so oft darum gebeten, einen Gruß an sie zu schreiben –«

»Warum soll ich sie grüßen, wenn ich sie nicht kenne?«

»Was Anna jetzt tut, Friedel, diese Aktion« – Michael schob ihr das Plakat zu –, »das tut sie im Grunde für dich.«

»Für mich braucht sie nichts zu tun. Ich habe die Oma, und was die Oma nicht schafft, tust du doch.«

»Friedel, du darfst deine Mutter nicht hassen.«

»Aber das tu ich doch gar nicht«, sagte sie in einem Ton, der zu naiv klang. »Ich kenne sie doch überhaupt nicht. Und einen Menschen, den man nicht kennt, kann man nicht lieben und nicht hassen. – Kann ich jetzt gehen?«

»Wohin willst du denn?«

»Schwimmen. An der Gronau. Mit Georg.«

»Weißt du eigentlich, daß er nur deinetwegen noch hier ist?«

»Natürlich.« Ein Lächeln legte sich um ihren Mund, das nichts Kindliches mehr hatte. »Er hat mich lieb, deswegen läßt er mich auch nie im Stich.«

Michael schrieb an Anna: ›Ich bin glücklich über das, was Du in New York tust. Aber es wird Zeit, daß Du zu uns kommst. Friedel braucht Dich. Friedel, die wir alle lieben und die sich doch immer weiter von uns entfernt. Ich kann es Dir nicht erklären, aber ich habe Angst um sie. Es hat auch keinen Sinn, daß ich sie mit nach New York brächte, was durch B.E.s Vermittlung möglich wäre. Wenn wir sie heilen können –‹ Michael hielt inne, starrte auf das Wort. Heilen? Wovon heilen? Von der Krankheit einer Seele, der er keinen Namen zu geben vermochte? Er strich den angefangenen Satz aus, schrieb statt dessen: ›Friedel muß hier, hier in Bonn, wo sie so lange mit Deiner Mutter allein lebte, begreifen, daß wir ihre Eltern sind. Glaube bitte nicht, daß es leicht sein wird. Dazu ist sie zu klug und zu empfindsam.‹ Friedel kam noch mal die Gartentreppe herauf, in den Wintergarten. Sie blieb neben dem Schreibtisch stehen, sah Michael an, nicht den Brief, nicht das Plakat, das vor ihm auf der grünen Lederplatte lag.

»Wenn du deiner Frau schreibst, sag ihr, es ist gut, was sie tut. Viele Kinder haben keine Eltern mehr, und dann müssen sich eben Fremde um sie kümmern.«

»Ja, ich werd's Anna schreiben.«

»Tschüß!« Nun lachte Friedel, wie eben ein Mädchen ihres Alters lacht, frei, offen, schon ganz in Gedanken auf das Vergnügen eingestellt, an einem heißen Sommertag in einem sauberen Fluß zu schwimmen und zu baden.

Und welch ein Sommer das war! Jeder Tag so klar und blau, als wolle die Natur die Menschen dafür entschädigen, daß sie Hunger litten, Schlange stehen mußten nach dem wenigen, was es auf die Marken gab, noch in Löchern hausten, in Kellern oder in Wohnungen, in denen fünf oder sechs Personen auf einen Raum kamen.

Die Mädchen trugen wieder Sommerkleider, oft aus Vorhängen geschneidert, mit Rüschen aus Gardinentüll. Die jungen Männer ließen sich das Haar länger wachsen, bürsteten es am Hinterkopf so, daß es wie Schwalbenschwänze aussah.

Schuhe mit weißen Kreppsohlen waren die allergrößte Mode, und Jacketts, die möglichst auffällig kariert und bis in die Knie reichten, der letzte Schrei; in den Schuh- und Textilgeschäften sah man so etwas nie, und doch tauchten sie im Straßenbild auf.

Trümmerfrauen gab's und Schwerstarbeiterzulagen, Ersatzpudding und Ersatzparfüm und erste Bötchen über den Rhein. Das Gerücht wollte wissen, man könne in Königswinter schon wieder Wein trinken und mit einem Esel auf den Drachenfels reiten.

Die ersten Tanzlokale taten sich auf, die ersten Combos ließen die jungen Leute zu ›It Is A Long Long Time From May To December‹ Wange an Wange tanzen, in den Kinos sah man Stewart Granger und James Mason in englischen Kostümfilmen und Esther Williams, die Badende Venus von Hollywood.

In den Wochenschauen sah man Politiker einander die Hände schütteln und in die Kameras lächeln, Good Will demonstrieren. Harry S. Truman war Präsident der Vereinigten Staaten, in England hatte Attlee den großen Churchill ersetzt, Stalin regierte nach wie vor die UdSSR.

Aber das wichtigste war und blieb: es war Sommer.

Zerbrochene Fensterscheiben spielten keine Rolle, auch wenn man kein Glas dafür bekam, die Öfen konnten kalt bleiben, der nächste Winter schien unendlich fern.

Friedel hatte ihren roten Badeanzug in der Mitte durchgeschnitten und säuberlich mit einem grünen Wollrest umhäkelt. Sie besaß nun einen so heißbegehrten, zweiteiligen Badeanzug wie die Mädchen, die Georg so gern anschaute. Sie war weder vorne noch hinten ganz so flach wie im Jahr davor und fand nach eingehendem Studium vor dem Spiegel, daß ihre Knie schmal waren, ihre Oberschenkel lang und »elegant« und ihre Fesseln wie die einer Stute. Zumindest wurden so die Beine eines aufregenden Mädchens beschrieben in einem amerikanischen Krimi, den Michael las, und sie auch, damit sie ihr Englisch aufbesserte.

Friedel war nun in der Sexta der Clara-Schumann-Schule. Sie brauchte sich in keiner Weise mehr der Tatsache zu schämen, daß ihr Vater nicht an der Front gewesen war, sondern in Amerika. Die anderen Mädchen fanden das aufregend und toll, und zum erstenmal in ihrem Leben wurde Friedel um etwas beneidet.

»Sprichst du mit ihm englisch? Wie nennst du ihn denn? Nennst du ihn Daddy?«

»Ich nenne ihn Michael«, sagte sie, und die Mädchen machten oh und ah und sagten: »Du hast es gut, Menschenskind!« Und Friedel hatte das Gefühl, als habe sie zu hastig Limonade getrunken, denn in ihr bubbelte das Lachen, aber natürlich lachte sie nicht, sondern sagte: »Ich finde das nur natürlich, schließlich habe ich ihn jahrelang nicht gesehen, und wo sollen da familiäre Gefühle herkommen?«

»Du bist ein dummes Huhn«, sagte Georg, als Friedel an diesem Nachmittag auf dem Weg zur Gronau diesen Satz – sie war insgeheim sehr stolz darauf – benutzte. »Michael ist dein Vater, und du bist ihm so ähnlich, wie ein Mädchen einem Mann überhaupt ähnlich sein kann! Du grinst wie er, du läufst wie er, und wenn du wütend bist, brüllst du wie er.«

»Ein Mensch ist das Produkt seiner Umwelt, und Michael hat fast zehn Jahre lang nicht zu meiner Umwelt gehört.«

»Aber Blut ist dicker als Wasser.«

»Fällt dir nichts Besseres als eine solche Plattheit ein?«

»Wenn du so weitermachst, bist du mich bald los«, sagte Georg und fing an zu schlurfen, wie immer, wenn er beleidigt war.

»Soll ich mal das Badezeug tragen?« lenkte Friedel kleinlaut ein.

»Laß mich in Frieden.«

»Aber ich wollte dich doch gar nicht kränken.«

»Kannst du auch gar nicht.«

»Warum muffst du dann?«

»Ich muffe überhaupt nicht.«

»Aber du schlurfst, und wenn du schlurfst, bist du beleidigt.«

»Du Affe«, sagte er.

»Du Pavian!« Sie ließ ihn drei Schritte vorgehen, dann nahm sie einen Anlauf und sprang ihm auf den Rücken.

Er ließ das Badezeug fallen, raste zehn Schritte weit mit ihr, und dann ließ er sie prompt runterplumpsen.

Aber sie fiel weich, mitten in die Wiese.

Sie rollte sich um und um, bis sie überall nach Wiese roch. Dann blieb sie auf dem Rücken liegen und sah mit weitgeöffneten Augen in den blauen Himmel hoch, bis die Sonne anfing zu tanzen.

Friedel sprang auf und tanzte und drehte sich, so schnell sie konnte, um sich selbst, bis ihr ganz schwindelig wurde. Und dann war Georg da und fing sie auf und schimpfte: »Du bist wirklich das verrückteste Huhn, das ich kenne. Und jetzt komm endlich. Ich will ins Wasser, sonst krieg ich noch einen Hitzschlag!«

Sie rannten um die Wette bis hinunter zum Fluß und zogen sich um die Wette aus. Sie rannten ins Wasser und kraulten um die Wette und erreichten zur gleichen Zeit den Schleppkahn, schwangen sich rauf, lagen auf dem geteerten Deck. Und Georg nahm ihre Hand und hielt sie ganz fest. Und hier sagte er es ihr, wo sie so glücklich war, wo es nach Wasser und Teer roch, und wo in der Kajüte ein Radio spielte ›Ich bin ja heut' so glücklich, so glücklich . . .‹

Georg sagte: »Friedel, morgen fahre ich nach Hause.«

Er hielt ihre Hand fest, ganz fest.

»Du brauchst nicht zu weinen. Bitte, heul' doch nicht. Ich komm' ja wieder. Ich verspreche es dir. Ich komme ganz bestimmt wieder. Und dann wohne ich wieder bei euch, und dann fange ich an zu studieren, und eines Tages, also eines Tages bist du auch mit der Schule fertig, und dann fängst du auch an zu studieren, und dann kann ich dir dabei helfen. Und überhaupt. Du weißt schon, was ich meine.«

Er drückte ihre Hand, und es tat fürchterlich weh, aber sie sagte kein einziges Wort.

Auf der Höhe vom Rheinhotel Dreesen sprangen sie vom Schleppkahn und ließen sich in der Strömung zurück an die Gronau treiben.

Friedel zog sich sofort unter der Decke an. Georg ging in die Büsche, und als er rauskam, blieb er bei einem Mädchen stehen, das einen weißen, zweiteiligen Badeanzug trug und vorne und hinten schon richtig gerundet war. Dazu so braun war wie eine Indianerin und auch so ein Gesicht hatte wie eine Squaw, nur ihre geschlitzten Augen waren glasblau.

123

Friedel konnte nicht hören, was Georg mit dem Mädchen sprach, aber das Mädchen nickte und lachte, und Georg kam mit wiegenden, wichtigen Schritten zu Friedel zurück.

Sie sah zu ihm auf, sah in seine Augen, und er grinste und sagte: »Okay, let's go.«

Das war alles.

Zu Hause zog er sich um, und da Christine nicht da war, nähte er sich sogar selbst einen fehlenden Knopf an ein frisches weißes Hemd. Er zog seine guten grauen Hosen an, ein Geschenk von Michael, und lieh sich von Michael einen braunen Gürtel, der zu seinen Schuhen paßte.

Michael grinste. »Viel Vergnügen.«

Und Friedel wußte immer noch nicht, wohin Georg ging. Aber eines war ganz sicher: es hing mit dem Mädchen mit den blauen Schlitzaugen zusammen.

Sie bekam Magenschmerzen, aber sie sagte keinen Ton davon. Ging in den Garten, kletterte über die Mauer in den Urwald.

Sie legte sich flach auf den Boden, machte sich steif wie ein Brett, bis die Magenschmerzen aufhörten.

Dann kletterte sie auf den Baum, in dem Georg und sie das Haus gebaut hatten. Methodisch ging sie daran, die Dachpappe abzureißen, dann die Bretter; sie saßen lose, denn die Nägel waren verrostet. Bis ein Schluchzen sie innehalten ließ.

Sie spähte hinab, sah nur undeutlich unten eine kleine Gestalt.

Es war mittlerweile fast dunkel geworden.

Sie kletterte vom Baum, fand Achim zuerst nicht, dann drüben, bei dem moosüberzogenen Steinhaufen, wo sie manchmal ihr Lagerfeuer angezündet hatten.

Achim saß da und schluchzte und hatte eine blutige Schramme im Gesicht.

»Warum heulst du denn?« fragte sie.

»Warum machst du unser schönes Haus kaputt?«

»Was hast du da an der Backe?«

»Warum machst du unser Haus kaputt?«

»Es war mein Haus und Georgs Haus«, sagte sie.

»Du hast gesagt, es ist auch meins! Du hast gesagt, es ist auch meins!«

»Jetzt hör doch endlich auf«, sagte Friedel, aber der Junge fing nur heftiger an zu weinen.

»Ich bau' uns ein neues.«

»Ich will kein neues! Ich will das alte wieder haben!«

Sie setzte sich neben ihn. »Das geht nicht. Es war sowieso morsch.«

»Das ist nicht wahr! Du hast es kaputtgemacht. Du hast mir ein Brett auf den Kopf geschmissen!«

Sie legte Achim den Arm um die Schultern, er drückte sich zitternd an sie.

»Es tut mir leid«, sagte sie, »glaub es mir. Und ich verspreche dir, wir bauen uns ein neues. Das wird viel schöner als das alte und gehört dann nur dir und mir.«

»Wenn Georg weg ist, spielst du dann jeden Tag mit mir?«

»Ja, dann spiele ich jeden Tag mit dir.«

»Und nimmst du mich dann auch mal mit an die Gronau? Ich lerne bestimmt schnell schwimmen, wenn du es mir bloß einmal zeigst.«

»Ja, ich nehme dich mit.«

Achim zog die Nase hoch. »Gut«, sagte er, »gut, dir vertraue ich.«

Am nächsten Nachmittag verließ Georg Bonn. Michael, Christine und Achim brachten ihn zum Bahnhof; Friedel war nicht aus der Schule nach Hause gekommen.

Und keiner von ihnen sah sie auf dem Bahnsteig, auf dem das um jene Zeit übliche Gedränge herrschte.

Sie aber sah Georg, und sie sah auch das Mädchen mit den blauen Schlitzaugen, das ein rotgetupftes Kleid trug.

In ihr Tagebuch schrieb Friedel an diesem Abend: ›Ich wünschte, ich wäre schon alt. Ich wünschte, mein Leben wäre schon vorbei. Denn ich will Georg Bonet nie wiedersehen.‹

Im September 1946 zog Anna Gugenheimer in ihrer Wohnung in New York die Bilanz des ersten Halbjahres der Hilfsaktion ›Brot für die Kinder‹.

Lebensmittel im Werte von insgesamt dreizehntausendvierhundertundzwanzig Dollar waren aus privaten Spenden an bedürftige Kinder nach Bonn und Umgebung geflossen.

Susi und Lavina strahlten, Laura paffte zufrieden eine Pitchblack und rührte im Café Brulot, den sie gegen die ersten kalten Nebel und Regen des Herbstes tranken.

»Die Sache läuft weiter«, sagte Susi. »Und was glaubt ihr, wenn Jim erst mal auf seine Redetournee geht! Er hat schließlich den Krieg mitgemacht. Anna, du kannst nach Hause fahren, wir schmeißen den Laden hier schon.«

»wihr wollt mich nur los sein«, sagte Anna lächelnd.

»Sicher«, sagte Laura, »uns fällt es auf die Nerven, daß du mit jedem zweiten Wort von Michael sprichst. Du bist wie ein liebeskrankes Schaf.«

»Wer hat denn so was schon gesehen?« fragte Lavina lachend.

»Ich«, sagte Laura. »Als ich ein Kind war, besaß ich ein Lamm, und als es sich zu einem Schaf auswuchs, verliebte es sich in den Mond und blökte ihn mit schöner Regelmäßigkeit an. War gar nicht daran zu denken, es bei Vollmond im Stall zu halten.«

Yochanan Metzler kam herein, unterbrach ihr Gelächter. Er schüttelte sich, sein Trenchcoat troff. Laura gab ihm einen Brandy pur, er küßte sie auf die Wange.

»Und wer ist da in wen verliebt?« fragte Susi.

»Ich unsterblich in Laura«, sagte Yochanan, »aber sie will mein Flehen nicht erhören.«

»Du könntest mein Sohn sein«, sagte Laura.

»Hoho«, machte er, »du bist knappe zwei Jahre älter als ich. Gib nicht so an.«

Er setzte sich in seinen Sessel, Laura auf die Lehne, ihre Fingerspitzen berührten seine Schulter.

»Also, laß hören, Anna, was ergibt unsere Bilanz?» fragte Yochanan.

»Genau dreizehntausendvierhundertundzwanzig Dollar«, wiederholte sie stolz.

»Großartig«, sagte er. »Ich habe auch eine Neuigkeit für euch. Man spricht davon, daß Hoover nach Deutschland reisen wird, um sich an Ort und Stelle ein Bild von der Situation der zivilen Bevölkerung zu machen. Wenn das so ist, kann man erwarten, daß sich dort bald einiges zum Guten ändern wird.«

»Wunderbar«, sagten die Frauen wie aus einem Mund.

»Ja, und dann habe ich noch etwas für dich, Anna. Du bist für den Flug der American Overseas Airlines für Mittwoch in einer Woche gebucht. Ohne Umweg direkt nach Frankfurt!«

Anna wurde blaß. Sie spürte es selbst, spürte, wie alles Blut aus ihrer Haut wich, spürte, wie es zu ihrem Herzen schoß. »Woher? Wieso? Wie hast du das geschafft?«

Yochanan schmunzelte. »Laß einem alten Mann doch ein paar Tricks.«

Es klingelte an der Wohnungstür; Lavina lief, um zu öffnen. Der rothaarige Laufjunge von Melchiors Delikatessen schleppte einen silbernen Korb mit Champagner herein.

»Nichts gegen deinen Café Brulot, Laura«, sagte Yochanan, »aber Abschiedsfeste soll man mit Champagner feiern.«

Susi fuhr zum Central Park und holte den alten John Craw dazu. Sie rief Jim an, und auch er kam.

Jim konnte keinen Ehering tragen, dafür steckte ein kleiner goldener Knopf in seinem Rockaufschlag, und darauf stand zu lesen: I love Susi. Er hatte seine neuen Hände bekommen, und er konnte damit ein Glas halten und es sogar zum Mund führen.

»This is a most wonderful evening«, sagte John Craw. »Ich habe tatsächlich selten so viele nette Leute auf einem Haufen erlebt.«

Sie tranken Champagner, sogar Boris bekam einen Schluck davon ab.

Sie schmiedeten Pläne, vor allem den einen: Genau übers Jahr wollten sie sich alle wiedersehen – entweder in New York oder in irgendeiner Stadt, an irgendeinem Ort in Deutschland.

Susi würde die Wohnung der Gugenheimers übernehmen. »Denn wir brauchen bald bestimmt ein Kinderzimmer«, sagte sie augenzwinkernd, um nicht loszuheulen.

»Hier soll's geboren werden, unser Kind«, sie drückte Jims Arm fest, »aber dann, dann fahren wir auch nach Hause.«

Michael hatte ihre Eltern ausfindig gemacht; sie waren im Herbst 1944 aus Berlin fortgegangen, lebten nun in einem Dorf am Rande von Marburg, in Ockershausen.

»Ich besuche sie bald«, versprach Anna, »sobald ich kann.«

Der Abschied von Yochanan eine Woche später fiel besonders schwer.

»Es ist ja nicht für immer«, sagte er, »wir werden uns wiedersehen.« Er gab Anna sein silbernes Zigarettenetui für Michael mit.

»Vielleicht kommen Laura und ich euch sehr bald besuchen.«

»Laura und du?«

»Wundert es dich?«

»Nein. Ihr paßt gut zusammen.«

»Gott sei Dank leben wir in einem Land, wo es nichts Lächerliches an sich hat, wenn sich zwei ältere Leutchen noch zusammentun.« Er lachte leise.

»Du bist nicht alt«, sagte Anna. »Leute wie du und Laura werden nie alt.«

»Außerdem können auf diese Weise Lavina und ihr Pablo meine Wohnung kriegen.«

In der Flughafenhalle drückte ein halbwüchsiger Junge Anna einen Zettel in die Hand. »Brot für die Kinder in aller Welt«, stand darauf, und darunter war die Adresse einer Quäkerorganisation in Kanada angegeben.

Eine Idee hatte Früchte getragen, weit über die Grenzen New Yorks hinaus.

13

In der Wartehalle des Flughafens Frankfurt standen fast nur Männer, meist in amerikanischer Uniform, das Haar noch naß von der Dusche, die Gesichter noch glänzend von der Rasur.

Manche ließen Flaschen kreisen, andere zündeten eine Zigarette an der anderen an, und ein paar standen einfach still da und sahen zu, wie die Sonne die Nebel lichtete, aus den kurzgeschorenen Grünflächen, welche die Landebahn begrenzten, hochzog, daß es aussah wie Rauch von Opfern – oder Freudenfeuern.

Als die Ankunft der Maschine aus New York über den Lautsprecher bekanntgegeben wurde, verebbten die Stimmen, um dann um so lauter aufzubranden. Der Maschine der American Overseas Airlines entstiegen nur Frauen. Sie trugen ebenfalls Uniform oder Blumenhüte und Seidenmäntel, die sich im Wind bauschten.

Kosmetikkoffer aus durchsichtigem Plastik sah man, Hutschachteln aus Lack und große, elegante Lederhandtaschen, die genug Material für ein halbes Dutzend Paar Schuhe abgegeben hätten.

Natürlich trug Anna keine Uniform, aber unter den Blumenhüten entdeckte Michael Gugenheimer sie auch nicht – es sei denn, sie hätte sich in den vergangenen Monaten bis zur Unkenntlichkeit verändert.

Aber dann tauchte ein Knirps auf, oben auf der Gangway, und eine junge Frau in einem grauen Kostüm. Und an der Art, wie sie ihr schwarzes Haar hinter die Ohren zurückstrich, ehe sie den Jungen auf den Arm nahm, erkannte Michael seine Frau. Da waren die rauchgrauen Augen, der Mund ungeschminkt, scharf hervortretend die Wangenknochen. Anna sah sich suchend um, während der Junge sich in ihrem halblangen Haar festhielt.

»Anna.« Obwohl Michael es kaum hörbar sagte, wandte sie sofort den Kopf. Sah ihn, wollte auf ihn zulaufen, konnte es wegen des Jungen nicht.

Und da lief er auf sie zu. Er nahm ihr den Jungen vom Arm, packte sie um die Taille, mit der freien Hand.

»Tag, Michael«, sagte sie und lächelte, als hätten sie sich gestern erst getrennt.

»Tag, Anna.«

»Du siehst gut aus. Aber du hast ja graue Haare!«

»Du siehst auch gut aus. Schöner noch.«

»Wo ist Friedel, und Mama?«

»Draußen beim Wagen.«

»Boris, das ist dein Vater, sag guten Tag.«

Der Junge zupfte Michael am Ohr, sagte: »Hello?«

»Guten Tag, kleiner Boris«, sagte Michael, er drückte ihn an sich, stellte ihn dann auf die Füße; Anna und er nahmen ihn zwischen sich.

»Ich bring' euch nach draußen, dann kümmere ich mich ums Gepäck.«

Friedel trug das Schottenkleid und die auf Hochglanz geputzten Schuhe mit den Kreppsohlen. Und Mama ihren lackierten Strohhut und natürlich ihre schneeweißen Handschuhe.

Und sie mußten die Zeit genützt haben, um Blumen zu pflücken, Herbstzeitlose und wilde Astern.

Anna kriegte kein Wort heraus und Christine auch nicht.

Boris machte sich los, griff nach Friedels Blumen und rief triumphierend: »Für mir! Für mir!«

»Tag, Friedel«, sagte Anna und nahm das Gesicht in ihre Hände und küßte es. Die Augen blieben weit auf, sehend und doch nicht sehend.

»Guten Tag«, sagte Friedel höflich.

Und dann lagen Anna und Christine sich in den Armen, und es war, als könnten sie sich nie wieder loslassen.

»Komm, Friedel, wir kümmern uns ums Gepäck«, sagte Michael.

Aber Friedel blieb stehen, als sei sie taub geworden.

Er legte ihr den Arm um die Schultern. Sie sah zu ihm auf.

»Aber ich hab' sie mir doch ganz anders vorgestellt«, sagte sie verwundert. »Ganz anders.«

Auf der Fahrt nach Bonn saß Friedel zwischen Christine und Anna auf dem Rücksitz des Ford Eifels, dessen Motor klopfte, auf dessen Schaltung Michael all sein Geschick verwenden mußte.

Auf Friedels Schoß saß Boris, der in einem englisch-deutschen Kauderwelsch plapperte, was Friedel abwechselnd hell auflachen und geniert verstummen ließ.

Er erkundete ihr Gesicht mit seinen kräftigen kleinen Händen, biß sie in die Nase, als sie ihm nicht genug Aufmerksamkeit schenkte, und rollte sich schließlich in ihrem Schoß zusammen wie ein kleiner, müder Hund.

Jetzt hatte sie einen Bruder und einen Vater, eine Mutter und eine Großmutter, und sie saß zwischen ihnen allen, warm und geschützt, und sie wünschte nur, Georg hätte sie so sehen können.

Aber Georg war nun schon seit drei Monaten fort, nach Straßburg zurückgekehrt. Eines Morgens war Friedel aufgewacht und hatte gleich gewußt, daß irgend etwas an dem bevorstehenden Tag anders sein würde als an allen anderen zuvor.

Sie war voller Erwartung aufgestanden, noch war es nicht einmal richtig hell.

Im vorderen Zimmer, wo Michael und Georg schliefen, war Georgs Bett leer. Aber nicht so, als sei er nur mal eben aufgestanden, sondern schon für den Tag gemacht; die Wolldecke glattgezogen, das Laken ordentlich darübergeschlagen. Vielleicht war er im Garten?

Still war sie weitergegangen, durchs Wohnzimmer, den Wintergarten, die Treppe vom Balkon in den Garten hinunter. Da blieb die Erde klumpig an ihren Füßen hängen. Sie kletterte die Mauer am Ende des Gartens hinauf und auf der anderen Seite hinunter, in den Urwald.

Sie kletterte auf die Eiche, in der Georg das Haus gebaut hatte, aus abgeschälten Ästen, die am Anfang weiß waren und nun einen silbrigen Schimmer angenommen hatten, gedeckt mit Dachpappe, säuberlich vernagelt. Aber jetzt war es zerstört.

Sie hatte sich mitten auf den übriggebliebenen Bretterboden gesetzt. Und dann erst geweint, weil ihr da erst alles wieder einfiel.

Georg war fort. Und seither hatten sie nur eine Karte von ihm bekommen, daß er gut in Straßburg angekommen sei und bald wieder von sich hören lasse. Aber das hatte er nicht getan, auf keinen ihrer Briefe hatte er geantwortet.

Das einzige, was er ihr zurückließ, war eine große, festverkorkte Flasche seiner selbsterfundenen Limonade, auf die er ein Schild geklebt und geschrieben hatte: »Für Friedel!«

Nur von dieser Limonade erzählte sie Anna jetzt.

Denn eines Nachts war die Flasche explodiert, und das ganze Haus hatte davon gebebt, Onkel Franz war im Nachthemd die Treppe heruntergesaust und hatte geschrien: »Die Russen kommen, die Russen kommen!«

Alle lachten, am meisten Michael, obwohl er doch die Geschichte miterlebt hatte. Boris wachte auf und verlangte: »Still! Mir will schlafen!«

Ein komischer, kleiner Kerl war das. Dick und rund, mit borstigen schwarzen Haaren, viel widerspenstiger noch als Friedels eigene, und mit kleinen Augen, die listig oder lustig blinzelten, was genau, konnte sie noch nicht entscheiden.

Aber so wie seine Wärme in sie überfloß, war es ihr, als hätte sie ihn schon unzählige Male gehalten.

Sie streichelte sein Haar, und er brummte: »Laß mir!«

»Er ist ein Tyrann«, sagte Anna lächelnd, »du wirst es schon noch merken.«

»Macht nichts«, sagte Friedel, »ich werd' schon mit ihm fertig.«

Zu Hause war das Wohnzimmer mit den letzten Heckenrosen aus dem Garten geschmückt. Oma Christine hatte die ganze Mauer geplündert, obwohl sie sonst niemandem erlaubte, auch nur eine Blüte abzuschneiden.

Michael hatte einen riesigen englischen Teekuchen von Bill Earth besorgt, und natürlich Kaffee und Kondensmilch, Zucker und Gebäck und was sonst noch zu einem richtigen Kaffeetisch gehörte.

Tante Lucy hatte zur Feier des Tages ihr grünes Seidensamtkleid angezogen und eine Kette aus Bernstein, die ihr bei jedem Schritt klimpernd gegen den Bauch schlug.

Onkel Franz trug seinen grauen Freskoanzug mit der Weste – er war der einzige in der Familie, der seinen Speck nicht verloren hatte – wie zur Reklame eines Schneiders, der sein Handwerk versteht, auch wenn der Träger schon über einen kräftigen Spitzbauch verfügt.

Franz küßte Anna galant die Hand und erklärte, er habe gar nicht gewußt, wie elegant man sich in New York kleide.

»Damit ihr es wißt«, sagte Christine, »nach dem Kaffee sind Friedel, Boris und ich zu Bill eingeladen. Er gibt ein Kinderfest. Franz und Lucy besuchen Lilli. Nur Michael und Anna bleiben selbstverständlich hier.«

130

Friedel sah, wie ihre Eltern rasch einen Blick wechselten und Annas Hals über dem weißen Rüschenkragen ihrer Bluse sich ganz sanft rötete. Und während sie das noch sah, stach der Schmerz in ihren Magen, so scharf und jäh, daß sie nach Luft schnappen mußte.

Friedel wollte aufstehen, schnell, weglaufen, sich verstecken. Aber da legte sich Christines Hand auf ihre, und Christine sagte leise: »Sie ist deine Mutter, Friedele, vergiß das nie.«

Oben am Rheinweg, Ecke Koblenzer Straße, hatten die Engländer eine Villa beschlagnahmt, die einer Freundin von Christine Schwarzenburg gehörte, die man Frau Geheimrat nennen mußte und deren Hand zu küssen war, wenn man sie besuchte.

Bei ihr war der Tee am Nachmittag eine Zeremonie, zu der sie stets ein langes Spitzenkleid trug, zu Anfang des Krieges noch kaffeebraun, aber dann bald – »meine liebe Christine, das Braun ist mir gründlich verleidet« – silbergrau. Sie trug eine lange Perlenkette dazu und meist ein kleines Gesteck frischer Blumen an ihrer Schulter.

Die Teezeremonie fand noch täglich statt bis zu jenem Angriff am 18. Oktober 1944, als von den vielen schönen Bauten der Bonner Altstadt nur das Geburtshaus Beethovens gerettet wurde.

Von da an sah man die Frau Geheimrat in einem langen dunklen Mantel, ihre weißen Haarwellen unter einem grauen Turban versteckt, stets als eine der ersten am Bunkereingang, wenn wieder ein Angriff stattgefunden und wieder Obdachlose sich dorthin retteten. Sie teilte Suppe aus oder Brot, sie schenkte Kindern Bonbons, ganze Hände voll, als habe sie die zentnerweise gehortet.

Als die Engländer ihr Haus beschlagnahmten, hatte sie gerade den Frühjahrsputz beendet, und Christine erzählte gern, daß sie zu Bill Earth in einem wunderschönen, gepflegten Englisch gesagt hatte: »Aber Sie gestatten doch, daß ich zuerst noch ein Bad nehme?«

In der mit Delfter Kacheln geschmückten Küche machte sie daraufhin einen Einmachkessel Wasser heiß und bat einen der englischen Soldaten, ihn ins Badezimmer zu befördern.

Der gehorchte verdutzt und linkisch, denn eigentlich sollten sie ja das Haus besetzen und nicht einer alten Dame zu einem Bad verhelfen.

Das Badezimmer war eine Sehenswürdigkeit, in rosa Marmor gehalten und mit einer Wanne, die im Boden versenkt war. »Da staunen Sie?« fragte die alte Dame lächelnd. »Aber mein lieber junger Mann, wir haben uns zwar wie Barbaren benommen, aber ein wenig Kultur besaßen wir vorher schon.«

Sie blieb über eine Stunde im Bad, Bill Earth wurde ungeduldig, aber bevor sie seine Geduld endgültig überzog, erschien sie, rosig, mit frisch gewelltem weißem Haar, in ein praktisches Reisekostüm gekleidet.

»Oh, das Bad hat gutgetan, Major«, sagte sie. »Wenn Sie mir nun noch erlauben, einen kleinen Koffer zu packen?«

»Das erlaube ich nicht!« brüllte Bill los. »Sie können, was Sie brauchen, mit in Ihr Gartenhaus nehmen!«

»Aber gern«, sagte sie und wohnte seither in der Gartenlaube.

Und mit der gleichen selbstverständlichen Heiterkeit stand sie an diesem Nachmittag in ihrem Haus der ersten Party vor, welche die englische Besatzung für die Kinder der Deutschen gab, die sie aus ihren Wohnungen und Häusern hinausgesetzt hatte.

Im Garten war ein Tisch aufgebaut mit Kuchen und vor allem Bergen von Weißbrotstullen mit fettem Chesterkäse und saftigem Schinken. Dazu gab es große Gläser Orangensaft und natürlich Kakao.

Christine hatte aus buntem Kreppapier, das sie, wer weiß woher, aufgetrieben hatte, Lampions gebastelt, Michael hatte Kerzen besorgt, und wenn es erst dunkel war und die Laternen angezündet wurden, würde es wie auf einem Kinderfest mitten im Frieden sein.

Zuerst standen die Kinder noch verschüchtert herum, dann kriegte jedes seinen Soldatenpaten per Los zugeteilt. Friedel geriet an einen großen rotgesichtigen Sergeant, der nach jedem zweiten Wort lachte, was etwa so klang: »You are, hoho, a nice, hoho, little girl, hoho!« Geschwind ausgesprochen hörte sich das wie eine Geheimsprache an, aber seit Georg fort war, brauche ich ja keine mehr, dachte Friedel traurig.

Sackhüpfen wurde gespielt und ›Hängen dem Fuchs die Trauben zu hoch?‹.

Die Traube bestand aus zusammengeknüpften Bonbons, die über eine komplizierte Vorrichtung – einem Galgen gleicht die, dachte Friedel – immer wieder hochgezogen wurde, wenn die Kinder danach sprangen.

Friedel ging zu Bill Earth, der am Ende der Tafel saß, sich mit ihrer Großmutter und der Frau Geheimrat unterhielt.

»Warum tun Sie das?« fragte sie und sah ihm in die Augen, die manchmal grün und manchmal blau schimmerten.

»Was denn, Friedel?«

»Die Kinder so rumspringen lassen.«

»Aber sie amüsieren sich doch dabei.«

»Es ist grausam«, sagte Friedel. »Sie lassen die Kinder springen wie dressierte Hunde.«

»Friedel, das ist doch ein Spiel«, sagte Christine.

»Wirklich, Oma?«

»Nein, Ihre Enkelin hat recht, Madam«, sagte Bill und stand auf. »Manchmal müssen einem Kinder erst die Augen öffnen!«

»Danke schön«, sagte Friedel und sah zufrieden zu, wie Bill die Kordel durchriß und die Bonbons unter die Kinder verteilte.

Danach wurde Friedel auch fröhlich, danach lachte sie über die Hoho-Scherze ihres rotgesichtigen Paten für diesen einen Tag.

Die Lampions wurden angezündet, auf einem offenen Grill Würste geröstet, und man konnte richtig sehen, wie die Kinder dicke rosige Backen vom vielen Essen kriegten.

Der Höhepunkt war die Übergabe eines Geschenkes, das sich jeder Soldat für seinen Schützling ausgedacht hatte. Es gab viel Gelächter, denn meist gerieten die für die Jungen bestimmten Spiele an die Mädchen und umgekehrt.

Boris kriegte eine Puppe mit blonden Zöpfen. »Susu«, gurrte er und riß an den Zöpfen, die bestimmt nicht lange halten würden.

Aber Friedel hatte Glück, sie bekam eine wunderschöne alte Ausgabe von ›Alice in Wonderland‹. Und ihr rotgesichtiger Sergeant sagte viel galanter als selbst Onkel Franz es bei guter Laune vermochte: »Das ist mir ein ganz besonderes Vergnügen, kleine Miß.«

Friedel gab ihm einen Kuß.

»War das nicht ein schönes Fest?« fragte Christine auf dem Heimweg.

»Ja, das war's Oma. Aber ich glaube, das war's bloß, weil's deine Idee war.«

»Woher weißt du denn das?« fragte Christine verblüfft.

»Ja, meinst du denn, ich bin taub? Ich hab' doch mitgekriegt, wie Bill dich ewig gefragt hat, ob du auch zufrieden bist.«

Christine blieb stehen und deckte Boris besser zu, der in seinem hölzernen Sportwagen – einen anderen hatte Michael nicht auftreiben können – längst fest schlief.

»Ich freue mich, daß ich diesen Bruder habe«, sagte Friedel.

Zu Hause warteten Onkel Franz und Tante Lucy, Lilli und Achim im Wintergarten.

Onkel Franz und Tante Lucy rochen nach gutem Essen und guten Getränken. Tante Lucy zwitscherte: »Stellt euch bloß vor, es gab echtes Danziger Goldwasser zum Mokka bei Lilli.«

Friedel hockte sich in eine dunkle Ecke, während Christine erst einmal Boris zu Bett brachte.

Vor Annas Ankunft war die bisherige Einteilung des Hauses geändert worden.

Im ersten vorderen Zimmer sollten nun Friedel und Boris schlafen. Im zweiten, dahinterliegenden, Anna und Michael. Nicht länger würden Friedel und Christine die Messingbetten gehören, die am Fuß- und Kopfende mit dunkelroter matter Seide bespannt waren, nicht länger der Spiegel im Empirerahmen, in dem Friedel sich von Kopf bis Fuß betrachtet hatte.

Sie tat es nicht aus Eitelkeit, sie tat es aus Neugier und mit dem sehnlichen Wunsch, schneller zu wachsen, erwachsen zu werden.

Aber jetzt war Georg fort – wozu brauchte sie da den Spiegel noch? Achim würde fortan mit Christine ein Zimmer im ersten Stock teilen, denn Franz und Lucy schliefen weiterhin getrennt; Franz hatte es rundweg abgelehnt, den Altweibergestank seiner Frau, wie er es brutal nannte, auch noch nachts um sich zu dulden.

»Schau, Friedel«, hatte Christine auf den heftigen Protest des Mädchens geantwortet, das nicht mehr mit ihr zusammen schlafen durfte, »du und Boris und deine Eltern, ihr seid jetzt wieder eine komplette Familie, und die gehört zusammen.«

»Aber dich kenne ich viel besser und viel länger, und außerdem habe ich Angst ohne dich in der Nacht.«

»Soll dein kleiner Bruder allein in einem Zimmer schlafen in dem für ihn fremden Haus?«

»Boris ist noch so klein, der merkt nichts von der Fremde.«

»Friedel, du mußt dich daran gewöhnen, daß du Teil einer ganzen Familie bist.«

»Weißt du eigentlich, Oma, wie oft du in letzter Zeit zu mir sagst, du mußt? Warum *muß* ich jetzt immer alles tun, warum kann oder darf ich nichts mehr tun?«

Christine hatte Friedel fest an sich gedrückt, aber keine Antwort gewußt.

Warum geschah das in letzter Zeit häufig?

»Boris ist ein goldiges Kind«, sagte Christine und kam nun lächelnd zu ihnen in den Wintergarten zurück. »Für einen Moment ist er aufgewacht und hat übers ganze Gesicht gestrahlt und ›hallo‹ gesagt.«

»Viel mehr kann er ja auch noch nicht«, sagte Friedel aus ihrer Ecke.

Christines Augen wandten sich ihr zu, sie lachten nicht mehr. »Friedel, magst du mir meinen Wollschal von oben holen? Mir ist ein bißchen kalt.«

»Sicher, Oma.« Friedel ging durchs Wohnzimmer, warf keinen Blick zur Verbindungstür hinüber, die zu den beiden Schlafzimmern führte. Warf doch einen und sah, daß sie natürlich verschlossen war.

Friedel polterte die Treppe in den ersten Stock hinauf, sie wollte, daß ihre Eltern endlich aufwachten und rauskamen. Daß Anna müde war, schlief, konnte sie ja noch verstehen, aber warum auch Michael? Er hatte doch keine lange Flugreise hinter sich.

Friedel wußte längst, daß schlafen und schlafen nicht dasselbe war, daß man dieses Wort auf vielerlei Weise benutzen konnte und vor allem dazu, zu umschreiben, was ein Mann und eine Frau miteinander taten, wenn sie allein waren – und sich liebten.

Sie hatte es im Lexikon nachgelesen und Georg ausgefragt; er hatte ihr ziemlich klare Auskünfte gegeben.

Es gehört mit zum Leben wie die Liebe – und der Haß, dachte Friedel.

Es war Ausdruck eines tiefen Gefühls, das einen Mann und eine Frau verband. Aber es gab auch Frauen, die sich verkauften, und Männer, die damit nur ihren Trieb befriedigten.

Dazu brauchte es nicht unbedingt zu sein, daß ein Kind gezeugt wurde – davon haben meine Eltern bestimmt die Nase voll, dachte Friedel.

Sie dachte zum erstenmal bewußt: meine Eltern, verband Michael mit Anna, fügte sie zu einer Einheit zusammen.

Oben, in Christines Zimmer, setzte sie sich auf deren Bett; es war dunkel und schwer, aus einem kräftig gemaserten Holz, längst nicht so fröhlich wie die Messingbetten, die selbst an Regentagen wirkten, als schiene die Sonne drauf.

Michael und Anna.

Ein Mann und eine Frau, dachte Friedel.

Meine Eltern.

Sie wiederholte das Wort laut, aber es gab keinen Nachhall in ihr. Es war einfach ein Wort.

Es war ein Wort wie viele andere auch, die sie benutzen konnte, ohne über ihre Bedeutung nachzudenken, ohne irgend etwas dabei zu empfinden.

»Meine Eltern«, wiederholte sie lauter, es klang trotzig.

»Ach was«, sagte sie zu ihrem Spiegelbild im Glas des Wäscheschranks. »Ist doch alles Mist.«

Sie nahm Omas violetten Wollschal und ging wieder hinunter.

Noch immer war die Verbindungstür zu den Schlafzimmern zu.

Christine schaute Friedel fragend an.

Friedel legte ihr den Schal um die Schultern.

»Ist was?« murmelte Christine.

»Was soll schon sein, Oma?«

»Nun, ich finde es, gelinde gesagt, sehr unhöflich«, sagte Lilli, »daß Anna, meine Schwester, mich nach all den Jahren so lange warten läßt.«

»Hat sie dich denn hergerufen?« fragte Friedel.

»Still«, sagte Christine.

»Du brauchst keine Angst zu haben, Oma, ich bin ja schon still. Ich habe heute abend keine Lust, mich mit irgendwem zu zanken.«

»Du gehörst in eine Erziehungsanstalt«, sagte Onkel Franz.

»Und du in ein Altersheim!«

Lucy kicherte und zwinkerte Friedel zu.

Achim sagte leise: »Wenn ich darf, geh ich schon nach oben. Ich kann ja Tante Anna auch morgen noch begrüßen.«

»Ich geh mit«, sagte Friedel. »Laß uns noch Mühle spielen.«

Beide Kinder machten die Runde für den Gutenachtkuß.

Bei Onkel Franz zog Friedel immer schnell ihr Gesicht in der letzten Sekunde weg, damit der gespitzte Mund sie nicht berühren sollte.

Wenn er gut gelaunt war, kniff er sie in den Po oder in den Arm, aber davon blieb sie heute abend verschont.

Friedel und Achim spielten Mühle, aber konzentrieren konnten sie sich nicht darauf und mußten immer wieder neu anfangen.

»Blödes Spiel«, sagte Achim schließlich und kehrte das Brett einfach um, daß die weißen und schwarzen Steine in alle Richtungen rollten.

»Bei dir piept's wohl«, sagte Friedel.

Achim kniff Augen und Mund zusammen.

»Du brauchst eine Brille«, sagte Friedel.

Sie wußte nicht, warum, aber er hatte eine Heidenangst vor dem Brillentragen; als großes Geheimnis hatte er es ihr einmal im Baumhaus im Urwald anvertraut.

Und prompt wurde er jetzt auch blaß, fast grün im Gesicht und flüsterte: »Nein, nein, das ist nicht wahr!«

»Dann mach nicht so Kniffaugen. Was ist überhaupt mit dir los? Warum warst du nicht auf der Party? Es war nett!«

»Mutter hat's nicht erlaubt.«

»Warum?«

»Weil heute unser Tag war.«

»Und was habt ihr gemacht?«

»Na ja, sie hat für mich gekocht, und dann hat sie mir Fotos von früher gezeigt, von meinem Vater, und dann ist sie mit mir ins Kino gegangen. Und dann waren ja Onkel Franz und Tante Lucy da.«

»Was gab es denn im Kino?«

»'ne blöde Revue. Und dann hat Mutter mir erklärt, daß wir noch vor Jahresende nach England gehen.«

»Wieso denn das? Sie war doch gerade da?«

»Ich krieg' wieder einen Vater. Sie heiratet einen Engländer.«

»Da bin ich aber platt. Wen denn? Bill ist schon verheiratet, und außerdem haßt er deine Mutter wie die Pest.«

Achim errötete. »Ach, der wär' ja gar nicht so übel, der Bill. Aber Mutters Kenneth – sieht aus wie mein Vater, bloß hat er schwarzes Haar. Saufen tut er auch.« Er hob die Schultern. »Und ich hab' Mutter zu ihm sagen hören, wenn du nicht so verdammt gut im Bett wärst, hätt' ich dich schon längst rausgeschmissen. Kannst du mir sagen, was das nun wieder zu bedeuten hat?«

»Ach, das ist nur so eine Redensart«, sagte Friedel.

»Na ja, ist auch egal.« Achim streckte sich auf seinem Bett lang aus, starrte an die Decke, über die der Widerschein der beiden Kerzen flakkerte, die Friedel zu Beginn ihres längst vergessenen Mühlespiels angezündet hatte.

»Ich werde so eklig sein, wie ich nur kann«, sagte Achim, »vielleicht läßt Mutter mich dann hier.«

Er schloß die Augen. »Willst du schlafen?« fragte Friedel.

»Vielleicht werde ich auch krank und sterbe vorher«, sagte Achim

Friedel ging zu ihm und pustete ihm ins Gesicht.

Er schlug schnell die Augen auf.

»Du kannst ja bei uns bleiben«, sagte sie.

»Warum?«

»Na ja, wir haben dich lieb.«

Sie konnte keine Jungen heulen sehen, und deswegen verließ sie fluchtartig das Zimmer.

Sie polterte die Treppe hinunter, sie wollte, daß ihre Eltern endlich aufstanden und rauskamen.

14

Welch ein Herbst das doch war! Noch nie schien der Wald so farbenprächtig; da schimmerte es in Bronze, Gold und Rottönen; da hingen die Zweige der Buchen tief herab, schwer von ihren Früchten. Horden von Kindern sammelten die Bucheckern, um Öl dagegen einzutauschen oder auch, wenn sie Glück hatten, Margarine, denn die konnte man nicht nur zum Kochen verwenden, sondern auch als Brotaufstrich.

Der Winter, der sich mit Nachtfrost und klarem, hochgewölbtem Sternenhimmel ankündigte, sollte als der Hungerwinter von 1946/47 in die Geschichte Nachkriegsdeutschlands eingehen.

Der amerikanische Altpräsident Hoover würde in das besiegte Land kommen mit einer Kommission von Experten und feststellen, daß dort Nahrungsmittel im Werte von fast 18 Millionen Dollar gespeichert und verfügbar waren, nicht für den Bedarf der Besatzungstruppen und DPs benötigt wurden und daher an die Zivilbevölkerung in Form von Schulspeisungen zu verteilen seien.

Manchem erschien dies wie ein Tropfen auf den heißen Stein, und mancher sagte, das tun die Amis absichtlich, die wollen uns Erwachsene aushungern. Die Fälle von Tuberkulose mehrten sich, die Fälle, in denen Leute Hungers starben. Das goldgelbe Maisbrot schmeckte gallebitter.

Aber noch war es Herbst.

Noch vergaß man tagsüber den Frost der Nächte und die Furcht vor dem Morgen.

Für Anna und Michael war es eine Zeit des Wiederzueinanderfindens, der Hoffnung und des Neubeginns.

Michael konnte sich, als einer der ersten »unbescholtenen« Anwälte, was in seinem Fall ganz klar auf der Hand lag, in Bonn etablieren.

Friedel malte das Kanzleischild:
›Michael Gugenheimer
Rechtsanwalt‹
mit schwarzer Tusche auf weißen Karton.
Und Michael hing es wirklich zwischen dem Gitter und dem bunten
Fenster der Haustür auf.
Wintergarten und Wohnzimmer wurden als Büro- und Wartezimmer
eingerichtet – die Küche im Souterrain diente fortan der Familie als
Wohn- und Aufenthaltsraum.
Sogar Onkel Franz beteiligte sich diesmal positiv, wie Lilli mit einem
spöttischen Lächeln sagte; er schenkte Michael einen Code Napo-
leon.
»Der Himmel mag wissen, wem er den abgeluchst hat«, sagte Chri-
stine, »und überhaupt, der Himmel mag wissen, wo er sich letztlich
immer herumtreibt.«
Seit Anna aus New York gekommen war, hatte Franz Schwarzenburg
sich sichtbar verändert.
Was er sich davon versprach, wußte allerdings niemand.
Er kleidete sich täglich elegant, trug seine besten Anzüge, rügte Lucy –
allerdings nicht mehr so lautstark wie früher –, wenn auch nur ein Fält-
chen am Hemdkragen war, die Manschette womöglich nicht auf den
Millimeter exakt umgebügelt.
Er verließ das Haus oft gegen elf Uhr morgens, deutete wichtige
Geschäfte an und lobte, wenn er zurückkehrte – stets pünktlich zu den
Mahlzeiten –, das Essen, wenn es von Anna gekocht war.
Christine schüttelte den Kopf über ihn, Lucy nannte ihn kichernd
einen alten Bock, Michael kriegte Falten in den Mundwinkeln, wenn
Franzens Komplimente, die Anna galten, gewagt wurden.
Und Anna selbst? Sie dachte und sagte: »Laßt ihn. Mir scheint, er ist
jetzt wenigstens umgänglicher als früher.«

Michaels erster Mandant kam von weit her – für die Entfernungsbe-
griffe jener Zeit, in denen es kaum Züge gab, keine Privatwagen, es sei
denn mit Sondererlaubnis, wie für Ärzte; vor allem: er kam über den
Rhein.
Das Bötchen schaukelte ratternd über den Fluß. Paul Domscheid
klappte wie ein Taschenmesser auf, als er die zugige Kajüte verließ
und seinen Fuß auf den Boden Bonns setzte, zum erstenmal seit drei
Jahren.
Das letztemal war er in Bonn gewesen, zu einem Verhör durch die
Gestapo.
Aber viel hatten sie nicht aus ihm herausgekriegt und ihn schließlich
laufen lassen. Und wie er da gerannt war! Über die Brücke und quer
durch Beuel und dann die baumbestandene Landstraße entlang in

Richtung Siegburg und immer weiter, bis er schließlich seinen Hof erreichte, im lieblichen Aggertal.

Gerannt war er wie ein Marathonläufer. Er schmunzelte vor sich hin, während er die Riemen des Rucksacks auf seinen Schultern zurechtrückte und sich der Rheinpromenade zuwandte.

Der Rucksack war schwer, Domscheid hatte Blutwürste reingesteckt, Kartoffeln und Boskopäpfel und eine Speckseite.

Wie er Christine Schwarzenburg kannte, würde sie sich sogleich über die Äpfel und Kartoffeln hermachen und ›Himmel und Erde‹ davon kochen – mit gebackener Blutwurst natürlich.

Augen würde sie machen, vor allem wenn sie ihn da plötzlich vor der Tür stehen sah!

Freuen würde sie sich, wie er sich freute.

Ach, das tat richtig gut, Freude zu empfinden und Erwartung.

Er schritt kräftig aus, laufen war nicht mehr drin. Er hatte eine Herzattacke gehabt, vor ein paar Wochen; na ja, jünger wurde man nicht.

In der Schumannstraße Nr. 12 sah er als erstes das neue Schild: Michael Gugenheimer, Rechtsanwalt. Das war ja noch besser, als er erwarten konnte, gleich einen Rechtsanwalt im Haus!

Christine empfand tatsächlich soviel Freude wie er selbst über das Wiedersehen.

Sie küßte ihn herzhaft auf beide Backen, zog ihn in den Flur.

Rief: »Schaut nur, wer da ist. Ja, kommt doch und schaut!«

Drei Kinder liefen zusammen, ein tolpatschiger Junge von vielleicht drei, ein blasser, stiller von vielleicht zehn und die Friedel natürlich.

»Groß bist du geworden, Mädel, eine richtige junge Dame, was?«

Paul kniff sie in die Wange, und Friedel gab ihm einen Kuß.

»Aber legen Sie doch Ihren Rucksack ab«, sagte Christine. »Und Ihren Mantel.«

»Nicht im Flur. Nichts für ungut, Frau Schwarzenburg, aber weiß ich denn, wer Fremdes hier im Haus wohnt, und man hört so allerlei vom Klauen und so?«

»Nein, nein, hier wohnt nur Familie«, sagte Christine lachend und führte ihn hinunter ins Souterrain, in eine Küche, die trotz der Kacheln und des Steinbodens fast so gemütlich wie ein Wohnzimmer war.

»Einen Kaffee können Sie bei uns kriegen«, sagte Friedel stolz, »einen echten Bohnenkaffee.«

»Das ist ja phantastisch!«

Die Kinder beäugten den Rucksack, Domscheid öffnete ihn und schenkte jedem einen Apfel.

Christine servierte Kaffee und bot ihm sogar eine richtige Zigarre an.

»Na, Ihnen geht es aber gut«, sagte er, »und dabei hab' ich mir solche Sorgen gemacht.«

»Ja«, sagte Christine einfach, »wir haben Glück. Wir haben Freunde unter den Engländern, und das erleichtert vieles.«

»Na, Gott sei Dank, denn wie ich Sie kenne, gehen Sie doch nicht auf den schwarzen Markt.«

Christine errötete, murmelte Unverständliches, Friedel sagte: »Doch, letzte Weihnachten hat Oma für mich da eine Puppe gekauft. Und eine Schreibmaschine fürs Büro.«

»Na, Weihnachten ist ja auch eine Ausnahme, was? Ist ja nur einmal im Jahr.«

»Aber jetzt erzählen Sie, Herr Domscheid«, sagte Christine. »Wie ist es Ihnen ergangen? Wie oft hab' ich an Sie gedacht. Wie gern wäre ich schon mal zu Ihnen gekommen, aber die Bötchen sind immer so überfüllt, und ganz ehrlich – ich werd' dazu noch seekrank. Speiübel wird's mir in einem solchen Kahn.«

»Gut ist es mir auch ergangen«, sagte Paul Domscheid. »Gut, weil wir keinen Hunger zu leiden brauchen. Die Engländer lassen mir mehr von meinen Ernten als die braunen Knallköppe von früher.«

»Haben Sie noch Kinder bei sich? Was ist aus dem Hans Ahrweiler geworden?«

»Der Hans ist längst wieder in Remagen. Kurz vor Ostern fünfundvierzig, da hielt es ihn nicht länger. Da ist er über Nacht nach Hause getürmt. Inzwischen hab' ich Post von ihm gekriegt, daß er gut angekommen ist. Ja, aber wegen der anderen Kinder, da brauche ich Ihren Rat.«

»Wieviel sind es denn noch?«

»Anderthalb Dutzend.«

»Und die bringen Sie alle durch?«

»Das ist es ja eben.« Domscheid schüttelte den Kopf. »Zu essen kann ich ihnen genug geben, wenn wir uns auch einschränken müssen. Aber meiner Frau wird die Arbeit im Haus und auf dem Hof zuviel. Und Leute einstellen, die ihr helfen, das können wir uns nicht leisten. Das würde beim Essen den Kindern abgehen, und Geld haben wir keines. Denn die Kinder brauchen ja auch Schuhe und Kleider. Es ist gar nicht so einfach.«

»Und jetzt? Wollen Sie – die Kinder loswerden?«

»O nein! Nein, das nicht! Ich wüßte nur gern Rat, ob man meinen Hof nicht von Rechts wegen in ein Kinderheim verwandeln kann. Ich meine, damit ich vielleicht hin und wieder einen Zuschuß kriege, von der Gemeinde oder so. Und vielleicht auch ein oder zwei Hilfskräfte. Wie man so was anfängt, weiß ich nicht, an wen man sich da wenden muß, auch nicht. Aber ich möchte, daß es bald gemacht wird, denn die Gretel und ich werden ja nicht jünger. Und wenn uns mal was passiert, was wird dann aus den Kindern? Ja, und dann, und außerdem, vielleicht ließen sich auch Adoptiveltern finden, für ein paar wenigstens,

für die Kleinsten, damit die noch in eine ordentliche Familie hineinwachsen können.«

»Da müssen Sie mit meinem Vater sprechen!«

Er wandte den Kopf, sah Friedel an. Die wurde ganz blaß im Gesicht
und fing an zu zittern, und dann rannte sie aus der Küche in den Garten.

»Was hat sie denn plötzlich?« fragte Domscheid verstört. »Hab' ich
denn was Falsches gesagt, Frau Schwarzenburg?«

Christine schüttelte den Kopf. »Nein, nichts Falsches. Friedel hat
ihren Vater zum erstenmal so genannt. Aber das ist eine lange
Geschichte und gehört jetzt nicht hierher. Friedel hat recht, Sie müssen mit meinem Schwiegersohn sprechen. Er ist Anwalt, er kann Sie in
allen rechtlichen Fragen beraten, und er kann auch mit den Behörden
für Sie verhandeln.«

»Und mit dem Honorar, wie sieht es da aus? Arbeitet er für mich, ja, da
soll er auch bezahlt werden. Wäre es ihm wohl recht, wenn ich's mit
Naturalien tue oder muß es Geld sein?«

»Alles ist recht«, sagte Christine, »die Hauptsache, Michael hat seine
erste Aufgabe, und Sie kriegen offiziell Ihr Kinderheim.«

»Warum läufst du so oft davon?« fragte Achim.

Er war Friedel in den Urwald gefolgt.

»Spionier mir nicht nach.«

»Warum legst du dich so auf den Boden? So wie ein Brett?«

»Das geht dich nichts an.«

»Warum verziehst du dein Gesicht so komisch?«

»Ich hab' Bauchschmerzen.«

»Warum?«

»Weiß nicht.«

»Ist dir nicht kalt auf der Erde?«

»Nein. Bitte, Achim, laß mich doch in Frieden.«

»Ich geh ja schon«, sagte Achim.

»Nein, bleib hier, aber sei still.«

Friedel schloß die Augen.

»Warum weinst du jetzt?«

»Ich wein' ja gar nicht.«

»Doch tust du!«

Seine Finger berührten ihre Wange. »Sei doch nicht traurig. Ich bin
doch bei dir. Und wenn ich nach England gehe, schreibe ich dir jede
Woche. Und du kannst mir deine englischen Aufgaben schicken, und
die verbessere ich dann.«

»Geht ihr tatsächlich nach England?«

»Bald. Meine Mutter sagt, sie kann dieses Land nicht mehr ertragen.«

»Und du« – sie sah ihn an –, »freust du dich denn jetzt?«

»Ich weiß nicht.« Achim hob die Schultern. »Was soll ich denn machen? Mitgehen muß ich doch. Schließlich ist sie ja meine Mutter.«

In der Nacht, alle waren schon schlafen gegangen, kam Christine zu Friedel ans Bett.
»Schscht«, machte sie, »ich will nur ein Weilchen bei dir sitzen.« Sie nahm Friedels Hand, streichelte sie. Friedel konnte deutlich die Gichtknoten an Christines Händen spüren.
»Bald hast du es geschafft, Kind«, sagte sie.
»Was denn, Oma?«
»Bald kannst du über deinen Schatten springen. Du willst doch deine Eltern liebhaben und meinst nur, du dürftest es nicht. Denkst immer noch, sie hätten dich vor vielen Jahren im Stich gelassen.«
»Aber das haben sie, Oma. Michael hat es mir selbst gesagt. Er hat gesagt: ›Wir haben uns nicht genug Mühe um euch gegeben.‹«
»Sieh doch, wie ehrlich er ist. Sieh doch, wie er sich jetzt Mühe um dich gibt.«
»Ich weiß es ja, Oma. Aber wenn ich meine, ich kann ihn so nennen, wie heute nachmittag, kann so von ihm denken, sprechen, dann passiert es.«
»Was passiert?«
»Dann kommen die Bauchschmerzen. Und dann –«
»Was dann, Friedele?«
Sie antwortete nicht, Christine hörte ein leises Geräusch, und als sie die Hand ausstreckte, spürte sie, daß Friedel ihr Gesicht zur Wand gekehrt hatte.
»Sag es mir doch, Friedel, bitte, sag es mir doch. Vielleicht wird dir dann leichter?«
Aber das Mädchen antwortete nicht.

In der Nacht vom 22. zum 23. Dezember 1946 hielt gegen acht Uhr abends ein geschlossener Jeep vor dem Haus der Schwarzenburgs. Die Scheinwerfer wurden sofort ausgeschaltet, zwei Soldaten stiegen aus, gingen um den Wagen herum, lösten die Plane hinten aus ihren Verankerungen.
Sie schauten zu dem Haus hin, das unbeleuchtet dalag, und der eine Soldat sagte zum anderen: »Go and knock at the door.«
Anna und Michael waren bei Freunden zu einem Musikabend eingeladen, Franz und Lucy im Theater.
Friedel öffnete die Haustür, blieb im unbeleuchteten Flur stehen; sie rief Christine nicht, denn sie wollte ihr das Treppensteigen ersparen; die Gicht machte sich nun auch in ihren Knien bemerkbar.
»Hello, Friedel«, sagte der eine Soldat.
»Hello, Sam«, sagte sie. »How do you do?«

»Fine, thank you. Wir haben ein paar Briketts für euch. Wir bringen sie jetzt rein.«

»Wunderbar«, sagte Friedel, »die können wir immer brauchen.«

Sam ging zum Jeep zurück. Er und der andere Soldat hoben drei schwere Säcke aus dem Wagen, und als sie es noch taten, waren plötzlich drei, vier Männer da, sprangen auf den Jeep zu.

Die Säcke fielen auf die Straße, die Soldaten wehrten sich. Jemand schrie: »Shoot, shoot the bastard!«

Und da rannte Friedel dazwischen und rief: »Nein! Nicht schießen! Nicht schießen!«

Sam und sein Freund Jack kamen mit Schürfwunden und einem ausgeschlagenen Backenzahn davon.

Sam trug Friedel ins Haus, Jack einen Kohlensack. Die beiden anderen Säcke wurden geklaut, während sie im Haus waren.

Christine und Sam brachten Friedel sofort zu Bett.

»Sie ist mit dem Kopf aufgeschlagen«, sagte Sam. »Aber sie wird bestimmt gleich wieder zu sich kommen.«

»Aber vielleicht hat sie eine Gehirnerschütterung, und da wär's besser, ein Arzt käme her.« Jack leckte sich die aufgeschlagenen Fingerknöchel.

Friedel kam zu sich, ihr Blick wanderte umher, schien nichts und niemanden wahrzunehmen.

»Nicht schießen«, flüsterte sie, »bitte, bitte, nicht schießen.«

»Wir fahren zurück«, sagte Sam. »Wir schicken Ihnen sofort unseren Doktor Bride.«

Christine nickte nur.

Sie blieb bei Friedel sitzen, und von Zeit zu Zeit wiederholte das Kind dieselben Worte wie schon zuvor.

Als der Arzt kam, ließ Christine ihn mit Friedel allein, saß im Wintergarten, schaute hinaus in den verschneiten Garten.

Und Friede auf Erden und den Menschen ein Wohlgefallen, lief es rund und rund in ihrem Kopf.

Dr. Bride zündete sich eine Zigarette an, als er zu ihr kam, Christine holte ihre Pfeife, stopfte sie.

»Sie brauchen einen Schnaps, Madam«, sagte er, »sonst kippen Sie auch noch um.« Er zog eine Hüftflasche, gab sie ihr. Christine nahm einen kräftigen Schluck.

»Sam hat mir erzählt, was passiert ist. Friedel hat natürlich einen Schock. Aber da steckt noch was anderes dahinter. Irgendwas.«

»Ich habe sie nie in Kriegsfilme gehen lassen, und abgesehen von den Bomben, die fielen, und zuletzt dem Artilleriebeschuß hat Friedel, wie ich glaubte und hoffte, weniger vom Krieg mitgekriegt als andere Kinder.«

»Niemand hat bei dem Handgemenge geschossen, aber Friedel sagte und wiederholte es, bis ich ihr die Beruhigungsspritze gab: Er hat geschossen, er hat geschossen!«

Bride beugte sich vor, gab Christine Feuer für ihre Pfeife, die ausgegangen war.

»Mein Mann hatte einen Gehirntumor«, sagte sie, »der operabel war, entfernt werden konnte. Bevor das geschah, erkannt wurde – litt er an Wahnvorstellungen, Bewußtseinsstörungen. Ist das vererbbar?«

Bride schüttelte den Kopf.

»Noch einen Schluck?«

»Ja, bitte«, sagte Christine.

»Ich lass' Ihnen was zur Beruhigung da. Morgen schau ich wieder rein, dann reden wir weiter.«

»Ja, bitte, aber –«

»In Zivil«, sagte er lächelnd. »Gehen Sie jetzt zu ihr, sie wird zwar kaum erwachen, aber es kann nur gut sein, wenn Sie bei Friedel sind. Ich finde den Weg schon allein raus.«

Zu Weihnachten schenkte Michael Friedel eine Box-Kamera.

Sie war wieder auf, bewegte sich noch ein bißchen vorsichtig, aber sie schien den Zwischenfall vollkommen vergessen zu haben.

»Oder verdrängt«, sagte Bride, der in Zivil vorbeikam, tat, als wolle er ihnen allen nur eine frohe Weihnacht wünschen; schließlich kam er auch sonst hin und wieder vorbei.

Und zu Michael allein sagte er: »Kümmere dich um sie. Geh mit ihr spazieren, bring sie dabei zum Reden. Irgend etwas steckt in deiner Tochter drin, was raus will, raus muß! Es ist nur so ein Gefühl, ich weiß nicht, was Friedel fehlt, aber ich meine, es müßte mit dir zu tun haben.«

Nun bot das Ausprobieren der Kamera einen guten Anlaß für einen langen Waldspaziergang.

Friedel knipste ein Eichelhäherpärchen, das krächzend aufflog. Sie fotografierte ein Reh, das kaum zehn Meter entfernt von ihnen über den Weg sprang.

Den Kadaver eines anderen, nur notdürftig unter Laub und Reisig versteckt, konnte Michael im letzten Moment vor Friedel verborgen halten, indem er sie ablenkte, auf Schneeglöckchen aufmerksam machte, die im warmen Schatten einer Tanne wuchsen.

Über die Kamera war Friedel glücklich. Ihre Augen leuchteten, und immer wieder strich sie drüber hin.

Als Friedel auf einem steilen Wegstück ausrutschte, fing Michael sie noch rechtzeitig genug auf.

Eine Sekunde lang ließ sie sich festhalten, dann machte sie sich schnell los. »Ich glaub', jetzt wird es Zeit, daß wir nach Hause gehen.«

Gesprochen hatte sie nur über Boris und über Achim, der eigentlich gar nicht mit Lilli nach England wollte.

Von sich selbst hatte Friedel kein Wort gesagt.

15

Die Trennwand zwischen den beiden Schlafzimmern im Parterre war sehr dünn; wenn man dagegen stieß, klang es hohl. Einst mußten die beiden Zimmer ein großer Salon gewesen sein, denn die Wand teilte ein Füllhorn voll Blumen aus Stuck an der Decke.

Friedels Bett stand an der dünnen Wand.

Auf der anderen Seite im Zimmer der Eltern war der große Empire-Spiegel, und manchmal war es Friedel, als könne sie geradewegs da hindurchsehen.

Vor dem Spiegel hatte Anna einen kleinen Tisch aufgestellt, ihn mit einer weißen Spitzenserviette bedeckt, und darauf standen Flakons und Cremetiegel von Elizabeth Arden.

Ein Gesichtswasser roch nach Mandeln, ein anderes nach Jasmin. Die Cremes dufteten nach Pfefferminze und Erdbeeren.

Es gab in einem viereckigen Tiegel Wimperntusche mit vier verschiedenen Bürstchen, Nagellack, der wie das Innere von Muscheln schimmerte, und Lippenstifte, die ein tiefes bräunliches Rot hatten.

Anna war sehr schön. Viel schöner als die Mütter von Friedels Freundinnen. Dabei sah Anna ganz und gar nicht auffallend aus wie die Mädchen, die mit den englischen Soldaten über den Kaiserplatz oder am Hofgarten flanierten.

Die Wiesen des Hofgartens waren ihnen verboten, denn sie waren von Stacheldraht umgeben. Dort kamen täglich deutsche Soldaten aus Kriegsgefangenschaft an, die oft wie Bettler aussahen.

Am Stacheldraht standen Frauen mit verhärmten Gesichtern, Friedel mischte sich manchmal unter sie. Aber sie hatte noch nie gesehen, ob das Warten der Frauen belohnt wurde.

Mit der neuen Kamera hatte Friedel Aufnahmen davon gemacht, und sie war sehr gespannt, wie sie ausfallen würden, wenn sie erst entwickelt waren.

Auch von Anna hatte sie ein Foto gemacht, am Weihnachtsmorgen, als sie mit Boris spielte.

Wenn Anna mit Boris spielte, leuchteten ihre Augen noch einmal so sehr, und ihre Lippen und Wangen brauchten kein künstliches Rot.

Friedel drehte sich auf die Seite, unter der Tür zum Zimmer der Eltern schimmerte Licht. Sie konnte hin und wieder ein gemurmeltes Wort hören, aber nichts verstehen.

Sie zog die Knie an, rieb ihre Füße gegeneinander; die wollten nicht warm werden, obwohl sie ihre Strümpfe anbehielt.

Leise stand Friedel auf, ging zum anderen Bett und kroch zu Boris. Er protestierte im Schlaf, was wie Hundejaulen klang.

Er war so warm und dick und rund, wie kein Kind sonst, das sie kannte. Und drollig konnte er sein. Christine nannte er Oma Titine und sie selbst Fiedela.

Wütend konnte er auch werden, mit Fäusten auf einen losgehen, wenn man nicht tat, was er wollte.

Und während sie ihn im Arm hielt, dachte Friedel mit Reue an die Tagebucheintragung über die damals erhofften Wechseljahre Annas; sie hatte diese Eintragung gemacht, als Boris gerade geboren wurde. Friedel hatte sie dick ausgestrichen, denn niemand sollte sie jemals lesen.

Nebenan im Zimmer hoben sich die Stimmen, Friedel drehte sich auf den Rücken und hörte zu.

»Natürlich mußt du dich um das Haus in Dahlem kümmern«, sagte Anna. »Und auch um das Testament von Melanie. Du kannst diese Dinge nicht laufen lassen, denk doch an die Kinder.«

»Was soll ich gegen meine Halbschwestern ausrichten? Von ihrer Warte aus betrachtet, sind sie im Recht«, sagte Michael. »Ihnen steht das Vermögen der Gugenheimers zu.«

»Aber du bist nicht nur Anatols unehelicher Sohn. Er hat dich adoptiert, du hast die gleichen Rechte wie deine Schwestern.«

»Hast du eine Ahnung, was ein Prozeß um das Testament kosten wird?«

»Nein, Michael, aber das Geld werden wir aufbringen.«

»Und wie soll ich den Prozeß von hier aus führen? Das kann Jahre dauern, Jahrzehnte.«

»Berendson wird dir dabei helfen. Und wer hindert dich daran, für eine Weile nach New York zurückzukehren, um dich darum zu kümmern?«

»Berendson hat die Interessen meiner Schwester übernommen«, sagte Michael.

Danach war es drüben still.

Warum redeten sie vom Geld? Gab es denn nichts Schöneres, von dem sie reden konnten?

»Vorläufig kann und will ich nicht hier weg«, sagte Michael.

»Ich bleibe doch bei den Kindern«, antwortete Anna.

»Aber Bride meint, nur ich kann herausfinden, was Friedel fehlt.«

Friedel lag ganz still, wagte nicht mehr, sich auch nur um einen Zentimeter zu rühren.

Was fehlte ihr denn? Und was hatte Dr. Bride damit zu tun? Er hatte sie noch nie untersucht.

Sie war nicht krank.

Von den Magenschmerzen wußte keiner, nur Achim, und der hielt den Mund.

Friedel lauschte, hoffte, daß Michael noch etwas Erklärendes hinzufügen würde.

Aber es blieb alles still.

Das ließ Friedel keine Ruhe. Sie mußte herausfinden, was es mit ihrer Krankheit auf sich hatte.

Das beste war natürlich, Dr. Bride zu befragen.

Es traf sich gut, daß er ein paar Tage später kam; ihre Eltern und Christine waren zu Domscheid unterwegs, Friedel war mit Boris, der eine Erkältung hatte, zu Hause, allein.

Sie bat Dr. Bride in die Küche, wo sie für Boris gemalt hatte. Bot dem Arzt Kaffee an, wie es ihre Großmutter getan hätte, und verschwieg, daß sie ihre Eltern ganz und gar nicht bald zurückerwartete.

Bride bewunderte ihre Zeichnungen, aber seit dem Kirmesplatz, in den Herr Boehm die fröhlichen Kinder hineinzauberte, hatte Friedel das Malen eigentlich aufgegeben.

Das war an dem Tag gewesen, als sie die neue Lehrerin kriegten, Fräulein Fischbach, die jetzt wieder Schubertkonzerte gab, und als mittags der Alarm kam.

»Du hast Einfälle«, sagte Bride.

»Ach, ich weiß nicht«, wehrte Friedel ab.

»Vielleicht willst du einmal Malerin werden?«

Sie schüttelte den Kopf.

»Hast du denn sonst schon eine Idee?«

Sie fand diese Fragen albern; immer wollten die Erwachsenen wissen, was möchtest du später werden? Was willst du tun, wenn du groß bist?

»Vielleicht werde ich Fotografin. Für Zeitungen.«

»Gute Idee«, sagte Bride, »wenn du umsetzen kannst, was in deiner Malerei drinsteckt. Du hast Phantasie.«

»Sie auch«, sagte Friedel.

Seine Augenbrauen, sie waren so gelb wie Maismehl, schnellten hoch.

»Wie meinst du das?«

»Warum soll mein Vater herausfinden, was mir fehlt?«

Dr. Brides Gesicht blieb blank.

»Sie haben es zu ihm gesagt.«

»Na, etwas ist doch mit dir los, oder? Etwas macht dir doch Kummer?«

»Nicht, daß ich wüßte.« Friedel hob die Schultern. »Und Sie haben mich überhaupt noch nie untersucht.«

»Doch, das habe ich«, sagte er langsam.

»Was denn?« Sie lachte und war wirklich überrascht.

»In der Nacht vom 22. zum 23. Dezember.«

»Zwei Tage vor Heiligabend?«

»Zwei Tage vor Heiligabend.«

»Was war denn das für eine Nacht? Was soll denn da mit mir passiert sein?«

»Erinnerst du dich nicht an Sam?«

»Onkel Bills Kikuyu?«

»Ja, Sam und Jack, die euch Kohlen brachten.«

»Nee, da hab' ich bestimmt schon geschlafen.«

Bride ließ sie nicht aus den Augen, das spürte Friedel.

»Es war kurz nach acht Uhr, und sie kamen mit einem Jeep«, sagte er.

»So früh gehe ich eigentlich nie ins Bett.«

»Sie hielten vor eurem Haus, Sam klingelte, und du hast die Tür aufgemacht.«

»Nee, da könnt' ich mich doch dran erinnern.«

»Sam sagte dir, daß sie Briketts für euch brächten, und dann ging er zum Jeep zurück. Du hast im Hausflur gewartet.«

»Wo war denn die Oma? Und wo meine Eltern?«

»Deine Eltern waren ausgegangen. Deine Großmutter war wahrscheinlich hier unten.«

»Alles andere wissen Sie so genau, wieso nicht auch, wo Oma war?«

»Vielleicht wolltest du ihr das Treppensteigen wegen ihrer Gicht ersparen?«

»Das wäre möglich.«

»Sam kennst du. Und Jack auch. Den Iren, der auf eurer Kinderparty im letzten Herbst sang.«

»Sicher kenne ich Jack.«

»Sie hoben drei Sack Briketts aus dem Jeep, und dann kamen die anderen Männer.«

»Welche?«

»Sie wollten die Kohlen stehlen.«

»Wirklich? Von Sam und Jack?« Friedel lachte. »Aber die haben die Kerle doch in die Flucht geschlagen, was?«

»Das haben sie. Aber vorher hat Jack etwas gerufen. Erinnerst du dich nicht daran?«

Friedel schüttelte den Kopf.

Die Schmerzen in ihrem Magen meldeten sich dumpf.

»Und dann?« fragte sie. »Was passierte dann? Das ist ja so spannend wie Paul Temple.«

»Aber es war kein Krimi«, sagte Bride. »Jack rief: Shoot!«

Ihre Hände begannen zu zittern, Friedel verbarg sie schnell hinter dem Rücken.

»Du bist dazwischengelaufen und bei der Keilerei auf den Boden gefallen. Du warst bewußtlos, als Sam dich ins Haus trug.«

»Und – was wurde aus den Briketts?«

»Einen Sack konnte Jack hereinbringen, die beiden anderen wurden gestohlen.«

»Und da haben Sie mich untersucht?«

»Ja.«

»Hatte ich eine Gehirnerschütterung?«

»Nein. Sonst hättest du Heiligabend nicht schon wieder aufstehen können.«

»Sie haben mir bestimmt eine Spritze gegeben.«

»Also erinnerst du dich doch, daß ich da war?«

Friedel schüttelte den Kopf. »Nein, aber woher sollten Sie sonst alles so genau wissen?«

»Wer hat geschossen?« fragte Bride. »Friedel, wer hat geschossen?«

»Niemand. Wieso?«

»Einer hat geschossen, Friedel. Du hast es immer wieder gesagt.«

»Ich weiß nicht. Ich weiß überhaupt nichts davon.«

»Jemand hat geschossen. Du hast es gesagt.«

»Es ist lange her.«

»Wie lange?«

»Es war noch im Krieg.«

»Wer hat geschossen?«

»Ich weiß nicht.«

»Aber du hast es gesehen?«

Sie schüttelte den Kopf.

»Friedel, ich will dir helfen. Wer hat geschossen?«

»In der Wochenschau. Tiefflieger.«

»Warum weichst du mir aus?«

»Tu ich ja gar nicht.«

»Dann sag mir die Wahrheit!«

»Ich sage es niemandem. Niemandem, hören Sie, niemandem!«

Boris fing an zu weinen. Er streckte die Arme nach ihr aus. »Fiedela, Fiedela, nimm mir!«

Sie nahm das Kind auf den Arm.

»Da sehen Sie, was Sie angerichtet haben«, sagte sie. »Sie haben dem Jungen Angst gemacht. Und jetzt gehen Sie besser. Meine Eltern kommen sowieso spät nach Hause.«

»Ich wünschte, du würdest dir helfen lassen, Friedel.«

»Das glaube ich Ihnen nicht. Sie sind Engländer. Warum sollten Sie mir helfen wollen?«

»Ich bin Arzt, Friedel.«

»Ich brauche keinen Arzt.«

»Du weißt, wo du mich finden kannst, wenn du mich doch einmal brauchen solltest«, sagte Dr. Bride und ging.

Abends saß Bride mit Bill Earth zusammen. Sie spielten eine Weile

Rommé vor dem Kamin, Sam legte hin und wieder Holzscheite nach, brachte ihnen Eis für ihren Whisky.

»Wissen Sie schon, wer Ihr Nachfolger sein wird, Bill?« fragte Bride.

»Nein. Das heißt, ich habe eine Ahnung. Habe ihn mal in Sandhurst getroffen. Trinkt nicht, raucht nicht, hat nichts für Frauen übrig.«

»Also das genaue Gegenteil von Ihnen«, sagte Bride.

Bill grinste. »Was die Frauen anbelangt, habe ich hier nur meine Vorliebe für alte Damen entdeckt.«

»Was wird aus den Schwarzenburgs werden, wenn Sie weggehen? Aus den Gugenheimers?«

»Es wird ihnen immer noch besser gehen als den Normalverbrauchern. Michael ist schließlich Amerikaner. Und Christine Schwarzenburg hat wieder ihren französischen Paß.«

»Ob das was nützt?«

»Verdammt noch mal« – Bill warf die Karten hin –, »ich bin doch kein Kindermädchen für die Schwarzenburgs.«

»Sie waren es aber, Bill«, sagte Bride ruhig. »Und an so was kann man sich gewöhnen.«

»Ach, hören Sie doch auf.«

»Na ja, ich bin ja auch noch da«, sagte Bride.

Aber zwei Monate später erfuhr Dr. Bride, daß er auch nicht länger in Nachkriegsdeutschland bleiben würde.

Er wurde genau wie Bill Earth nach vierwöchigem Englandurlaub nach Palästina versetzt.

Zum Abschied luden die Schwarzenburgs Bill Earth und Bride zu einem Abendessen ein.

Paul Domscheid, dessen Hof durch Michaels Vermittlung nun den offiziellen Status eines Kinderheimes trug, hatte ihnen zwei Hühner geschenkt. Er brachte sie just an diesem Nachmittag, und Christine verschwand sofort glückstrahlend damit in der Küche.

Da lagen sie, zwei prächtige, fette Hühner mit praller, gelber Haut.

»Friedel, Annele, schaut sie euch an, sind sie nicht herrlich?«

»Gerade das richtige für heute abend!« sagte Anna.

Christine band sich eine Schürze um, lief zum Küchenschrank, kramte ihren Gewürzkasten hervor, stellte ihn neben die Hühner.

»Wenn mich nicht alles täuscht, hab' ich noch was Estragon.«

Sie hatte noch Estragon.

»Und wißt ihr, was es heute abend gibt? Poulet au Estragon.«

Der Gasherd funktionierte nicht, die Gasversorgung war wieder einmal ausgefallen.

Aber Friedel fachte den Herd an, während Christine die Hühner gründlich wusch und innen und außen mit Salz einrieb.

Sie kochte sie halbgar, die Suppe bekam goldgelbe Fettaugen.

Sodann ließ sie die Hühner ein wenig erkalten, strich pinseldünn Öl drauf und schob sie in der vorbereiteten Pfanne in den Ofen.

Aus Büchsensahne, einem Schuß Weißwein und Estragon zauberte Christine eine Soße, deren Duft bald das ganze Haus durchzog.

Bill und Bride schnupperten dann auch genießerisch, als sie gegen halb acht Uhr kamen. Friedel nahm ihnen die schneefeuchten Mäntel im Flur ab, Michael führte die beiden englischen Offiziere in die festlich vorbereitete Wohnküche.

Der Tisch war mit einem schweren elsässischen Leinentuch bedeckt.

Aus Kerzenstummeln, Überbleibseln von Weihnachten, hatten Friedel und Lucy neue Kerzen gedreht, die in den zum Porzellan passenden Leuchtern brannten.

Die Servietten waren zu Schwänen gefaltet, und der Wein, ebenfalls ein Geschenk Domscheids, hatte genau die richtige Temperatur.

Die Poulets aber waren eine Köstlichkeit, an die sie alle sich noch lange erinnern sollten.

Franz überraschte die Tischgesellschaft, indem er zum Nachtisch den Damen Likör und Armagnac den Herren anbot. »Ich will mich schließlich nicht lumpen lassen«, sagte er, »und ich muß schon sagen, dank Ihnen, meine Herren Offiziere, dank Ihrer Unterstützung haben wir die letzten beiden Jahre recht gut überstanden.«

Bill grinste, aber er antwortete nichts. Bride zog geniert die Augenbrauen zusammen.

»Und wir haben Lilli ganz vergessen«, sagte Christine plötzlich schuldbewußt. »Da feiern wir, und sie ist nicht dabei.«

Bill und Bride wechselten einen Blick, Bill sagte: »Ach, machen Sie sich keine Sorgen, Mrs. Belheim nimmt heute abend an einem Empfang im englischen Klub teil.«

»Ach so.« Es war Christines einziger Kommentar.

Bill und Michael zogen sich nach einer Weile nach oben, in Michaels neues Arbeitszimmer, zurück.

Bill holte eine Flasche Bourbon aus seiner Manteltasche, Jack Daniels Black Label, wie bei ihrem ersten gemeinsamen Abendessen.

Sie tranken ihn diesmal pur und prosteten sich stumm zu.

Sie setzten sich in den Wintergarten, Bill streckte mit einem Seufzer die Beine lang aus, betrachtete stumm die schneebeladenen Äste des Birnbaums, der erhellt wurde von dem Licht aus der Wohnküche.

»Ich gehe nicht gern fort«, sagte er, »ich habe mich ganz blödsinnig an diese Stadt und ihre Menschen gewöhnt.« Er lachte leise. »Und dabei, was passiert denn schon in Bonn, entweder et ränt oder die Schranke sind erav . . .«

»Wir werden dich auch vermissen«, sagte Michael.

»Deine Berichte für das F. O. wird in Zukunft Jack, der Ire, entgegennehmen.«

»Sam begleitet dich?«

Bill schüttelte den Kopf. »Seine Zeit ist um. Er geht nach Kenia zurück.«

»Und du machst weiter?«

Bill nickte stumm. Sie wußten beide, daß es eine doppelsinnige Frage war.

»Palästina«, sagte Michael, »kannst du mir erklären, warum man die armen Menschen, die hier überlebt haben, jetzt nicht da reinläßt?«

»Ich kann's dir nicht erklären«, sagte Bill, »ich weiß nur eines, it does not make me proud to be British. Ich wünschte, ich brauchte es nicht mitzuerleben.«

»Bill, warum hast du uns von Anfang an so geholfen?« fragte Michael. »Doch nicht nur deswegen, weil ich mal mit deiner Frau befreundet war. Das wäre doch sogar eher ein Hinderungsgrund gewesen.«

»Warum, warum«, sagte Bill ungeduldig, »warum muß man für alles eine Erklärung haben? Deine Schwiegermutter hat mir imponiert. Dann hörte ich durch Brunn von euch. Und schließlich hast du ja für uns gearbeitet.«

»Bill, was ist dein skeleton in the cupboard?«

Bill zupfte an seinem Schnurrbart. »Du glaubst, man muß was auf dem Kerbholz haben, um Mitleid mit anderen zu empfinden? Aber wenn du mich schon so direkt fragst, ich hätte einen Jungen retten können, einen deutschen, und habe es aus Dummheit und aus Nachlässigkeit nicht getan. Seither bemühe ich mich, nachzudenken, bevor ich etwas tue. Das ist alles.«

»Und ausgerechnet dich schickt man nach Palästina.«

»Ausgerechnet mich. Aber vielleicht wird es gar nicht so schlimm. Vielleicht gibt es einen jüdischen palästinensischen Staat schon eher, als wir es heute alle annehmen. Und dann wird dort Ruhe herrschen. – Kommst du uns mal in Kenia besuchen?«

»Das hört sich an, als würdest du mich zu einem Flug auf den Mond einladen.«

»Eines Tages wird dieses Land wieder ein Staat sein, eines Tages werdet ihr wieder reisen können, wohin ihr wollt. Und ich bestehe darauf, daß du mich dann besuchst. Dann können wir unsere Beine vor meinem Kamin ausstrecken, und Ella wird uns die besten Bouletten servieren, die du in deinem ganzen Leben gegessen hast. Und ich werd' dir zeigen, wie schön die Welt sein kann, wie wunderschön die Natur ist, wenn der Mensch sie nicht stört. Aber bevor ich anfange zu faseln, auf Macgovern könnt ihr nicht rechnen.«

»Das ist dein Nachfolger?«

»Ja. Er hat nicht das geringste für die Deutschen übrig. Und schon gar nicht für welche, die wie du noch oder wieder hier leben, obwohl sie längst eine andere Staatsangehörigkeit haben.«

»Es ist meine Heimat«, sagte Michael.

»Home sweet home, was?« Bill stand auf. »Aber ich kann es verstehen. Geht mir genauso, wenn ich an Kenia denke. Und wehe, wenn mir jemals jemand verbieten würde, dort zu leben.«

»Es war gut, dich zu kennen, Bill, und du hast uns sehr geholfen.«

»Hör auf und laß uns wieder zu den anderen gehen.«

Sie tranken stumm ihre Gläser leer und gingen wieder ins Souterrain.

»Oma, sing was zum Abschied«, bat Friedel.

Alle anderen wurden ganz still und sahen sie erwartungsvoll an.

»Was soll ich denn singen?«

»Nichts Trauriges, Oma, was Lustiges.«

Christine stand auf. »Zum Narren soll ich mich wohl machen, wie?« Aber sie lachte und dann sang sie ›Sur le pont d'Avignon, on y danse, on y danse‹, und sie hob ein bißchen die Röcke und deutete Tanzschritte an, wie vor so vielen Jahrzehnten ihre Mutter in einem kleinen Haus in Ingweiler die Kinder und den Mann erheitert hatten.

Bill und Bride strahlten, als sie sich verabschiedeten.

Man schüttelte sich die Hände und umarmte sich und versprach, sich regelmäßig zu schreiben und sich natürlich wiederzusehen.

In den darauffolgenden Monaten sank der Prokopfanteil der Bevölkerung von Bonn an Lebensmittelzuteilungen auf 780 Kalorien am Tag.

Die Schwarzenburgs und die Gugenheimers verfügten nicht über viel mehr.

Hin und wieder kam noch Jack vom Straßburger Weg, aber er konnte ihnen nur mitbringen, was er von seinen eigenen Rationen abzweigte.

Paul Domscheid erlitt einen Herzanfall und mußte ins Beueler Krankenhaus, seine Frau Gretel übergab die Leitung des Kinderheims einem Verwalter, der Christine und Anna mit leeren Händen fortschickte.

Der kleine Überschuß an Lebensmitteln, den der Hof erwirtschaftete, kam seiner eigenen Familie zugute, das würden die Damen ja wohl verstehen.

Bills Nachfolger unterband auch den regelmäßigen Fluß der Pakete, die bisher aus New York über Brunn in London gekommen waren: »Wir sind schließlich R.A.F. und keine Wohltätigkeitsorganisation.«

Franz Schwarzenburg brachte an seinem Vorratsschrank ein neues Sicherheitsschloß an. Er vergaß seine Galanterien Anna gegenüber und wurde wieder zum nörgelnden alten Mann, der er schon immer war.

Nur Lilli ging es gut.

Lilli kam in einem eleganten taubenblauen Tailleur, das Diors New Look verriet, und sagte: »Ich nehme Achim jetzt zu mir. Dann habt ihr

153

einen Esser weniger. Wenn ich etwas für euch tun kann, müßt ihr es sagen. Ich werde dann sehen, was sich machen läßt.«

Bis auf Michael waren alle dabei anwesend, niemand sagte ein Wort. Nur Friedel stand plötzlich auf und trat nah vor Lilli hin. »Da würden wir uns alle eher die Zunge abbeißen.«

»Wie du meinst«, war Lillis einziger Kommentar.

Und der Abschied fiel entsprechend kühl aus.

Achim flüsterte Friedel zu: »Nach England fahren wir nicht mehr, denn den Kenneth hat sie rausgeschmissen, aber sie hat jetzt einen amerikanischen Colonel.«

Den amerikanischen Colonel hatte Lilli in Frankfurt kennengelernt; er besuchte sie in Bonn, wann immer er Zeit dazu fand.

Der Colonel hatte Marlene Dietrich einmal in Las Vegas »live« gesehen. Für ihn stammte Lilli aus Berlin, und er nannte sie »my Lilli Marlen«.

Sie konnte ihr Haar jetzt nicht silbrig genug bleichen, sie mußte die höchsten Absätze tragen, die er auftreiben konnte, und vor allem liebte er geschlitzte, hauteng Röcke an ihr.

Er war fest entschlossen, Lilli mit nach Amerika zu nehmen, wenn erst die Scheidung »from the wife« durch war. Er besaß eine Eisenwarenhandlung in Applefield in Minnesota, wo immer das war, und in seinen Erzählungen wuchs sie sich rasch in eine Maschinenfabrik aus.

Lilli glaubte ihm jedes Wort, denn wie sollte sie der Flut der Dollars, die er an sie verschwendete, nicht erliegen?

Achim haßte ihn, wie er Kenneth gehaßt hatte, und wartete nur auf die Gelegenheit, diesen Haß in eine Tat umzusetzen, die der Colonel nicht vergessen würde.

Mit dem Haß schlief Achim abends ein, mit dem Haß stand er morgens auf. Der Haß begleitete ihn in die Schule. Der Haß ließ ihn in beinahe allen Fächern versagen, bis auf Englisch, das seit einem Jahr auch in den Volksschulunterricht eingeführt worden war; in diesem Fach überflügelte er bald alle. Und eines Tages, als Lilli mit ihrem Colonel zu einem Dinnerdancing im englischen Officersclub in Bad Godesberg war, setzte Achim sich hin und schrieb einen Brief.

›Dear Madam,

mein Name ist Adolf Achim Belheim, und ich bin zehn Jahre alt. Meine Mutter ist die Geliebte Ihres Mannes, des Colonels. Ihr Mann will sich wegen meiner Mutter von Ihnen scheiden lassen, aber ich weiß, daß auch Sie Kinder haben, und deswegen finde ich das nicht richtig. Ich weiß, wie es ist, ohne Vater aufzuwachsen, das möchte ich Ihren Kindern ersparen.

Hochachtungsvoll

Ihr Achim Belheim.‹

Jenny, so hieß die Frau des Colonels, erhielt den Brief, bekam einen Weinkrampf, rannte in Applefield aus dem Laden, riß sich im Laufen den grauen Kittel herunter, den sie über ihrem Sommerkleid trug, polterte mit beiden Fäusten gegen die Tür ihres Elternhauses und stürzte sich in die kräftigen Arme ihrer Mutter.

Neun Tage später saß sie zum erstenmal in ihrem Leben in einem Flugzeug, mit frisch gedauerwelltem Haar und blutrot lackierten Fingernägeln, woran sie sich allerdings beim besten Willen nicht gewöhnen konnte; daher versteckte sie ihre Hände immer wieder wie ein kleines Mädchen, das sich wegen seiner schmutzigen Fingernägel geniert.

Und sie betete sich pausenlos vor, was Mummy gesagt hatte: »Behalte deinen Kopf oben, Jenny! Setz deinem Colonel den Kopf zurecht! Zeig ihm, wer die Frau im Haus ist! Wenn das nicht reicht, erinnere ihn daran, daß du das Geschäft mit in die Ehe gebracht hast!«

Jenny bediente sich ohne Skrupel ihrer durch Mummy gestärkten Selbstsicherheit und erschien im Wagen einer MP-Streife, die Boys hatten sich nur zu gern dazu überreden lassen, vor dem Haus in der Coburger Straße in Bonn, in dem ihre Nebenbuhlerin wohnte.

Ein Junge öffnete ihr die Wohnungstür.

Jenny sagte: »You must be Adolf!« und gab dem Verblüfften einen Kuß auf die Stirn. »Verdrück dich, denn was jetzt kommt, brauchst du nicht unbedingt mitzuerleben.«

Sie fand ihren Colonel und seine Geliebte bei Highballs und leiser »Music in the Air« von AFN. Jenny packte den Radioapparat, schmiß ihn ihrem Colonel vor die Füße, packte sein Whiskyglas, trank es leer und sagte: »Zieh deine Jacke an, lover, komm mit!«

Die schlanke, blonde Frau, die aussah wie Marlene Dietrich – ja, so sah sie wirklich und wahrhaftig aus, dachte Jenny –, fing an zu lachen.

Und da der Colonel den Schädel vorreckte wie ein Stier, bevor er in die Arena gelassen wird, fing Jenny auch an zu lachen, was früher schon oft Ehezwistigkeiten beendet hatte. Jennys Lachen, das direkt aus dem Baum kam, hatte ihr Mann noch nie widerstehen können.

»Du kannst es dir nicht vorstellen«, sagte Achim später zu Friedel. »Die haben alle drei schallend gelacht und konnten überhaupt nicht mehr aufhören. Und dann hat Mrs. Jenny ihren Colonel gepackt und ist mit ihm abgezogen. Meine Mutter hat mich zwar eine böse, kleine Ratte genannt und gedroht, ich würde schon sehen, was ich davon hätte, aber was soll's? Den Kerl sind wir los!«

Achim und Friedel hockten in ihrem neuen Baumhaus im Urwald, und Boris half ihnen kräftig dabei, das Kilo Schokolade zu verspeisen, das Jennys Dank an Achim gewesen war.

»Und was dann?« fragte Friedel. »Was hat deine Mutter dann gemacht?«

»Nichts. Du kennst sie doch. Über etwas, das einmal passiert ist, regt sie sich nicht weiter auf.«

»Na ja, sie wird schon einen neuen Freund finden«, meinte Friedel.

»So schnell nicht«, sagte Achim feixend. »Ich glaube, meine Mutter hat jetzt mal für eine Weile die Nase von den Männern voll.«

Friedel lehnte sich gegen den Mittelpfosten der Hütte und sagte: »Wenn ich erwachsen bin, fange ich mit Männern gar nicht erst an.«

»Aber du hast doch schon angefangen«, sagte Achim.

»Bist du bekloppt? Mit wem denn?«

»Mit Georg natürlich.«

»Ach, der.«

»Du warst verknallt in ihn«, sagte Achim, als wüßte er genau, was das war. »Das konnte doch ein Blinder mit dem Krückstock sehen.«

»Ach, halt doch deinen dummen Mund«, sagte Friedel. Sie schluckte schnell den weichen, süßen Brei der Schokolade runter, der noch in ihrem Mund war. Vielleicht half das gegen die Magenschmerzen, die schon wieder anfingen.

16

Zum erstenmal seit neun Jahren sollte Yochanan Metzler wieder deutschen Boden betreten, Anfang Februar 1948.

Als er Deutschland im Jahre 1939 verließ, mit dem Zug nach Amsterdam, war es ein langsames, qualvolles Sichlösen gewesen; vorbeigeglitten war die Landschaft, Wälder, Wiesen, Dörfer aus Fachwerk, Weiden, Birken und Erlen. Er war wie ein Schwimmer gewesen, den die Strömung eines Flusses davonträgt, ohne daß er sich dagegen wehren kann, Vertrautes, Bekanntes für immer hinter sich lassend.

Nun kehrte er per Flugzeug zurück; eben noch hatten sie Frankreich überflogen, dann hatte eine Wolkendecke das unter ihnen liegende deutsche Land verborgen, da setzte die Maschine schon auf der Landebahn in Frankfurt auf.

Yochanan hatte Herzjagen vor lauter Erwartung.

Er hatte niemandem mitgeteilt, daß er zurückkehrte, nicht einmal Michael.

Er wollte die Bahnfahrt nach Bonn dazu nützen, sich wieder an die Sprache und die Gewohnheiten des Landes zu gewöhnen, das einmal seine Heimat gewesen war.

Er fuhr mit einem Personenzug, saß eingepfercht zwischen Menschen mit hohlwangigen Gesichtern und trüben Augen und sah doch Kinder, die fröhlich waren und ausgelassen wie überall sonst auf der Welt.

Laura hatte ihn begleiten wollen, Laura, die ihm Vertraute und Gefährtin geworden war, über jedes Maß hinaus, das er zuvor gekannt hatte. Aber er wußte, er mußte die Heimkehr ohne sie schaffen, ohne Hilfe und Trost; denn kam er mit ihr, blieb er letztlich ein New Yorker Tourist.

In Bonn stieg er aus und sah Trümmer, die aufgeräumt wirkten, sah Gerüste von Bauten, die neu erstanden. Schnee deckte manches noch gnädig zu. Er fuhr mit einer Bahn, in der es ungelüftet und muffig roch, nach ungewaschenen Kleidern, und erfuhr so, daß es nicht nur an Lebensmitteln, sondern auch an Seife mangelte.

Der Schaffner sagte ihm, daß er an der Weberstraße aussteigen müsse, von dort sei es nur ein Katzensprung in die Schumannstraße.

Yochanan hatte zwei Koffer bei sich, im Zug auf ihnen gesessen, nicht zu Unrecht voller Furcht, daß sie ihm gestohlen werden könnten.

Bei der Zollkontrolle in Frankfurt hatte ein MP mit herabgezogenen Mundwinkeln gesagt: »Ihr seid doch komisch, ihr Emigranten. Vor ein paar Jahren hat man euch aus diesem Land rausgeschmissen, und jetzt bringt ihr den gleichen Leuten was zu fressen mit.«

»Sie sind noch sehr jung, junger Mann«, hatte Yochanan ruhig geantwortet, »sonst wüßten Sie, daß nur Verzeihen hilft, aber niemals neuer Haß.«

Der MP hatte ein Stück Kaugummi in den Mund gesteckt und sich achselzuckend abgewandt.

Yochanan Metzler schleppte vierzig Pfund Lebensmittel in Konserven in die Schumannstraße und zwanzig Pfund Kleidung, von der er hoffte, daß sie der Familie passen würde.

Laura hatte ihm bei der Auswahl geholfen; bei jedem einzelnen Stück hatten sie lange überlegt, ob es sich als nützlich erweisen, dazu auch Freude machen würde.

Das ist ein gutes Haus, dachte Yochanan Metzler, als er schließlich in der Schumannstraße vor dem Haus der Schwarzenburgs stand; seltsam, daß man so etwas spürte.

Christine öffnete ihm, sie lächelte, noch ehe er etwas sagen konnte, und meinte: »Sie müssen Yochanan Metzler sein.«

»Und Sie Christine!«

»Michael hat Sie gut beschrieben. Bitte, treten Sie doch ein, und herzlich willkommen.«

Sie führte ihn in eine Wohnküche im Souterrain, die Tür zum Garten stand auf, und der war ganz genauso wie Michael ihn beschrieben hatte: Da war der riesige Ahorn, da waren die Birnbäume. Nur den Rasen hatten Gemüsebeete ersetzt.

»Michael hat noch einen Mandanten da, aber ich sag' ihm gleich, daß Sie da sind. Bitte, nehmen Sie schon Platz. Einen Tee oder Kaffee?«

Christine schloß die Gartentür.

»Gern einen Tee.«

Christine bewegte sich mit der Leichtigkeit einer jungen Frau, und ihre Augen hatten einen reinen, klaren Glanz.

»Michael wird glücklich sein, daß Sie hier sind, und jetzt werd' ich ihn sofort rufen!«

Christine räumte Stoffreste vom Tisch, stellte kleine Farbtöpfe zur Seite. Auf der Fensterbank saßen Puppen mit den lustigsten Gesichtern.

»Es sind Kasperlpuppen«, sagte sie, als sie Yochanans Blick bemerkte. »Sie finden reißend Absatz. Vor allem in Ostfriesland. – Ach ja, das können Sie natürlich nicht wissen. Annele fährt einmal im Monat nach Ostfriesland und tauscht Tee, den wir von einem englischen Freund bekommen, und diese Puppen gegen Lebensmittel ein.«

»Ist es immer noch sehr schlimm?« fragte Yochanan.

»Dank Ihrer Hilfe und der von anderen Freunden leben wir noch gut.«

»Aber Michael macht Ihnen Sorgen?«

Christine blieb stehen, schaute ihn an.

»Das haben Sie schon gemerkt?« fragte sie leise.

»Sonst hätten Sie ihn längst gerufen«, gab er ebenso leise zurück.

»Er arbeitet, er schuftet, aber er sucht sich nur Fälle aus, die ihn belasten. Seelisch belasten. Er – nimmt all das Leid der anderen auf seine Schultern. Sie werden ihn sehen. Sie werden es ihm ansehen.«

»Und Sie hoffen, daß ich ihm helfen kann?«

»Er braucht einen väterlichen Freund. Er ist – immer nur mit uns Frauen zusammen. Das genügt nicht.«

»Aber der Bruder Ihres Mannes, lebt er nicht bei Ihnen?«

»Franz ist ein Querulant und ein Egoist. Ein solcher Mensch kann keinem anderen eine Hilfe sein.«

Sie deckte den Tisch für zwei. »Ich lasse Sie mit Michael allein.«

»Hat er Sie enttäuscht?«

»O nein!« Sie sah ihn mit ihren weiten grauen Augen an. »Nein, Michael könnte mich nie enttäuschen. Ich sorge mich um ihn, das ist alles.«

Ein Blick in das Gesicht des jungen Freundes gab Christines Worten recht.

Die Augen hatten einen seltsamen, beinahe fiebrigen Glanz und dabei den Ausdruck eines Menschen, der nicht mehr zuhören kann.

Die Lippen waren schmaler geworden, die Wangen härter. Das Haar ganz grau.

»Yochanan!« Michael packte ihn um die Schultern, und Yochanan spürte, wie ein Zittern durch den mageren Körper des jüngeren Mannes lief.

»Alter, lieber Yochanan. Gut siehst du aus. Und daß du hier bist, einfach so hier bist. So plötzlich! Nichts ist seit Wochen von dir gekommen. Kein Brief. Kein Telegramm. Aber setz dich. Du bist müde vom Flug. Was willst du trinken?«

»Christine hat schon Tee aufgegossen.«

»Einen Wein müßten wir haben. Einen guten Wein, um zu feiern, daß du da bist.«

Michael setzte sich an den Tisch, und wieder hatte Yochanan das Empfinden, als wisse der jüngere Mann gar nicht, was er tue, das heißt, als achte er gar nicht darauf.

Die dunklen, brennenden Augen sahen zu ihm auf.

»Bleibst du hier?«

»Vielleicht.« Die Augen schlossen sich sekundenlang, und für den gleichen kurzen Zeitraum löste sich etwas in Michaels Gesicht, ließ es weicher, jünger erscheinen.

Aber dann sprang er schon wieder auf. »Der Tee. Komm, setz dich.«

Yochanan setzte sich. Michael goß Tee ein. »Willst du einen Schuß Whisky? Ich hab' oben noch welchen. Einen Rest von Bill Earth. Ich schrieb dir von ihm. Bill ist jetzt in Palästina. Du weißt, was da passiert?«

»Ja, Michael. Ja.«

»Warum kann unser Volk nirgendwo in Frieden leben? Warum läßt Gott das zu, warum, Yochanan?«

»Ich kann es dir nicht beantworten. Ich weiß es nicht.«

»Wenn im Mai das britische Mandat endet, werden die Araber einfallen.«

»Wo ist Bill Earth stationiert?«

»In Jerusalem. Wenn ich könnte, wie ich wollte –«

»Was würdest du dann tun?«

»Hingehen, natürlich. Kämpfen, damit das Töten einmal aufhört.«

»Wer sind deine Mandanten, Michael?«

»Du hast schon mit Christine gesprochen.« Ein Lächeln zuckte um Michaels Mund.

Einen Moment lang war Yochanan versucht, zu lügen, aber dann sagte er: »Ja. Sie sorgt sich um dich, und sie sorgt sich so sehr, daß sie es mir, einem Fremden, als erstes erzählt hat. Wer sind deine Mandanten, Michael?«

»Verfolgte. Menschen, die alles verloren haben. Ihre Familie, ihre Frauen, Mütter, Kinder. Ihre Männer, Söhne, Väter.«

»Du vertrittst sie bei ihren Wiedergutmachungsansprüchen?«

»Sie wollen fast nie Geld. Sie wollen nur – wieder irgendwo zu Hause sein. Manchmal – oft ist es, als kämen sie nur zu mir, um mir zu erzählen, was ihnen widerfahren ist. Um es loszuwerden. Verstehst du? Mein Gott, Yochanan, das Grauen.« Michael legte die Hände vors Gesicht.

»Mike!« Yochanan zog die dünnen Hände herab, auf denen blau die Adern standen.

»Mike«, sagte er nochmals.

»Ja?«

»Wenn du so leidest, so für sie leidest, hilfst du ihnen nicht. Schau dich an. Deine Hände zittern, du bist wie ein Gehetzter. Du schläfst nicht mehr, was? Du kommst nicht mehr davon los, dir vorzustellen, was an Grauenhaftem passiert ist? Was nützt du dann noch den Menschen, die zu dir kommen und deine Hilfe brauchen?«

»Yochanan, ich weiß nicht mehr weiter.«

»Wann hast du zuletzt deine Frau umarmt?«

»Was hat das damit zu tun?«

»Wann, Mike?«

»Ich weiß es nicht«, sagte er leise.

»Wann hast du den letzten Spaziergang mit deiner Tochter gemacht? Wann hast du zum letztenmal über einen Witz gelacht?«

»Einen Witz?«

»Ich will dir einen erzählen: Treffen sich zwei Juden, einer ist gut gekleidet, der andere schäbig. Fragt der schäbig Angezogene, wieso geht es dir so gut, was tust du? Woher nimmst du das Geld? Sagt der gut Gekleidete, bin ich ein Räuber. Und was machst du? fragt der erste. Sagt der zweite, halt ich Männer an, in dunklen Straßen und sag, Geld oder Leben. Na ja, und meistens geben sie Geld.

Also geht der Arme auch los in eine dunkle Straße, kommt ihm ein Herr entgegen, hält er ihn an, sagt er, Geld her oder Leben.

Sagt der Herr, aber ich habe kein Geld.

Dann Ihre Uhr, Ihren Ring!

Beides hat der Herr nicht.

Und da seufzt der Isaak: Dann trag mich a Stückerl.«

Michael lachte nicht.

»Du hältst das für einen rüden Witz, was? Aber das ist er nur dem Anschein nach. Denk drüber nach. Aus jeder Situation, Michael, aus jeder noch so verflucht verfahrenen Situation kann man etwas machen, etwas Positives. – Verdienst du wenigstens anständig?«

»Womit?«

»Mit deiner Arbeit?«

»Aber die haben doch nichts. Es hat doch keiner was.«

»Dann such dir ein paar Fälle, die dir Geld einbringen. Und wenn du das hast, kannst du dir die Armen leisten. Dann kannst du auch da besser helfen.«

»Du hast gut reden.«

»Soll ich dir sagen, was ich hier sehe? Oder bisher gesehen habe? Eine alte Frau, die sich krampfhaft Mühe gibt, so zu tun, als sei die Welt noch in Ordnung, und der es auch gelingt, sonst brächte sie die

Kasperlpuppen aus Stoffetzen und Zeitungspapier nicht zustande. Und ich sehe dich, der am Leid der anderen zugrunde gehen wird, wenn er nicht aufpaßt.«

»Yochanan, du bist Arzt. Wenn einer deiner Patienten starb, weil du ihm nicht mehr helfen konntest. Was hast du dann empfunden?«

»Das ging mir an die Nerven, verdammt noch mal, aber ich habe mich nicht davon unterkriegen lassen. Du brauchst eine dickere Haut, Michael, eine viel dickere Haut zu deinem Schutz und dem deiner Familie. – Was glaubst du, was ein Priester empfindet, zu dem jemand kommt und beichtet, Sünden, Schuld, ein Verbrechen? Ja, meinst du, der läßt sich davon unterkriegen? Er darf es gar nicht. Und deswegen darfst du es auch nicht. Du kannst nur helfen, indem du selbst einen klaren Kopf behältst.«

»Jaja«, sagte Michael. »Was macht Laura?«

»Es geht ihr gut. Wir leben zusammen. Und wir sind sehr glücklich darüber.«

»Und der alte Craw?«

»Hat ein Gelände in New Jersey gekauft im letzten Sommer und einen Golfklub für Menschen über fünfundsiebzig gegründet. Wenn er so weitermacht, wird er hundertundzwanzig.«

»Und unsere Wohnung, unsere alte Wohnung in der zweiundfünfzigsten Straße?«

»Susi lebt darin. Mit Jim Weathly. Jim studiert jetzt Mathematik. Susi erwartet ihr erstes Kind, und wenn es da ist, kommen sie rüber, um Susis Eltern in Ockershausen zu besuchen.«

»Sie hat mir nie geschrieben.«

»Natürlich nicht. Was sollte sie dir schreiben? Und wie das anstellen, ohne Anna zu verletzen?«

»Du hast gewußt, daß Susi und ich –«

»Wenn's ein Sohn wird, wollen die Weathlys ihn Michael nennen.«

»Und – und Lavina?« fragte Michael.

»Lebt mit ihrem Pablo in meiner Wohnung, seit ich zu Laura gezogen bin. Pablo arbeitet in einem exklusiven Möbelgeschäft und stellt Imitationen von hessischem Barock her.«

»Wie bitte?« Jetzt lachte Michael.

Yochanan holte tief Luft. »Ja, das ist ein richtiger Spaß. Aus Hessen, wo Susis Eltern leben, schickten sie eine Ansichtskarte, darauf waren ein Mädchen in Marburger Tracht abgebildet und eine Intarsienkommode aus dem 18. Jahrhundert. Pablo spielte schier verrückt, als er die sah.«

»Mädchen oder Kommode?« fragte Michael und grinste.

»Außer Lavina sieht der nur Holz.« Auch Yochanan lachte. »Über Doubledays habe ich ihm einschlägige Fachliteratur besorgt, und es ist schon ein echter Witz, wenn man ihn mit puertoricanischem

161

Akzent deutsch lesen hört. Er liest laut, und er liest mit Leidenschaft. Er behauptet, wenn er die Künstler jener Zeit nicht in ihrer Zeit begreife, könne er ihre Werke auch nicht nachahmen.«

»Und das Bernstein˜ Memorial-Hospital?«

Yochanan zog seine Brieftasche, entnahm ihr eine kleine Seidenpapiertüte, reichte sie Michael. »Mit schönen Grüßen von Bell.«

Aus der Tüte fiel eine runde silberne Plakette in Michaels Hand. Darauf war eingraviert ›Honorary Staffmember of the Bernstein-Memorial-Hospital‹.

Michaels Augen wurden naß.

»Es ist, als wäre das alles ein Jahrhundert her, die weißen, nachtstillen Flure, Schachspiele mit Jim, Susis Schinkenbrötchen und Kaffee im Morgengrauen. Bells Gebrüll, wenn eine Anordnung mißachtet wurde. Der Extradollar zum Thanksgivingday. Und der lange Fußweg, der mich fit hielt. Heute fühle ich mich doppelt so alt «

»Du kannst jederzeit zurück.«

Michaels Gesicht wurde wieder hart. »Zu Berendson?«

»Auch zu Berendson.«

»Der Alte vertritt meine Halbschwestern gegen mich, das heißt, die ehelichen Töchter meines Vaters fechten das Testament meiner Eltern an.«

»Siehst du, Michael, das ist Amerika. Berendson würde dich sofort als Juniorpartner einstellen, jetzt, da der Krieg vorbei ist. Aber gleichzeitig würde er auch gegen dich prozessieren, wenn ihm aus der Vertretung deiner Schwestern ein kräftiger Batzen Dollars ins Haus steht.«

»Die Welt ist verrückt, was?«

»Sicher«, sagte Yochanan. »Aber schau mal raus, sie ist auch schön.«

Durch den verschneiten Garten kam ein Mädchen auf das Haus zu, einen Strauß fliederfarbener Papierblumen in der Hand. Ein kleiner Junge, der ein schwarzes Kaninchen auf dem Arm trug, stolperte auf dicken Beinen hinterher.

»Das ist Friedel«, sagte Michael, »meine Tochter. Und Boris mit Blacky, der sollte eigentlich in den Kochtopf wandern, aber du siehst ja, was draus geworden ist.«

»Schöne Kinder hast du«, sagte Yochanan. »Dafür lohnt es sich wirklich zu leben.«

Yochanan blieb vier Tage bei Michael und Anna, bei Christine und den Kindern

»Schon einen Tag zu lange«, scherzte er. »Ein Gast, der zu lange bleibt, ist wie ein Fisch, der am dritten Tag stinkt.«

»Mir ist ein Stinkefisch«, erklärte Boris strahlend, der eine Vorliebe für ungewöhnliche Wortschöpfungen hatte und trotz aller Ermahnungen statt ›ich‹ nur ›mir‹ sagte.

Ansonsten sprach er alle Worte, die mit ›sch‹ begannen, mit einem solchen Gusto aus, daß er beispielsweise beim Wort ›Schenkel‹ – der Himmel mochte wissen, wo und wie er es aufgeschnappt hatte – einem lüsternen Mongolen glich.

Das Lachen der Erwachsenen ermunterte ihn, und so meinte er jetzt: »Papap ist auch ein Stinkefisch, und alle lieben Menschen sind Stinkefisch, amen.«

»Das Kind hat eindeutig einen vulgären Geschmack«, sagte Onkel Franz.

»Und was hast du?« fragte Lucy. Tagelang war sie mümmelnd wie Blacky durch die Wohnung gehüpft, jetzt endlich machte sie sich Luft: »Damit ihr es nur alle wißt – eine Geliebte hat der Franz! Tatjana heißt sie, und Brüste hat sie wie eine Kuh.«

»Lucy!« schrie Franz.

»Ach, halt den Mund. Zum Schämen ist es, ein alter Mann wie du!«

»Lucy, halt den Mund!«

»Ich hab’ dich gesehen mit der Kuh! Ich hab’ dich gesehen!«

»Muhmuh!« rief Boris und hielt sich mit beiden Händen seine dicken Backen.

»Boris, sei still«, sagte Anna.

»Warum denn? Alle sind doch laut. Und mir auch!«

»Geh sofort auf dein Zimmer, Lucy«, sagte Franz.

»Ich glaube, es wäre besser, du gingst«, sagte Christine.

»Der Meinung bin ich auch«, fügte Michael hinzu.

Lucy fing an zu weinen und lehnte ihre Stirn an Friedels Schulter. Das Ganze war sozusagen das Dessert zum letzten Abendbrot von Yochanan.

»Ich bleibe keinen Tag länger in diesem Irrenhaus«, donnerte Franz.

Michael stand auf, öffnete ihm die Tür. »Das kann uns allen nur recht sein.«

»Ich gehe, jawohl, ich gehe!«

»Dann geh doch endlich!« rief Christine, und ihre Stimme lag genau zwischen Lachen und Weinen.

Franz Schwarzenburg ging tatsächlich.

Er packte seine Schweinslederkoffer. Er ließ alle Türen im oberen Stockwerk auf, damit sie es nur ja hören sollten.

»Aber er kommt doch nicht allein zurecht«, rief schluchzend Lucy.

»Du bleibst hier«, sagte Christine und drückte die zitternde kleine alte Frau mit der verrutschten Perücke auf ihren Stuhl zurück.

»Tatjana heißt sie«, fing Lucy wieder an. »Ausgerechnet Tatjana.«

»Laß doch, Lucy.«

»Sie wird ihn ruinieren. Beim Zirkus war sie oder beim Varieté. Ist ja auch egal, ist ja doch dasselbe. Mit ihr hat er seine Butter geteilt. Und

163

ein Haus geschenkt in Godesberg. Und einen Pelz trägt sie, einen weißen Persianer! Und schwarze Stiefel bis zum Knie. Wie, wie eine –«

»Dompteuse?« half Friedel aus.

»Schlimmer«, rief Lucy, »viel, viel schlimmer – wie eine Hure!«

»Lucy braucht einen Schnaps«, sagte Christine zu Michael. »Hast du noch einen?«

»Vielleicht noch einen Rest Whisky.«

»Ich hol' ihn schon«, sagte Friedel, und man sah ihr an, daß sie froh war, einen Moment dem Durcheinander zu entrinnen.

»Mir will in den Zirkus«, sagte Boris. »Papap, mir will in den Zirkus!«

»Zuerst mal gehst du ins Bett.«

»O nein, o nein.« Boris schüttelte den Kopf, daß sich sein Haar sträubte. »Mir bleibt hier. Mir bleibt ganz bestimmt hier.«

»So eine Schande«, jammerte Lucy. »Auf seine alten Tage noch einen Klüngel anzufangen. So eine Schande.«

»Schande«, rief Boris strahlend, »schöne Schande.« Er klatschte in die Hände.

Oben im Haus polterte Franz die breite Eichentreppe herab. Man hörte etwas rumpeln, das war wohl sein Gepäck, und lautstarkes Fluchen.

Boris hopste entzückt auf seinem Stuhl auf und ab, denn normalerweise wurde im Haus kein lautes Wort erlaubt.

»Boris«, sagte Anna, »bitte, nimm Blacky und geh sofort ins Bett.«

Das schwarze Kaninchen hatte sich in die Ecke am Spülstein verkrochen. Es hob witternd die Nase; seine schwarzen Augen sahen aus wie die von Boris, der sich köstlich amüsierte.

»Nimmst du Blacky nicht weg, wenn mir schläft?« fragte Boris.

»Nein, du darfst ihn diese Nacht bei dir behalten.«

Er packte Blacky am Nackenfell, hob ihn auf den Arm. »Gute Nacht, mir schläft bestimmt jetzt ganz doll gut.«

»Eine Dompteuse war sie«, schluchzte Lucy, »eine Dompteuse.«

»Na, hoffentlich hat sie ihre Peitsche noch und zieht Franz eins über, wenn er es verdient«, sagte Christine.

Lucy schlürfte ihre Tränen und den whiskyverstärkten Tee.

Anna bekam einen Lachkrampf und hörte erst wieder auf, als Michael sie in die Arme schloß und ihr Haar verwuschelte, wie er es früher so oft getan hatte.

»Wir brauchen weiß Gott nicht ins Kino zu gehen«, sagte Friedel, als oben die Haustür endlich hinter Franz Schwarzenburg ins Schloß fiel.

»Den wären wir endlich los«, sagte Christine.

»Hoffentlich für immer«, sagte Michael.

»Wie könnt ihr nur so hartherzig sein!« Lucy bekam den Schluckauf.

»Komm«, sagte Christine, »du mußt an die frische Luft.« Sie nahm Lucys Arm und führte sie in den Garten.

Da war nur ein Altersunterschied von drei Jahren zwischen ihnen, aber während Christine kräftig ausschritt, mit geraden Schultern und erhobenem Kopf, hüpfte Lucy wacklig neben ihr her, immer wieder an ihrer Perücke zupfend.

Michael schloß die Tür, damit sie ihr Lamentieren nicht mehr hören konnten.

»Ach, Michael«, sagte Yochanan, »ihr bringt mich in die Versuchung, jetzt doch noch länger hierzubleiben.«

»Tu es, ach bitte, Yochanan, tu es doch!«

»Erst muß ich nach Düsseldorf«, sagte er und wurde unversehens ernst. »Erst muß ich das hinter mich bringen. Dann sehen wir weiter.«

Aber mit Anna ging Yochanan noch ins Café Hufnagel auf dem Bonner Talweg; an sich war es nur Angehörigen der Besatzung zugänglich, aber Yochanan mit seinem amerikanischen Paß erhielt Eintritt.

»Was möchtest du haben, Anna?« fragte er, als die Serviererin kam, im schwarzen Kleid, mit weißem Häubchen und Pumps mit dünnen Riemchen um die Fesseln.

»Falls es das gibt, Buttercremetorte«, sagte Anna und fuhr sich schnell mit der Zunge über die Lippen. Sekundenlang sah sie aus wie ein naschgieriges Kind.

»Bei uns gibt es alles, Frollein«, sagte die Serviererin, Kaugummi kauend.

»Also, zweimal Buttercremetorte und zwei Kaffee mit Schlagsahne.«

»Ist gemacht, Sir.«

»Gib mir bitte eine Zigarette, Yochanan«, sagte Anna, »ich bin ja so froh, daß du da bist. Siehst du, Michael war in letzter Zeit viel zuviel allein. Die Freunde, die er am Anfang hatte, sind fast alle weg aus Bonn. Zum Studium, oder wie Rolf nach Bad Nauheim, als Journalist. Und seither war Michael immer nur mit uns Frauen zusammen oder mit Onkel Franz. Und du hast ihn ja kennengelernt. Franz hat zwar inzwischen das Haus Friedel überschrieben – zur letzten Weihnacht, wir waren vielleicht platt. Zum Notar ist er gegangen und hat eine Schenkungsurkunde gemacht. Stell dir vor, dabei hatte er das Haus nach dem Tode meines Vaters meiner Mutter auf ganz gemeine Weise abgeluchst. Aber das sind alte Geschichten. Franz ist ein alter Mann, und er geht Michael auf die Nerven. Wenn Michael könnte, wie er wollte, wäre er längst auf und davon.«

Die Serviererin brachte den Kuchen, Anna fiel mit nervösem Hunger darüber her.

»Ich erreiche Michael nicht mehr, verstehst du. Er liegt neben mir, er tut so, als schliefe er, aber ich höre, daß er wach ist, und wenn ich dann etwas sage, dann ist es immer das falsche.

Angefangen hat es, als Bill wegging, nach Palästina. Und als seine

Briefe kamen. Und dann, als Michael wieder als Anwalt zu arbeiten begann.

Weißt du, wann seine Klienten kommen? Abends, wenn's dunkel wird.

Da stehen sie dann vor der Haustür, den Mantelkragen hochgeschlagen oder einen Schal übers halbe Gesicht gezogen oder ein Kopftuch so gebunden, daß man meist nur die Nasenspitze sehen kann und meinen könnte, sie haben etwas ausgefressen oder irgendein Verbrechen begangen. Dabei sind die Verbrechen an ihnen begangen worden, und sie haben Angst vor dem Hellen, weil sie die Angst nie losgeworden sind, weil sie zu lange im Dunkeln gelebt haben.

Oh, im Anfang, als ich kam, da war es wunderbar. Es war alles so neu, so frisch, es gab so vieles, das Michael mir zeigen konnte, erzählen, erklären.

Und auch – zwischen uns beiden, weißt du, wenn wir allein waren, es war geradeso wie ganz am Anfang.

Aber die anderen, die Fremden und, ja, überhaupt die anderen, die machen alles kaputt. Die machen ihn kaputt. Die fressen ihn auf. Das Leid der anderen frißt ihm die Seele aus dem Leib.

Michael spricht nachts im Schlaf.« Anna preßte die Hände an ihre Ohren. »Wenn du es hören würdest –«

Yochanan zündete ihr eine Zigarette an.

»Du mußt nicht denken, daß ich es nicht auch als schrecklich empfinde, wenn Bill schreibt, wie die Kinder und Frauen aus den Schiffen an den Strand taumeln und den Boden küssen und glauben, daß sie endlich eine Heimat gefunden haben, und wenn sie dann die Scheinwerfer anmachen, die Engländer, meine ich, und die Flüchtlinge einfangen und in Lager sperren. Mich schüttelt es auch, wenn ich's lese, aber wir können es doch nicht ändern. Was sollen wir denn tun?

Ich hab' Michael gesagt, geh hin, fahr hin, wenn du glaubst, du kannst helfen.

Aber er kann ja auch nicht aus Bonn weg. Er kann ja wegen Friedel nicht weg. Und mit Friedel ist das auch so eine Sache.

Das Schuldbewußtsein quält Michael, die Angst quält ihn, daß Friedel es nie begreifen wird, warum wir so lange fort waren. Und daß sie Schaden dadurch genommen hat.

Ich weiß es nicht, ach, Yochanan, manchmal ist mir, als wäre alles zu Ende. Als wäre alles schon vorbei. Als könnte es nichts mehr geben, worauf man sich freuen kann.

Aber wir machen weiter. Wir stehen morgens auf und wünschen uns einen guten Tag, und wir gehen abends ins Bett und wünschen uns eine gute Nacht. Aber weder Tag noch Nacht sind gut.

Wir können nicht mehr lachen, Yochanan. Wir können nicht mehr fröhlich sein. Und es sind nicht die täglichen Sorgen.

Die haben wir auch. Sicher.

Aber damit wird man doch fertig, wenn man fröhlich ist.

Es ist auch nicht, daß Michael kein Geld verdient.

Ich meine, Mutter hat ihre Pension, und wenn ich nach Friesland fahre, für die Puppen und den Tee, den wir noch hin und wieder von Jack kriegen, da bringe ich genug Lebensmittel mit. So viel, daß wir davon leben können, ohne Hunger, meine ich. Und Lauras Care-Pakete helfen auch. Das weißt du ja. Yochanan, was mache ich falsch? Warum kann ich Michael nicht helfen?«

Er legte seine Hand auf ihre Hand.

»Was soll ich tun, Yochanan?«

»Durchhalten«, sagte er, »Michael Zeit geben.«

»Ich bleibe bei ihm, wenn du das meinst. Ich könnte ihn nie verlassen.«

Und als sie es sagte, dachte sie, warum sage ich das? Warum?

Und Yochanan sah Annas Zweifel an sich selbst in ihren Augen.

»Habt ihr jemals Ferien gemacht?«

»Ferien?« fragte sie verblüfft.

»Nur du und er?«

»Yochanan, du machst Scherze. Wann denn?«

Ja, wann denn?

»Aber da muß sich doch was finden lassen?«

»Ferien!« Anna lachte ungläubig.

»Mir wird schon was einfallen.«

»Meinst du, das hilft, Yochanan?«

»Ihr braucht beide Ruhe, einen break, wie wir sagen. Abstand von allem anderen.«

Yochanan fiel nichts ein, dafür aber dem Bauern Paul Domscheid, den er mit Christine Schwarzenburg zusammen besuchte.

Paul hatte einen Bruder, bei Bergneustadt. Da gab es eine Talsperre, da konnte man fischen, da konnte man baden, da konnte man lange Spaziergänge machen. Der Bruder hatte eine Fleischerei und ein Gasthaus. Ein Fremdenzimmer für gute Freunde.

Paul schrieb gleich einen Brief an seinen Bruder Anton.

Den brauchten sie nur abzugeben, alles andere würde sich dann finden.

»Aber ich kann doch nicht weg«, sagte Michael. »Ich habe zuviel zu tun.«

»Du fährst«, sagte Yochanan. »Ich rate es dir als dein Freund und als Arzt.«

»Ich bin nicht krank.«

»Noch nicht«, sagte Yochanan. »Aber wenn du so weitermachst, klappst du nervlich zusammen. Und Anna muß auch mal hier raus.«

»Was ist mit Friedel?«

Von Boris sprach er nicht.

»Um Friedel werde ich mich kümmern.«

»Das ist nicht dasselbe. Du hast keine Kinder, Yochanan. Du kannst das nicht beurteilen.«

»Nein, ich habe keine Kinder«, sagte Yochanan, »aber ich hatte eine Frau, die ich zu lange vernachlässigte, und was daraus wurde, weißt du.«

»Anna hat sich bei dir beklagt?«

»Nein. Das hat sie nicht, aber wie Christine, wie ich, wie wir alle, macht sie sich Sorgen um dich.«

Am nächsten Morgen verließen Anna und Michael Bonn.

Anna trug ein blaues Kleid, das ihre Augen blau machte.

Michael war nervös und würgte den Motor des alten Wagens ein paarmal ab, ehe sie endlich losfuhren.

Sie blieben vier Tage fort; acht waren mindestens geplant.

Sie kamen zurück und sagten: »Es war sehr schön, aber das Wasser war noch zu kalt, wir konnten nicht schwimmen, und die Fische bissen nicht an. Das Gasthaus liegt an der Straße, und nachts war es in der Kneipe immer sehr laut. Das Essen war gut und das Bier auch. Aber wir sind froh, daß wir wieder da sind.«

Yochanan hatte sich in den vier Tagen um Friedel gekümmert. Sie war, so fand er, ein liebenswertes Kind und vollkommen unproblematisch.

Sie sang gern, sie malte gut, ihre Fotos waren erstaunlich einfallsreich, was die Perspektiven anging, sie kümmerte sich rührend um Boris und kameradschaftlich um ihren Vetter Achim.

Da war nur eine Begebenheit, die Yochanan zu denken gab.

Am letzten Abend, während Christine Boris zu Bett brachte, zog Friedel plötzlich einen Zeitungsausschnitt aus ihrem Schulranzen und legte ihn vor Yochanan auf den Tisch.

»Was ist das?« fragte er.

»Erkennen Sie es nicht?«

Im Vordergrund waren Trümmer, im Hintergrund ein fünfstöckiges Eckhaus mit Türmen, spitzem Giebel und leeren Fensterhöhlen, weiter rechts war die Statue eines Mannes, dessen Rechte wie mahnend auf die Schutthalden wies.

»Erkennen Sie es wirklich nicht?« fragte Friedel noch einmal.

»Nein«, sagte Yochanan.

»Es ist der Münsterplatz.«

»Natürlich, jetzt weiß ich«, sagte er, »das ist Beethoven, der Mann auf dem Sockel. Und auf der anderen Seite ist der Kaufhof.«

»Ja, auf der anderen Seite ist der Kaufhof. Michael hat es Ihnen doch bestimmt erklärt.«

»Wieso Michael?«

»Na, schauen Sie doch auf das Datum.«

16. März 1945 stand da, und der Ausschnitt stammte aus der New York Times.

»Ja, und?«

»Michael trägt diesen Zeitungsausschnitt immer mit sich herum, ist das nicht komisch? Eigentlich trägt man doch nur ein Foto bei sich, das man gern anschaut, oder nicht?«

Ehe Yochanan noch antworten konnte, kam Christine zurück, und Friedel hatte mit einer Handbewegung den Ausschnitt wieder in ihrem Ranzen verschwinden lassen.

Für Yochanan fand sich keine Gelegenheit mehr, mit dem Mädchen darüber zu sprechen.

17

In Düsseldorf war Yochanan Metzler vor 59 Jahren geboren worden; als Sohn eines praktischen Arztes und einer Altphilologin, die es liebte, sich in griechische Gewänder zu kleiden.

Yochanan wuchs behütet auf; die Auen am Rhein waren die Spielwiese seiner Kindheit, wo er in der Obhut von Tante Lina, so nannte er seine Kinderfrau, im Frühjahr hinter den bunten hohen Reifen herjagte und im Herbst Drachen steigen ließ, schwimmen lernte und später sein erstes Mädchen küßte.

Sie hieß Hilde und war eine jener weichen, nach frischem Weißbrot duftenden Blondinen. Yochanan war achtzehn Jahre alt, wild entschlossen, Hildchen zu heiraten, bis sie ihm im Karneval wegen eines großen kräftigen Türken den Laufpaß gab.

Das zweite Mädchen war schon Jutta, und ihr schrieb er Gedichte, ›Deine Augen sind wie Veilchen, die ich nachts im Moos entdeckt, Deine Lippen sind wie Kirschen, voll des Sommers Süße weckt mich Dein Kuß . . .‹

In den Rheinterrassen tanzte er mit ihr auf den großen Sommer- und Winterbällen, und im ›Tabaris‹ auf der Kö, wo alle Frauen wie schwarzseidene Halbwelt aussahen und alle Männer pomadig und geschniegelt wie Rudolf Valentino und Willy Birgel.

Aus Juttas seidenem Hochzeitsschuh hatte er Champagner getrunken, und in Rolandseck hatten sie ihre Hochzeitsreise unterbrochen, weil sie die Nacht nicht mehr erwarten konnten.

»Puppchen, du bist mein Augenstern –«

»Sei doch still, Yo.« Sie kicherte, als trüge sie noch Zöpfe und himmelblaue Schleifen.

Bei Vollmond liebten sie sich unter dem Rolandsbogen.

Das war in der ersten Woche, so blieb's im ersten Jahr. Süße, trunkene Verliebtheit. Bis sein Vater starb und seine Mutter sagte· «Yochanan, jetzt mußt du Vaters Praxis übernehmen.«

Ein blutjunger Arzt, der sein Handwerk nur aus den Büchern und in der Theorie verstand, zu dem nun Patienten kamen, die seine Eltern hätten sein können.

Lernen, lernen, lernen, schuften bis in die tiefe Nacht hinein.

Vertrauen erringen, um jeden kleinsten Schritt, jeden Fußbreit kämpfen – er wollte ein guter Arzt sein, gewissenhaft, verläßlich, so, wie es sein Vater gewesen war.

Jutta half ihm in der Sprechstunde, und sie fühlte sich wie eine neue Madame Curie.

Sie liebte Äther und Karbol weit mehr als Kinder, Küche, Kirche.

Am Anfang.

Die erste Fehldiagnose brachte Yochanan fast um den Verstand.

Der erste Patient, der starb, machte ihm klar, daß er nicht allmächtig sei.

Der Höhenflug endete, die Routine setzte ein.

Das tägliche Handwerk. Auch in der Ehe.

»Liebst du mich noch, Yochanan?« Er rieb sich die Augen, war zum Umfallen müde, es war im Winter, Grippe grassierte, er hatte 19 Stunden ununterbrochen Praxis gemacht.

»Geh schon ins Bett, Liebste. Ich komme bald nach.« Da war gerade ein neuer Artikel erschienen, im ›Praktischen Mediziner‹; den mußte er noch lesen. Yochanan ging in die Küche, machte sich einen Mokka, in dem der Löffel stehen blieb, zog sich in sein Arbeitszimmer zurück.

Juttas kühle Hand auf seiner Stirn weckte ihn am Morgen.

»Dein Bad ist eingelassen. Geh, es wird dir guttun. Und dann frühstücken wir.«

Er badete, spürte die Erschöpfung aus seinen Gliedern weichen, duschte eiskalt, fühlte sich wie ein junger Gott.

Vor dem Fenster stand ein frostklarer Morgen, eine tiefrote Wintersonne.

Jutta nehmen und mit ihr ins Bergische Land fahren, eine Schneewanderung machen, irgendwo einkehren zu einem Glühwein und bäuerlichem Geselchtem mit Erbsenpüree.

Aber während des Frühstücks füllte sich die Praxis, und eine Stunde später merkte das Blatt jenes Tages in seinem Terminkalender schon vierzehn Hausbesuche vor.

Aber einmal im Jahr machten sie Urlaub. Einmal im Jahr ließen sie sich vertreten.

Ostsee und Nordsee, die Inseln, Strandwanderungen, Fünfuhrtee in Strandcafés.

»Puppchen, du bist mein Augenstern . . .«

Nach 1933 änderte sich das ‹Er fand keinen Vertreter mehr, keinen Kollegen, der noch die Praxis übernehmen wollte, keinen Kollegen, der noch mit ihm, dem jüdischen Arzt, in Verbindung gebracht werden wollte.

Zuerst gab's plausible Ausflüchte: selbst überlastet, keine Zeit, selbst Urlaub gerade für diese Zeit geplant.

Yochanan wandte sich an jüdische Kollegen, und die fragten: Sie machen noch Urlaub? Wir wagen uns nicht mehr weg.

Also blieb auch er zu Hause.

Machte Praxis, Hausbesuche, bis weniger Patienten kamen, ihre dringenden Anrufe seltener wurden, schließlich ganz verstummten.

Auch hier am Anfang plausible Ausflüchte: Herr M. zog fort, Frau G. war wieder gesund, und so weiter, und so weiter.

Juttas Hausmädchen kündigte.

»Warum nimmst du dir kein neues? Annoncier' doch«, sagte er.

»Ach, ich bin froh, wenn wir allein sind. So ein Mädchen ist doch immer eine Fremde im Haus.«

Aber Jutta hatte rotgeäderte, müde Augen.

»Jutta, nimm dir ein neues Mädchen. Haushalt und deine Arbeit bei mir in der Praxis, das ist zuviel.«

Da weinte sie und sagte: »Yochanan, wir kriegen kein Mädchen mehr. Und du weißt auch, warum. Und in der Praxis ist ja keine Arbeit mehr.«

Doch, einige Patienten kamen noch, nach dem Berufsverbot für jüdische Ärzte; sie brachten ihm ihren Hund, ihre Katze oder ihren Kanarienvogel zur Behandlung – und fragten ihn für sich selbst heimlich zu Rat. Zu wem sollten sie denn jetzt gehen, wen empfahl er? Welchen arischen Kollegen? Beim Wort ›arisch‹ schauten sie auf den Boden, und manche erröteten.

Yochanan aß so gern Streuselkuchen, aus einer bestimmten Bäckerei in der Altstadt, und abends zum Bier und zu frischem Aufschnitt Salzbrezeln.

Plötzlich schmeckte der Streuselkuchen nach zuviel Hefe und war knatschig, wie man das nannte, und die Brezeln waren zu salzig.

»Die Fendels bedienen mich nicht mehr«, sagte Jutta.

Und so ging es weiter und weiter, eines kam zum anderen.

Sie verloren Bekannte, Freunde waren schwieriger zu erreichen.

Wenn man sich in der Oper traf oder im Konzert, trank man kein Glas Champagner mehr miteinander in der Pause, man begnügte sich mit distanziertem Kopfnicken.

Die Kristallnacht kam schließlich als erwarteter, brutaler Schlußpunkt. Wer bis dahin noch nicht wußte, was die neuen Machthaber von den Juden dachten, der wußte es nun.

»Die Schweine«, sagte Jutta, »die verdammten Schweine.« Aber ihr Zorn klang kraftlos.

Und knapp ein halbes Jahr später sagte sie, an jenem letzten Abend: »Yochanan. Alles ist weg. Alles ist einfach weg. Es ist vorbei zwischen uns.«

Und nun stand er vor seinem Haus am Zoo, das nicht mehr stand. Ein Schuttberg war es.

An der Tür zum Keller – sie war aus rohen Brettern, trug ein verrostetes Vorhängeschloß – klebte ein Zettel:

›Ich, Jutta Schreiber, bin nun wohnhaft Düsseldorf-Rath, Wittener Straße 3.

Yochanan Metzler, bis 1939 hier wohnhaft, ist nun zu erreichen: New York, N. Y., USA, 52. Straße B 128 (Manhattan).‹

Jutta lebte, und Schreiber hieß sie jetzt; es war nicht ihr Mädchenname.

Wieder verheiratet also.

Wollte er sie trotzdem wiedersehen?

Oder lieber mit den Erinnerungen leben, den frühen an den Rolandsbogen und den blauen Rhein und die Weinproben aus den bauchigen Gläsern mit den gedrehten grünen Stielen? An die Veilchenaugen und die Kirschlippen?

Doch, wiedersehen wollte er Jutta noch einmal. Sich nicht an ihrem Unglück weiden, falls sie solches erlitten hatte, sondern helfen, wenn er konnte.

Jutta bewohnte ein Zimmer. Es war peinlich sauber, es war mit Geschmack eingerichtet, immergrüne Pflanzen ersetzten frische Schnittblumen, die sie früher mit soviel Liebe und Vergnügen arrangiert hatte.

Sie trug ein dunkelblaues Kleid mit weißen Tupfen, das er ihr noch gekauft hatte. Sie war hager geworden, und ihr straff zurückgenommenes Haar wirkte leblos.

Ein Kind war bei ihr, das sie zum Spielen auf die Straße schickte.

»Dein Kind?« fragte er, denn es war etwa fünf.

»Nein. Auf der Flucht ist Sabine bei mir geblieben.«

»Auf der Flucht?«

»Ich war nach Thüringen evakuiert.«

Sie saßen sich am Tisch gegenüber, auf dem eine kleine Spitzendecke lag. Jutta schob sie hin und her. »Ich würde dir gern etwas anbieten, aber –«

»Laß nur«, sagte er.

»Du siehst gut aus, Yochanan.« Zum erstenmal lächelte sie.

Sie hatte keine Überraschung gezeigt, als er plötzlich vor ihr stand, weder Freude noch Ablehnung. Sie schien keines spontanen Gefühls mehr fähig.

»Und wie geht es dir?«

»Ich kann nicht klagen.«

»Du bist wieder verheiratet?«

»Ja.«

»Und dein Mann?«

»Er ist vor zwei Monaten aus englischer Gefangenschaft zurückgekommen. Er arbeitet im Hafen, da kriegt er Schwerarbeiterzulage, und auſʃerdem mußte er ja eine Arbeit finden, damit er seine Aufenthaltserlaubnis bekam. Er ist Studienrat, aber – er war in der Partei. Es wird eine Weile dauern, bis er in seinen alten Beruf zurückkehren kann. Dabei fehlen Lehrer. Und er war keiner von den schlimmen Nazis.«

»Kann ich dir irgendwie helfen?«

»Nein, danke, Yochanan.«

»Ich würde es gern tun, Jutta.«

»Um der alten Zeiten willen?« Wieder lächelte sie, aber es kam nicht aus ihrem Inneren.

»Ja, um der schönen Zeiten willen, die wir miteinander verlebten, und überhaupt.«

»Manche Leute in der Nachbarschaft bekommen Care-Pakete. Wenn du uns solche schicken könntest? Ich würde gern im voraus dafür bezahlen. Geld haben wir.«

»Ich wᴠ̣ le Laura schreiben und ihr deine Adresse mitteilen.«

»Du – bist auch nicht allein geblieben, drüben?«

»Nein, ich bin nicht mehr allein.«

»Das ist gut. Ich freue mich für dich.«

Er zündete sich eine Zigarette an. Jutta schaute verlangend auf das Päckchen.

»Rauchst du inzwischen.«

»Nein, danke.« Sie schüttelte den Kopf.

Er würde die Zigaretten liegenlassen, die neue Währung Deutschlands.

»Jutta, was ist aus den Bildern und den Büchern geworden. Waren sie noch im Haus, als es ausbombte?«

»O nein.« Sie schüttelte den Kopf. »Ich hatte sie schon ausgelagert. Auf den Hof, in Thüringen. Ich meine, Erwin, er versteht etwas von Kunst, und er sagte, es wäre eine Schande, wenn diese Dinge kaputtgingen.«

»Er wird mir sympathisch, dein Erwin«, sagte Yochanan lächelnd.

»Er meinte auch, wenn du eines Tages zurückkehrtest, solltest du alles wiederbekommen.«

»Das ist sehr anständig von ihm.«

»Ja, er ist ein anständiger Mann, Yochanan. Er ging nur in die Partei, weil – er ist Pädagoge mit Leib und Seele, und man hätte ihn sonst nicht weiter unterrichten lassen. Hier« – sie trat zum Schrank, nahm eine Brieftasche heraus –, »das ist die Adresse in der Russenzone. Du als Amerikaner kommst ja rein – die Oberhäusers sind nette Leute. Wenn sie noch leben und wenn ihr Hof noch steht, sind auch deine Bücher und deine Bilder noch da.«

»Hast du viel mitgemacht, auf der Flucht?«

»Ach, es geht, weniger als die anderen. Ich hatte Glück. Das Haus am Zoo –«

»Es gehört dir, Jutta. Eines Tages kannst du es wieder aufbauen.«

»Glaubst du wirklich daran, Yochanan?«

»Ja.«

»Komisch. Ausgerechnet du.«

»Warum ausgerechnet ich?« fragte er verwundert.

»Du müßtest doch eigentlich froh sein, daß es in Schutt und Asche liegt, nach alldem, was passiert ist! Du müßtest überhaupt froh sein, daß alles so kam, wie es heute ist.«

»Wie könnte ich mich an irgendeiner Zerstörung freuen?«

»Empfindest du sie denn nicht als verdiente Vergeltung?«

»Ich weiß es nicht«, sagte Yochanan. »Ich weiß nur, daß ich hier einmal zu Hause war, daß ich meine Muttersprache wieder spreche, daß ich immer wieder hierher zurückkehren werde.«

»Erwin kommt gleich nach Hause«, sagte Jutta.

»Ach ja?«

»Du brauchst natürlich nicht zu gehen«, sagte sie schnell.

»Ich kenne ihn doch nicht«, sagte Yochanan, »und in meinem Alter schließt man nur noch schwer neue Bekanntschaften und noch schwerer neue Freundschaften.«

»Du hast unsere Adresse?« fragte Jutta.

»Ja, natürlich.«

»Aufgeschrieben, meine ich?«

»In meinem Notizbuch«, sagte er, »und du kannst fest damit rechnen, Laura wird Care-Pakete schicken.«

»Das meinte ich nicht, Yo. Ich dachte, vielleicht läßt du hin und wieder von dir hören.« Jutta biß sich auf die Lippen, ihre Mundwinkel zitterten ein bißchen.

»Ich will jetzt gehen, Jutta.«

»Ja.«

»Gesund sollst du bleiben.«

»Du auch, Yo.«

Sie gaben sich nicht die Hand, berührten sich in keiner Weise.

War es Angst vor einem Gefühl, das sich am nächsten Tag als Sentimentalität erweisen würde?

In dem Zimmer roch es plötzlich nach Brombeeren, wie es vor dreißig Jahren in der Küche ihrer Mutter gerochen hatte, als er Jutta zum erstenmal sah, mit brombeerrotem Mund, mit blitzenden weißen Zähnen, ihre vom Obst blaugefleckten Hände hielt sie auf dem Rükken.

Am nächsten Tag hatte er sie ins Kino eingeladen.

»Es war ein Charly-Chaplin-Film.«

»Ja«, sagte Jutta leise, »es war ein Charly-Chaplin-Film. Yo, es tut mir alles so leid. Alles.«

»Mir auch«, sagte er, »mir tat es sehr weh, als du mich allein gehen ließest. Nach New York. – Bleib gesund.«

»Du auch, Yochanan.«

Auf der Straße knickste das Mädchen Sabine und sagte: »Auf Wiedersehen, Onkel.«

Yochanan schenkte ihr fünf Mark.

»Schokolade hast du keine?« fragte das Kind.

»Nein, leider nicht.«

»Dann bist du auch kein richtiger Amerikaner«, sagte es.

Yochanan fuhr noch am gleichen Tag nach Bonn zurück. In einem kleinen Hotel, nahe der Schumannstraße, am Rhoonplatz, fand er ein Zimmer.

Als er seinen Paß vorlegte, sagte der Mann am Empfang: »Es wäre mir lieb, wenn Sie mit Zigaretten bezahlen könnten, Sir. Sechs pro Nacht, wenn Sie damit einverstanden sind, Sir?«

»Okay«, sagte Yochanan, »wenn Sie es wollen.« Es kam ihm vor, als übervorteile er den Mann. Aber der grinste und sagte: »Okay, Sir, das ist ja prima.«

Yochanan vergaß ganz, daß in diesem letzten Halbjahr vor der Währungsreform die Zigaretten immer noch einen Stückpreis von zehn Reichsmark hatten und daß sie im Grunde die einzige stabile und, wenn man so wollte, harte Währung in der Trizone waren.

Aus dem Radio in der kleinen, schäbig gewordenen Hotelhalle – es war ein Volksempfänger, der, wie später der Volkswagen, eine ganze Epoche deutscher Wirtschaft charakterisierte – dröhnte es: »Wir sind die Eingeborenen von Trizonesien, heitschingderassa tschingderassa bumm . . .«

»Dat ist de Fastelovend«, sagte der Mann am Empfang, »aber wenn Sie mich fragen, dat wird e so schnell nit unmodern.«

Die Bonner würden dieses Lied noch den ganzen Sommer über singen; es war ihre Art, sich über Ängste und Not hinwegzusetzen.

Yochanan Metzler kehrte jeden Abend in sein Hotelzimmer zurück, ın dem nichts neu, nichts ganz war. Der Tisch wackelte, das Bett quietschte bei jedem Umdrehen, die Wolldecke war bar jeden Flausches, dem Porzellan fehlten Henkel und Ecken. Zum Waschen gab's nur kaltes Wasser.

Aber Yochanan schlief gut und traumlos wie seit Jahren nicht mehr.

Die Tage verbrachte er bei den Schwarzenburgs, begierig, an ihrem Leben teilzuhaben, zu erfahren, was sich in diesem Land zutrug und in diesem Bonn, das wohl stellvertretend für viele deutsche Städte stand – nahm man die ganz großen wie Berlin, Hamburg und München aus.

Er sah Kinder, die Kohlen von durchfahrenden Zügen klauten, sah andere, die wieselflink Boten der Schwarzmarkthändler spielten.

Er sah durch geöffnete Schulklassenfenster, wie sie ihre aus privaten Spenden und über den Marshallplan verteilte Biskuitsuppe löffelten, und las den Aufsatz, den Friedel für einen Schülerwettbewerb schrieb: Was ist Demokratie?

Er sah Männer zwischen 15 und 65 Trümmer beseitigen, Neues aufbauen mit den primitivsten Handwerkszeugen.

Er sah Frauen unermüdlich Schlange stehen.

Er ging ins Konzert und hörte die neunte Sinfonie von Beethoven wie noch nie zuvor.

Er ging ins Theater und sah ›Draußen vor der Tür‹ von Borchert und wußte, daß dieses Land gesunden konnte, wenn sein Heißhunger nach kulturellen, nach geistigen Erlebnissen eines Tages nicht zu schnell durch einen anderen, profaneren ersetzt wurde.

Er kaufte sich alle neuen Zeitschriften, deren er habhaft werden konnte, ›Story‹, ›Die Quelle‹, ›Prisma‹, ›Vision‹ und wie sie alle hießen, ließ sich eine neue Lesebrille machen – das heißt, er kaufte sie auf dem schwarzen Markt –, damit er Stunde um Stunde lesen konnte.

Er fand Rowohlts Idee mit den Zeitungsromanen großartig und las Graham Greenes ›Die Macht und die Herrlichkeit‹ in zwei schlaflosen Nächten, fiebrig und aufgewühlt.

Er machte lange Spaziergänge mit Michael und mit Friedel, über den Venusberg bis in den Kottenforst, und genoß das pastorale Bild jungen keimenden Grüns, sah aber auch Wilderer und Holzfäller, die gewiß nicht zum Spaß hier waren.

Mit Michael und Anna ging er zum ›Blauen Affen‹, einem Karnevalsball im Bürgerverein. Christine putzte ihn mit ihrem lackierten Strohhut und einer weißen Leinenjacke mit dünnen schwarzen Nadelstreifen – sie hatte einmal ihrem verstorbenen Mann gehört – zum Stutzer heraus.

Yochanan tanzte, bis er keine Füße mehr zu haben glaubte, und fand die neuen Karnevalslieder so einfallsreich wie die Schlager der zwanziger Jahre – vom Käse, der zum Bahnhof rollt, und dem Hans, was macht er denn mit dem Knie, der liebe Hans? –, mit denen er jung gewesen war.

Die Wochen in Bonn, er durchlebte sie wie auf einer Insel aus Träumen geboren.

»Diese Freiheit«, sagte er, »mein Gott, wer hätte je geglaubt, daß in diesem Land die geistige Freiheit noch einmal geboren würde, auferstehen könnte?«

Stundenlang, bei Tee und Zigaretten, diskutierte er mit Rolf, einem Freund von Michael, der nun als Journalist bei der DENA in Bad Nauheim arbeitete, der ersten deutschen Nachrichtenagentur.

»Wir lassen uns selbst nichts mehr durchgehen«, sagte Rolf. »Wir machen die Augen nicht mehr zu, und wir halten uns die Ohren nicht mehr zu. Wir wollen lernen, hören und sehen, um eines Tages ein vernünftiger Staat zu sein, eine echte Demokratie.«

Es war kein Lippenbekenntnis, denn Yochanan las auch die Artikel, die dieser dunkelhaarige junge Mann mit den wachsamen Augen schrieb, und nahm sich vor, seinen weiteren Weg zu verfolgen.

Yochanan fuhr noch einmal nach Düsseldorf, um finanzielle Angelegenheiten mit Jutta zu regeln, und er erhielt eine Einladung von Gustaf Gründgens, der einst zu seinen Patienten gehört hatte, zum 17. März nach Berlin. Im weißen Saal des Berliner Schlosses sollte die hundertjährige Wiederkehr der Revolution von 1848 festlich begangen werden.

»Michael, fahr mit«, sagte Yochanan. »Bitte, fahr mit. Das wird ein Erlebnis sein.«

Auch Anna und Christine bestürmten Michael, aber Friedel, dieses blasse Mädchen mit den grauen Augen, sah Michael stumm an, und er fuhr nicht mit.

»Hier sind die Schlüssel zu unserem Dahlemer Haus«, sagte Michael. »Zu dem, was davon übriggeblieben ist. Falls du in keinem Hotel unterkommst.«

Yochanan reiste in einem lastfreien Möbelwagen nach Berlin, in dem er über eine »Mitfahrerzentrale« im Cassiusgraben noch einen Platz erhielt.

»Cassiusgraben«, sagte Christine, als sie davon hörte, »vor knapp einem halben Jahrhundert hat mein Bruder dort gewohnt. Der Robert. Als Student. Bei einer Näherin, die eine Tochter hatte. Amelie hieß das Mädchen, und es starb an der Schwindsucht. Damals hat Robert seinen Knacks bekommen.«

»Was für einen Knacks, Oma?« fragte Friedel.

Christine erzählte, wie Robert dagegen war, daß Amelie in einer Wäscherei arbeitete. Wie er dafür sorgen wollte, daß das Mädchen eine Schulbildung bekam. Und daß es einfach nichts nützte, weil die Furcht und das tiefeingewurzelte Mißtrauen der Mutter vor jemandem, der etwas Besseres war, es verhinderten.

177

»Wieso war dein Bruder etwas Besonderes?« fragte Friedel.

»Er war nichts Besseres. Nur in den Augen dieser Frau. Weil er ein Student war, an den sie Zimmer vermietete, verstehst du?«

»Nein, das verstehe ich nicht. Dann war die Frau doch einfach dumm.«

»Ja, sie war dumm, aber es war nicht ihre Schuld. Sie war so erzogen worden.«

»Und was geschah weiter mit dem Knacks?« fragte Achim.

»Mein Bruder wurde Kommunist. Aber auch da wurde er enttäuscht.«

»Ach ja, jetzt weiß ich wieder«, sagte Friedel. »Das war, als er zum drittenmal nach Petersburg ging und die Revolution kam und es danach aber noch immer nicht besser wurde. Achim weiß nicht, daß du Blut auf deinem Abendkleid hattest, Oma, von dem Jungen mit den Schußwunden. Erzähl es ihm doch mal.«

»Könnt ihr nicht von was anderem sprechen?« fragte Anna. Sie bügelte Wäsche, die Christine flickte.

»Was hast du gegen Blut?« fragte Friedel. »Selbst in Märchen kommt es doch vor, zum Beispiel vom Aschenputtel. Ruckedigu, Blut ist im Schuh. Und Blutwurst magst du auch!«

Anna wurde blaß, sie wollte etwas sagen, aber schüttelte dann nur den Kopf und ging schnell hinaus. Friedel lauschte ihren Schritten auf der Treppe; sie klangen müde und alt, viel älter als Omas Schritte.

»War das nötig?« fragte Christine.

»Was, Oma?«

»Du weißt sehr gut, was ich meine. Du bist kein kleines Kind mehr, Friedel, und du legst es geradezu darauf an, deine Mutter zu verletzen.«

»Aber wieso denn? Ich habe nicht gelogen, ich war nicht frech und auch nicht vorlaut. Ich habe doch nur etwas erklärt.«

»Oma, könntest du uns nicht aus dem ›Kleinen Prinzen‹ vorlesen?« fragte Achim.

»Doch, das werde ich tun«, sagte Christine. »Hol's mir von oben, bitte, das Buch liegt in meinem Nachttisch.«

»Bist du jetzt böse mit mir, Oma?« fragte Friedel, als sie allein waren.

»Ja«, sagte Christine. »Ich bin böse mit dir, weil du kein Vertrauen zu uns hast. Nicht zu mir. Nicht zu deinen Eltern. Und das macht mich obendrein sehr traurig.«

»Ich habe Vertrauen zu dir, Oma.«

»Davon merke ich in letzter Zeit sehr wenig.«

»Du hast ja auch wenig Zeit für mich.«

»Wir beide leben nicht mehr allein, Friedel.«

»Leider.«

»Deine Eltern geben sich die größte Mühe um dich. Sie geben sich wirklich Mühe, damit du vergessen sollst, wie lange sie fort waren.«

»Ich weiß es, Oma.«

»Aber –«

»Nichts aber, Oma.«

Achim kam mit dem dünnen Band von Saint Exupéry zurück; Christine übersetzte die Märchen beim Lesen aus dem Französischen, denn eine deutsche Ausgabe gab es noch nicht.

Achim setzte sich nah neben Christine, sah zu ihr auf.

»Liest du jetzt?«

»Ja, Kind.« Sie schloß den Flickkorb und begann zu lesen. Friedel ging nach einer Weile auf Zehenspitzen hinaus.

Im Wohnzimmer, das Michael seit längerem als Büro diente, hörte Friedel leise, wie unterdrückt, die Stimmen ihrer Eltern. Und sie hörte, daß Anna weinte.

Sie blieb eine Weile im Flur, aber nah an die Tür, um zu lauschen, wagte sie sich nicht.

Friedel ging, zog schließlich ihren Mantel an, er war aus silbergrauem Kaninchenfell, Yochanan hatte ihn ihr aus New York mitgebracht.

Sie schlug den Kragen hoch, steckte die Hände tief in die Taschen und wanderte zum Rhein hinunter.

An das eiserne Geländer gelehnt, das seit fast einem Jahrzehnt einen Anstrich nötig hatte, schaute sie auf den Fluß.

Wenn Straßburg an seinem anderen Ende läge, würde ich jetzt reinspringen und mich hintragen lassen, dachte sie.

Aber immer gegen den Strom zu schwimmen, den ganzen Rhein aufwärts, das würde sie niemals schaffen.

Sie nahm Georgs letzten Brief aus ihrer Manteltasche, sie brauchte ihn nicht zu lesen, sie kannte die wenigen Zeilen auswendig.

›Liebe Friedel!

Hurra, es ist geschafft! Ich habe mein Studium angefangen! Kannst mir gratulieren!

Dein Georg!‹

Und dabei hatte er versprochen, daß er in Bonn studieren würde, hatte versprochen, sobald ich kann, komme ich wieder.

Sie faltete aus dem Briefblatt ein Schiff und warf's ins Wasser. Die Strömung trug es sehr schnell weg.

Oben an der Ecke, vor dem Garten des Ernst-Moritz-Arndt-Hauses, stand ein Mann mit einer dunklen Brille und einer Geige. Er sang: »Ich hat' einen Kameraden . . .«

Friedel beobachtete ihn eine Weile, die schmutzige graue Hand, die den Bogen hielt, sie drehte einen Knopf von ihrem Mantel und warf ihn in die Blechschüssel, die zu Füßen des Mannes stand.

»Ich hat' einen Kame – danke –«, sang der Mann, Friedel fing an zu lachen, ging weiter und lachte, bis ihr die Tränen kamen.

Yochanan Metzler reiste im März nach Berlin und blieb in Berlin. Fasziniert zuerst, weil sich hier auf überschaubarem Raum die Teilung zwischen West und Ost vollzog.

Dann, weil er erkrankte, sich eine Kehlkopfentzündung zuzog, ins Krankenhaus kam, wochenlang um seine Stimme fürchten mußte. Bis Laura eintraf. Eines Tages stand sie an seinem steril weißen Bett, legte die Hände auf ihre schmalen Hüften im schwarzweißen Pepitakostüm und sagte: »Das hast du dir wohl gedacht, was? Mich im dunkeln tappen zu lassen! Krank zu sein und so zu tun, als amüsiertest du dich statt dessen!«

Krächzend, denn viel mehr gab sein Kehlkopf nicht her, wollte Yochanan protestieren, aber sie sagte: »Keinen Ton! Jetzt bin ich da, um zu reden. – Wofür haben wir hier in Berlin ein amerikanisches Hospital?«

Yochanan wurde verlegt, Laura schaffte das in einem halben Tag!

Und sie saß Stunde um Stunde bei ihm, las ihm vor, ging für ihn ins Kino, ins Theater, berichtete, wen sie gesehen hatte, was sie erlebt hatte – und verzichtete seinetwegen auf ihre geliebte Pitchblack.

Nur manchmal, wenn sie errötend wie ein junges Ding sagte: »Ich muß mal Händchen waschen gehen, Yochanan« und dann zurückkam, meinte er einen schwachen Hauch der würzigen Pitchblack zu riechen.

Als Yochanan gesund wurde, hatten die Russen alle Verbindungen zwischen den Westzonen und Berlin blockiert. Schon im April hatten die Russen damit begonnen; sie wollten, ehe die Spaltung Deutschlands in Ost und West in Verträgen zementiert würde, ganz Berlin in ihren Herrschaftsbereich zwingen.

»Falls du es unbedingt willst, können wir als amerikanische Staatsangehörige natürlich noch raus«, sagte Laura. »Aber ich finde, wir sollten hierbleiben. Sehen, was geschieht.«

Sie hatte sich von ihm die Schlüssel zum Keller vom ehemaligen Gugenheimerhaus erbeten, und dorthin führte sie Yochanan, als er aus dem Krankenhaus entlassen wurde.

Sie hatte rot-weiß karierte Gardinen für die Fenster der ehemaligen Waschküche genäht, sie hatte Glas aufgetrieben und die Scheiben erneuert. Sie hatte den Boden dunkelgrün streichen lassen und die Wände schneeweiß.

»Ist das nicht eine Puppenstube?« sagte sie. »Und alles richtig bezahlt. Alles auf Heller und Pfennig mit normalem Geld. Kein Stück vom Schwarzmarkt.«

Inzwischen war die Währungsreform gewesen – und einen Tag lang, am 21. Juni 1948, waren alle Menschen in der amerikanischen, britischen und französischen Besatzungszone (das galt auch für die entsprechenden Sektoren in Berlin) in einem einander gleich gewesen: Sie alle hatten pro Kopf ganze 40 neue deutsche Mark besessen!

»Du hättest das sehen sollen!« sagte Laura. »Da waren plötzlich alle Schaufenster zum Überfließen voll. Ich – ja, sogar ich – kam mir vor wie im Schlaraffenland. Würste und Speck und Schokolade und weiß der Himmel, was! Und du hättest die Leute sehen sollen, denen lief buchstäblich das Wasser im Mund zusammen und aus den Mundwinkeln! – Ja, und dann war's auch schon wieder vorbei. Ohne die Luftbrücke wäre diese Stadt bald ein einziger Friedhof!«

Oft erlebten sie nun, wenn sie auf ihren Streifzügen durch die Stadt eine jener schweren amerikanischen oder englischen Transportmaschinen anfliegen sahen, daß Kinder zusammenliefen und den ›Rosinenbombern‹ zujubelten wie einst wohl nur dem ersten Zeppelin.

Mitte August erhielt Yochanan über amerikanische Freunde, die Laura schnell und selbstverständlich gefunden hatte, die Nachricht, daß Jutta gestorben war.

»Natürlich willst du bei dem Begräbnis sein«, sagte Laura und schaffte es, daß sie noch genau eine Viertelstunde vor der Beisetzung auf dem evangelischen Friedhof von Rath eintrafen.

An dem schmalen, offenen Grab standen nur ein dünner Mann mit einem runden Rücken und eine sehr alte Frau.

Die alte Frau war Juttas Mutter, sie murmelte Unverständliches, als sie Yochanan erkannte, wandte sich auf dem Absatz um und gab ihm nicht die Hand.

Juttas zweiter Mann, Erwin Schreiber, sagte: »Jutta würde sich freuen, wenn sie wüßte, daß Sie hier sind. Sie hat in den letzten Tagen so oft von Ihnen gesprochen.«

»Woran ist sie gestorben?« fragte Yochanan.

»Eine Lungenentzündung, es ging sehr schnell.«

»Und wo ist das kleine Mädchen, das bei ihr war, als ich sie besuchte, im Februar?«

»Sabine ist – zu Hause geblieben. Ich wollte ihr das hier ersparen –.« Und sein Blick wischte schnell über die alte Frau.

»Ja, ich verstehe«, sagte Yochanan.

Und er verstand manches besser, das nun schon viele Jahre zurücklag. Fast zehn Jahre.

Damals hatte er es nicht bemerkt, nicht als etwas Ungewöhnliches zur Kenntnis genommen. Aber in jenen Monaten, die seiner Auswanderung nach New York vorausgingen, hatte Jutta beinahe täglich ihre Mutter zu Besuch gehabt.

»Wir sind mit einem Taxi hier«, sagte Yochanan, »können wir Sie irgendwohin mitnehmen – oder absetzen, Herr Schreiber?«

»Ja, wenn Sie das tun wollten, dann bitte in der Wittener Straße.«

Juttas Mutter hatte sich entfernt, ohne auch nur einen von ihnen noch eines Blickes zu würdigen.

Der Pastor trat zu Erwin Schreiber und drückte ihm die Hand, mit den üblichen Worten eines Priesters, der die Verstorbene nicht gekannt hat.

In der Wittener Straße schaute Sabine aus dem Fenster und kam an den Wagen gelaufen, als sie erkannte, wer dort drin saß.

»Waren viele Leute da auf der Beerdigung, Vati?«

»Ja, sehr viele, Kind«, sagte Schreiber.

»Und hat Mutti schöne Kränze gekriegt?«

»Ja, sehr schöne, Sabine.«

Schreiber wandte sich an Laura und Yochanan. »Wenn ich Sie nach oben bitten darf?«

»Nein, danke«, sagte Yochanan. »Wir müssen weiter. Wir wollen heute noch nach Bonn.«

»Ja, natürlich. Ich will Sie auch gewiß nicht aufhalten. Und ich möchte mich auch noch bedanken. Für die Pakete, die Care-Pakete.«

»Da war immer soviel Schokolade drin«, sagte Sabine strahlend. »Aber jetzt kann man sie auch wieder im Geschäft kaufen. Ein großes Stück Novesia für nur vierzig Pfennig.« Und sie malte auf ihre Handfläche die Größe der Schokoladentafel.

»Ja, also dann«, sagte Schreiber und sah plötzlich aus wie jemand, der es sehr eilig hat.

»Adieu«, sagte Yochanan. Als er wieder neben Laura im Wagen saß, drückte er stumm ihre Hand.

Sie sagte: »Lieber, ich möchte verschwenderisch sein, ich möchte mit dir allein in diesem Wagen bis nach Bonn fahren. Wäre dir das recht?«

»Aber sicher«, sagte er und besprach sich mit dem Fahrer. Der hatte ganz gewiß nichts dagegen.

»Und weißt du, was ich noch möchte?« fragte Laura, als sie schon durch das Vorgebirge fuhren, die fruchtbare Ville, wie dieses Gebiet auch genannt wird, aus dem die Bauern jetzt nicht mehr nur für die Besatzungsangehörigen frisches Obst und Gemüse in die Stadt bringen würden. »Ich wünschte, Lieber, wir könnten uns einen Wagen besorgen und langsam, aber sicher diese Reise weiter fortsetzen. Weißt du, als ich ein junges Mädchen war, gerade einundzwanzig, da sollte ich eine Europareise antreten, Frankreich und Italien kennenlernen, meine Eltern schenkten sie mir. Aber ich tat es nie, weil etwas dazwischenkam.«

»Ein Mann?« fragte Yochanan leichthin.

»Ein Mann«, sagte sie ernsthaft. »Weißt du, ich zögerte, ihn wiederzusehen, weil ich fürchtete, ihn dann seiner Frau wegzunehmen.«

»Du hast dich gefürchtet?«

»Ja. Ich meine, ich wollte anständig sein, ich wollte keine Familie zerstören. Aber er war ein wunderbarer Mann, und weißt du – na ja, ich glaube, wenn ich es damals darauf angelegt hätte, wirklich darauf angelegt – also dann wäre er auch bei mir in New York geblieben.«

»Da hat es dich aber gepackt gehabt, was?«

»Ja, da hatte es mich gepackt!«

»Und wer war dieser tolle Mann?«

»Ernst Schwarzenburg.«

»Jetzt geht mir ein Licht auf«, sagte Yochanan. »Deswegen hast du Anna immer so verwöhnt? Weil sie seine Tochter ist!«

»Mhmhmh«, machte Laura und errötete, was bei ihr nicht im geringsten lächerlich wirkte. »Und ich verrate dir noch etwas.«

»Noch ein Techtelmechtel?«

»Nein. Aber ich bibbere vor Aufregung, Christine Welsch kennenzulernen. Hoffentlich ist sie schöner als ich, sonst täte es mir heute noch leid, daß ich ihr Ernst nicht ausgespannt habe. – Und meinst du, jetzt könnten wir einen Moment lang anhalten, damit ich eine Pitchblack rauchen kann? Ich hab's nötig, denn nach all den Geständnissen aus meinem unmoralischen Leben ist mir ganz flau.«

Sie hielten am Rand der Straße, die schmal und von Löchern wie von Pockennarben übersät war.

»Schön ist das«, sagte Laura, die an den Wagen gelehnt stand, rauchte und sich umsah. »So friedlich und still. Eine Straße, auf der man noch anhalten und die Landschaft genießen kann. Stell dir vor, das würde man bei uns in N. Y. versuchen! – Gibt's denn überhaupt keine Fabriken mehr hier?«

»Die nicht zerstört sind, werden demontiert – oder zumindest ein großer Teil.«

»Ach so«, sagte sie. »Sieh mal da drüben, das sind doch Kühe, oder?«

»Das sind Kühe und Pferde«, sagte Yochanan.

Laura tat ein paar Schritte, blieb vor dem Straßengraben stehen. »Es ist mindestens fünfzehn Jahre her, daß ich die letzte Kuh auf einer Weide gesehen habe. Womöglich sehen wir in Italien Esel und in Spanien Stiere?«

»Womöglich«, sagte Yochanan grinsend.

»Sie sollten wieder einsteigen, Madame«, sagte der Fahrer, »Sie stehen in einer Pfütze und verderben sich Ihre Schuhe.«

»O ja«, sagte Laura, »danke schön. Aber es ist nicht so schlimm. Ich hab' noch andere im Gepäck.«

»Sie sind ja auch nicht von hier«, sagte der Fahrer.

»Nein, wir sind nicht von hier.« Laura stieg in den Wagen, sie fuhren weiter.

»Man hört's. Woher sind Sie denn?«

Laura und Yochanan wechselten einen Blick.

»Aus New York«, sagte sie.

»Da möcht ich hin«, sagte der Fahrer. »Muß ja eine tolle Stadt sein!«

»Ja, es ist eine tolle Stadt«, sagte Laura.

»Die Taxis nennt man yellow cab, was, und die Schupos cops, was?«

»Woher wissen Sie denn das?« fragte Laura verblüfft.

»Ich seh' mir jeden Film an, der in Amerika spielt. Und ich habe schon meine Papiere laufen. Eines Tages wandere ich aus.« Der Fahrer musterte sie im Rückspiegel. »Sind Sie zu Besuch hier?«

»Ja«, sagte Yochanan.

»Hat sich vieles verändert, was?«

»Ja, es hat sich vieles verändert.«

»Na, wir können noch zufrieden sein, solange uns die Amis und die Tommies nicht an die Russen verscherbeln.«

»Macht man sich die Sorge, hat man davor Angst?«

»Na, und ob! Wer möchte denn unter Stalins Knute leben? Da kämen wir doch vom Regen in die Traufe!«

18

Die Fensterläden waren halb geschlossen, und das Zimmer war von einer braunschattigen Dämmerung erfüllt.

Der Spiegel warf das Bild zurück wie ein vergilbtes Foto von einer alten Frau im dunklen Kleid mit gekreuzten Füßen und gefalteten Händen im Schoß.

Im Haus war es so still, daß man unwillkürlich dem eigenen Atem und dem eigenen Herzschlag lauschte.

Das bin ich, dachte Christine. Hab' ich's mir nicht manchmal gewünscht, in den letzten Jahren, einmal allein zu sein?

Und jetzt bin ich's und jetzt macht's mir Angst. Ich verkrieche mich wie ein Tier.

Sie versuchte, über sich selbst zu lachen, aber es gelang nicht.

Dann steh auf und tu etwas, sitz nicht herum und klage wie ein altes Weib.

Aber das bin ich.

Spiel Klavier, auch wenn du danebengreifst, weil deine Finger so steif geworden sind. Sing, niemand ist da, der hört, wenn du die Melodie nicht mehr halten kannst.

Domscheid hat Äpfel gebracht, geh runter, koch Kompott, weck es ein. Putz die Fenster, schrubb den Flur, hast doch wieder Silberseife, freu dich, wenn der Marmor wieder glatt und glänzend wird.

»Mutter! Wo bist du?«

»Ich komme ja schon«, rief sie eifrig, stand schnell auf und trat hinaus auf den breiten Treppenabsatz.

Unten stand Lilli. Sie trug einen schwarzen Hut mit breiter, weicher Krempe, ein weißes Kostüm, dessen enger Rock beinahe bis zu den Knöcheln reichte.

»Himmel, bist du schick!« rief Christine. Sie lief hinunter, faßte Lillis Hände, trat zwei Schritte zurück. »Du siehst phantastisch aus!«

»Alperts Geschenk«, sagte Lilli.

»Paris?« fragte Christine. »Ein Pariser Modell?«

»Dior«, sagte Lilli. »Das ist der New Look. Aber Mutter, ich hab' nicht viel Zeit. Alpert wartet auf mich im Wagen.«

»Warum bittest du ihn nicht herein?«

»Wir müssen weiter.«

»Wer ist überhaupt dieser Herr Alpert?«

»Was spielt das für eine Rolle? Du kennst ihn doch nicht. Ein Freund aus Berlin. Aus alten Tagen. Modeschöpfer. Ich führte seine Kleider vor.«

»Und wo fährst du mit ihm hin?«

»Nach Brüssel.«

»So, nach Brüssel? Wie hast du denn ein Visum bekommen?«

Lilli lächelte nur.

»Und wie lange bleibst du fort?«

»Soll das ein Verhör sein? Ich bin kein Kind mehr.«

»Das weiß ich, seitdem du elf warst.«

»Das ist gemein.«

»Wieso?«

»Du weißt selbst gut genug, auf wen du anspielst.«

»Warst du denn noch ein Kind, als du beschlossen hast, deiner Tante Rachel den Mann auszuspannen, mit elf, und es mit siebzehn in die Tat umsetztest? Zu ihm fuhrst, nach Paris, zu Baptiste?«

»Hör doch auf, Mutter, wir haben wirklich keine Zeit für die alten Geschichten. Aber damit du zufriedengestellt wirst – ich gehe mit Alpert nach Brüssel, um wieder seine Kleider vorzuführen. Und – später wird man halt sehen.«

»Du hast mir nie gesagt, was aus Eberhardt geworden ist, deinem Mann.«

»Was soll das jetzt?«

»Was sage ich ihm, wenn er plötzlich auftaucht?«

»Du kommst auf Ideen! Er ist vermißt. Er wird tot sein.«

»Das sagst du so einfach?«

»Wie sonst? Kann ich's ändern?«

»Hast du – hast du ihn für tot erklären lassen?«

»Ja.«

»Als du zuerst nach England wolltest, mit diesem Kenneth, und später nach Amerika mit diesem Colonel?«

»Ja, Mutter, also –«

»Dann läßt du Achim hier.«

»Genau darum wollte ich dich gebeten haben.«

»Ich würde dir gar nicht erlauben, den Jungen mitzunehmen.«

»Wenn ich mich in Brüssel eingelebt habe, hole ich ihn nach. – Übrigens, Anna behält meine Wohnung.«

»Sie auch?«

»Was soll das nun wieder?«

»Beziehst du sie in dein Spiel mit ein?«

»Aber nein.« Lilli lachte. »Sie weiß inzwischen nur, was sie will. Und jetzt muß ich wirklich gehen.«

»Im Flur soll ich dich verabschieden?«

»Mutter, nun werd' doch nicht sentimental. Brüssel ist nicht aus der Welt.« Lilli zog einen Briefumschlag aus ihrer weichen schwarzen Ledertasche. »Das sollte für die nächsten drei Monate für Achim reichen. – Ich hoffe, du überlegst es dir nicht anders, denn was du für Annas Tochter jahrelang getan hast, kannst du ja auch für ein paar Monate für meinen Sohn tun.«

»Das war überflüssig«, sagte Christine, »und dein Geld brauche ich nicht.«

»Wie du meinst.« Lilli steckte den Umschlag wieder ein. »Du kannst Michael ausrichten, wie unklug es war, daß er Alpert nicht vertreten will.«

»Dafür hatte Michael gewiß seine Gründe.«

»Nun ja, jeder wie er mag. Adieu, Mutter.«

Vor dem Haus stand ein jadegrüner amerikanischer Wagen mit einer Brüsseler Nummer. Lilli stieg ein. Der Herr am Steuer trug eine so große Sonnenbrille, daß nur sein fahlblondes Haar als Erkennungsmerkmal gelten mochte.

Haar, wie es Baptiste Praet gehabt hatte, Weingutbesitzer, Morphiumsüchtiger, Waffenhändler, Mann ihrer Schwester Rachel und erster Geliebter Lillis, der sich mit einem Bild der Elfjährigen in der Hand erschoß, als er für die Siebzehnjährige ein alter, unnützer Mann geworden war.

Im Haus schien es mit einemmal zu wispern, das hohe Treppenhaus, so matt nur erhellt von der Lichtkuppel, schien sich mit den Stimmen Verstorbener zu füllen.

Mit dem Nörgeln Rachels, Baptistes halbtrunkenem Spott, Mama Stellas angelsächsischem Humor, ihres Vaters Elsässer Dytsch, der Stimme von Ernst:

»Lach doch, meine Liebste, lach doch. Nichts ist so schlimm, daß man es nicht mit einem Lachen überwinden könnte.«

Christine lachte, aber ein paar Tränen waren schon dabei.

Langsam hatte sich die Auflösung der Familie angekündigt: Franz war als erster gegangen, von allen sein Auszug mit einem Aufatmen begrüßt; Lucy war ihm gefolgt, die Gequälte mochte den Quälenden nicht missen. »Ach, weißt du, diese Tatjana ist halb so schlimm, sie hält Franz beschäftigt, und ich brauche mich nur um den Haushalt zu kümmern. Das Haus in Godesberg ist schön. Franz hat es schon lange besessen und immer hohe Mieten rausgezogen. Ich habe ein Zimmer für mich unter dem Dach, das geradewegs auf den Rhein schaut. Viel Licht ist drin, herrliches klares Licht zum Malen.«

Dann Michael. War das Telegramm, das ihn nach Marburg-Ockershausen rief, nicht nur ein willkommener Anlaß zur Flucht?

Dann Lilli, die in Brüssel wieder die Kleider des Herrn Alpert vorführen würde, der aussah wie einst Baptiste.

Und Anna. Sie würde sagen: »Ich ziehe in Lillis Wohnung, sonst nimmt das Wohnungsamt sie uns ab. Und wissen wir denn, ob Lilli nicht in ein paar Wochen aus Brüssel zurückkommt?«

Die Kinder würden bleiben, nicht Friedel und Boris, denn die sollten natürlich bei Anna wohnen, aber Achim.

Und jetzt wurde es Zeit für die Küche. Wenn der Junge aus der Geigenstunde kam, sollte das Essen auf dem Tisch stehen. Himmel und Erde mit Blutwurst, sein Lieblingsgericht.

Eilig lief Christine die Treppe hinunter, in die Souterrainküche.

Der Herr vom Wohnungsamt war derselbe, der ihnen einst auf dem Straßburger Weg die Lebensmittelkarten gebracht hatte; Beamter gewesen und geblieben.

Er störte sie beim Mittagessen, Achim verdrückte sich: »Ich geh mit Friedel zum Schwimmen.«

»Und was wollen Sie von mir?« fragte Christine diesen Herrn, den sie noch nie hatte leiden mögen.

»Wir sind informiert worden, daß dieses Haus zur Hälfte leer steht. Und bei der Wohnraumnot geht das nicht.«

»Es steht nicht leer. Meine Familie ist zur Zeit nur unterwegs.«

»Sie können sich wohl schon wieder Reisen leisten, was?«

»Noch nicht, aber hoffentlich bald. Denn wenn erst die Grenzen auf sind, können wir rausgehen und sehen, wie es draußen aussieht, und brauchen nicht länger unseren Nabel zu betrachten.«

»Dazu habe ich noch nie Zeit gehabt«, sagte der Herr pikiert, dessen Namen Christine mit Absicht vergessen hatte.

»Sie werden die Mansarden abgeben und zwei Zimmer der ersten Etage.«

»Das werde ich nicht tun.«

»Wir werden Sie zwingen.«

»Können Sie das?«

»O ja!« Er lächelte freudig. »Ja, das können wir. Wir beschlagnahmen.«

»Dann tun Sie es. Adieu.« Christine hielt ihm die Küchentür auf. Den Teufel würde sie eher begleiten als ihn die steile Treppe hinauf und die Schmerzen in den Kniegelenken erdulden.

»Sie werden noch von mir hören, Frau Schwarzenburg.«

»Das kann ich mir denken.«

Er stieg mit beleidigtem Rücken die Treppe hinauf.

»Ach übrigens –«, rief sie.

Er wandte den Kopf, sah sie über seine Brille hinweg an.

»Schlafen Sie gut in unseren Betten?«

»Ich weiß nicht, was Sie meinen.«

»Als die RAF die Häuser am Straßburger Weg räumte, haben Sie sich mein Schlafzimmer angeeignet!«

»Die Möbel wurden versteigert, niemand hat sich gemeldet.«

»Das Schlafzimmer hatten Sie sich vorher schon gesichert. Und nun gehen Sie nur und ruhen Sie wohl darin.«

»Sie sind eine böse alte Frau!«

»Aus Ihrem Mund ist das ein Kompliment«, sagte Christine und lachte.

Das kleine Scharmützel, wie sie es bei sich nannte, hatte ihr gutgetan; so was belebte, so was war wie ein Glas Sekt.

Ein Glas Sekt? Ob man den auch schon wieder kaufen konnte?

Christine schüttelte den Kopf. Auf was für Ideen sie kam!

Sekt trank man, wenn man jung war, glücklich, zu zweit.

Oh, sie erinnerte sich noch gut an einen Morgen in Berlin, zu Anfang ihrer Ehe, es schneite, die Stadt blieb still, als wollte sie sich noch einmal unter dem weißen Schneetuch umdrehen, weiterträumen.

Aber Ernst stand auf, sie hörte ihn im Bad, vertraute Geräusche, an diesem Morgen störend, ach, wenn's doch nur Sonntag wär', dachte sie.

Sie drehte sich noch einmal um, kuschelte sich in die warmen Kissen.

»Langschläferin«, sagte Ernst, »schau mich wenigstens noch mal an, bevor ich ins Büro muß.«

Sie tat's, und da stand er und hielt das Tablett in der Hand mit zwei Kelchen, in denen es golden perlte.

Champagner war es, herrlicher, trockener, jeden Durst stillender Champagner.

Und kein Denken daran, daß Ernst ins Büro ging, obwohl es mitten in der Woche war.

»Wie gut, daß wir noch kein Telefon haben«, sagte er. »Ach, ist das herrlich.«

Und wie gut wäre es, wenn wir jetzt ein Telefon hätten, dachte Christine, dann brauchte ich nicht zum Wohnungsamt zu gehen, sondern könnte anrufen und die Mansarden anbieten.

Sie war inzwischen hinaufgestiegen, die schmerzenden Gichtknie gar nicht beachtend.

Sie setzte sich mitten in der größten der drei Mansarden auf eine Kiste, die weiß der Himmel was für alte Familienandenken enthielt. Puppen mit eingedrückten Porzellangesichtern, Poesiealben, verblichene Ansichtskarten, Krimskrams eines halben Jahrhunderts.

Wenn man die Dielen der Mansarde strich, tapezierte und Gardinen an die ovalen Fenster hing – elektrische Heizöfen benutzte, ließ sich eine Wohnung aus dem Dachgeschoß zaubern.

Da mußte sie dem Herrn recht geben, der inzwischen in ihren Betten schlief. Hoffentlich wenigstens in dieser kommenden Nacht von Alpträumen gedrückt.

Sicher, die Mansarden gaben eine Wohnung ab, zumal Franz und Lucy wohl nicht zurückkehrten und Lilli Brüssel gewiß vorzog.

Warum hatte sie nicht schon früher daran gedacht?

Es gab doch Millionen von Flüchtlingen aus den Ostgebieten, die Unterkunft suchten, finden mußten.

Aber vielleicht sollte sie warten, bis Michael zurückkam, sich mit ihm beraten, abwarten, wie er entschied, ihm die Möglichkeit geben, zu entscheiden?

Sie liebte ihn mehr als ihre Töchter, sie gestand es sich ganz offen ein.

Aber sie war schon immer eine Frau gewesen, die Männer der Gesellschaft von Frauen vorzog.

Christine stieg die Treppe wieder hinab, bis ins Souterrain. Sie ging in den Garten.

Im nächsten Jahr würden die Gemüsebeete und der kleine Kartoffelacker wieder Rasen sein und vielleicht konnte man auch eines Tages den Springbrunnen instand setzen lassen.

»Warum eigentlich nicht?«

Christine setzte sich auf das bemooste Rund des Springbrunnens. Und jetzt laß dir nur noch einfallen, daß du eines Tages nach Straßburg fahren wirst. Sie schloß die Augen und sah, wie es sein würde.

Die roten Spitzen des Münsters, Schwalben vor dem Blau des Himmels.

Mam'selle Welsch, riefen die Kinder, Mam'selle Welsch!

Ob es noch Kinder gab auf dem Neuhof, die sie wiedererkennen und so rufen würden, wie einst ihre Schülerinnen?

»Der Hans vom Schnakeloch hat alles, was er will, und was er hat, das will er nicht, und was er will, das hat er nicht. Der Hans vom Schnakeloch –«, summte sie.

»Frau Schwarzenburg!«

Das Gesicht stand über der Gartenmauer wie ein aufrechtes Ei.

»Ja, Herr Professor!?«

»Haben Sie es schon gehört?«

»Was soll ich gehört haben?«

»Meine Sau hat Ferkel geworfen! Und ausgerechnet jetzt. Was soll ich damit tun?«

189

»Wieso ausgerechnet jetzt?«

»Ich lehre wieder. Man hat mich zurückgeholt. An die Universität.«

»Glückwunsch, Professor.«

»Wollen Sie die Ferkel haben?«

»Wir haben schon ein Kaninchen.«

»Was mache ich denn damit? Zwei Jahre lang hab' ich es vergeblich versucht. Zwei Jahre lang hat sie nicht tragen wollen, die Sau, und jetzt, ausgerechnet jetzt ist es soweit. Wie soll ich mich aufs Wintersemester vorbereiten, wenn ich Ferkel füttern muß?«

»Eine ordentliche Sau nährt ihre Ferkel selbst«, sagte Christine.

»Na, Ihr Wort in Gottes Ohr!« Der Kopf verschwand von der Gartenmauer.

Christine lachte, bis ihr die Tränen kamen. Ein kleines rosiges Ferkel, das durfte Boris nie zu Gesicht kriegen, sonst schlief auch das noch in seinem Bett.

Er ist ja gar nicht mehr da.

Es war, als verdunkle sich der Tag.

»Sitz nicht so rum, tu was«, sagte Christine zu sich selbst und kehrte entschlossen ins Haus zurück.

Christine war allein zu Hause, als Laura und Yochanan Metzler nach Bonn in die Schumannstraße kamen.

Die beiden Frauen taxierten sich mit einem instinktiven und so weiblichen Blick, daß Yochanan schmunzeln mußte; aber sie schienen beide von dem, was sie sahen, befriedigt, wohl weil sie ihre Ebenbürtigkeit entdeckten.

»Stören wir?« fragte Yochanan.

»Aber nein.« Christine lächelte. »Wenn's Sie nicht stört, daß ich ein bißchen weiterarbeite, während wir schwätzen.«

Sie führte sie in den Garten, rückte Korbmöbel um einen runden Tisch, die kürzlich erst neu lackiert worden waren.

»Kaffee oder Tee, oder lieber etwas Kaltes?«

Im offenen Fenster zur Küche hing eine bauchige grüne Flasche, die sich leicht im Zug drehte.

»Apfelwein, von den Domscheids«, sagte Christine. »Und die Äpfel hier stammen auch aus dem Aggertal.«

»Den Apfelwein würde ich gern probieren«, sagte Laura und half Christine, Gläser und ein Tischtuch zu holen.

Auf der halbhohen Mauer, die den Hof zum Garten begrenzte, standen zwei große Backbleche mit kreisrunden Apfelscheiben belegt, die Christine während des Gesprächs flink auf Schnüre zog, verknotete und dann die fertigen Girlanden unter der Balkontreppe aufhing, im Schatten, damit die Luft sie trocknete.

Sie trug bei der Arbeit Handschuhe, und Yochanan konnte sehen, daß

sich unter dem feinmaschigen Gehäkelten Gichtknoten abzeichne-
ten.

»Michael ist in Marburg«, sagte Christine, »das heißt, in Ockershausen, einem Vorort. Er besucht dort die Eltern einer Bekannten aus
New York, die Sie vielleicht kennen. Susi Weathly.«

»Sind die Weathlys auch da?«

»Ich weiß es nicht«, sagte Christine. »Michael bekam ein Telegramm,
und danach fuhr er.«

»Ist Anna mit ihm gefahren?«

Um Christines helle Augen zuckte es, einen Moment lang war es, als
wollten sich die Lider senken, aber dann sahen sie Yochanan voll an.

»Anna ist ausgezogen.«

Sie hörten ein seltsames, hartes Klappern, das wie von einer Kinder
rassel klang.

»Das ist nur der Buntspecht«, sagte Christine. »Schauen Sie, hoch
oben, im Birnbaum. Am vorletzten Ast, links.«

»Ausgezogen?« fragte Laura leise. »Aber – doch nicht für immer?«

Christines Hände zogen die Apfelscheiben flinker auf die Schnüre,
vergaßen hier und da den Knoten.

»Für mich allein und Achim wird das Haus zu groß. Es gibt so viele
Flüchtlinge. Zwölf Millionen sollen es aus den Ostgebieten sein. Aber
ich weiß nicht, ob ich über das Haus einfach verfügen kann. Ich weiß
es wirklich nicht.«

»Hatten die beiden Streit? Anna und Michael?« fragte Laura.

»Nein. Sie streiten sich nie. Es passierte einfach. Vor zwei Tagen. Sie
kamen später zum Frühstück als gewöhnlich, so gegen acht.

Michael sagte mir, daß er das Telegramm bekommen habe und fort
müsse, und Anna sagte, Mutter, da wirst du mal ein paar Wochen
Ruhe vor uns haben.

Ich fahre allein, sagte Michael.

Darauf Anna: Lilli hat mir ihre Wohnung angeboten. Ich schau sie mir
mal an. Und Friedel dann: Da komme ich mit. Da verließ Michael den
Frühstückstisch und kam auch nicht wieder. Nur kurz, um sich von
mir zu verabschieden.

Aber da war Anna schon fort, mit Friedel und mit Boris.«

»Und Sie haben nichts gefragt? Sie haben nicht verlangt zu wissen,
was das bedeutet?«

»Es ging alles so schnell« – Christine hob die Schultern –, »und sehen
Sie, Laura, wir haben uns nie gegenseitig gezwungen, Dinge zu sagen,
die wir nicht aussprechen wollten.«

»Aber Sie haben Annas Adresse?«

»Ja, sicher.«

»Dann muß ich zu ihr.«

»Ich weiß, wo das ist, ich bringe dich hin«, sagte Yochanan.

»Nein, bitte, du bleibst hier.«

Laura erhob sich, puderte ihre Nase. Dann trat sie nah neben Christine und sagte mit ihrer sanftesten, ruhigsten Stimme: »Wenn ich zurückkomme, müssen Sie mir beibringen, wie man diese Knoten zwischen den Apfelschnitzen macht, ohne die Schnüre zu verheddern.«

»Aber ja, das will ich gerne tun.«

Die beiden Frauen, die denselben Mann geliebt hatten, Ernst Schwarzenburg, jede auf ihre Weise, und es nun erst vier Jahrzehnte später voneinander wußten, lächelten sich an.

Wenn Laura erwartet hatte, die weiche, ein wenig ängstliche, ja manchmal zu zögernde Anna anzutreffen, die sie kannte, so sah sie sich getäuscht.

Aber die neue spröde Anna, die in einem tieferen Tonfall sprach, ein wenig schneller, ein wenig härter und dadurch bestimmter, akzeptierte sie sofort, wie sie alles in ihrem Leben akzeptiert hatte und daher – wie Yochanan einmal sagte – so jung geblieben war.

»Du hast dich nie zu Boden zwingen lassen, dadurch bist du nie zerbrochen. Du hast dich oft gebeugt, und dadurch bist du geschmeidig geblieben.«

»Du warst bei meiner Mutter, sonst wüßtest du nicht, daß ich hier bin«, sagte Anna.

»Wo sind deine Kinder?«

»Im Godesberger Strandbad. Du würdest es nicht glauben, aber Boris kann schon schwimmen, und Friedel hat es ihm beigebracht.«

Laura öffnete die Jacke ihres rehbraunen rohseidenen Kostüms, schlüpfte aus den Pumps in der gleichen Farbe, machte es sich auf der Couch bequem.

»Das ist ja eine echte Junggesellinnenbude«, sagte sie. »Breite Couch, Eisschrank, Musiktruhe.«

»Lilli hat sie mir vermacht. Ich habe noch ein Zimmer für die Kinder. Lilli ist jetzt in Brüssel und führt Kleider vor, bei Alpert, wie vor fünfzehn Jahren.«

»Und du? Warum hast du Michael verlassen?«

»Um mir zu beweisen, daß ich auch ohne ihn leben kann. Willst du was trinken, Laura? Weißwein ist da und Sherry.«

»Einen Sherry und ein Glas Selters, wenn du das hast.«

Beides stand Sekunden später vor Laura auf dem Couchtisch. Früher hatte Anna viel länger dazu gebraucht.

»Und kannst du ohne Michael leben?«

»Es ist erst der vierte Tag.«

»Was tut er in – wie heißt das Dorf?«

»Ockershausen, bei Marburg. Er besucht Susis Eltern.«

»Und was hast du dagegen?«

»Dagegen gar nichts. Aber als das Telegramm kam, Susis Vater sei schwer erkrankt, wollte er sofort los. Für Fremde, Laura, tut Michael alles. Für seine eigene Familie –.« Anna hob die Schultern. »Ich verstehe ihn nicht mehr.«

»Du meinst, für seine eigene Familie tut er nichts oder nur wenig?«

»Ja«, sagte Anna, »obwohl das auch wieder ungerecht ist. Aber Michael ist zu unentschlossen.«

»Vielleicht hat er das Gefühl, daß ihr alle ganz gut allein auf euren Füßen stehen könnt, in der Familie, ihn gar nicht braucht?«

»Ja, vielleicht ist es das.«

»Und was willst du jetzt hier tun?«

»Einfach mal ausruhen. Ich selbst sein. Wenn du so willst, mich auslüften.«

»Und wovon willst du leben?«

»Ich kann arbeiten, Laura.«

»Das weiß ich.«

»Und bitte, hilf mir nicht, versuche nicht, etwas für mich tun zu wollen.«

»Hab' keine Angst, ich red' dir nicht drein. Genausowenig wie deine Mutter.«

»Du und Mama –.« Anna lächelte. »War's nicht komisch für euch, euch kennenzulernen?«

»Aber nein. Es hat Geahntes bestätigt. Deine Mutter wird mir beibringen, wie man Apfelschnitze auf Bindfäden knüpft, damit sie beim Trocknen nicht zusammenpappen.«

Anna lachte. »Und was sagt Yochanan dazu?«

»Oh, noch weiß er nichts von seinem Glück. Das Haus in New Orleans will ich nicht wiederaufbauen. Aber dafür habe ich eine kleine Farm gekauft, in einer Gegend, wo man einen guten alten Landarzt zu schätzen weiß.«

»Wo denn, Laura?«

»In der Toskana.«

»Aber da bist du doch noch nie gewesen!«

»Eben!« Laura zündete sich langsam und mit beabsichtigter Umständlichkeit eine Pitchblack an. »Schau, Yochanan hat sich in New York nie wirklich wohl gefühlt. Er ist kein Mann für eine solche Riesenstadt. Sollte ich ihn mit nach New Orleans nehmen? Wo ich mit meinem Mann gelebt habe? Yochanan ist empfindsam. Also dachte ich, das beste ist, ich wähle etwas, einen Ort, den wir beide nicht kennen. Du erinnerst dich an Florentina? Sie hält Vaters Wohnung am Central Park in Ordnung.«

»Natürlich, die dicke gemütliche Florentina, die die beste Pasta der Welt macht.«

»Ihren Hof habe ich gekauft. Er hat Olivengärten und einen Obsthain. Die Städte Pisa und Lucca sind nah, die Marmorbrüche von Carrara, und Florenz natürlich. Yochanan kann der Kunst frönen und als Arzt arbeiten, denn in Marco gibt es keinen Arzt. Und ich werde Oliven ernten und Obst aus unseren eigenen Gärten.«

»Und natürlich zweimal im Monat nach Florenz fahren und Kleider kaufen!«

Sie lachten beide so herzhaft, daß Anna den Schluckauf kriegte. »Was bist du doch für eine Frau«, sagte sie. »Ach, Laura, wie herrlich, daß es dich gibt.«

»Na ja, und wenn ihr Ferien machen wollt, könnt ihr uns zu jeder Zeit besuchen. Wir haben kein fließendes Wasser, aber einen richtigen Ziehbrunnen. Und die Mauern des Hauses sind fast einen Meter dick. Falls Yochanan es braucht, werden wir elektrisches Licht in seine Praxis legen lassen, aber ansonsten werden wir uns mit Kerzen und Petroleumlampen begnügen. Wir werden in den nächsten Tagen einen Wagen mieten und hinunterfahren. Warum kommst du nicht mit?«

Anna schüttelte den Kopf. »Nicht jetzt. Später komme ich bestimmt.«

»Anna, wenn du Geld brauchst –«

»Bitte, Laura, sprich nicht von Geld.«

»Gut, mein Kind, gut.«

Friedel und Boris kamen vom Schwimmen. Boris erklärte steif und fest, schon vom Hundertmeterbrett gesprungen zu sein.

»Mir kann das, Mamam, wenn du es nicht glaubst, bist du böse!«

Laura schenkte Friedel ein silbernes Medaillon, das sie für diese Gelegenheit in ihrer Handtasche trug

»Warum tun Sie das?« fragte Friedel und sah Laura skeptisch an.

»Weil ich dir eine Freude machen will.«

»Aber Sie kennen mich doch gar nicht?«

»O doch«, sagte Laura. »Deine Eltern haben sehr oft von dir gesprochen.«

»Ach ja«, sagte Friedel; es klang, als glaube sie kein Wort

»Wie lange bleiben Sie in Bonn?«

»Bis deine Großmutter uns rausschmeißt.«

»Das tut sie nie!«

»Du hast sie sehr lieb, was?«

»Und ob! Sie haben ein bißchen Ähnlichkeit mit ihr, an den Schläfen und den Ohren.«

»Ausgerechnet da?«

»Friedel sieht das mit ihren Fotoaugen«, sagte Anna. »Willst du Laura nicht ein paar von deinen Bildern zeigen?«

»Noch nicht«, sagte Friedel.

»Du hast recht, Kind, wir müssen uns erst besser kennen.«

»Mir will auch so ein schwarzen Stock«, sagte Boris, der interessiert zusah, wie Laura eine Pitchblack anzündete.

»Dazu mußt du so groß sein wie dein Vater«, sagte Anna.

»Scheibenhonig«, sagte Boris.

»Und woher hat er das nun wieder?«

»Ach, aus dem Schwimmbad«, sagte Friedel lachend. Sie knuffte Boris, zog ihn auf ihren Schoß.

Er betrachtete weiterhin Laura mit vorgeschobener Unterlippe.

»Warum kommt der Rauch durch deine Nase?«

»Weil ich ihn zu tief eingeatmet habe.«

»Warum machst du das?«

»Es ist eine dumme Angewohnheit.«

»Ist die Tante dumm?« fragte er Friedel.

«Nein, natürlich nicht.«

»Findest du sie nett?«

Friedel errötete.

»Sag schon.« Er zog an Friedels Haaren.

»Ja«, murmelte Friedel.

»Mir hört nichts!« rief er. »Lauter!«

Und sie alle lachten.

»Wie wäre es, wenn wir alle in die Schumannstraße zum Abendbrot gingen?« fragte Laura.

»Gute Idee!« Anna räumte Sherry und Gläser fort.

»Geht ihr nur« – Friedel ließ Boris von ihren Knien rutschen –, »ich bring' ihn ins Bett.«

»Aber dann kommst du nach?«

»Ich geh' lieber noch was spazieren.«

»Aber wenn es dunkel wird –«

»Bin ich wieder zu Hause.«

Boris grölte unter der Dusche alle Schimpfworte, die er in seinem vierjährigen Leben erlernt hatte.

Laura konnte nicht aufhören zu lachen.

»Der ist ja ein echter Alleinunterhalter«, sagte sie.

»Oder er wird einmal Politiker«, sagte Friedel, die so kühl und gelassen zurückkehrte, als habe sie gerade ein äußerst friedfertiges Kind zu Bett gebracht.

»Und da bleibt er jetzt?« fragte Laura verwundert. »Im Bett? Allein?«

»Da bleibt er.«

»Wie machst du das?«

»Ich habe ihm ein neues Schimpfwort versprochen, aber nur wenn er brav ist, keinen Krach macht und sich nicht aus seinem Bettchen rührt.«

Anna hatte sich inzwischen zurechtgemacht und umgezogen; nur selten hatte sie in letzter Zeit noch so ausgesehen, lebendig, jung und schön.

Als alle weg waren, goß Friedel sich eine Tasse Nescafé auf, trank langsam und nachdenklich. Schließlich nahm sie ihre Kamera aus dem Schreibtisch, schaute noch mal zu Boris hinein, der fest schlief, und verließ ebenfalls die Wohnung.

Ein halbes Jahr war vergangen, seit sie den Knopf von ihrem Mantel gedreht und ihn in den Blechnapf des blinden Geigers geworfen hatte. Ein halbes Jahr lang hatte sie immer wieder auf der Suche nach ihm die Stadt durchstreift.

Diesmal führte ihr Weg sie zum Alten Zoll. Unten am Rhein waren immer noch die Arbeiten im Gange; mit dem Schutt der Altstadt wurde das Ufer erhöht.

Friedel setzte sich auf die Mauer, die Beine nach außen, zur Tiefe hin, ließ sie baumeln.

Sie blickte hinüber zum anderen Ufer, wo ihr Großvater Ernst Schwarzenburg auf dem Beueler Friedhof begraben lag.

Früher, noch während des Krieges, war sie mit Christine regelmäßig ein- oder zweimal in der Woche dorthin gegangen. In den letzten zwei Jahren kaum noch.

Und Christine hatte gesagt: »Ich brauche nicht mehr hinzugehen, er ist immer bei mir.«

Vielleicht hing das mit Omas Alter zusammen, daß sie nun häufiger von ihm sprach? Fast jeder Satz begann oder endete mit: Ernst hätte, Ernst würde oder Ernst meinte.

Mir vorzustellen, daß ich auch einmal so alt werde? Verliebt, verlobt, verheiratet und verwitwet, meine letzte Eitelkeit weiße Handschuhe, die meine Gichtknochen verbergen?

Friedel lachte laut auf.

Und als sei es eine Fortsetzung ihres Lachens, erklang das Geigenspiel.

Friedel hörte auf, mit den Beinen zu schlenkern, saß ganz still.

Noch war das Geigenspiel weit entfernt.

Noch schien es sich weiter entfernen zu wollen.

Komm her, dachte sie, komm bitte, bitte näher.

Sie saß und lauschte, und die Töne wurden lauter, klarer, kamen näher, geradeso, als habe ihr Wille Macht über sie.

Als Friedel sich schließlich umwandte, stand der Mann mit der Geige direkt hinter ihr.

»Vorsicht«, sagte sie leise, »sonst stoßen Sie an die Mauer.«

Sie schwang ihre Beine hinüber, sprang hinab.

Er drehte sich in ihre Richtung. Die dunklen Brillengläser sahen sie an, und ihr war, als könnten sie ebenso gut sehen wie Augen.

»Du bist ein Mädchen«, sagte er, »das ich kenne.«

Sie antwortete nicht.

»Ich habe gehört, wie du lachst.«

Sie tat zwei Schritte, lautlos, auf Zehenspitzen zur Seite; sein Gesicht mit den dunklen Gläsern folgte der Bewegung.

»Ich spiel' etwas für dich. Hör zu.«

Er unterbrach sich mitten im Refrain von ›So schön wie heut'‹.

Die neue Melodie kam leiser, weicher, aber auch schneller; seine Stimme war heiser, drängend.

›Dreh dich im Tanz,
Wend dich im Tanz,
Laß deine Röckchen fliegen,
Beug dich im Tanz,
Streck dich im Tanz,
Laß dich nicht unterkriegen.
Dehn dich im Tanz,
Sehn dich im Tanz,
Laß deine Augen spielen.
Spring nur im Tanz,
Sing nur im Tanz,
Laß dich nicht unterpflügen.
Aber halt –
Geh vor dem letzten Tanz!‹

Und damit brach er ab. Er schulterte die Geige, schlug mit dem Bogen gegen sein rechtes Bein.

»Du hast mir den Knopf in den Teller geworfen.«

»Sie sind nicht blind?«

»Nein?«

»Nein.«

Er lachte leise und begann wieder zu singen: ›Dreh dich im Tanz –‹

Da lief Friedel davon.

Und sagte im dunklen Flur des Hauses in der Schumannstraße, an Christine gepreßt:

»Er war wieder da.«

»Wer, Kind?«

»Der Blinde mit der Geige!«

»Wo, Kind, wo?«

»Am Alten Zoll. – Ich hab' ihm einmal einen Knopf gegeben. Einen Knopf, Oma. Ich wollt' ihn betrügen, aus Spaß betrügen. Aber betrügen!«

»Das war ein Streich, Friedel. Du hast ihm einen Streich gespielt.«

»Nein, Oma, nein.«

»Ist er dir nachgegangen?«

»Ich weiß nicht.«

»Komm, wir schauen nach.«

»Nein, Oma, nein!«

Christine machte sich los, ging hinaus, die Stufen hinunter, zum Vor-
gartentor.
»Er ist nicht da, komm, Friedel, schau, wie schön die Straße aussieht,
so friedlich im Laternenlicht.«
»Aber er hat mich auch betrogen«, flüsterte Friedel und drückte sich
an Christine. »Er ist gar nicht blind.«

19

Als Michael Gugenheimer in Ockershausen bei Marburg eintraf, war
es ihm, als gerate er in eine Landschaft der Gebrüder Grimm.
Da waren Kopfsteinpflastergassen, da waren Laternen, die Häuser
aus dem Mittelalter erhellten, da sprach man eine Mundart, die er
nicht verstand.
Mitten im Ort gab es noch ein ziegelrotes Gemeindebackhaus, in das
Frauen mit festen Haarknoten mitten auf dem Kopf einmal in der
Woche das selbst geknetete und gesäuerte Brot trugen; Laibe so groß
wie Wagenräder. Mit Holzspachteln wurden die Brote in den Ofen
geschoben, der kräftige Roggengeruch durchzog bald das ganze
Dorf, und man wußte, daß es Freitagabend war.
Pflaumenkuchen und Speckkuchen auf Blechen so groß wie normale
Fensterscheiben buken die Frauen, und die Männer kamen im Wirts-
haus zusammen, spielten Doppelkopf und Skat. Wenn man sie so sah,
kräftig, mit vom Wetter geprägten Gesichtern, meinte man, sie hätten
ihr Leben lang nichts anderes getan als ihren Boden bestellt. Und wäre
nicht oben im Wald auf dem nahen Hügel die Kaserne der amerikanischen Besatzungstruppen gewesen, man hätte glauben mögen, der
Krieg hätte diesen Flecken Erde nie berührt.
Sicher, es lebten auch ein paar Evakuierte im Ort und Zugereiste – früher hatte man sie auch wenig herzlich ›Bombenweiber‹ genannt, aber
in diesem Sommer des Jahres 1948 unterschieden sie sich von den Ein-
heimischen kaum mehr.
Susis Eltern hatten beim Bauern Meissel eine ganze Wohnung mieten
können; eigentlich war es ein kleines Haus, das ehemals Schweine
beherbergte, dann aber, mit richtigen Fenstern und einem Kamin versehen, auch Menschen Unterkunft bot.
Susi trug die Tracht der Hessinnen, ein halbes Dutzend Röcke übereinander und in der Mitte eng geschnürt. Nur ihr braunes Haar wollte
sich nicht in die wassergeglätteten Strähnen zwingen lassen, die in
dem Knoten endeten.
Susis Brieftelegramm hatte Michael nach Ockershausen gerufen;
darin stand, daß sie mit Jim eingetroffen sei und sich beide riesig

freuen würden, ihn zu sehen. Leider könnten sie ihn nicht besuchen, da ihr Vater schwer krank sei! Ob er sie nicht besuchen könnte? Es gäbe auch noch etwas zu besprechen, bei dem sie seine juristische Hilfe benötige.

Inzwischen fand Michael es selbst kindisch, daß er Anna das Telegramm nicht gezeigt hatte, aber als er es bekam, schien es ihm wie eine Fahrkarte in die Freiheit, die er durchs Große Los gewonnen hatte.

»Es ist etwas Berufliches«, hatte er nur gesagt, »und ich weiß noch nicht, wie lange ich fort bleibe.«

Als er Annas Augen sah, verstehend und doch nicht verstehend, leidend und es nicht zeigen wollend, wußte er, daß er sie noch liebte.

Fast wäre er geblieben. Fast.

Aber da sagte sie: »Fahr nur. Es wird dir guttun.«

Und er fuhr. In dem alten, noch klappriger gewordenen Ford Eifel, den ihm Bill Earth besorgt hatte, in seinem ersten Jahr in Bonn.

Michael ließ sich Zeit, ärgerte sich nicht über Straßensperren, wo an den Fahrbahnen gearbeitet wurde, fuhr Umleitungen ohne Murren und bewunderte Dörfer und Weiler, die in ihren grünen Weiden, Wiesen und Äckern lagen wie Spielzeug urweltlicher Riesen.

Er atmete den Duft von Strohfeuern auf gemähten Kornfeldern tief ein und hielt an, als eine Schafherde den Wagen umwogte, mischte sich unter die Tiere, von denen ein sattwarmer Dunst aufstieg, und hielt mit dem Schäfer einen Schwatz. Er trank Wasser aus einem Bach und aß in einem Gasthof knusprigen Gänsebraten. War die Währungsreform nicht wie eine Pforte zum Schlaraffenland?

Zwei Tage brauchte er für seine Fahrt nach Marburg.

Und Susi stand auf der Schwelle des Meisselhofs, geradeso, als habe sie auf ihn gewartet.

Sie kam ihm entgegengelaufen, er fing sie auf und schwenkte sie herum, und dann erschien Jim, und verlegen stellte Michael Susi wieder auf ihre Füße.

»Das wird dem Pummel Spaß gemacht haben!« lachte Susi.

»Und wer ist das?«

»Unser Sohn«, sagte Jim und grinste breit mit einem für Michael neuen blonden Schnurrbart.

»Ich bin im achten Monat«, sagte Susi stolz und drehte sich lachend vor ihm, »aber mit all den Röcken sieht's kein Mensch!«

Der Abend senkte sich grün und blau und messingfarben zwischen die Giebel der Häuser, zum offenen Fenster der holzgetäfelten Küche drang der Geruch von Kartoffelfeuern herein.

Susis Mutter hatte ein rundes helles Gesicht, und es war eine Freude, ihr beim Anrichten des Abendbrotes zuzusehen.

Es gab einen Kartoffelsalat und in Speck ausgebratene Würste. Dazu das dunkle, kräftige Brot und Butter, die nach Sahne schmeckte.

Sie lachten und scherzten, erinnerten sich gemeinsamer Erlebnisse in New York, und Susi redete wie ein Wasserfall.

Ein Stockwerk höher lag ihr Vater im Sterben.

Aber es war nichts Herzloses an Susis Fröhlichkeit, sie sagte auch: »Er hat so gerne gelebt, und wenn wir lachen, gibt es ihm neuen Mut, auch wenn er weiß, daß es nicht mehr lange dauern kann.«

Wieder Krebs. Unheilbar, das Ende unabwendbar.

»Vater hat uns übrigens gebeten, dich zu rufen, Mischa«, sagte Susi, »er will mit dir über eine juristische Sache sprechen, die keinen Aufschub duldet.«

»Wann immer er es möchte«, sagte Michael. »Ich stehe ihm zu jeder Zeit zur Verfügung.«

Am ersten Abend bekam er Susis Vater nicht zu sehen.

Aus der nahen amerikanischen Kaserne kamen ein paar Jungs herüber, und bis gegen Mitternacht spielten Jim und Michael mit ihnen Karten. Susis Mutter schnitt Kaffeekuchen auf, buk Schmalzkringel und kochte literweise Kaffee.

Am nächsten Morgen kam der Arzt und erlaubte, daß Michael zu Susis Vater ging.

Die Krankheit hatte Mathias Kreugel gezeichnet, kaum war er fähig noch, die Hand zu heben.

Aber seine Stimme klang noch kräftig, klang noch fest.

»Ich bin Ihnen dankbar, daß Sie zu uns gekommen sind, Herr Gugenheimer«, sagte Susis Vater. »Ich bin Ihnen sehr dankbar.«

Er schloß die Augen. Michael netzte seine Lippen mit einem feuchten Tuch, das eigens dafür in einer Porzellanschale auf dem Nachttisch lag.

»Sie kennen mich nicht?«

»Nein«, sagte Michael.

»Unser Name sagt Ihnen nichts?« Die Augen öffneten sich ganz weit.

»Nein, Herr Kreugel.«

»Sie waren noch ein ganz junger Mann, als das Unglück geschah. Sie waren auch nicht in Berlin.«

»Als was geschah, Herr Kreugel? Ich nehme an, Sie sprechen – von der Vorkriegszeit?«

»Ja, ich spreche von der Vorkriegszeit.«

»Dann muß es – hat es mit meinem Vater zu tun!«

»Ja. Es hat mit Ihrem Herrn Vater zu tun. Ich liebte die Straße, an der Ihr Haus in Dahlem lag. Ich ging beinahe jeden Abend dort spazieren. Ich besaß damals einen Hund, einen Spitz, der Rüpel hieß. Ich ging auch an dem Abend dort spazieren, als Ihr Vater erschlagen wurde.«

Wieder netzte Michael dem alten Mann die Lippen.

»Ich sah, wer es tat. Ich erkannte die Männer.« Kreugel schloß wieder die Augen.

»Sie müssen das verstehen, ich war damals arbeitslos. Ich war Architekt, aber ich bekam keine Aufträge und auch keine Anstellung. Ich hatte viel Zeit zum Spazierengehen, und ich hatte auch viel Zeit, um in eine Kneipe zu gehen. Bloß selten Geld.

Ich sah die Männer, die sich in Ihren Park schlichen, ich hörte ihre Unflätigkeiten. Ich beobachtete die Männer, als sie wieder aus Ihrem Garten kamen. Ich folgte ihnen. Sie gingen zu Fuß fort. Sie lachten untereinander und prahlten mit dem, was sie Ihrem Vater getan hatten. Die Worte, deren sie sich bedienten, können Sie sich gewiß denken. Sie waren damals üblich, wenn man von Leuten anderen Glaubens – ach was, warum weiche ich aus? –, wenn man von Juden sprach. Ich folgte den Männern in eine Kneipe. Ein Restaurant war es eigentlich, Sie wissen schon, so ein verschwiegenes für Pärchen. Lindenhof hieß es, und dort hatten die drei einen Stammtisch, denn sie waren der Kellnerin und der Wirtin gut bekannt.

Zuerst setzte ich mich an einen Nebentisch und beobachtete die drei. Sie tranken heftig. Bier und Schnaps, und sie prahlten ohne Unterlaß. Und einer sagte dann: ›Der olle Geldsack ist bestimmt tot.‹

Ich erkundigte mich bei der Wirtin, wo das Telefon war, und sie zeigte es mir. Es hing in einem dunklen Flur. Ich suchte mir die Telefonnummer Ihres Elternhauses heraus, und dann rief ich dort an. Ein Mann mit einer sehr heiseren Stimme kam ans Telefon und sagte mir, daß Ihr Vater erschlagen worden sei.

Ich ging und kühlte mir den Kopf und den Puls auf dem Abort, dann kehrte ich in die Schankstube zurück. Ich ging zu den dreien und sagte ihnen, daß ich etwas mit ihnen zu besprechen hätte. Ich zeigte ihnen eine Marke, es sollte so wirken, als sei ich von der Polizei.

In Wirklichkeit war ich nur vorübergehend während meiner Arbeitslosigkeit bei der Wach- und Schließgesellschaft tätig gewesen.

Ich verlangte, daß die Männer mit mir in ein Hinterzimmer kämen. Zuerst versuchten sie aufzutrumpfen, aber dann gaben sie klein bei und gingen mit mir in ein Hinterzimmer.

Und da sagte ich ihnen, daß ich alles wüßte. Wüßte, was sie getan hätten: einen Menschen getötet. Ihren Herrn Vater.

Sie kriegten eine mächtige Angst, sie dachten wirklich, ich sei von der Kripo. Sie berieten untereinander, was jetzt zu tun sei.

Und dann sagte der Anführer der drei, komisch, das war ein ganz mickeriger, kleiner Kerl: ›Wenn Sie Ihren Mund halten, werden wir Ihnen die Nase vergolden.‹

Ich höre ihn noch. Er sagte es ganz kalt und einfach so. Punkt. Und da wußte ich, daß er mich durchschaut hatte.

Ja, ich wollte die drei Kerle erpressen. Ja, ich wollte Geld, ich wollte an Geld kommen. Susi ging gerade auf die höhere Schule. Ein gutes Lyzeum war es, und ich wollte, daß sie in Kleidung und allem mit den übrigen Mädchen mithalten konnte. Sie sollte Ausflüge machen können und Tennisspielen und, na ja, das übliche.

Die Männer versprachen mir fünftausend Mark Schweigegeld, und ich bekam sie, in einer Kneipe am Alexanderplatz.

Eine Woche später kriegte ich noch einmal dreitausend. Mit all dem Geld kaufte ich mich in eine Baufirma ein, und danach ging es uns finanziell von Jahr zu Jahr besser.

Der Mord an Ihrem Vater wurde nicht von der Polizei aufgeklärt.

Ich sah die drei Kerle nach der Übergabe des Schweigegeldes nie wieder. Ich wollte sie auch nicht wiedersehen. Ihre Frau Mutter wohnte dann später, als sie ihr Vermögen verlor, bei uns zur Untermiete. In der Pfalzburger Straße. Das war ein purer Zufall. Aber ich sorgte dafür, daß Ihre Mutter mich nie zu Gesicht bekam. Ich schämte mich. Nein, ich hatte Angst davor, denn ich wußte, würde ich ihr gegenüberstehen, ich würde mich verraten. Ich kannte die Namen der drei Kerle. Die hatte ich mir besorgt. Verriet ich die Namen aber, würde man mich bestimmt kaltstellen. Oder umlegen. Und was sollte dann aus Susi werden?

Und wenn Sie dort drüben die mittlere Schublade der Kommode aufschließen, Herr Gugenheimer, werden Sie die Namen finden. Dazu meine eidesstattliche Zeugenaussage.

Wenn sie nicht tot sind, werden Sie die Männer finden wollen. Und zur Rechenschaft ziehen, nicht wahr?«

»Ja«, sagte Michael.

»Das ist gut. Und wenn Sie es können, dann vergeben Sie mir. Nein, sagen Sie jetzt nichts. Sie sollen es nicht aus Mitleid tun.«

Kreugel drehte sein Gesicht zur Wand.

Michael nahm die Namen der Mörder seines Vaters, die schriftliche Aussage Kreugels, und verließ das Zimmer.

Weder Susi noch ihre Mutter und schon gar nicht Jim belästigten Michael mit Fragen, was denn der Sterbende von ihm gewollt habe.

Nachmittags fuhren sie mit einem Pferdekarren zu einem Picknick an einen Bach, abends schloß sich Jim Michael zu einem Spaziergang an.

Sie liefen zwei Stunden durch den Wald, redeten über alles und nichts, und dann sagte Michael sich, daß es keinen Zweck habe, es weiterhin aufzuschieben, und er erzählte Jim, was sich an dem Morgen zugetragen habe.

Danach blieb Jim lange still. Sie setzten sich auf eine Bank, und das einzige Licht gaben ihre Zigaretten.

»Hast du die Namen gelesen?« fragte Jim schließlich.

»Ja. Natürlich.«

»Und? Kennst du sie, von früher?«

»Nein. Es sind einfache Namen.«

»Dann wirf sie weg, bevor Menschen draus werden, Gesichter, Stimmen.«

»Es sind Verbrecher.«

»Aber noch kennst du sie nicht.«

»Das macht nichts. Ich kann nicht so tun, als würde ich die Namen nicht kennen. Als gingen mich die Mörder meines Vaters nichts an. Nein, das kann ich nicht.«

»Dann wirst du dir deine nächsten Jahre vergiften. Wenn du die Mörder deines Vaters selbst suchen willst, wirst du dir die besten Jahre deines Lebens vergällen.«

»Ich werde die Kerle nicht selbst suchen«, sagte Michael.

»Sondern?«

»Ich werde die Namen der Polizei in Berlin übergeben und den Augenzeugenbericht von Kreugel.«

»Und du meinst, dabei kommt etwas heraus?«

»Unter Abertausenden von Flüchtlingen haben wir mit Hilfe des Roten Kreuzes Susis Eltern hier ausfindig gemacht. Ja, ich glaube, es besteht eine Chance, auch diese Männer zu finden. Und wenn man sie findet, wird man sie zur Rechenschaft ziehen.«

»Deine Entscheidung ist die richtige«, sagte Jim einfach.

Dann gingen sie nach Hause.

Susi erwartete sie im dunklen Hof.

»Es ist vorbei«, sagte sie leise. »Vater meinte, du würdest verstehen, Mischa, daß er jetzt in Ruhe sterben kann.«

»Ja«, sagte Michael, »ja, Susi, ich verstehe es.« Und danach sprachen sie nie wieder davon.

Die Beerdigung war ländlich, der Zug der Trauergäste wand sich schwarz und endlos durch das Dorf; auch Frauen, die Kreugel nicht gekannt hatten, weinten.

Der Leichenschmaus fand im Meisselhof statt. Bei deftigen Speisen und scharfem Obstschnaps wurden die Trauergäste schnell fröhlich.

»You have a funny way of dying«, sagte Jim.

»Not we«, antwortete Michael und dachte an Bill Earths Briefe aus Israel.

»Sie freuen sich halt, daß sie noch leben«, sagte Susi.

Michael wanderte in den Wald, setzte sich auf eine Bank, schrieb einen langen Brief an Friedel, einen langen Brief an Anna. Wann er zurückkehren würde, schrieb er nicht. Nur, daß er noch nach Berlin müsse. Unaufschiebbar, unvermeidlich. Er schrieb auch beiden, warum.

Und er schrieb an Bill Earth in Jerusalem.

Michael wußte, wenn er schließlich nach Bonn zurückkehrte, würde er viele Dinge anders machen.

20

Der Chamsin dauerte schon vier Tage, die Hitze dörrte die Lungen aus, der Sandstaub entzündete die Augenlider.

Der Chamsin überzog, aus der Wüste kommend, das ganze Land bis hinaus nach Haifa, wo Bill Earth auf seine Ausschiffung über Zypern nach Kenia wartete. Er wohnte in einer Pension nahe am Hafen, die von Österreichern geleitet wurde. Mit Serviettenknödel und Tafelspitz hatte Bill sich in den vier Tagen einen kleinen Wanst angegessen. Bill trug schon lange keine Uniform mehr, statt dessen bequemes, lässiges Zivil. Offiziell vertrat er eine englisch-schweizerische Firma für Bohrgeräte. Inoffiziell hatte er sich für das Foreign Office umgesehen in diesem Land, das sich nach dem Beschluß der UNO vom 20. 11. 1947 in einen jüdischen und einen arabischen Staat spalten sollte.

Er war in Jerusalem gewesen, hatte die Profanität gesehen, in den Basaren, in den Winkelgeschäften, und die heiligen Stätten, die den drei großen Religionen der Menschheit gehörten.

Er hatte die Ölbäume gesehen und das Gartengrab, die tiefen, schnell treibenden Wolken über der hochgelegenen Stadt, die wie eine Rolltreppe zum Himmel schienen.

Bill hatte am See Genezareth gestanden, in Tiberias und Kapernaum, er war durch die Wüste gefahren in das grünende Hulehtal, das einst Sumpf gewesen und von unermüdlichen jungen jüdischen Pionieren in ein Paradies der Hoffnung verwandelt worden war.

Er hatte mit Juden gesprochen, die in Tel Aviv geboren worden, und solchen, die erst nach diesem Krieg eingewandert waren – und ihnen allen war eines gemeinsam gewesen: der Wille, sich endlich eine Heimat zu schaffen, einen Staat, in den sie gehörten, in dem Land, das schon einmal vor zweitausend Jahren ihre Heimat gewesen war, ehe die Römer sie vertrieben, sie zerstreuten unter alle Völker.

Und er sah noch Judith vor sich, wie sie eine Handvoll Erde aufnahm und sagte: »Hier gehöre ich hin, das ist die Erde, auf der ich sterben möchte, in der ich liegen möchte, wenn es soweit ist.«

Judith war vierundzwanzig Jahre alt und starb mit fünfundzwanzig bei einem Überfall von Arabern auf ihr kleines Dorf; Wellblechhütten bei Safed waren es nur, der Beginn einer Siedlung.

Bill dachte an Moshe mit den kindlichen Augen und der ruhigsten Stimme, die er jemals vernommen hatte: »Es gibt keine Frage. Wir können nur hier leben.«

Und er dachte an Mahmoud, den christlichen Araber in Nazareth, der sagte: »Wie sollte ich von hier fortgehen, wo alles die Geschichte meines Glaubens atmet?«

In den fünfzehn Monaten von Bills Aufenthalt in Palästina, das nun zu einem Teil Israel hieß – und nie würde er die Nacht des 15. Mai vergessen, als das britische Mandat erlosch und Ben Gurion die Gründung des Staates Israel bekanntgab, die Nacht, in der alles möglich schien, vor allem Friede für ein kleines Volk, das zwei Jahrtausende verfolgt und immer wieder in der Fremde zum Sündenbock gemacht worden war –, in diesen fünfzehn Monaten hatte Bill keinen Tropfen Alkohol angerührt. Er wußte, er durfte es nicht tun, wenn er nicht zum Säufer werden sollte, denn seine Nerven waren dünn geworden, weil ihn die Inbrunst des Glaubens dieser Menschen erschütterte und weil er weiter sah als viele von ihnen, voraussah, was nun eingetroffen war, daß die Araber von außen das kleine Volk nicht dulden wollten, sich in Haß steigern und Krieg führen würden.

Morgen auf dem Schiff würde Bill vielleicht sein erstes Bier trinken. Die erste Nacht in Kenia gehörte Ella. Ihr ganz allein.

Der zweite Tag Sam und einer langen Fahrt und Wanderung zu Fuß durch die Ngong-Hügel.

In der zweiten Nacht aber würde Bill sich im Norfolk Hotel in Nairobi einen hinter die Binde kippen, bis er nicht mehr auf den Füßen stehen konnte.

Und erst am dritten Morgen würde er ganz gewiß wieder zu Hause sein. Denn Ella würde ihn mit einem Eisbeutel für seinen Brummschädel wecken, eine Bloody Mary servieren und strikte vier Tage Enthaltsamkeit auf jedem Gebiet verordnen.

Bill sah sie schon dastehen, mit dem flammendroten Haar, das sie mit Henna aus dem indischen Basar so rot hielt, die runden Hüften, die sechs Kinder mit Lust und Freude geboren hatten, unter dem dünnen Antilopenleder ihrer langen Hosen, und in einem Khakihemd von ihm, mit aufgekrempelten Ärmeln.

So liebte er sie, und so lief sie immer herum, wenn er in der Nähe war, es sei denn, sie verwandelte sich zum Dinner Dancing oder zu den regelmäßigen Social Parties in eine Lady, die es an Blasiertheit mit jeder Frau der englischen Kolonie aufnehmen konnte.

Fluchte Ella sonst wie ein Berliner Müllkutscher zu Bills unbeschreiblichem Vergnügen, so befleißigte sie sich in Gesellschaft eines so vorzüglichen Britischs, daß ein Silberlöffel im Mund gar nicht mehr ausreichte, es mußte schon ein halbes Dutzend sein.

Er dachte an Ella und schrieb an sie, den letzten Brief aus Haifa: ›Morgen geht's aufs Schiff! Und wenn Du mich nicht mit Glanz und Gloria erwartest, kriegst du die Hucke voll!‹ – Das schrieb er deutsch, malte sich ihr verblüfftes Gesicht aus und ihr Lachen, das Fenster zum Klirren bringen konnte.

Und da klirrten die Fenster, da hob sich der Boden, die Wände stürzten ein.

Als Bill wieder erwachte, lag er auf einer Bahre, sah Weißes schwankend vor sich, einen Rücken, hörte eilig trabende Füße.

Sagte: »Eilt euch doch nicht so. Don't you hurry! Believe me, it's never too late.«

Aber für ihn war es zu spät.

Bill Earth starb mit dem letzten Wort.

Der Terroranschlag hatte die Pension Imperial in Haifa zerstört. Die Täter wurden nie gefaßt.

Niemand wußte, ob Araber oder Israelis dafür verantwortlich waren, und man erfuhr es auch nie.

In dem Hotel hatten nur ein paar englische Geschäftsleute gewohnt, die am nächsten Tag Palästina für immer verlassen sollten.

Bill Earth hatte den Brief an seine Frau schon adressiert. In seiner kleinen, steifen Handschrift, die, seitdem er keinen Alkohol mehr getrunken hatte, noch ein bißchen ordentlicher geworden war.

Mrs. B. Earth
P.O.B. 703
Nairobi.

Der Brief kam an, und Sam holte ihn mit den Katalogen, Prospekten, Briefen von Freunden aus England und Deutschland ab, wie an jedem Freitag, den er in Nairobi verbrachte, um die Wochenendeinkäufe für die Farm an den Ngong-Hügeln zu erledigen; Seife, Shampoo, frische Haarschleifen für die Mädchen, Schnürsenkel für die Jungs, Insektenpulver, Konserven, Fleisch und die Getränke für die Bar der Farm.

»Post von Bill?« rief Ella aus dem Wohnraum, in dem sie die frischen Gardinen für Bills Ankunft aufhängen ließ.

Ihre roten Haare glänzten, hatten einen neuen, aufregenden Schnitt, ganz kurz und als sei ein Windstoß durchgefahren. Ihre Augen leuchteten, und sie sagte: »Schau dir das an, Sam, schnieke Gardinen, was? Sieht aus, als wären wir in Whitehall. Aber Billy-Boy soll ja auch sehen, daß wir uns Mühe geben. – Na, gib den Brief schon her.« Er war dick, so, als befinde sich außer dem dünnen Luftpostpapier noch Festeres darin.

Ella zündete sich eine Zigarette an. »Mach mir ein Bitter Lemon, Sam, bitte«, sagte sie, ließ sich in den Sessel vor dem Kamin fallen, streckte die Beine in den antilopenledernen Hosen lang aus, grub ihre nackten Zehen mit den roten Nägeln in die Mähne des Zebrafells.

Tatsächlich, da war ein dickes Blatt neben dem dünnen mit Bills Handschrift, sie legte es zur Seite, las erst Bills Brief.

»Danke, Sam.« Sie sah nicht auf, grinste, trank einen kräftigen Schluck von ihrem Bitter Lemon, sagte: »Höre, was er schreibt, mit Glanz und Gloria sollen wir ihn empfangen. Vielleicht sollten wir ein Feuerwerk machen? Kriegen wir so was in Nairobi, schöne, riesige Goldregenraketen? Komisch.« Sie drehte das Blatt, murmelte: »Er hat ja gar nicht unterschrieben«, griff schnell nach dem anderen, dem festeren.

Sie las, sah auf, Sam an.

Sah, wie er grau im Gesicht wurde, noch ehe sie etwas sagte, sagte dann: »Die offizielle Mitteilung bekommen wir noch.

Setz dich doch, Sam«, sagte sie, »setz dich. Er ist tot, Sam, er ist tot. Hol mir die Kinder, Sam. Nein, laß sie, wo sie sind. – Sam –«

»Ja, Ella Memsahib.«

»Sam.«

Er schüttelte den Kopf.

»Geh nur«, sagte sie, »geh nur, wenn du willst. Er war dir ein Bruder.«

Als Ella allein war, ging sie zu den Fenstern und nahm die Gardinen ab. Sie faltete die Spitze sorgsam, trug sie dann zum Kamin, legte sie hinein, zündete sie an.

Sie sah zu, wie die Gardinen verbrannten, bis nichts mehr als Asche davon übrig war.

Dann ging sie in ihr Schlafzimmer, wickelte sich in Bills Bademantel und kroch in sein Bett.

Und es gelang ihr tatsächlich, einzuschlafen.

Am nächsten Morgen brach Ella mit Sam und den Kindern zu einer Safari auf.

Sie nahm auch den kleinen Mike mit, der erst zweieinhalb Jahre alt war.

Und sie zeigte ihnen fernab von Telefonen, von Briefen, die einen erreichen konnten, fernab dem vom Menschen so willkürlich zu verteilenden Tod, wie schön die Natur ist.

Sie sahen Elefanten und Giraffen in der Savanne, sie sahen Löwen und Büffel an den Tränken, sie sahen Zebras und Impalas und die bockspringenden Gnus im lichten Akazienbusch.

Sie sahen die Sonne flammend den Tag wecken und die Nacht das Licht auslöschen.

Ella zeigte ihren Kindern, wie schön es war, hier geboren zu sein, hier zu leben.

Nachts hielt Sam vor ihren Zelten Wache, behütete ihren Schlaf. Aber Ella wußte, ohne Bill würde sie nicht hierbleiben, nicht weiter in Kenia leben können und niemals mit einem anderen Mann.

Auch Michael Gugenheimer bekam Bill Earths letzten Brief an ihn, geschrieben in Haifa.

Er war kurz und lautete:

›Dear Michael!

Morgen geht's nach Hause, in Gottes eigenes Land, wie wir, die wir dort geboren wurden, unser Afrika nennen. Ich bin ein weißer Afrika-

ner. Und meine Kinder sind es auch. Komm uns besuchen, wann
immer du willst. Sieben Gören (das siebte werde ich in der ersten
Nacht zeugen) erwarten Dich – und die rote Ella natürlich! Keep your
chin up – was noch lange nicht dasselbe ist wie Kopf hoch!
Dein Bill.‹

21

Lastend lag die Hitze auf dem Land, das Teil des Rheinlands war, jenseits von Bonn, Eigentum der Abtei von Vilich, die sich von Rhönbach
bis zum Michelsberg dehnte. Die Menschen hoben den Kopf und
starrten in die Bläue des Himmels, geblendet, dumpf die Sonne verflu-
chend, die keine Wolken duldete, keinen Regen, kein Gewitter.
Seit den Stürmen im Februar, die großen Schaden in den Wäldern
angerichtet hatten, mannsdicke Bäume entwurzelt und geknickt, als
seien sie Streben, mit denen man die Grenzen der Äcker markierte, die
Felder und Wiesen zerhagelt hatten, war die Sonne aufgegangen, und
es schien manchem, als ruhe sie nicht einmal des Nachts, wenn die
Hitze stickig in den niedrigen Häusern stand, vermischt mit dem
Geruch der schweißenden Körper von Mensch und Tier.
Die Frauen beteten vom Morgen zum Abend, die Männer fluchten
mit Tränen in den Augen, wenn sich der fruchtbare Boden der Felder
in blassem Staub unter ihren schweren Schritten hob.
Nur ein einziger Sturm brauchte jetzt zu kommen, und die Äcker wür-
den für immer des fruchtbaren Löses entblößt werden, der ihnen
zuvor so gute Ernten gebracht hatte.
Scharlatane traten auf, Regenmacher zogen durch das Rheinland, die
Bauern gaben ihnen Silber, Gold und Wein, aber Regen erhielten sie
dafür nicht.
Zu Bittprozessionen allerorten riefen die Klöster auf, und die Menschen beugten sich oder hüpften oder rutschten auf den Knien – ganz
wie es ihnen zum Wohlgefallen Gottes geboten wurde, damit er ein
Einsehen hatte und Regen schickte.
Das Obst verdorrte an den Bäumen, das Korn färbte sich schwarz, als
sei ein Feuer darüber hinweggebraust, die Reben an den Weinstöcken
schrumpften zu Rosinen.
Und es machte sich auch auf die Äbtissin von Vilich, mit Namen Adelheidis, zu einer Prozession. Sie war eine fromme und mildtätige Frau,
und die Bauern und Tagelöhner sammelten sich um sie und beteten
mit ihr, daß der Herr sein Wohlgefallen zeigen solle, Gnade als Regen
über sie gießen.
Beschwerlich war der lange Weg durch die Ländereien der Abtei, und

die Äbtissin kniete in der Heide nieder, sich auszuruhen, wenn auch jeder sehen konnte, daß sie ihr Gebet nicht unterbrach, denn ihre Lippen, bleich und aufgesprungen, bewegten sich weiterhin. Ihren Stekken, auf den sie sich gestützt, stieß sie in den Boden.

Und höret nur und seht, da sprudelte plötzlich eine Quelle aus dem barrenen Boden, und jeder konnte seine trockenen Lippen und seine brennenden Augen netzen.

So geschah es um die Jahrtausendwende, und in den Herzen der Menschen, in den Erzählungen der Alten lebte das Wunder fort, als Legende von der seligen Adelheidis.

Denn noch am Tage des Wunders kamen auch die Regen, tränkten den Boden, schenkten ihm und den Menschen, die von ihm lebten, neue Lebenskraft.

Die Quelle der heiligen Adelheidis wurde in Stein zu einem Brunnen gefaßt, und bald verbreitete es sich im ganzen Land, daß dieses Wasser wundertätig sei, Augenkrankheiten heile, Schmerzen und Gebrechen lindere.

Von nah und fern kamen die Kranken, um sich der Hilfe der heiligen Adelheidis zu versichern und ihres wundertätigen Brunnens.

Herbergen mußten gebaut werden, Gasthäuser taten ihre Pforten für die Pilger auf.

Und schließlich im Lauf der Jahrhunderte gesellten sich den Frommen auch weniger Fromme hinzu.

Händler waren es, die den Bauern manchen unnützen Tand, aber auch Ackergeräte verkauften, Wunderheiler, die sich Doktores nannten, deren Elixiere aber bei weitem nicht die Kraft des Brunnenwassers besaßen.

Und schließlich gesellte sich diesen fahrendes Volk hinzu, Zigeuner, die auf den abgeernteten Septemberfeldern um den kleinen Ort Pützchen, dem Hort der Quelle, ihre Planwagen aufstellten, Lagerfeuer anzündeten, in fremder Zunge sangen und musizierten, tanzten, daß die bunten Röcke flogen und die Goldmünzen klimperten, mit denen sich ihre Frauen schmückten. Barbaren waren sie, aus unbekannten Steppen, aber einmal im Jahr brachten sie den Ruch abenteuerlicher Ferne in diesen heimischen Landstrich.

Und ihnen wiederum gesellten sich Gaukler hinzu, Seiltänzer, Feuerschlucker, Schwerttänzer, Dudelsackpfeifer, Wahrsager, und die Belustigungen, die man hier bestaunen konnte, nahmen kein Ende.

Im Jahr 1367 wurde in den Annalen Pützchen erstmals als Wallfahrtsort erwähnt; bald darauf schon der Jahrmarkt, der zum Andenken an die heilige Adelheidis nun am zweiten Wochenende in jedem September stattfand.

Pützchens-Markt hieß er im Volksmund, wer kannte ihn im Rheinland nicht?

1938 fand er zum letztenmal statt, denn 1939 brach der Krieg kurz zuvor aus, und obwohl schon alle Vorbereitungen zu diesem Volksfest getroffen waren, verbot die Partei es im Rahmen ihres Luftschutzprogramms.

1945–1947 spiegelte der Jahrmarkt die Ärmlichkeit seiner Besucher wider, aber auch ihre Hoffnung auf bessere Zeiten; Otto Normalverbraucher, so trefflich von Gerd Fröbe dargestellt, hätte aus Pützchen und Umgebung stammen können.

Deswegen ist es auch nicht verwunderlich, daß im Jahre 1948, als Pützchens-Markt zum erstenmal nach der Währungsreform stattfand, die Bonner und Beueler, die Vilicher und Rheindorfer, die Oberdollendorfer und Rhöndorfer, die Siegburger und St. Augustiner sich mindestens so darauf freuten wie auf ihren geliebten Fastelovend.

Pützchens-Markt, das war Frieden. Pützchens-Markt war Erinnerung an unbeschwerte Kindheit, erste Liebe, erste Küsse bei Vollmond und Schwängerung manchen Mädchens, das dann wegen des dicken Bauches auf den nächsten Karneval verzichten mußte. Pützchens-Markt war endlich wieder Karussells und Achterbahn, Riesenrad und Raupe, das Große Los, Bier- und Wein- und Tanzzelte, Würstchen mit Senf und Reibekuchen, Eis am Stiel und Klatschmohn aus Papier, Teddybären und Sofapuppen.

Auf das Kaufhaus Blöhmer am Bonner Markt fand ein Ansturm statt nach Sommerstöffchen, bei Salamander gingen weiße Sandaletten aus.

›Wer hat noch nicht – wer will noch mal fröhlich sein?‹ schrieb ein Friseur in Beuel in sein Schaufenster – ›Für jedes Mädchen unter siebzig 20 Prozent Rabatt bei der neuen Dauerwelle zu Pützchens-Markt!‹

Auf dem entlegenen Hof im Aggertal, der längst ein Kinderheim war, legte Paul Domscheid seinen Stock zur Seite, auf den er sich seit seinem Herzanfall und – seine Frau Grete vermutete es zu Recht – letztlich nur aus Gewohnheit gestützt hatte. Paul spannte die Stute Sonja ein, setzte sich auf den Bock des Wagens, mit dem er früher, als jüngerer Mann, das Saatgut von Hof zu Hof gebracht hatte – was ihm den Namen Samendomscheid eintrug –, und kutschierte nach Siegburg zu seinem Schneider.

Vor dem Krieg hatte Paul Domscheid sich einmal im Jahr von Hüngsberg einen Anzug bauen lassen, und es wurde höchste Zeit, daß er diese Gewohnheit wiederaufnahm.

Hüngsberg zierte sich ein bißchen, spielte den Beleidigten, neun Jahre war es beinahe her, daß er den Paul Domscheid zum letztenmal gesehen.

»Ja, was denn?« polterte Paul. »Hätte ich kommen und mir was Holz-

210

wollenes verpassen lassen sollen? Voran, Herr Hüngsberg, der Anzug
soll zu Pützchens-Markt fertig sein.«
»Das schaff' ich nie, kein Denken dran!«
»Das schaffen Sie!«
»Wenn's was Gutes werden soll –«
»Es wird der beste Anzug, den Sie je gebaut haben!«
Aus seinem Lager, das einer Höhle glich, in der es jedoch nach bester
Wolle roch, zauberte Hüngsberg einen Stoff hervor, der jedes Ken-
nerauge erfreut hätte: bestes Aachener Tuch, Kammgarn in einem
dunklen Blau.
»So ist es recht«, sagte Domscheid strahlend und ließ sich Maß neh-
men.
Ein Gutes hatten die Jahre gehabt, die hinter ihnen allen lagen: Paul
war nicht fett geworden und nicht aus dem Leim gegangen.
Sehnig war er und, wenn er sich aufrecht hielt, ein stattlicher Mann.
Und die Gretel sollte ihm bloß nicht verbieten, das Tanzbein zu
schwingen.
»Machen Sie auch wieder einen Stand auf, Herr Domscheid?«
»Ja sicher!« Seit zweihundert Jahren war das in seiner Familie üblich,
der Sohn, der den Samenhandel übernahm, eröffnete auch auf Pütz-
chens-Markt einen Stand.
»An der alten Stelle?«
»An der alten Stelle. Im Torbogen vom Geigenmeier.«
»Baut er immer noch Geigen?«
»Nicht, seit sein Sohn ohne Finger aus dem Krieg gekommen ist und
der andere blind.«
»Jaja, so hat jeder sein Päckchen zu tragen.«
»Reden Sie keinen Stuß, Mann«, sagte Paul. »In Ihrem Päckchen
haben Sie immer nur Geld getragen, Hüngsberg.«
»Herr Domscheid, auch mir –«
»Ach, was. Halten Sie den Mund, ich weiß, was ich sage. Und passen
Sie auf, daß die Hosen nicht zu kurz werden.«
»Wenn's nicht mein Geschäft wäre, würde ich mir Ihre Beleidigungen
verbieten!«
»Mittwoch in einer Woche krieg ich den Anzug und keinen Tag spä-
ter«, sagte Paul.
Hüngsberg müffelte, aber das hatte er seit eh und je getan. Kein
schlechter Kerl, der Hüngsberg, nur wendig wie eine Wetterfahne.
Aber vorbei ist vorbei, sagte sich Paul, und es gab Schlimmere, viel,
viel Schlimmere.

Von Siegburg aus ließ Paul die Sonja nach Pützchen traben und traf
dort den Geigenmeier in seinem von wildem Wein überrankten Hof
hinter dem Haus an.

Geigenmeier spielte mit sich selbst Schach, trug sorgsam das Brett ins Haus, ehe er seinem Gast Stuhl und Wein anbot.

»Dann wäre es also wieder soweit«, sagte Domscheid und kaute genüßlich auf seinem kalten Zigarrenstummel herum; anzuzünden wagte er ihn nicht, das hatte der Arzt ihm strikt verboten. »Na, wie wird das hier in einer Woche aussehen?« Er schloß die Augen halb. »Ist das Gestänge noch gut, das den Wein hält?«

»Sicher, sonst wären die Ranken längst runtergefallen.«

»Elektrische Lämpchen werd' ich dazwischen aufhängen, rot und blau und gelb.«

»Was wollen Sie aus meinem Hof machen, eine Kneipe?«

»Nicht ganz!« Paul schlürfte vom Wein, bewegte ihn im Mund. Guter Tropfen, nur ein bißchen zu süß.

»Ja, wollen Sie denn keine Samen mehr verkaufen wie in all den Jahren?«

»Ich habe mir was Besseres überlegt«, sagte Paul.

»Und das wäre?« fragte Geigenmeier, mit einem Mund, als wäre ihm der Wein zu sauer.

»Würste und Korn.«

»Wie bitte?«

»Heiße Würstchen mit Senf und einen klaren Korn!«

»Sie sind bekloppt«, sagte Geigenmeier. »Dazu brauchen Sie doch eine Konzession.«

»Ich will ja keine ständige Einrichtung draus machen.«

»Und ob ich dafür meinen Torbogen hergebe, fragen Sie gar nicht?«

»Sie, Geigenmeier, Sie wollen doch was verdienen, wie?«

»Sicher.«

»Und ich auch. Für meine Kinder. Die Scheune will ich für sie umbauen, damit sie drin im Winter Tischtennis spielen können und turnen, wie sie lustig sind.«

»Was Sie sich noch alles aufladen auf ihre alten Tage.«

»Ich werde erst siebzig«, sagte Paul, »und in meiner Familie werden alle Männer neunzig. Manche von ihnen haben vorher mehr als zwei Frauen unter die Erde gebracht.«

»Daß die Gretel es mit Ihnen aushält, hat mich schon oft gewundert.«

»Auf minge Frau, da laß ich nichts drauf kommen, und das geht Sie gar nichts an. – Zurück zum Geschäft!«

»Wie es beliebt«, sagte Geigenmeier.

»Die Würstchen liefert mein Bruder Anton aus Bergneustadt. Den Korn bekomme ich aus dem Vorgebirge. Jetzt brauch' ich nur noch zwei leckere Mädchen, die mir beim Verkaufen helfen.«

»Wenn Sie da auf meine Töchter rechnen, nein und abermals nein!«

»Schade, dann dat sin zwei leckere Mädchen«, sagte Paul und grinste, »und ich kann das beurteilen.«

»Meine Töchter sind bei den Nonnen im Internat«, sagte Geigenmeier, »und ich werde dafür sorgen, daß die beiden keinen Schritt auf diesen Pützchens-Markt tun. So weit käme es noch, daß die mir da verdorben würden.«

»Na schön, ich will mich nicht in Ihre Familienangelegenheiten mischen. Die Mädels besorge ich mir selbst. Vier Bänke brauche ich und zwei Tische und einen ganz großen, der vorne in die Toreinfahrt paßt. Weiße Tischtücher und Gläser und was sonst noch dazu gehört, bringe ich mit. Und meine beiden ältesten Buben können mir helfen, hier die Festbeleuchtung zu installieren.«

»Sie reden von den Kindern, als wären es Ihre eigenen.«

»Eigenbau oder nicht, wo ist da der Unterschied? Bei mir sind sie aufgewachsen, und eigene Eltern, die sie reklamieren könnten, haben die Blagen ja nicht.«

»Und was springt für mich bei der Ummodelung heraus?« fragte Geigenmeier. »Ich muß das auch noch mit meiner Frau besprechen. Der wird das gar nicht recht sein, daß Sie hier einen Ringelpietz veranstalten wollen, eine Kneiperei. Bei Ihrem Samenstand war es immer so schön ruhig, alles ging so geordnet zu.«

»Es wird auch geordnet bei Würstchen und Bier zugehen, dafür bin ich ja auch noch da«, sagte Paul.

»Ich lasse mich überraschen«, sagte Geigenmeier.

»Abgemacht?« Paul hielt seine Hand auf, Geigenmeier legte seine Rechte nach kurzem Zögern hinein.

»Abgemacht.«

»Freiwillig erhöhe ich mein Scherflein um fünfzig Mark«, sagte Domscheid, »und hundert für die Kirche.«

»Das läßt sich hören«, sagte Geigenmeier. »Darauf müssen wir noch einen trinken.«

Als das Weingeranke kein Sonnenlicht mehr filterte und Paul Domscheid schließlich aufbrach, waren seine Füße zwar noch sicher, aber seine Knie nicht mehr. Sie buckelten immer wieder nach vorn, und er war heilfroh, als er endlich wieder auf dem Bock saß, bequem zurückgelehnt, Sonjas Zügel in der Hand.

Ach, die Sonja kannte ihren Weg, die würde ihn sicher und unverzüglich zum Hof zurückbringen.

Paul duselte ein bißchen ein, träumte von bunten Ampeln und Gelächter, schwang ein Blondchen herum im Walzer, immer linksrum, Mädchen, immer linksherum, und noch einmal, weil's so schön war.

Paul fiel in tieferen Schlummer, das Trapptrapp von Sonja verwandelte sich in Räderrollen. Zur Front fuhr er, 1914 war es, und er sang –

›Muß i denn, muß i denn zum Städtele hinaus?‹

Donnerblitz und Doria! Sein Kopf ruckte hoch.

Ein Gewitter war's, Regen lief ihm übers Gesicht.

»Lauf, Sonja, lauf!«
Der Wind peitschte die Bäume der Landstraße, Sonjas Mähne flatterte wie eine weiße Fahne.
»Lauf, Mädchen, lauf!«
Über den Steg über die Agger und hinein in den Hof.
Gretel kam mit dem großen Schirm aus dem Haus.
»Ach, lieber Herrgott, gesund bist da und besoffen auch!«
Sie führte ihn gleich ins Schlafzimmer, half Paul die nassen Sachen auszuziehen, packte ihn ins Bett.
»Einen Kamillentee kriegst du.«
Er schüttelte sich inwendig, aber ließ sich nichts anmerken.
»Gretel«, sagte er, »nächste Woche ist Pützchens-Markt.«
»Ja«, sagte sie, »und du feierst wieder mal im voraus.«

Zum Wochenende kam noch Besuch, den hatte Paul Domscheid fast vergessen; Anna mit den drei Kindern, der Friedel und dem Boris und Achim, dem Sohn ihrer Schwester.
Schulferien hatten die Kinder, und Gretel Domscheid hatte sie zum Pflaumenkuchenbacken – und -essen natürlich – eingeladen.
Und es war ein Spaß, für insgesamt fünfundzwanzig Personen Kuchen zu backen; Pflaumen zu entkernen, Teig zu walken, zuzusehen, wie sich unter den frischen Leinentüchern die Teigkugeln zu Kopfkissengröße aufblähten. Und dann den Teig auszurollen, Bleche einzufetten und eines nach dem anderen mit den Teigplatten und den geschnitzelten tiefblauen Pflaumen zu belegen; dabei Bienen abzuwehren, die hartnäckig, gold- und braunfarbene Brummer, immer wieder zum Angriff vorgingen, die Bleche schließlich in den großen, eisernen Ofen zu schieben, sechs gingen jedesmal hinein.
Der süße Duft durchzog das ganze Haus. Und alle Kinder versammelten sich erwartungsvoll.
Und dann der erste Biß in den noch warmen Kuchen, knirschender, grober Zucker, listige Säure der Pflaumen, weicher, lockerer Hefeboden.
Kaffee duftete schwer, Kakao verschmierte den Kindern die Münder.
»Mir ist der gestiefelte Kater!« verkündete Boris und stieg in Paul Domscheids Gummistiefel, die ihm bis zur Hüfte reichten.
Christine fehlte, ja, nur Christine fehlte, die an diesem Tag Laura und Yochanan das Siebengebirge zeigen wollte; das Haus Adenauers in Rhöndorf, den ihr Mann als Bürgermeister Kölns gekannt hatte, während der ersten Besetzung des Rheinlands durch die Engländer nach dem Ersten Weltkrieg und zwischen den Kriegen.
Den Himmerich, wo Goebbels die Franzosen beschimpfte und den Rhein als urdeutsches Symbol beschwor, ganz vergessend, daß er durch die Schweiz und Holland fließt.

Aber auch die Fachwerkhäuser in Königswinter, die kleinen, verschwiegenen Weinstuben und natürlich den Drachenfels, auf den man schon wieder mit Eseln reiten konnte.

»Schade, daß Oma nicht hier ist«, sagte Friedel. »Sie hätte ihren Spaß.«

Aber Boris meinte: »Du hast ja mir!«

Paul Domscheid sprach kräftig dem Wein zu, und wahrscheinlich hätte er gerade dies nicht tun sollen, denn zuviel Flüssigkeit belastet das Herz.

Er ging mit seinen zwei ältesten Jungen ins Haus, um das Grammophon und die Schallplatten zu holen. Sie hörten noch, wie sie es drinnen ausprobierten, mit dem Lied ›So schön wie heut‹‹, und dann so etwas wie einen dumpfen Fall. Die Jungen kamen schreckensbleich heraus, und fünf Minuten später war Anna, die noch nie einen Wagen kutschiert hatte, mit Sonja zum Arzt nach Lohmar unterwegs. Schlaganfall.

Es war der zweite.

Bis Pützchens-Markt würde Paul Domscheid sich nicht davon erholen.

»Aber alles ist doch schon vorbereitet«, jammerte Gretel, »die Festbeleuchtung ist bestellt, die Dosen mit den tausend Würstchen hat Anton schon zum Geigenmeier geliefert, und die Korbflaschen mit dem Korn stehen bereit, der Senf und die Brötchen sind in Auftrag. Soll denn das alles umkommen?«

»Wir machen das schon«, sagten die beiden ältesten Jungen des Kinderheims.

»Wie wollt ihr was machen? Du bist elf, Fritz, und du dreizehn, Peter – nein, nein, das geht auf keinen Fall. Und ich kann doch hier nicht weg.«

»Sollen wir's machen, Friedel?« fragte Anna. »Sollen wir heiße Würstchen verkaufen auf Pützchens-Markt?«

In den Augen des Mädchens leuchtete es auf.

»Aber Sie, in einer Kirmesbude?« Gretel errötete. »Das kann ich mir nicht vorstellen. Obwohl –« sie zuckte hilflos die Schultern – »Arbeit schändet ja wohl nie, wie?«

»Paul hat uns erzählt, daß er zwei Mädchen sucht, die ihm behilflich sein würden beim Verkauf. Wir helfen gern aus, was Friedel?« sagte Anna. »Und wenn wir was dabei verdienen können, um so besser.«

»Aber das ist doch selbstverständlich. Natürlich!« rief Gretel. »Warten Sie, ich hol' sofort die Papiere, die Rechnungen, alles soll seine Ordnung haben!«

Und dann saßen sie und rechneten den möglichen Verdienst aus; zwei Drittel sollten auf den Ausbau der Scheune verwendet werden und ein Drittel sollte Friedel und Anna zugute kommen.

»Zweihundert Mark«, sagte Friedel erstaunt, »für uns?«

»Paul meint, das gilt für die ersten zwei Tage, und Anton liefert Würstchen nach, der Markt dauert ja fünf Tage.«

»Zweihundert Mark für uns.«

Auf dem Heimweg nach Bonn schmiedeten Anna und Friedel Pläne, was sie damit anfangen würden: ein Waffeleisen kaufen, das sich Christine sehnlichst wünschte, für Boris eine Lederhose, denn gewöhnliche aus Stoff wetzte er schneller durch, als man sie flicken konnte.

»Für Michael eine schöne Pfeife.«

»Warum?« fragte Anna verblüfft.

»Es sah immer so gemütlich aus, wenn Bill Pfeife rauchte. Schade, daß er nicht mehr lebt.«

»Und was wünschst du dir?« fragte Anna.

»Nichts«, sagte Friedel, »gar nichts.«

»Dann sparen wir den Rest, einverstanden?«

»Natürlich.«

»Oder wir zahlen unsere Miete in der Coburger Straße selbst. Dann brauchen wir kein Geld von Tante Lilli anzunehmen.«

»Dann gehört die Wohnung richtig uns?«

»Ja, dann gehört die Wohnung richtig uns!«

»Aber was tun wir, wenn Michael zurückkommt? Für ihn ist da doch kein Platz?«

Darauf wußte Anna keine Antwort.

»Ach, laß nur«, sagte Friedel. »Noch ist er ja nicht wieder da.«

Bill Earth war tot, Michael hatte es Anna mit eben diesem Satz mitgeteilt und auch, daß er Ockershausen verlassen, nach Frankfurt fahren wolle, um sich dort mit dem alten Berendson aus New York zu treffen; es ginge, wie sie sich denken könne, um das Testament seines Vaters und um das Dahlemer Haus.

Die Kinder ließ er grüßen und hoffte, daß es ihnen allen gut gehe.

·P.S. Falls Anna Geld brauche, sie habe ja Kontovollmacht.

Weder die Kürze des Briefes noch sein Ton verletzten Anna, sie antwortete ebenso:

Den Kindern und Christine, dazu Laura und Yochanan, gehe es gut. Sie wünsche ihm Erfolg bei seinen Verhandlungen in Frankfurt. Er solle Susi und Jim grüßen, und natürlich wären die beiden auch jederzeit in Bonn willkommen.

Diese Nüchternheit zwischen Michael und Anna war erwünscht und heilsam.

Ungesagtes, Angestautes, schließlich zuviel Gesagtes hatte sie, vor allem im letzten halben Jahr, voneinander entfernt.

Michael warf ihr vor, daß sie die Wirklichkeit nicht sehe, in einer

Scheinwelt lebe, wenn sie glaube, daß Friedel ihre liebe kleine, verständnisvolle Tochter sei.

Anna klagte ihn an, Friedel allen anderen vorzuziehen, mit Samthandschuhen anzufassen.

Er schrie sie an: »Du bist ja nur eifersüchtig!«

Sie schrie zurück: »Und du hast nie verwunden, daß du ein unehelicher Sohn bist!«

Häßliche Worte, böse Worte, die verletzten, weil sie verletzen sollten.

Sie waren voneinander enttäuscht, ohne sich eingestehen zu können, daß dies nichts anderes war als das Erkennen der gegenseitigen Schwächen und Fehler, die nichts bedeuteten, wenn man sie akzeptierte.

Aber am schlimmsten war vielleicht gewesen, daß sie niemals allein gelebt hatten.

Nie auf sich selbst gestellt.

Nie eine eigene Wohnung gekannt, nie ein eigenes Haus, nie die Tür hinter sich zumachen und sagen konnten, wir sind allein. Nur du und ich.

In den Nächten hatten sie leise sein müssen, wenn sie sich liebten.

Und wenn sie sich stritten, hatten sie die Stimmen gesenkt und sich um so heftiger angeschrien.

Zur Rücksicht erzogen worden waren sie beide.

Zum Respekt vor anderen Menschen, die man mit seinen eigenen Problemen nicht belasten durfte.

Vier Tage in ihrer ganzen Ehe, vier kurze Tage auf Anton Domscheids Hof an der Talsperre, waren sie miteinander allein gewesen.

Es hatte geregnet, es war kalt gewesen, sie beide auf das Zimmer beschränkt, wenn sie nicht unten in der lärmigen Gaststube sitzen wollten.

Und das Zimmer war fremd, nichts gehörte ihnen darin, flüchtige Behausung, aus dem Koffer leben.

Mimosentapete an den Wänden, verblichen das Grün, das Gelb wie vom vorletzten Jahr, und darauf unsichtbar und doch sichtbar in Flammenlettern:

Nützt eure Zeit!

Wie sollte man sie nützen unter Zwang?

Worüber reden, wenn man wußte, daß dem Redefluß eine bestimmte Zeit zugeteilt war, als stünde geradewegs jemand mit der Stoppuhr neben einem?

Als Anna das Zahnputzglas fallen ließ, es zerbrach, hatte Michael sie angebrüllt: »Kannst du nie aufpassen?«

Und sofort hatten sie beide gelauscht, ob wohl auch niemand käme, um zu fragen, ist etwas passiert? Haben Sie gerufen? Brauchen Sie etwas?

Niemals waren sie beide miteinander allein gewesen, hatten nie die
Möglichkeit gehabt, einander wirklich zu erkennen, zu erforschen.
Wenn Michael zurückkam, würde sie ihn bitten, nach Berlin zu
gehen.
Und wenn es vorerst nur die Waschküche war im Dahlemer Haus.
Man konnte es aufbauen, Zimmer um Zimmer, Raum um Raum.
Man sah es jetzt doch überall, wie aufgebaut wurde.
Warum sollen wir das nicht schaffen, dachte Anna, warum sollen wir
nicht gemeinsam Ziegel um Ziegel in ein gemeinsames, neues Leben
fügen?

22

Pützchens-Markt im Jahre 1948.
Gottesdienst und die feierliche Eröffnung durch den Bürgermeister.
Blaskapelle, Gesangverein und Kinderchor.
Karussellgerassel und jaulende Raupe, alte und neue Schlager aus den
Lautsprechern der Buden und Stände in Straßen, Gassen, Plätzen des
Wallfahrtsortes.
Heiße Würstchen, gebrannte Mandeln, Zuckerwatte, Eis am Stiel,
Reibekuchen, Luftballons.
Kommt, Leute, kauft!
Kommt, Leute, kommt und zieht das Große Los!
Gewölk von offenen Bratfeuern zog in den Herbstmittag, der wie aus
blonder Seide gesponnen schien.
Menschenmassen bunt wogend, lachend, sich anrempelnd, weiter-
schiebend, Augen in den Gesichtern, als gäb's alles gratis.
Und die Sonne lachte dazu, Schmalztenor und Schmalzkringel.
Der treue Husar marschierte mit einem geschulterten Spazierstock
daher. Doch davon ging die Welt nicht unter, und niemand ließ den
Kopf hängen.
Über der Toreinfahrt des Geigenmeiers hing das grünweiß bemalte
Schild, umrahmt von Buchengrün:
›Domscheids Kornklause‹.
Und darunter standen Anna und Friedel in adretten weißen Kitteln,
der Bäcker, der die Brötchen zu den Würstchen lieferte, hatte sie
ihnen geliehen.
In großen Körben lagen die Brötchen, der Senf duftete extrascharf
aus blauem Steingutfaß. Die angebrochene Korbflasche mit dem
Doppelliter besten Korns hatte eine blinkende Meßnase auf.
Und in dem großen, weißemaillierten Einmachkessel, ebenfalls
umrankt von Grün, siedeten die Würste leise vor sich hin.

»Heiße Würstchen, heiße Würstchen, knackfrisch!«

»Klarer Korn, weißer Korn, nur dreißig Pfennige!«

Achim wieselte sich durch die Gasse, drückte Friedel einen halbgegessenen Berliner in die Hand, japste nach Luft und meinte: »Unserer ist der allerschönste Stand!«

»Zwei Würstchen, der Herr, eins ohne, eins mit, bitte sehr.«

Es ging flink, Brötchen auf den Pappteller, Wurst dazu, klacks den Senf. Mit der Linken hingehalten, mit der Rechten kassiert.

Die Zigarettenschachtel füllte sich, eine Menge Scheine waren schon darunter, und erst Samstagmittag.

»Zwei Korn, zwei doppelte, bitte sehr.«

Achim spülte die Gläser, Friedel trocknete ab.

Schnell mußte es gehen, die Leute hatten es eilig, wollten alles sehen, alles genießen, durften nicht vorübergehen.

Aber es machte Spaß, weil's den Leuten Spaß machte.

Am Nachmittag kam Christine mit Boris. Im Hof, an einem der langen Tische, wo sich fußmüde Besucher ein wenig ausruhen konnten, vertilgte Boris ein halbes Dutzend Würste, bis er verkündete: »Jetzt hat mir genug!«

Friedel vertrat Anna einen Moment, Anna setzte sich zu Christine, rauchte eine Zigarette, kriegte vom Geigenmeier höchstpersönlich einen Kaffee gebracht.

Er rieb sich die Hände und lächelte. »Prächtig, prächtig!« Denn jetzt schon war abzusehen, daß bald der aus dem Vorgebirge gelieferte Korn ausging, und dann würde er in Aktion treten, mit Nachschub, der ihm ein hübsches Sümmchen garantierte, versteht sich.

»Man sieht, daß dir das Treiben Spaß macht, Annele«, sagte Christine.

»Und wie! Siebenhundert Würstchen sind schon weg. Anton muß noch heute abend Nachschub bringen. Der wird Augen machen, wenn er das Telegramm bekommt: Tausend frische Würstchen expreß! Und die Kinder sind glücklich, schau dir doch Friedel an, hast du sie je so gesehen?«

Groß war sie geworden, mit langen, schlanken Beinen, und das schwarze Haar fiel länger und duftiger auf ihre Schultern. Wenn sie sich bewegte, sah man selbst unter dem losen Kittel, daß sie fast schon eine Frau war.

»Nächstes Jahr wird sie konfirmiert.«

»Komisch, da hab' ich auch gerade dran gedacht«, sagte Anna.

»Sie sieht aus wie du in dem Alter.«

»Nein, sie hat Michaels Beine und seinen Po.«

»Na, den hab' ich mir noch nie genau angeschaut«, sagte Christine lachend.

»Ach, Mutter, ich bin ja so froh. Weißt du, ich glaube, ich brauche das,

Beschäftigung. Nicht nur Haushalt, sondern so was, Betrieb. Vielleicht ein Geschäft, vielleicht irgendwas, wo ich mit Menschen fertig werden muß, auch im Alltag.«
»Wenn Michael nichts dagegen hat?«
»Warum sollte er was dagegen haben? Er hat oft mit mir gescholten, daß ich zu unselbständig sei.«

Und vorne am Tresen, wo Friedel Würstchen verkaufte, ein Geldstück das andere wechselte, sagte jemand: »Ei, das ist doch nicht die Möglichkeit, ja, ist das denn die Möglichkeit, die Friedel?«
Und als sie aufschaute, stand er da, so wie sie ihn lange Jahre gesehen, jeden Morgen, wenn sie zu früh zur Schule kam, in Kessenich, und er ihr das Tor aufschloß. Nur trug Herr Boehm keinen Schal mehr, und seine Augen waren klar. Er schüttelte ihr die Hände und rief: »Sie ist es wirklich! Das ist wirklich die Friedel!«
»Und Sie haben recht gehabt, Herr Boehm, ja, Sie haben recht gehabt. In so einer Kirmes ist Leben drin!«
»Groß bist du geworden, und hübsch. Ja, malst du auch immer noch?«
»Ich fotografiere jetzt. Und heute abend und morgen werd' ich einen Streifzug über den ganzen Rummelplatz machen.«
»Die Fotos möchte ich sehen. Ich bin jetzt pensioniert, aber hier, hier, ich schreibe dir meine Adresse auf.« Boehm schrieb sie auf eine der Papierservietten, die Anna von ihrem eigenen Geld beigesteuert hatte, und die gab's auch an keinem anderen Stand.
»Einen Korn trinken Sie jetzt, auf alte Zeiten«, sagte Friedel.
»Ach, weißt du«, sagte er, »lieber auf die neuen. Sollst nur sehen, im nächsten Jahr bekommen wir auch bestimmt wieder eine richtige eigene Regierung, wo wir doch seit dem ersten September den Parlamentarischen Rat haben.«
»Sie waren immer schon ein Optimist.«
Friedel reichte ihm das kurze Glas.
»Na, ein Stamperl kann mir nichts schaden, aber ein Schlückchen mußt du mittrinken, Friedel.«
Sie zögerte einen Moment, dann goß sie sich einen kleinen Schluck ein.
»Prost!« rief Herr Boehm.
Der Schnaps trieb Friedel kurz und heftig die Tränen in die Augen, aber das kam vielleicht nicht nur davon.
»Fräuleinchen, nun machen Sie mal, zwei Knackwürste und zwei doppelte Korn und ordentlich Senf.«
»Sofort! Bis gleich, Herr Boehm. Wiedersehen, Herr Boehm, kommen Sie doch noch mal vorbei!«
Zwei Würstchen und zwei Doppelte. Ein Würstchen und ein Einfacher. Bitte sehr und danke schön, und das Ganze wieder von vorn.

Um sechs Uhr gingen ihnen die Würstchen aus, um sieben der Korn. Geigenmeier schenkte seinen eigenen Wein aus.

Christine hatte draußen vor den Buden eine Droschke organisiert, einen Landauer, wie sie es nannte, deren rote Lederpolster nur ganz wenig Roßhaar sehen ließen.

Durch den sinkenden Abend, durchs verschlafene Beuel, ging's hinunter zum Rhein, zum Bötchen. Und über den Rhein, in dem sich nur der Mond und die Sterne spiegelten.

Boris schlief auf Friedels Schoß. Anna hatte ihren Kopf an Christines Schulter gelehnt.

Die Füße taten Friedel weh, sie war ganz heiser vom vielen Heiße-Würstchen-Schreien, aber sie fühlte sich rundum glücklich und warm.

Und nun, meine Herrschaften, Vorhang auf zum zweiten Tag des Jahrmarkts.

Die Begeisterung war ein bißchen gedämpfter, die Leute kamen ein bißchen später, und so konnte es geschehen, daß genug Platz war für Franz Schwarzenburg, der zwischen seinen Damen die Gasse entlang spazierte, geradewegs auf ›Annas Kornklause‹ zu.

Denn über Nacht hatte der Geigenmeier die Schilder ausgetauscht.

»Besser fürs Geschäft«, sagte er, »Sie sollen sehen – ein Frauenname hat doch etwas viel Anziehenderes.«

Und also schritt Onkel Franz einher, zur Rechten eine busige, rothaarige Dame in Hellblau, zur Linken Tante Lucy in ihrem grünen Seidensamtkleid und mit einem grünen Seidensamthut auf ihrem Perückenkopf.

Drei Schritte vor dem Stand blieb Franz stehen, schaute an dem Rund des Torbogens entlang, sein Blick verhielt auf dem grün-weißen Schild in der Mitte, schwankte dann weiter, heftete sich an das weiße Tischtuch, auf dem Brötchen, Würstchen, Senf und Korn wie am Vortag standen, vollführte eine Schleife und kehrte zu Anna zurück.

Franzens Lippen spitzten sich, und er sagte: »Wenn ich es nicht besser wüßte, würde ich meinen Augen nicht trauen.«

»Nur Mut«, sagte Anna, »ich bin's.«

»Meine liebe Tatjana, darf ich dir Anna vorstellen, meine Nichte, Tochter meines verstorbenen Bruders Ernst und seiner Frau Christine Welsch, die wenigstens den Anstand hat, diesen Mummenschanz nicht mitzumachen.«

»Mummenschanz ist ein Wort, das nur im Karneval gebräuchlich ist, Onkel Franz«, sagte Friedel.

»Das Mädchen ist meine Großnichte Friedel«, sagte Franz, »leider, wie immer, vorlaut und ungezogen. – Dir, Lucy, brauche ich ja diese Familienangehörigen nicht vorzustellen!«

»Ach, Kinderchen, wie geht es euch?« rief Lucy.

»Tatjana, möchtest du ein heißes Würstchen?«

»Nein, danke, Franz.«

»Aber ich, aber ich«, jauchzte Lucy.

Und es hielt sie nichts mehr, Franzens gedonnertes »Lucy!« hielt sie auch nicht; sie stürzte um den Tresen geradewegs in Annas Arme. Friedel bekam eine Unzahl kleiner Küsse ab.

Und Franz machte dem Spektakel, das Lucy bot, wie er es nannte, ein Ende, indem er sagte: »Nun, da ihr so einen lauschigen Hof habt, können wir uns ja da einen Moment niederlassen. Bis Lucy sich beruhigt.« Sie schritten am Tresen vorbei, hielten würdig Einzug in den Hof.

»Den Teufel werd' ich tun und die bedienen«, sagte Anna.

»Ich tu's«, sagte Friedel. »Warte nur, ich mach's schon richtig.«

Sie füllte Korn in Weingläser, nur Tante Lucys Glas nahm sie davon aus, schenkte den hellen Rheinwein ein.

»Was ist das?« fragte Franz, als Friedel artig das Tablett vor ihnen absetzte, die Gläser verteilte.

»Beste Dollendorfer Lage, Tante Lucy«, sagte Friedel mit niedergeschlagenen Augen. »Ich hoffe, der Wein wird dir schmecken.«

»Zum Wohl, zum Wohl!« rief Tante Lucy fröhlich – und sie war die einzige, der der erste Schluck bekam.

Tatjana prustete, Franz spie, und beinahe hätte der unbeherrschte Mann doch den Tisch umgeworfen.

»Das ist Schnaps! Das ist Korn!«

»Aber sicher, Onkel Franz. Und großzügig bemessen dazu!«

»Laß das Kind, es hat es gut gemeint«, sagte Tatjana und legte eine besänftigende Hand auf Franzens Arm, blinzelte Friedel zu, daß die überrascht dachte, und was soll das nun wieder?

»Ja, ich habe es wirklich gut gemeint«, sagte sie friedfertig. Wer weiß, vielleicht war diese Tatjana sogar ganz nett? »Und darf ich euch jetzt ein paar heiße, knackige Würstchen bringen? Garantiert reines Schweinefleisch.«

»Für mich nicht«, sagte Franz.

»Er hat es an der Leber«, flötete Lucy. »Er darf keine Wurstwaren mehr essen und keine Butter und kein Schmalz und kein fettes Fleisch und –«

»Halt den Mund, Lucy!«

»Das tut mir aber leid«, sagte Friedel, »wo du doch nie den Hals vollkriegen konntest, Onkel Franz.«

»Wir gehen!« Franz wollte aufstehen, aber Tatjanas Hand zog ihn auf die Bank zurück.

»Ihnen bringe ich zwei Würstchen, ja?« fragte Friedel.

»Sehr gern.« Tatjana hatte große gelbe Zähne, die seltsamerweise sehr freundlich aussahen, wenn sie lachte.

»Und dir auch, Tante Lucy!«

»O ja! Mir läuft schon das Wasser im Mund zusammen!«

»Du bist unmöglich«, sagte Anna kichernd, als Friedel zu ihr kam.

»Warte nur, ich geb's ihm noch mehr!«

In Friedels Kopf war alles leicht und hell, sie wartete beinahe darauf, daß sich dieses Gefühl in ihrem ganzen Körper ausbreiten würde. Aber dann würde sie davonfliegen, hoch, hoch über Pützchen hinweg und die sieben Berge mit den sieben Zwergen.

»Ach, wie gut, daß niemand weiß, daß ich Rumpelstilzchen heiß.«

Sie servierte Franzens Damen die heißen Würstchen.

Mit verlangend gespitzten Lippen verfolgte er jeden Bissen, der zwischen den gelben Zähnen Tatjanas und den falschen von Lucy verschwand.

»Für dich habe ich eine ganz besondere Kostbarkeit, Onkel Franz«, sagte Friedel und ließ sich ihm gegenüber nieder.

Sie rollte ein pergamentartiges Blatt auf, das mit rotem Siegel geschmückt war und aus Anton Domscheids Reklameabteilung stammte:

»Schatzkammer der deutschen Wurst! Hör zu, Onkel Franz, das ist lustig.

Wer zählt die Lande, kennt ihre Namen, aus denen sie ursprünglich kamen? Doch allen sei es hier verkündet, daß in unserer Schatzkammer sich jede findet:

Die Schlackwurst und die Siedewurst
Die Plockwurst und die Zungenwurst
Die fette Mett und schlanke Gelbe
Die Thüringer und die von der Elbe
Fleisch-, Leberkäse, Schwartemagen
Preßsack und Pfälzer Leberwurst
laß sie in eure Mägen traben –
geschwind, geschwind –
denn denket dran, daß morgen alles wieder
leer sein kann.
Wenn du die Bierwurst oder Schinkenwurst
die Nürnberger oder Wiener suchst
wend' dich vertrauensvoll –«

»Hör auf, hör auf!« donnerte Onkel Franz. Er sprang auf und schmiß den Tisch um. »Das ist doch wohl die Höhe! Einen Menschen, der an einer unheilbaren Krankheit leidet, so zu quälen! Lucy, steh auf! Tatjana, wir gehen!«

»Was hat er denn?« fragte Friedel die Damen. »Ich wollte ihm doch nur eine Freude machen?«

Tatjana gab ihr einen Kuß. »Komm mich besuchen, zu jeder Zeit, hörst du!«

»Ach, Kind, ach, Kind.« Lucy umarmte sie mit feuchten Küssen. »Du kannst dir gar nicht vorstellen, was für eine Freude du mir gemacht hast.«

Und Onkel Franz schritt davon, niemanden würdigte er eines Blickes mehr, begleitet von seinen Damen, denen für den Rest des Tages gewiß das Lachen vergehen würde.

Die zweite Besucherin dieses Tages war nicht so leicht abzuschmettern.

Sie wandte sich auch nicht an Friedel, bedachte sie nur mit einem kurzen Kopfnicken und bat Anna um einen Moment, einige wenige private Worte.

Wer ist das? fragte Annas Blick.

»Meine Klassenlehrerin!« flüsterte Friedel hinter dem fleischigen Rücken der Dame im geblümten Sommerkleid.

Anna ging mit der Dame nach hinten.

Friedel bediente weiter, Korn, Brötchen und Knackwurst.

Aber sie hörte jedes Wort.

»Für ein Mädchen wie Friedel, als Schülerin unseres Hauses, ist dies doch wohl nicht der geeignete Aufenthaltsort, Frau Gugenheimer. Ich bin sicher, Sie stimmen mir zu und tragen Sorge dafür, daß Friedel sich von hier entfernt.«

Und wenn du jetzt nicht die richtige Antwort gibst, dachte Friedel, dann, dann –

»Ach, wissen Sie«, sagte Anna, »das sollten Sie ruhig meine Sorge sein lassen. Ich finde es richtig, daß Friedel bei mir ist. Und bei mir bleibt sie auch. Wir verkaufen heiße Würstchen und Korn. Was ist dabei?«

»Tun Sie es zu wohltätigen Zwecken?«

»Nein. Um Geld zu verdienen.«

»Ihr Gatte sei Anwalt, sagte Friedel.«

»Mein Mann ist Anwalt.«

»Und dennoch –«

»Soll Friedel deswegen einen Jahrmarkt nicht von der Seite derer kennenlernen, die für die Unterhaltung und das Amüsement der Besucher sorgen? Vielleicht dürfen wir Ihnen auch einen Korn und ein Würstchen anbieten?«

»Danke, ich habe zu Mittag gespeist.«

»In Ausnahmen servieren wir auch Wein.«

»Danke, ich trinke nie Alkohol.«

»Schon in der Bibel ist der Wein als Geschenk Gottes erwähnt.«

»Ich begreife Sie nicht, meine Liebe. Aber vielleicht hat Ihr Leben Sie andere Werte gelehrt als mich das meine.«

»Gewiß«, sagte Anna. »Davon bin ich fest überzeugt. Und jetzt entschuldigen Sie mich bitte, ich habe zu tun.«

»Prima, Mama«, sagte Friedel und hätte am liebsten laut geschrien: Habt ihr alles gehört! Habt ihr's gehört!

Aber sie rief nur: »Heiße Würstchen, kalter Korn, kalter Korn und heiße Würstchen!«

An diesem Abend um sieben war der Wurstkessel wieder leer – und wäre nicht Geigenmeier gewesen, der einen riesigen Holländer Käse in petto hatte und einen halben Zentner Zwiebeln, um den berühmten Halven Hahn anzubieten, hätten sie schon wieder den Stand zumachen müssen.

Nachts um zehn Uhr schlossen Anna und Friedel diesmal, machten Kasse und fielen sich in die Arme, weil ihre Einnahme bei weitem ihre Erwartungen überstieg.

Die Arme umeinander gelegt, wanderten sie zum Rhein hinunter, lehnten sich im Bötchen müde aneinander.

Und fielen zu Hause wie zwei Klötze ins Bett.

Der dritte Tag des Jahrmarkts begann damit, daß Onkel Franz seinen Notar aufsuchte, den schon aufgesetzten Schenkungsvertrag an Friedel über das Haus in der Schumannstraße für null und nichtig erklärte und es statt dessen Achim übertrug – die Nutzung sollte dessen Mutter Lilli bis an ihr Lebensende zugute kommen.

Die Klassenlehrerin Fräulein M. beschloß, Friedel die Aufsätze, die sie nicht schrieb, sondern vom leeren Blatt ablas, nicht länger durchgehen zu lassen, wenn erst das Winterquartal anfing, und ihr, wenn möglich, das Zeugnis durch eine Fünf in Deutsch zu verderben.

Von beiden Ereignissen, will man sie als solche bezeichnen, wußten Anna und Friedel nichts.

Die Sonne schien an diesem Montag wie an den beiden Tagen zuvor, der Rummelplatz drehte sich um sich selbst. Sie verkauften Würstchen und Korn, und Anna sagte: »Ein Paar neue Schuhe kriegst du. In dem tollen Geschäft in der Wenzelgasse darfst du dir aussuchen, welche du möchtest. Die du anhast, sind dir zu klein.«

»Das hast du gemerkt?«

»Sicher«, sagte Anna. »Ja, denkst du denn, ich kümmere mich nicht–«

»Doch. Jetzt ja. Weil Michael weg ist.«

»Friedel, er ist dein Vater und mein Mann. Ich hab' ihn lieb.«

»Ich weiß«, sagte Friedel.

»Was ist denn falsch daran?«

»Nichts.«

»Mach' nicht solch ein Gesicht.«

»Hörst du es nicht?« fragte Friedel.

»Was soll ich hören?«

»Da spielt jemand Geige.«

»Aber das ist doch normal.«

»Nein, das nicht.«

Sehr langsam drehte Friedel sich um, wie unter Zwang. Anna konnte es ganz genau sehen.

Und da bog er in die Gasse ein, einen Schwarm Kinder um sich, die hüpften und sprangen, Röckchen flogen, Zöpfe wippten.

»Der Rattenfänger von Hameln«, murmelte Anna.

»Warum kommt er hierher. Warum? Warum?«

»Friedel, was ist denn?«

Sie zitterte, die Zähne schlugen ihr aufeinander.

»Lauf in den Hof, geh, setz dich hin.«

»Warum kommt er hierher?«

Der Geiger blieb vor dem Torbogen stehen, hob das Gesicht mit den dunklen Augengläsern und ließ es kreisen wie am Tag zuvor Onkel Franz.

Aber am Schluß richteten sich die dunklen Gläser nicht auf Anna, sondern auf Friedel.

»Lauf nach hinten!« Anna packte Friedel, drehte sich um und schob sie in den Durchgang.

»Wo läuft sie hin?« fragte der Mann.

Anna antwortete nicht.

»Warum läuft sie vor mir davon?«

»Was wollen Sie hier?« fragte Anna. Die Kinder wichen zurück, bildeten einen stummen, abwartenden Halbkreis halboffener Münder und geweiteter oder blinzelnder Augen.

»Was wollen Sie hier?« wiederholte Anna.

»Ich bin hier zu Hause«, sagte der Blinde. »Das ist mein Elternhaus. Vater, Vater! Wo bist du?«

Geigenmeier kam aus dem Haus gestürzt.

»Scher dich fort«, rief er, »scher dich fort!«

Der Blinde lachte.

»So sehr fürchtest du dich vor mir?«

»Scher dich fort. Mach, daß du wegkommst, sonst hetz' ich –«

»Nichts tust du«, sagte der Blinde. »Einmal hast du was getan, aber jetzt tust du nichts mehr.«

Er setzte den Bogen an, begann wieder zu fiedeln.

Dreh dich im Tanz,
Dehn dich im Tanz,
Laß deine Röckchen fliegen.

Und die Röckchen der Mädchen wippten, ihre Zöpfe flogen, und die Jungen sahen aus wie zum Leben erwachte Hampelmänner aus Pappmaché. So zogen sie weiter.

Geigenmeier sank auf einen Schemel.

»Einen Korn«, sagte er, »so geben Sie mir doch einen!«

Er kippte das Glas auf einen Zug.

»Warum sind Sie so aufgebracht?« fragte Anna.

»Wenn Sie ihn zum Sohn hättten, wären Sie es auch.«

»Was ist mit ihm passiert?«

»Ich kann nicht drüber sprechen. Nur über meine Leiche würd' ich drüber sprechen.«

»Nehmen Sie sich doch zusammen«, sagte Anna, »wenn er Ihr Sohn ist, ist er Ihr Sohn. Punktum.«

Geigenmeier kehrte ohne Antwort ins Haus zurück.

Achim kam von einem Streifzug über den Rummelplatz. Anna bat ihn, sie einen Moment am Tresen zu vertreten.

»Na klar!«

Sie ging zu Friedel.

Setzte sich stumm neben sie, legte ihren Arm um Friedels Schultern.

»Ich hab' Angst, Mama, ich hab' Angst.«

»Brauchst du nicht. Wir sind doch bei dir.«

»Er will mir etwas sagen, mich warnen. Er will mir zeigen – wohin ich gehen muß.«

»Denk nicht mehr an ihn.«

»Du glaubst mir nicht?«

»Doch. Seit wann hast du die Bauchschmerzen?«

»Auch das weißt du?«

»Seit wann?«

»Früher waren sie anders. Jetzt sind sie – na, du weißt schon.«

»Ja, ich weiß.«

»Komisch, ausgerechnet heute.«

»Willst du zur Oma, nach Hause?«

Friedel schüttelte den Kopf. »Ich bleibe hier. Ich bleibe schon bei dir.«

Aber warum sang er und warnte vor dem letzten Tanz?

23

Michael Gugenheimer kehrte nach Hause in die Schumannstraße zurück, voll der guten Nachrichten aus Frankfurt; Berendson hatte sie aus New York gebracht und bei einem saftigen Lendensteak auf ungarische Art im Altsachsenhausen erörtert: Man würde sich vergleichen, Michaels Halbschwestern lenkten ein, das Dahlemer Haus würde natürlich Michael gehören und eine Rente aus dem Vermögen Anatol Gugenheimers ihn finanziell unterstützen.

»Du könntest mehr verlangen, alter Junge«, hatte Berendson gesagt, »aber nur per Prozeß. Und ich rate dir, vermeide den. Deine Halbschwestern haben den längeren Arm. Ihre Männer sind einflußreiche Businessmen. Einer kandidiert zur Zeit für den Kongreß. – Wann kommst du nach New York zurück? Einen warmen Schreibtischsessel finden wir da allemal für dich.«

»Vielleicht im nächsten Jahr, vielleicht im übernächsten. Ich muß es mit Anna besprechen und mit Friedel.«

»Laß dir Zeit, mein Junge. Berendson und Hedges läuft dir nicht weg.«

»Danke, Sir.«

»Aber das ist doch selbstverständlich. Hast einen hellen Kopf, bist jung – und gewisse Vorurteile schleifen sich ab. Noch eine Verdauungszigarette?«

»Danke, Sir, nein.«

»Einen ordentlichen Whisky zum Abgewöhnen?«

»Ach ja, den kann man hin und wieder brauchen, Sir. Wann kann ich mit der Rente rechnen?«

»Das braucht seine Zeit, mein Junge.«

»Ich weiß.«

»Formalitäten, Unterlagen. Noch steht die genaue Höhe des Vermögens deines Vaters ja gar nicht fest. Es ist schwierig, aus Berlin die damaligen Akten zu kriegen. Vieles ist verlorengegangen, vieles einfach unklar. Aber wir schaffen das schon, verlaß dich auf den alten Berendson.«

»Wie alt sind Sie eigentlich, Sir?«

»Zweiundsiebzig, warum?«

»Nur so.«

»Du denkst dir doch was bei deiner Frage?«

»Sie meinen es gut mit mir, Sir. Aber unter Ihrem Nachfolger, jemand, der Sie ersetzen würde, wie sähe es dann aus?«

»Ich trete noch nicht ab«, sagte Berendson.

»Ich denke an meine Familie«, sagte Michael.

»Du bist noch ein junger Mann.«

»Gewiß.«

»Setz nicht solch eine Leichenbittermiene auf. Was willst du? Laß mich doch machen. Ich sorge schon dafür, daß alles seine Ordnung hat.«

»Ja, Sir«, sagte Michael.

»Na also, mein Junge, Kopf hoch.«

Und das war das.

Auf der Fahrt nach Bonn dachte Michael, wenn mir plötzlich etwas passiert, sind Anna und die Kinder finanziell gesichert.

Wieso dachte er daran, daß ihm etwas passieren könnte?

Bill war tot.

Und hatte Bill vorher daran gedacht, was ihm passierte? In Haifa, an seinem letzten Abend im Heiligen Land, als der Sandsturm wehte?

Zu Hause, in der Schumannstraße, öffnete nur Achim. Brille auf der Nase, Eulenaugen, Brille verschwand sofort, wurde schnell in die Hosentasche gestopft.

»Onkel Michael, du?«

»Bin ich ein Geist?«

»O nein, o nein! Komm rein! Aber niemand ist da!«

»Wo sind denn alle?« Das Haus roch unbewohnt.

»Auf Pützchens-Markt.«

»Und was ist das?«

»Der größte Jahrmarkt im Rheinland.«

»Ach so.«

»Darf ich dir die Blumen abnehmen?«

»Ja, danke.« Michael gab dem Jungen den Riesenstrauß flammendroter Gladiolen.

»Kommst du direkt aus Frankfurt, Onkel Mike?«

»Ja.«

»Und? Warst du erfolgreich?«

»Wie man's nimmt.«

Vielleicht waren die Abmachungen in Frankfurt doch gar nicht so gut? Denn er hatte nicht darum gekämpft.

»Möchtest du etwas trinken? Sollen wir auf den Balkon gehen?«

»Was trinken wäre gut. Was ist denn da?«

»Ich kann schnell mit dem Syphon in die Weberstraße zum ›Treppchen‹ laufen und Bier holen.«

Achim folgte Michael auf den Balkon. Auf dem Tisch lag aufgeschlagen eine Clausewitz-Biographie.

»Was liest du denn da?« fragte Michael, bevor Achim das Buch verschwinden lassen konnte.

»Na ja, du hast es doch gesehen.«

»Und so was macht dir Spaß?«

»Ja.« Achims Schläfen röteten sich. »Großvater Belheim war doch Berufsoffizier, und Großvater Schwarzenburg war im Boxeraufstand, und wenn er Oma nicht geheiratet hätte, eine Elsässerin, wäre er wohl dabeigeblieben.«

»Du meinst, das Soldatspielen liegt dir im Blut?«

Achim nickte.

»Aber was bringt dich auf die Idee, daß es überhaupt mal wieder eine Armee in Deutschland geben könnte? Eine Berufsarmee obendrein?«

»Was mich auf die Idee bringt, weiß ich nicht. Strategie interessiert mich halt. Und außerdem gibt es ja auch andere Armeen, die französische Fremdenlegion zum Beispiel.«

»Wenn das deine Großmutter hört, reißt sie dir den Kopf ab.«

»Sie hört es ja nicht, und du verrätst mich nicht.« Achim grinste. »Und jetzt lauf ich Bier holen.«

»Warte, hier ist Geld.«

»Oh, ich hab' welches.« Und damit lief der Junge weg.

Es würde eine Weile dauern, bis das Bier gezapft und Achim zurück war, und die wollte Michael nützen, um sich ein bißchen frisch zu machen.

Er ging in das Schlafzimmer – es war tadellos aufgeräumt und staubig.

Und das bei Annas sporadisch auftretender Putzwut?

Die ihm auf die Nerven fiel.

Er strich Staub vom Spiegel, pustete ihn von den Fingerspitzen.

Er zog sich aus, öffnete den Kleiderschrank, um seinen Bademantel herauszunehmen, und fand Annas Kleider nicht mehr darin.

Der Schock traf ihn wie ein Schlag in den Magen.

Er ging ins Nebenzimmer.

Auch der Schrank der Kinder war leer.

Nur auf dem Nachttisch saß Boris' Plüschhase, den er aber, seit er Blacky besaß, ohnehin sträflich vernachlässigt hatte.

Und Blacky mümmelte unten im Garten, in seinem Drahtgehege unter dem Holunderbaum.

»Wo bist du, Onkel Michael?« rief Achim.

Als er auf den Balkon kam, stellte der Junge gerade den Syphon mit dem weißschäumenden Bier auf den Tisch.

»Ach, da bist du ja. Ich hol' noch schnell Gläser.«

»Wo sind meine Frau und die Kinder?«

»Auf Pützchens-Markt.«

»Aber die Kleiderschränke sind doch leer.«

»Ach so.« Achim fing an zu lachen, sonderbarerweise erleichtert.

»Das weißt du noch nicht? Tante Anna hat Mutters Wohnung in der Coburger Straße übernommen. Mutter ist in Brüssel als Mannequin.«

»Mit diesem Alpert?«

»Ich mag ihn auch nicht«, sagte Achim. »Aber was soll ich machen?« Er zuckte die Schultern. »Mutter muß wissen, was sie tut, es sind ja ihre Liebhaber.«

»Recht hast du, und jetzt hol uns zwei Gläser.«

»Ich darf eins mittrinken?«

»Wie alt bist du, junger Mann?«

»Elf!«

»Okay, hol dir ein Glas.«

Als Achim zurückkam, brachte er nicht nur die Gläser. Er hatte sich die Hände gewaschen, die Haare gekämmt und sich wahrscheinlich sogar die Schuhe geputzt.

Michael verkniff sich den Blick darauf, sagte: »Ich war genauso alt wie du, als ich mein erstes Bier trank. Gerade elf geworden, und mein Vater nahm mich mit in einen Biergarten an der Spree. Ich durfte eine Weiße mit Schuß trinken. Weißt du, was das ist?«

»Weizenbier mit einem Schuß Himbeersaft.«

»Na, das hier ist Kölsch, aber das tut's auch, was?«

»O ja.«

»Prost, Achim.«

»Prost, Michael.« Während er trank, schlossen sich Achims Augen, und er leerte das Glas in einem langen, langen Zug.

»Wie kommen wir zu Pützchens-Markt?« fragte Michael.

»An der Gronau über den Rhein mit dem Bötchen. Und dann zu Fuß, falls wir nicht Glück haben und irgendein Fuhrwerk uns mitnimmt. Denn drüben bis zur Straßenbahn ist es zu weit. Bald haben wir wieder die Brücke. Nächstes Jahr soll sie fertig sein, hat in der Zeitung gestanden.«

Sie leerten den Syphon, und auf dem Rhein sangen sie ›Heidewitzka, Herr Kapitän‹.

Niemand störte sich daran, alle Leute lachten, und sie ließen noch ein paar Weisen von Willy Ostermann folgen, als letzte ›Ich möcht' zo Foß nach Kölle jonn‹.

Aber der Weg nach Pützchen war schon lange genug. Sie kamen durstig, staubig und vom Kölsch ernüchtert dort an.

»Und wo sollen wir unsere Familie auf dem Rummelplatz finden?« fragte Michael entgeistert, der noch nie zuvor eine Kirmes solchen Ausmaßes gesehen hatte.

»Mir nach!« rief Achim und stürzte sich in das Menschengewühl.

Und dann, nach einem Zickzacklaufengehendrängenstoßen, sah Michael hoch über den Köpfen das grün-weiße Schild schweben ›Annas Kornklause‹.

Und er hörte ihre hellheisere Stimme: »Heiße Würstchen, einen klaren Korn, heiße Würstchen!«

»Da ist Michael!« rief Friedel, und Anna ließ eine Wurst mitten in den Senftopf fallen.

Sie hingen ihm beide am Hals, und vor lauter Armen und Mündern – ja, war das denn ein Karussell? – wußte er selbst nicht, wohin mit Mund und Armen.

»Achim, du übernimmst das Regiment«, rief Friedel.

Und die beiden, Anna und Friedel, zogen Michael in den Hof, in dem es stiller war, ein paar Leute neugierig von ihren Papptellern hochblickten, dann aber schnell weiteraßen, um schnell weiterzuziehen, alles zu genießen, was der Rummelplatz zu bieten hatte.

Friedel brachte Michael einen doppelten Korn, Anna ein paar siedend heiße Würstchen.

Friedel lief nach einer Serviette, Anna holte ein Besteck.

Michael kam auch nicht zu Worte.

Untereinander ließen sie sich über ihn aus:

»Dünn ist er geworden.«

»»Schön braun.«

»Zum Friseur muß er.«

»Ach, was. Ich mag lange Haare.«

»Hol' ihm noch Senf.«

»Du hast ihn vergessen.«

Und Michael konnte nicht einmal ihre Stimmen auseinanderhalten, so sehr ähnelten sie sich in ihrer hellen Heiserkeit.

Schließlich setzten sie sich ihm gegenüber auf die Bank, und er sah sich von zwei Paar glänzenden großen grauen Augen betrachtet.

»Nun iß doch schon!« sagten die beiden Münder wie aus einem Mund.

Und er dachte, ich bin betrunken, jetzt erst schlägt das Kölsch durch.

Anna, Friedel, Friedel, Anna, ihre Gesichter klackten vor ihm ineinander wie in einem Kaleidoskop.

»Schluß jetzt«, sagte er, stand auf, gab erst Anna einen Kuß auf den Mund und dann Friedel.

»So, jetzt redet ihr beide mal zwei Minuten lang kein Wort und hört euch erst meine Fragen an. Schließlich bin ich immer noch das Familienoberhaupt, oder etwa nicht?«

»O ja«, sagten beide Münder.

»Also. Wie kommt ihr hierher?«

»Wir sind die Vertretung.«

»Für wen?«

»Für Paul Domscheid.«

»Warum?«

»Ihn hat der Schlag getroffen, weil er sich zu sehr auf Pützchens-Markt gefreut hat. Aber keine Bange, er lebt noch. Und nächstes Jahr ist er bestimmt wieder dabei.«

Und dann hörte Michael von Anna, wie Friedel mit Onkel Franz fertig geworden war, und von Friedel, was Anna der Klassenlehrerin unter die Nase gehalten hatte.

Und wiederum von Anna, daß Boris einen Fuchs von Zigeunern gestohlen, die den unter ihrem Karren angebunden hatten, und wie Christine gerade auf dem Wege war, das halbverhungerte Tier dem nächsten Förster zu bringen.

Sie lachten, und er lachte.

Die Würstchen wurden kalt.

»Er mag sie nicht«, sagte Friedel.

»Still. Erzähl ihm, was Fräulein Damen gesagt hat, als sie Christine hinter dem Tresen sah.«

»Frau Schwarzenburg, ich habe mir immer schon gedacht, daß Sie nicht in unsere Gesellschaftsklasse gehören«, lispelte Friedel unter geziert herabgezogener Oberlippe.

»Hol ihm noch einen Korn.«

»Er hat den ersten ja noch nicht getrunken.«

»Vielleicht will er einen Wein?«

Er nickte. »Ja, er will einen Wein.«

Also holte Friedel Wein, und Achim rief: »Hilfe, Friedel, ich schaff's nicht mehr allein!«

»Könnt ihr mich entbehren?« fragte sie.

»Ungern«, sagten Anna und Michael wie aus einem Mund.

»Dann gehe ich. Bis gleich. Tschüß!«

»So schön ist sie geworden, und so glücklich sieht sie aus.«

»Sie ist es auch, Michael, Friedel ist glücklich.«

»Und du?«

»Ich bin's auch. Weil du wieder da bist.«

»Deine Knie sind so dünn geworden.«

»Woher weißt du das?«

»Ich kann es fühlen.«

»Mein Herr, Sie können doch nicht an die Knie einer Ihnen völlig fremden Dame greifen.«

»Oh, die Dame ist keine Dame, sie ist meine Frau.«

Sie brachen in Lachen aus. Sie tranken aus demselben Glas, sie hielten sich bei der Hand.

»Mal im Ernst, wann kannst du hier weg?« fragte er.

»Wenn uns die Würstchen ausgehen und der Korn.«

»Und wann ist das?«

»In einer Stunde ungefähr.«

»Solange will ich nicht warten.«

»Mußt du aber. Denn ich hab' noch eine Überraschung für dich.«

»Noch eine!« stöhnte er. »Der Himmel bewahre mich vor diesen meinen Frauen.«

»Bleib hier, ich bin gleich wieder da.«

Er sah Anna nach, der weiße Kittel wehte, gab die Kniekehlen frei. Keine Strümpfe trug sie.

Sie tuschelte mit Friedel. Beide lachten. Und dann verschwand Anna in der Menge, die durch die Gasse wogte. Einen eisigen Moment lang hatte Michael die grenzenlose Angst, sie nie mehr wiederzusehen.

Christine kam mit verrutschtem Strohhut, Boris an der Hand, der einen ganzen Wald von Luftballons schleppte.

Und mit einer überraschend wohltönenden und sicheren Stimme sang ›Kauf mir einen bunten Luftballon . . .‹

Boris drückte Michael die Luftballons in die Hand und sagte: »Von mir für dir, Papap!«

»Ja, lernt der Junge denn nie richtig sprechen?«

»Der hält uns doch nur zum Narren, weißt du das denn nicht?« rief Christine und lachte.

»Mager bist du geworden, braun bist du, und zum Friseur mußt du!«

Ja, der Himmel bewahre ihn vor auch nur einer einzigen Frau mehr!

Boris kletterte auf die Bank, machte sich über die kalten Würste her, kippte den Korn, setzte sich auf den Tisch und verkündete: »Jetzt ist mir pudelsatt!«

Die Leute lachten und johlten.

Boris warf Kußhände unter die Menge.

Bloß raus hier, dachte Michael, bloß weg.

Und da war Anna und nahm seine Hand. Der weiße Kittel war verschwunden, jetzt trug sie ein helles Kleid, blaßgelb und grün, seidig, aufregend, ganz neu.

»Macht's gut, Kinder«, sagte Christine.

Anna errötete bis hinter die Ohren.

›Auf Wiederseh'n, auf Wiederseh'n‹, sang Boris.

Friedel schaute kaum auf, wechselte, zählte Geld.

Achim rief: »Tschüß!«

Und plötzlich, ganz übergangslos, so schien es Michael wenigstens, waren sie auf einem Stoppelfeld. Da stand eine Kutsche, innen weiß ausgeschlagen.

Anna kicherte und sagte: »Das war das einzige, was ich auftreiben konnte, eine Hochzeitskutsche.«

Michael hob sie aufs Trittbrett und half ihr in den Sitz.

Der Kutscher grinste unter seinem Zylinder hervor und sagte: »Das machen nur die Beine von Dolores.«

Ja, hatten denn hier alle Leute einen Schwips?

Der Kutscher ließ die Peitsche knallen, hoch über den gespitzten Ohren des Pferdes, das aus einem violetten Sack Hafer fraß.

Und auf ging's.

»Was liegt da zwischen uns?« fragte Michael nach einer langen Weile, und Anna rückte zur Seite und sagte: »Das ist eine Flasche Sekt.«

»Wo hast du denn die her?«

»In allen Lebenslagen Anna fragen.«

»Nein, im Ernst?«

»Gewonnen, im Vorübergehen als Großes Los gewonnen.«

Die Hälfte schäumte aus, als der Korken knallte, der Sekt war lauwarm, aber was tat's?

Durch Wiesen fuhren sie, zwischen abgeernteten braunen Schollen, durch einen Wald.

Anna hieß den Kutscher oben am blauen See halten und schickte ihn zurück.

Auf dem Ennert würde er sich ein Gläschen genehmigen, meinte er händereibend, und die Herrschaften in einer Stunde wieder abholen.

»Das Wasser ist nicht zu kalt«, rief Anna und stürzte wie ein goldbrauner Blitz mit weißen Streifen ins Wasser.

»Ist das nicht schön?«

»Ja, das ist schön.«

»Michael, ich bin kitzelig.«
Er tauchte von ihr weg. Grün kam es auf ihn zu, dann schwarz, er machte, daß er seinen Kopf wieder hoch bekam. Aus dem Wasser raus. Die Felswand schimmerte rötlich von der Sonne, silbernes Moos wuchs hier und da.
»Weißt du noch?«
Er wußte noch.
In einer Nacht waren sie hier gewesen. Vollmond war's natürlich, wie konnte es anders sein?
»Michael, ich liebe dich, und ich will, daß du glücklich bist.«
»Anna, Anna.«
»Halt mich ganz fest.«
»Ist es so fest genug?«
»Ja, Michael, ja, so ist es gut.«
Er rieb sie mit seinem Hemd trocken.
»Du bist so schön, Anna!«
»Ich werd' vierzig.«
»Na und? Für mich bleibst du die Jüngste und Schönste, die es gibt.«
»Ist das wirklich wahr?«
»Es ist wahr.«
»Was machst du ohne Hemd?«
»Stört dich eine nackte Männerbrust in einer weißen Hochzeitskutsche?«
»Dummkopf.«
»Na also.«
»Auf zum Bötchen.« Hand in Hand liefen sie.
Im Hohlweg wartete die Kutsche, das Pferd mahlte Hafer, der Kutscher rülpste, als er erwachte; sie konnten Mahlzeit und Getrunkenes riechen.
»Auf zum Bötchen.«
»Wurd' aber auch Zeit, in Ihrem Alter.« Er sah sie scheel an, was sich rasch verflüchtigte, als Anna ihre Beine beim Einsteigen sehen ließ.
»Auf zum Bötchen!« Er ließ die Peitsche knallen.
Das Bötchen schaukelte, Anna kuschelte sich in Michaels Arm.
»Wieso ist es noch so hell?«
»Nacht wird es früh genug«, sagte Anna.
»Warum sagst du das so?« Plötzlich war alles weg.
»Wie so?«
»Sag es noch mal.«
»Was habe ich denn gesagt? Daß es früh genug dunkel wird?«
Sie erinnerte sich schon nicht mehr.
»Michael?« Sie strich ihm über die Stirn.
Nichts, ich habe – es war nichts«, sagte er.
Aber es war alles weg. Und sie wußte es ebensogut wie er.

235

Sie gingen Arm in Arm nach Hause, in die Wohnung in der Coburger Straße; Anna berichtete ihm, warum Lilli nach Brüssel gegangen sei, warum sie die Wohnung übernommen habe.

Michael berichtete aus Ockershausen, von Susi und Jim Weathly.

Den Tod von Susis Vater erwähnte er nur flüchtig. Anna hatte Kreugel nicht gekannt, kaum seinen eigenen Vater, Anatol. Michael war nicht, wie ursprünglich beabsichtigt, nach Berlin gereist, er hatte die Namen der Mörder seines Vaters der Polizei in Frankfurt übergeben. Wenn die Täter noch lebten, würde man sie finden, war ihm versichert worden, und zur Rechenschaft ziehen, denn Mord verjährte nicht.

Von Berendson sprach Michael ausführlicher, auch von dessen Angebot an ihn, nach New York zurückzukehren.

Anna lauschte ohne Fragen, ohne Neugier.

Als sie von dem Arrangement mit Michaels Halbschwestern erfuhr, lächelte sie. »Das freut mich für dich. Das gibt dir Bewegungsfreiheit. Jetzt weißt du doch, woran du bist.«

»Ja, jetzt weiß ich, woran ich bin.«

»Ich habe Weißwein im Eisschrank.«

»Eisschrank, Bett und Musiktruhe, alles, was eine Junggesellin braucht!«

»Das hat schon Laura gesagt.«

»Fühlst du dich hier wohl, Anna?«

»Die Vorhänge sind von mir. Ich habe sie selbst genäht.«

Er nahm Anna in die Arme. »Annele, was ist mit uns?«

»Du hast eine lange Fahrt hinter dir.«

»Du einen anstrengenden Tag. Du bist immer noch heiser.«

Er strich über ihre Kehle, sie klopfte unter seiner Hand wie ein Herz. Anna half ihm aus dem feuchten Hemd, das Grasflecken trug.

»Es war ein schöner Tag, Annele.«

»Ja, es war ein schöner Tag.«

Michael lag lange wach neben ihr, grübelnd, während sie schlief.

24

Am 1. September 1948 tagte der Parlamentarische Rat zum erstenmal im Museum König auf der Koblenzer Straße.

Im August erst hatte eine Kommission der Länderregierung Bonn als Sitz des Rates ausgewählt, weil es mit dem Museum König, der Pädagogischen Akademie an der Gronau, die geeigneten Räumlichkeiten bot und weil man auch genügend Quartier für die Abgeordneten in der ehemals nur beschaulichen Universitäts- und Rentnerstadt fand. Stadtverwaltung und Handwerker schafften mit Überstunden und

Nachtarbeit in nur vierzehn Tagen die notwendigen Voraussetzungen zur Unterbringung des Rates in den Gebäuden; zu Recht waren die Bonner stolz darauf.

Die Herren Abgeordneten trugen schwarze oder dunkle Anzüge, wie es dieser ernsten und auch hoffnungsvollen Eröffnungssitzung am 1. September entsprach; sie sollten unserem Land, dessen Länderregierungen noch unter Besatzungsoberhoheit standen, eine neue Verfassung geben, das Grundgesetz des zukünftigen Bundesstaates.

Christine stand mit Friedel unter den Menschen, die diese Stunde begrüßten, vor dem Museum König.

»Erinnerst du dich noch daran, wie du den Aufsatz über die Demokratie schriebst und mich fragtest, warum brauchen wir viele Parteien?«

»Ich erinnere mich auch an deine Antwort«, sagte Friedel. »Weil nicht alle Menschen gleicher politischer Meinung sein können, weil sie ein Ventil brauchen, und das sind die Parteien. Erlaubt man einem Volk nur ein einziges Ventil, kommt üble Luft raus.«

Christine drückte ihre Hand. »Vergiß diesen Tag nicht, Kind, vergiß nie diesen ersten September neunzehnhundertachtundvierzig.«

Friedel notierte ihn in ihrem Tagebuch wie auch ihre Eindrücke und Erlebnisse auf Pützchens-Markt.

Sie schrieb über den Abschied von Yochanan und Laura: ›Anna und Michael haben in ihnen gute Freunde, und ich habe sie lieb, als hätte ich sie immer gekannt. Nächstes Jahr werden wir vielleicht schon Ferien in ihrem Haus in der Toskana machen können. Es ist eine Obstfarm, und Laura hat von Oma gelernt, wie man Apfelschnitze zum Trocknen auf Schnüre zieht.

Tagsüber halten wir uns alle – die ganze Familie, einschließlich Achim – in der Schumannstraße auf, wo Michael ja auch sein Büro hat. Oma hat ihm ein Messingschild machen lassen, das sehr vornehm aussieht und das wir jede Woche mit einer seltsamen Poliermischung putzen: grobes Salz, Essig verbunden mit etwas Mehl und einem Eiweiß; die kennt Oma noch aus ihrer Kindheit im Elsaß, wo damit alle Kupfertöpfe und Messinggeräte gewienert wurden.

Abends gehen Anna und Michael immer in ihre Wohnung in der Coburger Straße. Wir Kinder bleiben bei Oma.

Ich habe gute Noten in der Schule, nur muß ich jetzt alle Aufsätze mitschreiben. Fräulein M., die wohl immer noch wütend auf mich ist, wegen Pützchens-Markt, hat mich beim Schummeln erwischt. Ich glaube, sie wünscht mich oft dahin, wo der Pfeffer wächst.‹

Der Herbst glitt in den Winter. Weihnachten kam.

Sie feierten es in der Schumannstraße.

Der Baum berührte die hohe Decke des Wohnzimmers, an Kerzen wurde nicht gespart, nicht am Lametta und Engelshaar. Anna hing große blaue Kugeln zwischen die grünen Zweige.

Friedel bekam eine Kamera mit auswechselbaren Objektiven und sprang herum wie früher Blacky, der eines Tages im Oktober zum Holunderbaum gehoppelt war, an seinem Stamm geschnuppert hatte, sich ins welke Laub legte, Ohren flach am Kopf, und dann die kleinen, flinken, so blitzenden Augen schloß.

Boris begrub Blacky unter dem Holunderbusch. Friedel schnitzte ein kleines Kreuz, in das sie seinen Namen brannten.

Als sie es in die Erde steckten, fragte Boris: »War Blacky katholisch oder evangelisch? Muß mir doch wissen, wenn mir beten will.«

»Weder noch«, sagte Friedel, »Tiere haben keine Religion.«

»Auch keinen lieben Gott?«

»Doch, natürlich.«

»Dann erschrick mir doch nicht. Also, lieber Gott, mach Blacky fromm, damit er in dein' Himmel kommt. Amen.«

Zu Weihnachten bekam Boris einen acht Wochen alten weißen Spitz; sprachlos stand er da und ließ sich von dem kleinen Hund anbellen.

»Den hat mir nicht verdient«, sagte er dann ehrlich. »So brav war mir nicht. Der ist ja viel zu schön.«

Friedel fotografierte Christine mit neuer Persianerkrawatte, die Eltern, Boris, der stolz den Spitz im neuen Schulranzen auf der Brust trug.

»Aber der Ranzen gehört auf den Rücken«, sagte Christine.

»Mir doch egal. Mir trägt ihn auf der Brust.«

Achim bekam einen Band Gedichte gegen den Krieg; von Kindern waren sie verfaßt und von einem Verlag in Hamburg in der Handschrift der Kinder gedruckt worden.

»Du hast mich mißverstanden, Onkel Michael«, sagte er, »ich will niemals einen neuen Krieg. Aber um zu vermeiden, daß es Krieg gibt, müssen die Generäle ihr Handwerk auf das beste verstehen.«

Friedel schenkte ihren Eltern die Zeichnung von einem Rummelplatz, die sie vor langen Jahren angefertigt und die Herr Boehm vollendet hatte, indem er lustige Menschen hineinzeichnete.

Sie sangen Weihnachtslieder, knabberten Nüsse, Plätzchen und Schokolade, Anna trug stolz die erste von ihr selbst gebratene Gans auf.

»Weißt du noch, Oma«, sagte Friedel, »als Onkel Franz die Martinsgans gewann und in der Waschküche hielt und stopfte? Und wie wir alle nichts davon essen konnten?«

»Und wißt ihr noch, wie's früher in Straßburg war, wenn Mama Stella läutete und die Tür zum gelben Salon aufsprang?«

»Und du hast dein Hauptgeschenk noch nicht einmal angesehen.«

»Mein Hauptgeschenk?«

»Ja, Oma. Ein weißer Umschlag unter dem Weihnachtsbaum, und mit großen Buchstaben steht dein Name drauf!«

»Den hab' ich wirklich nicht gesehen. Also, ich glaube, dann brauche ich doch eine Brille!« Christine öffnete den Umschlag mit dem dünnen Papiermesser aus hellgrüner Jade, das Ernst gehört hatte.
Sie las die wenigen Zeilen.
Und wurde blaß und rot und wieder blaß.
»Ihr seid verrückt!« Sie schnappte nach Luft.
»Wieso?« fragten Anna und Michael mit Unschuldsmienen.
»Dazu bin ich zu alt!«
»Du und alt?«
»Aber ich fahr' doch nicht mehr nach Hause. Ich fahr' doch nicht mehr in einem Zug. Und bis ins Elsaß?«
»Unsere Oma fährt Motorrad, ohne Bremse, ohne Licht, und der Schutzmann an der Ecke sieht die alte Oma nicht . . .«
»Boris, sei still.«
»Soll Oma doch lachen. Weihnachten weint kein Mensch!«
»Sie lacht ja schon.«
»Aber da brauche ich doch neue Hüte«, sagte Christine. »Wenn ich verreise, brauche ich mindestens drei.«

Gleich Anfang Januar ging Christine mit den Vorbereitungen ans Werk; ihre Reise war für die Osterzeit geplant.
Und welch ein Vergnügen das war, wieder in einem Atelier zu sitzen, in dem junge Männer umherhuschten in hellblauen Kitteln, den Geruch feuchten Filzes zu riechen, der unter der Presse Kopfform annahm.
Die Qualität des Filzes, der Seide, des Velours zu prüfen, zu beraten, ob man Federn benützen sollte, einen kleinen Schleier vielleicht?
Das schmeichelte, gab dem Teint Schimmer, zarten Glanz.
Ihre Nase war breiter geworden, befand Christine im dreiteiligen Spiegel.
»Ach, das pudert man weg«, sagte Fräulein Ammerich. In der Weberstraße hatte sie ihren Hutsalon neu eröffnet.
»Nach so vielen, vielen Jahren! Aber jetzt bin ich wieder da. In Bayern habe ich gesessen, in einem kleinen Dorf, versteckt wie eine Maus, gut ist es mir da gegangen, aber manchmal habe ich Alpträume gehabt, nie habe ich gedacht, ich würde einmal wieder ein eigenes Atelier haben. Aber Bonn hat ja als erste Stadt im Rheinland eine Fürsorgestelle für politische Opfer errichtet, und so habe ich meine Wiedergutmachung bekommen und konnte neu eröffnen . . .«
Es war schwer, sich vorzustellen, daß Fräulein Ammerich ein politisches Opfer war – aber nach einem der ersten schweren Angriffe auf Bonn hatte sie ihrer Meinung über Partei und Führer freien Lauf gelassen, war denunziert, verhaftet worden, eingesperrt und auf abenteuerliche Weise geflohen.

»Das ist vorbei, das kommt hoffentlich nie wieder. Deshalb, sprechen wir nicht mehr davon. Zu froh bin ich, wieder hier zu sein, treue Kundinnen wie Sie, Frau Schwarzenburg, zu haben.«

Der schwarze Seidenfilz stand ihr gut: weich in die Stirn fallend die Krempe, eine graue Feder nur lose geheftet ums Band gelegt.

»Aber die Häkelhandschuhe können Sie nicht dazu tragen.«

»Wissen Sie etwas Besseres?« fragte Christine.

»Weißes, feines Ziegenleder, dünn und geschmeidig, waschen kann man es auch.«

»Und woher kriegt man solches?«

»Lassen Sie mich nur machen!« sagte Fräulein Ammerich und besorgte tatsächlich feine weiße waschlederne Handschuhe.

Schuhe mußten gekauft werden, ein Reisekostüm, zwei Blusen zum Wechseln.

Das Kostüm erstand Christine bei Blöhmer im Winterschlußverkauf. Die Blusen im Salon Meyer-Mertens.

»Haltet mich nicht für einen Snob«, sagte sie, »aber handgenähte Seide ist halt was ganz Besonderes.«

»Sie freut sich wie ein Kind«, sagte Michael.

»Sie liest die halben Nächte französisch und Elsässer Dytsch«, sagte Anna.

»Und sie verschwindet halbe Tage, weiß der Himmel, wohin«, sagte Friedel.

Am Sonntag vor Ostern erfuhren sie, wohin Christine verschwunden war. Sie bat zum Nachmittagskaffee.

Auf dem Rasen – ja, auf dem neuen Rasen im Garten – war eine lange Tafel gedeckt.

»Oma hat einen Pakt mit Petrus«, sagte Achim. »Habt ihr es noch nie bemerkt? Wenn die Oma sich was vornimmt, ist immer schönes Wetter.«

Es war warm genug, um draußen zu sitzen.

Und Christine lud dazu auch die junge Familie ein, die seit einem dreiviertel Jahr die Mansarden bewohnte; er studierte Medizin, sie Philologie, und zwei Kinder hatten sie schon. Aus Böhmen stammten sie.

Zwei Gugelhupfe gab es mit Puderzucker bestäubt, süßen Kakao für die Kinder und starken schwarzen Kaffee für die Erwachsenen.

»Reden konnte ich immer schlecht«, sagte Christine und schmunzelte, als alle lachten. »Also, Friedel fährt mit mir nach Straßburg. Punktum. Und ich denke, daß niemand was dagegen hat, denn eine alte Frau wie ich braucht Reisebegleitung.«

Das Geheimnis der halben Tage, an denen sie verschwand, war gelüftet: Nachhilfestunden hatte Christine gegeben und von dem Geld für Friedel eine komplette Reiseausstattung gekauft.

Der Koffer war aus braunem Leder, derb verarbeitet und so, als könnte er Weltreisen überdauern. Er war wohlgefüllt mit Schuhen und Strümpfen, Röcken und Blusen, einer selbstgestrickten Wolljacke, »denn manchmal«, so sagte Christine, »sind die Abende auf dem Neuhof kühl.«
Friedel war ganz blaß, während alle anderen lachten und sich freuten.
»Ich glaub's nicht«, sagte sie, »ich glaube es nicht.«
Christine drückte sie an sich und fragte: »Na, willst' deinen Georg denn gar nicht wiedersehen?«

Wie sah Georg aus?
Da war braunes Haar, das ihm in die Stirn fiel, nicht zu bändigen.
Da waren Augen, die reden konnten, lachen konnten, vor Zorn funkeln konnten.
Schlaksige Arme und Beine und zu kurze Hosen, als er sie verließ.
Postkarten, kurze Briefe.
Schließlich nichts mehr.
Spätestens zu Pützchens-Markt hatte Friedel ihn vergessen. Nein, das war nicht wahr.
In der Raupe hatte sie einen Jungen entdeckt, der wie Georg aussah. Und an Georg gedacht.
»Alles einsteigen, bitte, alles einsteigen, bitte!« Und da saß sie schon im D-Zug nach Straßburg. Sprang wieder auf, lehnte sich aus dem Fenster, winkte –
»Auf Wiedersehen, auf Wiedersehen!«
Immer kleiner wurden Michael, Anna, Achim und Boris auf dem Bahnsteig.
Christine nahm den elegantesten ihrer Hüte ab und legte ihn behutsam ins Netz.
»Und jetzt geht es los, Friedele«, sagte sie.
»Was denn, Oma?«
»Unser Abenteuer. Oder meinst du nicht, es wär' ein Abenteuer, mein Elsaß neu zu entdecken?«

25

Straßburg?
Das war schon der große Platz vor dem Bahnhof, mit vielen Autos, eines schöner als das andere. Gut gekleidete Menschen spazierten umher, Damen mit Porzellangesichtern, in denen man die Schminke nur ahnen konnte, mit eleganten Hüten.
»Siehst du, warum ich neue Hüte wollte?« flüsterte Christine.

Friedel drückte ihren Arm.

»Taxi, Madame?«

»Oui, Monsieur. Merci vielmols.«

Da fiel der Chauffeur ins gemütliche Elsässer Dytsch. »Sie sind jo ein Meiselockerle!«

»Ei jo«, lachte Christine. »Zum Neuhof, bitte.«

»Zum Neuhof fahren wir!«

Durch breite Straßen, Boulevards und wieder über einen großen Platz, durch winklige Gassen, prächtige Avenuen.

Und über allem schwebte der Turm des Münsters blaßrot und wie mit Kreuzstich in das Blau des Himmels gestickt.

Über eine Brücke fuhren sie, holpriges Kopfsteinpflaster.

»Das ist die Ill, Kind, schau doch, wie grün sie ist.«

Die grüne Ill, auf der ihre Eltern Kahn fuhren, als es noch keine Farbfotos gab.

Friedel sah eine Ratte, sah einen Schwan.

Die Ratte huschte über grünes Pflanzengewölk, leichtfüßig, mit rosa Zehen.

Der Schwan teilte hochmütig Algen und Schaum, der von einem neuen Waschhaus kam.

»Da waschen die Frauen noch?«

»Du siehst es doch, Kind!«

»Und da drüben, was ist das, Oma?«

»Das ist die Elsässer Tracht.«

Ein junges Mädchen mit riesiger schwarzer Schleife hinter dem blonden Haar, ein junger Mann in roter Weste mit Silberknöpfen standen einem Fotografen Modell.

Der Chauffeur musterte Christine im Rückspiegel.

»Daß Sie aus Straßburg sind, habe ich mir gleich denken können, bei dem Hut.«

Christine errötete, rückte ihn zurecht. Es war der schwarze mit der weichen Krempe.

»Oma, schau mal, alle fahren Fahrrad.«

»Das ist unser Sport, Mam'selle«, sagte der Chauffeur. »Alle Leute fahren Velo.«

Das Taxi wand sich durch Pulks von laut klingelnden Radfahrern.

An einer Kaserne kamen sie vorbei, am Polignon.

»Aber Oma, jetzt fahren wir ja wieder aus der Stadt raus?«

»Warte es nur ab, Kind, warte es ab.«

Sie fuhren aus der Stadt, noch immer lag der Neuhof ländlich.

Aber eine Straßenbahn ratterte an ihnen vorbei, und Lieferwagen mit den verlockendsten Dingen bemalt, kreuzten ihren Weg.

Und dann die Hauptstraße des Neuhofs.

Sandiger Asphalt, nicht mal die Bürgersteige waren gepflastert.

In den Vorgärten blühten Tulpen und Hyazinthen, und hier und da saßen alte Männer mit blauen Baskenmützen auf den haarlosen Schädeln in der Sonne und rauchten Pfeife.

»Halt, halt!« rief Christine plötzlich. Dann stürzte sie aus dem Wagen auf einen alten Herrn zu.

»Ja, ist das die Möglichkeit!« rief der, ließ seinen Spazierstock durch die Luft segeln und fing Christine auf.

»Der Herr Zumpfstein.«

»Die Mam'selle Welsch.«

Elsässisches Gebabbele, das Friedel nicht verstand.

»Mach dir nichts draus«, sagte der Chauffeur, »das lernst du vite.«

»Ein alter Kollege von mir«, sagte Christine, die mit glühenden Wangen zum Taxi zurückkam, »wenn die Lisette keinen Platz für uns hat, können wir bei ihm wohnen.«

»Oma, man kann doch nicht bei fremden Leuten wohnen?«

»Im Elsaß schon.«

»Aber Oma —«

»Still, Kind, wir sind gleich da.«

Und sie hielten vor einem Haus, das geradewegs einem Märchenbuch zu entstammen schien.

Frisch leuchteten seine Fachwerkfarben, und doch sah man, wie alt es war. Ein bißchen vornüber lehnte es sich, als brauche es den Halt des großen Fliederbaumes, der davor wuchs.

Christine bezahlte das Taxi, sie standen auf dem Trottoir.

»Hier ist es«, sagte sie, »hier wohnt die Lisette.«

Und dann rief sie ganz vorsichtig: »Lisette? François?«

Da sprang die Haustür auf, Kinder purzelten heraus, zwei braunhaarige junge Frauen traten zur Seite, machten Platz für ein altes, schwarzgekleidetes Paar.

Und Christine weinte.

Die ganze Familie der Lisette versammelte sich. Da waren Kinder über Kinder und junge Ehepaare und solche mittleren Alters.

Da waren welche, die waren blond, und andere, die waren braunhaarig, und wieder andere, die hatten eine olivgetönte Haut; das waren die Nachfahren von Sudi, dem indischen Prinzen; vor der Jahrhundertwende war Sudi mit dem Onkel Missionar, Sebastian Welsch, ins Elsaß gekommen, um dort die aufgeschlossene europäische Lebensart zu erlernen. Sudi wurde Lisettes erste Liebe, des Hausmädchens von Jean und Stella Welsch.

»Ja, wenn die Christine nicht gewesen wäre, hätte ich in die Ill gehen müssen, mit Sudis Kind«, erzählte die kleine schrumplige Frau in Schwarz, geehrte und geachtete Groß- und Urgroßmutter. »Aber die Christine hat den François herumgekriegt, daß er mich heiratete, und meine Mutter – der liebe Gott hab' sie selig – hat sie mit einem fetten, braunen Huhn besänftigt.«

»Weiß war es«, sagte Christine.

»Braunweiß«, sagte François. »Die beste Legehenne, die ich je hatte.«

Der Tisch im Wohnzimmer wurde ausgezogen, daran fanden alle Erwachsenen Platz, die Kinder wurden an Beistelltische rundum verteilt. Nur Friedel durfte neben Christine auf dem Ehrenplatz am Stirnende der Tafel sitzen.

Die jungen braunhaarigen Frauen trugen die Speisen auf.

Hechtklöße gab es, in einer zarten schaumigen Soße, die aus Crevetten bereitet war, wie Oma leise erklärte.

Und köstliches Huhn in Weißwein, das auf der Zunge schmolz.

Und Frischgeschlachtetes auf würzigem, braunem Sauerkraut.

Und Himbeertörtchen mit Schlagsahne, Meringen und Vanillebaisers.

Und Riesling und Gewürztraminer, roten Bordeaux, Champagner zum Nachtisch und Framboise zum Kaffee.

Hatte man jemals solch ein Festmahl gesehen, hatte man jemals solche Köstlichkeiten an einem einzigen Abend genossen?

Namen flogen hin und her, Orte und Begebenheiten und das nimmermüde Weißt-du-noch?

Als sie schließlich hinaufstiegen in das Chambre d'amis, begleitet von der ganzen Familie bis auf das alte schwarzgekleidete Paar, die Lisette und den François, die Stufen knarrten, Bilder hingen an der Wand im Treppenaufgang, schauten sie ernst an – da dachte Friedel, das ist ein Traum.

Und doch war alles ganz genauso, wie Christine es oft erzählt hatte.

»Gute Nacht, Mam'selle Welsch, gute Nacht, Mam'selle Friedel«, riefen die hellen und die dunklen Stimmen, je nach Geschlecht, die Jungen und die Alten.

Und dann schloß sich die Tür.

Christine sank auf das Bett, das heißt, sie wollte es tun, aber sie mußte sich erst einen Schups geben, um hinaufzugelangen, saß dann da, immer noch ihren eleganten Hut auf dem Kopf, mit tiefroten Wangen und glänzenden Augen, und fragte atemlos: »Was sagst du nun?«

Friedel ließ die Schultern hängen.

Erschlagen, müde, kaputt.

Aber schön war es doch.

»Schön war es, Oma. Wie im Märchen. – Aber wonach riecht es hier?«

»Das ist von der Spritze gegen die Schnaken.«

»So früh im Jahr?«

»Ach, Straßburgs Schnaken sind unberechenbar. Es sind Rheinschnaken, auch Aedes dorsalis genannt. Sie haben helle und dunkle Schuppen auf den Flügeln, ihr Körper ist gelblich-grau und wird etwa fünf

Millimeter lang. In den Rheinauen brüten sie und können schon eine echte Plage sein.«

»Du klingst wie ein Lexikon, Oma.«

»Ein Onkel von mir, der Biologe war, wollte sie ausrotten, aber geschafft hat er es nie. – Aber komm, Kind, jetzt wasch dich, und dann husch ins Bett.« Christine rutschte vom Bett, öffnete einen Wandschrank.

»Siehst du«, sagte sie befriedigt, »das findest du in allen besseren Häusern hier, ein Waschkabinett.«

Sie würden nur die Nachthemden, Morgenmäntel und Pantoffeln auspacken – dachte Friedel, aber Christine rumorte in ihrem Koffer und brachte endlich eine große Dose Talkumpuder zutage.

»Bind' dir das Handtuch übers Haar und dann halt' still«, sagte sie. Mit einem dicken Wattequast puderte sie Friedels Gesicht und Hals gegen die Schnaken, dann bekam Friedel einen Kuß und durfte schlafen gehen.

Und wo ist jetzt das Schlössel? dachte sie. Wo ist Georg?

Aber so schnell sollte Friedel weder das Schlössel noch den Georg zu Gesicht kriegen.

François hatte seinen Mercedes aus dem Jahre '36 aus dem Schuppen geholt, schon früh im Morgengrauen, und letzte Hand angelegt, damit jedes Chromteil blinkte, als sei es aus Spiegelglas.

Seinen alten Kutscherhut mit der Kokarde in Straßburgs Farben für festliche Anlässe probierte er aus, aber entschied sich der Bequemlichkeit halber dann doch für das blaue Barett.

Trotz seiner zweiundachtzig Jahre kutschierte er Christine und Friedel durch Straßburg, wartete geduldig, als sie das Münster bestiegen, in schwindelnde Höhen bis zu den Schnecken, lud sie zu einem vorzüglichen Mahl ins Maison Zopf an der Ill ein, Bachforellen gab es mit Meerrettichsahne und Frühkartoffeln in der Schale.

Zur Orangerie ging's, wo Christine sie über den Weiher ruderte. Zum kaiserlichen evangelischen Lehrerinnenseminar, wo Rachel und Christine Welsch ihre Examen abgelegt hatten. Friedel bewunderte das Palais Rohan, die St.-Thomas-Kirche, in dem der Marschall von Sachsen begraben liegt, wanderte durch das Petit France. Hier blieb Christine vor einer ochsenblutroten Tür unter dickem Balken stehen, schaute zu den drei mit Spinnweben verhangenen Fenstern hinauf und erzählte von Baptiste und ihrer Schwester Rachel, die hier an Lungenentzündung gestorben war, eine alte, wunderliche, geizige Frau.

»Ein Typ wie Tante Lilli?« fragte Friedel.

»Leider«, sagte Christine.

Am nächsten Tag fuhren sie zum Friedhof nach Ingweiler, wo Christines Eltern lagen, ihre Mutter, Anna Welsch, bei der Geburt ihres Sohnes Gottlieb im Jahre 1890 gestorben, dann Jean Welsch und Mama Stella, die nur anfänglich kühle Engländerin und zweite Frau Jeans. Und Friedel erfuhr so vieles andere noch an diesem Tag, von Albert Schweitzer, der ins Haus des Diakons kam zur Sonntagsmusik, von Elly Knapp, die so ein lustiges Mädel war, immer zu Streichen aufgelegt.

Von den Wanderungen mit Mama Stella zum Toten Rhein, und wie das Gottliebchen gestorben war und in seinem weißen Sarg lag.

Aber nach Colmar fuhr Christine am dritten Tag allein, den Bruder Robert zu besuchen, der in dieser Welt nicht leben konnte und auch nicht sterben wollte, in einer privaten Anstalt war, dem Maison Maul.

Da wollte Friedel allein in die Stadt fahren.

Das ganze Haus im Neuhof geriet in Aufruhr.

Doch nicht allein! Aber Friedel bestand darauf.

»Laßt sie«, sagte die alte Lisette schließlich, »wenn sich die Mam'sellen Welsch etwas in den Kopf setzen, führen sie es auch aus.«

Und so wurde Friedel mit einem Bündel Francs versehen, fuhr mit der Straßenbahn und lauschte den fremden Sprachbrocken um sich her, schaute in Gesichter, die ihr fremd und doch durch Christines Schilderungen so vertraut waren.

Fuhr einmal allein in die Stadt und entdeckte durch die Scheibe zum hinteren Wagen einen braunhaarigen jungen Mann, der auf dem Perron stand und in einem Buch las.

Entdeckte ihn, erkannte ihn und dachte, das Herz müßte ihr stillstehen.

An der nächsten Haltestelle stieg Friedel aus dem ersten in den zweiten Wagen um.

Stand nah neben ihm, hätte ihn berühren können.

Georg las in seinem Buch, und nur unter gesenkten Lidern schaute sie ihn an.

Er trug einen Schnurrbart wie Bill Earth, aber das war das einzig Fremde in seinem Gesicht; denn auch die Angewohnheit, beim Lesen leise die Lippen zu bewegen, hatte er beibehalten.

Er trug ein blaues, kragenoffenes Hemd und eine silberne Armbanduhr.

Auf die blickte er, ehe er das Buch zuklappte und sich umdrehte.

Mit dem Ellbogen stieß er Friedel an, murmelte: »Pardon.«

»Das macht doch nichts«, sagte sie.

Und da zuckte sein Kopf hoch, er sah sie an, die Bahn hielt, er zog sie vom Perron.

Schwenkte sie um und um und rief immer wieder: »Du verrücktes Huhn, du verrücktes Huhn!«

Ihre Kamera flog auf die Straße, und ihr Kleid war so verdreht wie eine falsch aufgesetzte Schraube, als Georg sie schließlich losließ.

»Seit wann bist du hier?«

Er hatte eine unheimlich tiefe Stimme bekommen.

»Seit zwei Tagen.«

»Und warum weiß ich das nicht?«

»Du hast mir ja auch nicht mehr geschrieben.«

Er warf den Kopf in den Nacken und lachte, daß sich die Leute nach ihm umdrehten. »Verrücktes Huhn!«

»Alter Esel!«

»Bist du allein in Straßburg?«

»Nein, mit Oma. Heute besucht sie ihren Bruder in Colmar.«

»Und wo willst du jetzt hin?«

»In die Stadt.«

»Du kommst mit mir.« Er packte ihre Hand und sagte drohend: »Keine Widerrede.«

In einer Studentenkneipe saßen seine Freunde bei giftig aussehenden Limonaden und redeten sich die Köpfe heiß.

»Schaut, was ich euch mitbringe«, rief Georg. »Ein Mädel aus Bonn, die Friedel.«

»Halt doch den Mund!«

Die anderen lachten.

»Süß ist sie!« rief einer.

»Aber mir gehört sie«, rief Georg.

Er schob Friedel an einen Tisch. Darauf lag eine rote Decke. Wachs von einer Kerze perlte auf den dicken Bauch einer Flasche, auf den schon viele bunte Kerzen ihr Wachs vertropft hatten.

»Erzähle«, sagte Georg.

»Wo soll ich anfangen?«

»Weiß ich doch nicht. Schnell, du hast fünf Minuten Zeit.«

»Und dann?«

»Hab' ich eine Verabredung.«

Er brach wieder in Lachen aus, als er die Tränen in ihren Augen sah.

»Dummkopf. Natürlich nicht. Wir haben alle Zeit der Welt . . .«

Aber sie redeten gar nicht viel.

Sie sahen sich nur an und äußerten meist Albernheiten wie ›dummes Huhn‹ und ›alter Esel‹.

Es wurde dunkel, sie verließen die Studentenkneipe, als hätten sie darauf gewartet, daß die Laternen angingen.

In manchem Lichtkreis blieben sie stehen, Georg schaute Friedel an, sagte aber nichts. Dann gingen sie weiter, Hand in Hand.

Unter der letzten Laterne, man konnte schon das Haus von Lisette und François sehen, blieb er wieder stehen.

Und sagte leise: »Ich habe dich noch nie geküßt.«

Er küßte Friedel auf den Mund, und dann sagte er ebenso leise: »Lauf jetzt, morgen sehen wir uns.«

Von dem Tag an war Georg bei jedem Ausflug in die Vogesen, zur Hochkönigsburg, zum Kloster St. Ottilie, in die Weindörfer und zur berühmten Illhäuser Mühle dabei.

Er zeigte Friedel auch das Schlössel; es wurde jetzt von einem Provenzalen bewirtschaftet, einem Mann namens Olive aus Tarascon, der sie freundlich mit Weißkäse und schwarzen Oliven bewirtete und sich nach dem Maquis und dem Mistral seiner Heimat sehnte. »Wenn der junge Herr ein paar Jahre weiter ist, wird er wieder das Schlössel bewirtschaften können«, sagte er; noch hatte die französische Regierung ihre Hand drauf.

Friedel lernte Georgs Eltern kennen, einfache Leute, wie alle Elsässer einfach und schlicht sind. Sie besuchte mit ihm seinen Chemieprofessor und bekam zu hören, daß Georg eine »ganz große Leuchte« sei.

»Wenn ich mit dem Studium fertig bin, gehe ich nach Amerika. Und wenn ich mich da etabliert habe, hole ich dich nach«, sagte er.

Ihr wurde heiß und kalt ums Herz; schon einmal hatte man versprochen, sie nach Amerika zu holen, und es nicht getan.

Georg wich nicht mehr von ihrer Seite bis zum letzten Tag, aber bis auf die flüchtigsten aller Küsse waren sie nie allein.

Auf dem Bahnsteig stand er blaß, sagte: »Mach doch nicht so eine Leichenmiene.«

»Tu ich ja gar nicht.«

»Mein verrücktes Huhn!« Das klang ganz zärtlich, als er sie küßte, auf die Wangen und schnell auf den Mund.

»Im Sommer«, sagte er, »wenn ich Semesterferien habe, schwimmen wir wieder im Rhein. An der Gronau.«

26

Michael sah sie nicht, er schaute den ersten Bonner Bahnsteig hinauf und hinab, suchend, schon aufgeregt, und erkannte Christine erst an ihrem eleganten Hut.

Christine und er umarmten sich.

Er nahm vorsichtig Friedels Hand.

Da stellte sie sich schnell auf die Zehenspitzen und schlang ihre Arme um seinen Hals.

Sie konnte das Klopfen seines Herzens spüren, ganz schnell und hart.

»Tag, Vati«, sagte sie, und er hielt sie so fest, daß sie kaum atmen konnte.

An diesem Abend feierten sie nicht nur Christines und Friedels Rückkehr.

Sie feierten auch Michaels und Annas 17. Hochzeitstag.

Während Christine und Friedel fort waren, hatten Michael und Anna das Haus in der Schumannstraße gehütet, in dem sich ja ohnehin Michaels Anwaltsbüro befand.

Und Christine sagte nun: »Wenn es euch recht ist, bleibt ihr überhaupt hier, und ich ziehe in die Coburger Straße.«

»Aber warum denn, Mutter, hier ist doch Platz genug für alle«, sagte Anna.

»Papperlapapp, Kind«, antwortete Christine, »ihr seid eine Familie, ihr gehört zusammen. Und was glaubt ihr, was Achim und ich uns für einen Lenz in der Coburger Straße machen werden.«

Nein, sie duldete kein Widerwort!

Und gegen elf Uhr verließen sie das Haus in der Schumannstraße, eine alte Frau und ein Junge. Doch ihren Schatten konnte man nicht ansehen, wie alt oder jung sie waren . . .

Michael schloß die Haustür ab.

Er ging noch mal ins Zimmer der Kinder.

Er küßte Boris und Friedel und wünschte ihnen einen guten Schlaf.

In dieser Nacht, viel später, wurde Friedel noch einmal wach und hörte die Stimmen ihrer Eltern.

Ihr Vater fragte: »Wenn du es noch mal zu tun hättest, Annele?«

Ihre Mutter antwortete: »Jeden Tag, Michael, jeden Tag würd' ich dich wieder heiraten.«

Am Morgen darauf, es war ein Sonntag, gingen Michael und Friedel spazieren.

Boris wollte nicht mit. Er sagte: »Mir bleibt hier. Zur Gesellschaft von meiner Mama.«

Es war kühl und windig, und sie schlugen ihre Mantelkragen hoch.

»Ich freue mich, daß es so schön in Straßburg war«, sagte Michael.

»Ja, es war wunderschön.«

»Wenn alles gutgeht, fahren wir im Sommer hin, deine Mutter und ich.«

»Aber allein«, sagte Friedel.

Er lachte leise. »Ja, allein. – Schön ist die Elisabethkirche«, sagte er und blieb stehen. »Schau doch mal, wie gut der helle Stein in all das Grün paßt, und die klaren Linien.«

»Weißt du noch Weihnachten?«

»Was war da?«

»Du bist aus der Messe gegangen, weil du all die Leute, die ihre neuen Sachen zur Schau stellten, nicht ertragen mochtest.«

»Das hast du gemerkt?«

Sie sah ihn nur an.

»Eigentlich gehöre ich ja auch nicht in eine katholische Kirche. Aber ich habe sie gern, weil sie immer auf ist und man einfach rein kann. – Komm, laß uns weitergehen.«

An der Reuterstraße mußten sie eine Weile warten, bis der Verkehr nachließ. Es gab schon wieder viele Autos, und man mußte vorsichtig sein, wenn man die Fahrbahn überquerte.

Friedel faßte nach Michaels Hand, und er schob sie mit seiner in die Manteltasche.

»Hast du es nie gemerkt?« fragte sie nach einer Weile.

»Was?«

»Ich habe dir was geklaut.«

»Mir?« fragte er verwundert.

»Ja, einen Zeitungsausschnitt, vom 16. März 1945 aus der New York Times.« Sie spürte, wie seine Finger zuckten.

»Und warum hast du das getan?«

»Warum hast du ihn aufbewahrt?«

»Es klingt komisch«, sagte Michael, »aber auf dem Foto hat der Beethoven für mich Ähnlichkeit mit deiner Großmutter, du weißt schon, Christine kann, wenn sie will, sehr hochnäsig sein. Na, und ich dachte, wenn der noch steht, wenn er's überlebt hat, die Bomben –« Er sprach nicht weiter.

»Wann bist du denn aus der Armee entlassen worden?«

Er blieb vor der Hecke des Sportplatzes stehen.

»Was redest du denn da? Ich war nie Soldat.«

»Du warst nie Soldat? Aber wieso war dann Bill dein Freund? Auch ein Flieger? Und wieso habt ihr euch immer übers Fliegen unterhalten, oder doch manchmal?«

»Friedel, ich war nie Soldat.«

»Nie? Wirklich nie?«

»Nein.«

Nur ein Wort.

»Aber –«

»Was aber?«

Sie zog ihre Hand aus seiner Manteltasche. »Ich habe dich doch gesehen.«

»Wann?«

»An dem Mittag.«

»An welchem Mittag?«

»Im August '44. Im Tiefflieger. Du hast auf mich geschossen und auf die Frau im Kittel. Im grauen Kittel, und das Kind flog aus ihrem Arm in die Wiese. Und ich hab' geschrien, nicht schießen, Vati, nicht schießen, und du hast mich doch gehört! Du hast doch aufgehört!«

»Nein«, sagte er, »Friedel, nein!« Er packte ihre Schultern, hielt sie ganz fest. »Glaub mir, ich war es nicht. Sieh mich an, ich war es nicht. Ja, denkst du denn, dann wäre ich jemals zurückgekehrt?«

»Ich habe immer gedacht, du hast mich nicht erkannt. Ich hab' immer gedacht, du hast mich einfach nicht erkannt. Ich war ja noch so klein.«

»Aber du glaubst mir jetzt? Du glaubst mir doch, daß ich das nicht getan habe?«

»Ja, ich glaube dir«, sagte Friedel. »Oh, sicher glaube ich es dir. Alles, alles glaube ich dir jetzt.«

So lange hatte Friedel sich vor der Wahrheit gefürchtet oder davor, die Lüge hinnehmen zu sollen, die sie glaubte erwarten zu müssen. Nun kannte sie die Wahrheit, und keine Lüge war nötig.

Und alles war so leicht, so klar.

Das Leben war schön.

Der Mai, der Juni, der Juli – Sommer war es wieder. Alles blühte, alles duftete nach Sonne, Reife.

Die Sonntagsspaziergänge wurden zur ständigen Einrichtung, und wie stolz sie war, an ihres Vaters Hand, wie stolz auf seine geraden Schultern, auf seinen hocherhobenen Kopf. Niemand ging wie er, niemand strahlte wie er natürliche Ruhe aus.

Und wie er mit ihr sprach, Fälle diskutierte, die Nöte und die Sorgen der Menschen, die seinen Beistand als Anwalt suchten.

Er gewann einen Prozeß, es stand sogar in der Zeitung. Ein Bild von ihm war dabei.

In der Schule sagten die Mädchen: »Mensch, hast du einen tollen Vater!«

Und Georg schrieb an sein »geliebtes verrücktes Huhn«.

Was wollte sie mehr?

Nur ein Ereignis störte diesen Sommer: Lilli kam aus Brüssel.

Sie überhäufte Achim mit Geschenken, die er nicht beachtete.

Sie saß schön und kühl, mit einem leisen Lächeln um den dünnen roten Mund, auf dem Balkon und ließ sich von Anna bedienen.

»Sie liegt auf der Lauer«, sagte Christine. »Sie ist wie eine Katze, die nur auf die Maus wartet.«

»Wann fährt sie wieder weg, Oma?«

»Wenn ich das wüßte, wäre mir wohler.«

»Ich habe sie mit Onkel Franz am Bergischen Hof gesehen«, berichtete Anna nach Einkäufen in der Stadt, »als sie gerade hineingingen. Er führte sich auf, als sei Lilli sein ureigenster Besitz.«

Christine runzelte die Brauen, ihre Augen blickten nachdenklich, dann zornig. »Wenn es das ist, was ich glaube, werde ich sie aus dem Hause werfen«, sagte sie.

Und sie warteten.

Mit einemmal schien es wie vor einem Gewitter zu sein, das jeden Augenblick losbrechen konnte.

Lilli deutete an, daß sie bald nach Brüssel zurückkehre, Achim sagte klipp und klar, daß er nicht mit ihr gehe.

Das war bei einem Abendbrot. Christine hatte Elsässer Zwiebelkuchen gebacken, der ihnen beim Streit zwischen Lilli und Achim im Hals steckenblieb.

Lilli sagte zum Schluß: »Tu, was du willst, mein Sohn. Warum sollte ich dich zu etwas zwingen?«

Sie half nicht beim Abräumen des Abendbrottisches, sie half nicht beim Spülen.

Michael sagte: »Achim und ich gehen ein Bier im ›Treppchen‹ trinken«, was er sonst nie tat.

Lilli glitt durch das Haus, stieg bis hinauf zu den Mansarden, klopfte bei den Untermietern an, blieb lange dort, kam mit diesem leisen, dünnen Lächeln wieder herunter.

»Mutter, wenn du müde bist, bringen Friedel und ich dich nach Hause«, sagte Anna.

Sie saßen und lauschten einem Klavierkonzert von Ravel, das aus München übertragen wurde.

Christine schaute auf, sah Lilli an.

»Sag endlich, was du uns zu sagen hast, und hör endlich auf, wie ein Versteigerer in diesem Haus herumzulaufen.«

Lilli lehnte sich gegen den Schreibtisch, dessen Stuhl Christine vor vielen Jahren Franz Schwarzenburg im wahrsten Sinn des Wortes unterm Hintern weggezogen und vom Balkon hinuntergeworfen hatte, als sie es nicht länger ertrug, daß er, der sich unrechtmäßig in den Besitz des Hauses gebracht, darauf saß.

»Worüber regst du dich auf, Mutter? Du weißt doch, warum ich mir alles genau anschaue?«

»Nein, das weiß ich nicht.«

»Onkel Franz hat Achim dieses Haus vermacht samt seinem noch darin verbliebenen Inventar.«

»Also doch eine Versteigerung.«

»Mir steht die Nutzung zu bis an mein Lebensende«, sagte Lilli.

»Und was sollen wir daraus folgern?«

»Nun, zum Beispiel, daß Anna und Michael in Zukunft Miete bezahlen werden.« Lillis Stimme wurde immer leiser.

Zwang sie so, genau zuzuhören.

»Und natürlich – sollte ich mich in absehbarer Zeit oder irgendwann einmal dazu entschließen, hier zu wohnen – daß sie es räumen müssen.«

Anna sprang auf. »Warum hast du das nicht gesagt, als Michael noch hier war?«

»Lilli, du packst deine Koffer und gehst«, sagte Christine.

»Aber, meine liebe Mutter, du scheinst nicht zu verstehen: Dieses Haus gehört mir.«

»Wir haben dich sehr gut verstanden«, sagte Anna, »wir werden dir in Zukunft Miete bezahlen. Und du kannst dich darauf verlassen, daß

Michael schnellstens dafür sorgen wird, daß wir eine andere Bleibe finden –«

»Mein Gott, sei doch nicht so melodramatisch – eine andere Bleibe. Ihr habt ja schließlich noch das Haus in Berlin. Was mir auch einmal gehört hat.«

»Aber davor Michaels Eltern. Und ich möchte gar nicht wissen, wie du, wie dein verstorbener Mann daran gekommen ist.«

»Rechtmäßig«, sagte Lilli, »rechtmäßig, wie auch Onkel Franz' Schenkungsvertrag über dieses Haus rechtmäßig ist.«

»Mutter hat dieses Haus geliebt, den Garten, die Birnbäume, und auf ihre alten Tage willst du –«

»Genug«, sagte Christine. »Sei still, Annele. Morgen wird Michael einen Mietvertrag mit Lilli aufsetzen, falls er es überhaupt möchte.«

»Er kann mich im Bergischen Hof erreichen«, sagte Lilli. »Gute Nacht.«

Achim brach in zornige Tränen aus, als er es hörte.

Michael sagte nur: »Ich werde mich schon mit ihr einigen. Macht euch keine Sorgen. Es wäre dumm, wenn wir zu diesem Zeitpunkt versuchen wollten, eine andere Wohnung zu finden. Die Warteliste beim Wohnungsamt ist unendlich.«

»Warum gehen wir nicht nach Berlin?« fragte Anna, und auch Friedel sah ihn fragend an.

»Ich kann die Menschen, die ich hier als Anwalt vertrete, nicht von heute auf morgen im Stich lassen.«

»Michael, wir tun, was du für richtig hältst«, sagte Christine. »Ich glaube, Anna und deinen Kindern ist es egal, wo sie leben, solange du zufrieden bist, deine Arbeit dir Freude macht. Aber ich bitte dich um eines – zwing mich nicht, Lilli wiedersehen zu müssen.«

»Oma, so etwas hast du noch nie gesagt.«

»Nein, Friedel, noch nie. Aber man muß halt in seinem Leben alles irgendwann zum erstenmal tun.«

Michael schloß mit Lilli einen Mietvertrag über ein Jahr ab wie mit einer Fremden. Sie reiste zurück nach Brüssel.

Danach saßen sie viele Abende über Ideen und Plänen, wie sie das Berliner Haus wiederaufbauen wollten.

»Mutter, du kommst natürlich mit uns«, sagten Anna und Michael.

»Denk doch nur, nach vierzig Jahren wirst du Berlin wiedersehen! Du kannst ins Theater gehen und ins Konzert, und vielleicht triffst du sogar noch alte Bekannte.«

»Nein«, sagte Christine, »ihr meint es gut. Aber ich bleibe hier, in der Coburger Straße. Ich komme euch besuchen, sooft ihr mich braucht. Aber laßt mich hierbleiben. Schaut, Bonn ist mir eine Heimat geworden, wahrer noch als mein Straßburg. Und ich brauche auch die Fahrt mit dem Bötchen oder wieder den Gang über die Rheinbrücke zu Ernsts Grab.«

Oft dachte sie in diesem Sommer an Ernst, ihren Mann, oft daran, wie früh sie doch Witwe geworden war. In Gedanken sprach sie so oft mit ihm wie nie zuvor, aber wahrscheinlich ging das allen alten Leuten so.

»Schön ist mein Leben gewesen, Friedel«, sagte sie oft, »und ich wünsche dir, daß deines ebenso wird. Ein schönes Leben sollst du haben, Kind.«

»Es ist schön«, sagte Friedel, »Oma, ich genieße jeden Tag.«

Aber Anfang August schrieb Georg einen Brief, dessen Worte sich wanden wie Aale: Es tue ihm schrecklich leid, doch die Ferien würde er nun bei Verwandten in Paris verbringen. Seine Eltern hielten das für angebracht. Er habe dort Cousinen und Vettern. Viel mache er sich ja nicht aus ihnen, aber auf der anderen Seite, wie solle er einer Ferienreise nach Paris widerstehen, die seine Eltern noch dazu ganz finanzieren wollten? Friedel, obwohl sie ja ein »kleines, dummes Huhn« war, werde das sicher verstehen.

Wenige Tage später sah Friedel den blinden Geiger wieder; auf der Vortreppe des Bahnhofs stand er, aber niemand beachtete ihn.

Ein Junge, klein und knubbelig wie Boris, warf eine rote Glasmurmel in seinen Bettelnapf und floh vor seinen Flüchen.

Friedel holte den Jungen ein und spendierte ihm ein Eis.

Als Friedel nach Hause kam, summte es darin, als sei ein Bienenschwarm dort gefangen.

Michaels neue Sekretärin, Fräulein Elke, rannte hierhin und dorthin, ziellos wie es schien, dann wieder telefonierte sie wie wild; auch Michael telefonierte, warf Friedel nur eine Kußhand zu.

Anna befand sich im Schlafzimmer, wo sie Kleider und Wäsche aufs Bett häufte, als gälte es, die Schränke gründlich zu reinigen.

Christine saß auf dem Hocker vor dem Toilettentisch und pries die Vorzüge ihrer Hutmacherin, ihren Schick, ihre Eleganz, ihre Intuition – ein Reisehut gehöre einfach dazu!

»Wozu?« fragte Friedel.

Die Antwort ging in Achims Ankunft unter, der einen riesigen Atlas herbeischleppte; er hatte ihn auf dem Speicher entdeckt und hielt nun einen gedrechselten Vortrag über Italien, dem niemand lauschte; Boris hüpfte dazwischen von einem Bein auf das andere und schrie: »Mir will mit!«

»Was ist denn hier los?« fragte Friedel.

»Ach, du weißt ja noch nichts! Sie weiß ja noch nichts! Per Express ist der erste Scheck gekommen! Eben, vor einer halben Stunde!«

»Welcher Scheck?«

»Michaels erste Zahlung aus Amerika.«

»Von seinen Halbschwestern?«

»Ja! Rate, wieviel!«

»Darüber freut ihr euch?«

»Wie soll man sich nicht über viertausend Dollar freuen!« rief Anna.

»Das ist ja sagenhaft.« Friedel setzte sich schnell aufs Bett. Bei viertausend Dollar durften einem wirklich die Knie zittern, oder etwa nicht?

»Ich bin ganz durcheinander«, sagte Anna und warf noch ein paar Kleider mehr aufs Bett. »Wenn ich bloß wüßte, was ich alles mitnehmen muß. Michael bekommt eine Vertretung ab morgen, und er besteht darauf, daß wir gleich morgen losfahren!«

»Wohin denn?«

»Nach Florenz und Pisa und zu Laura und Yochanan. In die Toskana!«

»Das ist ja sagenhaft«, wiederholte Friedel, »Mensch, Mami, das ist Klasse!«

»Nicht wahr?« Tränen waren plötzlich in Annas Augen. »Und das schönste ist, daß ihr alle es uns gönnt. Ich habe doch noch nie Ferien mit Michael gemacht, außer den vier Tagen an der Talsperre. Und jetzt sollen es zwei Wochen werden. Zwei ganze Wochen!«

»Friedel, du verstehst es doch?« fragte Michael ein wenig später, er umfaßte ihren Nacken mit leichter Hand. »Weißt du, Mutter wird es guttun. Ich glaube, sie hat es verdient. Und zu Pützchens-Markt sind wir wieder da.«

»Das müßt ihr auch«, sagte Friedel, »sonst würde euch Paul Domscheid nie vergeben. Oma sagt, er will seinen diesjährigen Stand wieder ›Annas Kornklause‹ nennen. Auch wenn Mami nicht mehr mithilft.«

»Wer weiß«, sagte Michael, »vielleicht machen wir alle uns einen Spaß draus und machen mit?«

Achim und Boris putzten den alten Ford Eifel, daß man um die Reste seines Lackes fürchten mußte; Christine packte einen Picknickkorb, der ausgereicht hätte, eine halbe Schulklasse zu versorgen.

Fräulein Ammerich ließ Anna nicht im Stich und zauberte ihr noch am selben Nachmittag eine Federkappe zum abendlichen Ausgehen und einen Florentiner aus weichem korngelbem Stroh.

Michael verschwand in die Stadt und kam mit einem rohseidenen Reisemantel für Anna zurück, der ihr auf den Zentimeter genau paßte.

Und in der Nacht konnte keiner vor Aufregung richtig schlafen.

Achim hatte ihnen mit seiner Begabung fürs Detail die exakte Reiseroute aufgezeichnet, Friedel fand auf dem Boden unter alten Büchern noch ein kleines italienisches Wörterbuch.

»Aber brauchen wir nicht Visa für Italien?« Anna schreckte im Morgengrauen hoch.

»Wir machen sowieso ein paar Stunden in Frankfurt Station, da können wir uns beim Konsulat erkundigen. Aber ich glaube kaum, daß wir Visa brauchen, denn wir reisen ja mit unseren amerikanischen Pässen«, beruhigte Michael sie.

Die Nachbarschaft lag in den Fenstern, als Anna und Michael ihre Koffer ins Auto packten, obwohl jeder in der Familie schwor, kein Sterbenswörtchen verraten zu haben.

Die Nachbarn winkten mit Taschentüchern und Staublappen, hatten feuchte Augen – vor Reisesehnsucht, die sie selbst noch nicht stillen konnten.

Professor Fricke kam in der letzten Minute und überreichte Anna einen Baedeker von Florenz aus dem Jahre 1901 – in rotes Leder gebunden und mit Goldprägung. »Meine guten Wünsche begleiten Sie und meine Träume. Mir wird wohl niemals mehr eine solche Reise beschieden sein.«

Er küßte Annas Hand und wechselte mit Michael einen festen Händedruck.

»Weißt du, wie ich mich fühle?« fragte Anna. »Wie ein Luftballon. Ich hab' nur Angst, daß jemand in mich reinsticht und ich platze.«
Michael kniff sie ins Knie.
»Tu das nicht«, sagte sie. »Stell dir vor, ich löse mich wirklich in Luft auf?«
»Dazu bist du zu kompakt.«
»Bin ich dick?« fragte sie erschrocken.
»Furchtbar dick. Eine Tonne geradezu.«
»Aber ich habe meine Taille gemessen, sie ist keinen Millimeter dicker als vor Friedels Geburt, von Boris ganz zu schweigen.«
»Du bist rund an den richtigen Stellen.«
»Michael, wie redest du mit mir? Was hast du vor?«
»Dich jede Nacht zu verführen.«
»Stört es dich, wenn ich singe?« fragte sie mit roten Wangen. Sogar ihre Ohren waren rot geworden.
»Nur zu!«
Und sie sang, der Himmel war blau, die Bäume grün, eine Lerche sahen sie, und Schwalben, Bussarde und Tauben. Vieh auf den Weiden und Pflüge auf den Feldern.
»Michael, wie schön ist doch die Welt.«
»Ja, sie ist schön«, sagte er. »Ja, Anna, sie ist so schön, daß man jeden Augenblick auf ihr genießen muß.«

Die Hotels bis Pisa, das sie nach vier Tagen erreichten, hatten alle eines gemeinsam: Sie lagen versteckt, verschwiegen, ländliche Gasthöfe, in denen sie unter dicken Federbetten schlafen sollten, auf die sie aber wegen der lauen Nächte verzichten konnten. Bei der Suche nach diesen Gasthöfen bewies Michael mindestens ebensoviel Spürsinn wie ein Jagdhund.

»Warum übernachten wir nie in einer Stadt? In einem richtigen Hotel?«

»Weil ich dich mit niemandem teilen will.«

Sie erinnerte sich später an die blauen Iris, die um einen steinernen Brunnen in einem Garten wuchsen, an eine verblichene Rosentapete, die so rührend war wie die verblaßte Schönheit einer alten Frau. Sie erinnerte sich an das Klopfen ihres Herzens, bis in den Mund hinauf, wenn sie abends noch verweilten, bei einem Kognak, bei einem Glas Champagner, Michael ihr gegenüber, die dunklen Augen, die nichts zu sehen schienen als nur sie, seine Hand auf ihrer Hand, in ihrer Hand. Sein stummes Fragen: Magst du jetzt nach oben gehen?

Die Minuten im Bad, dann, wenn sie ins Zimmer trat, er sie schon erwartete.

Köstliche Minuten, des noch Zögerns, des sich schon Hineingleiten-lassens, in die Umarmung, die die Gedanken an alles andere aus-löschte.

Tagsüber schrieben sie Postkarten an Friedel, Christine und die bei-den Jungen. Kauften von jeder Station ihrer Reise für jeden eine Klei-nigkeit. Führten über Straßenverhältnisse und Routen Tagebuch, worum Achim sie gebeten hatte.

Und gelangten in Pisa an, abends um acht Uhr, hatten den Schiefen Turm für sich allein, standen und staunten; morgen würden sie ihn besteigen.

Sie tranken einen bittersüßen Espresso, aßen Canelloni in einem win-zigen Restaurant, in dem es nach Knoblauch und Thymian roch.

Michael telefonierte mit der Poststelle in Marco, kündigte ihre Ankunft bei Laura und Yochanan für den übernächsten Tag an.

Und das war gut so, denn den nächsten verbrachte er im Bett. Mußte ihn im Bett verbringen. Sein Gesicht war plötzlich grau, eingefallen, er konnte nicht auf den Beinen stehen. Anna rief einen Arzt, der Portier der Pension empfahl ihn. Der Arzt kam, verschrieb ein Beruhigungs-präparat und ging wieder.

»Es ist bloß die Reiseaufregung«, sagte Michael. »Und gestern abend habe ich zuviel gegessen.«

Am nächsten Morgen verließen sie Pisa, ohne den Schiefen Turm bestiegen zu haben; ohne daß sie es aussprachen, schien ihnen die Stadt verdüstert, fremd.

»In Marco ruhst du dich aus«, sagte Anna, »und Florenz besuchen wir erst am Ende unserer Reise.«

Marco lag zwischen Pisa und Lucca, ein baumbestandener Weg, der nicht asphaltiert war, führte dorthin.

So still war es hier, so still.

»Warum kein Vogelgezwitscher?« fragte Anna.

»Weißt du nicht, daß die Italiener auch Singvögel fangen und verspeisen?«

»Nein, das wußte ich nicht.« Sie schauderte.

»Schau nur, da drüben, das muß Marco sein.«

Zwischen Zypressen und Ölbäumen sahen sie Dächer, falbenfarbig, blaß, die Augusthitze flimmerte darauf. Windstill war es, man hätte sich ein Gewitter gewünscht.

Michael stand der Schweiß auf der Stirn.

»Laß mich doch bitte fahren«, sagte Anna.

»Wir sind gleich da«, sagte er, und sie sah, daß die Knöchel seiner Hand weiß waren.

»Yochanan muß dich untersuchen«, sagte sie. »Versprichst du mir, daß du dich von ihm untersuchen läßt?«

»Ja.«

»Du hast Schmerzen?«

»Nein, überhaupt nicht. Nur – Übelkeit und diese verfluchte Schwäche.«

Sie bogen in die Hauptstraße von Marco ein, Hühner stoben davon, Kinder umringten den Wagen, johlende, runde Münder mit den weißesten Zähnen.

»Die haben scheint's noch nie ein Auto gesehen«, sagte Michael.

Wo der Doktor wohne, erkundigte Michael sich; ein paar Brocken Italienisch hatten sie noch auf die Schnelle gelernt.

Die Kinder rannten vor dem Wagen her, wieder aus dem Ort hinaus, eine kleine Anhöhe hinauf, auf der Lauras Haus unter einer Schirmpinie lag.

Ein Haus, gealtert mit der Würde von Holz und Stein, von Ziegeln, die in der Sonne gebrannt waren; ›römisch‹ nannte Laura sie.

Laura trug blaue Hosen wie ein Bauer und ein blaues Hemd dazu, Yochanan hatte eine schwarze Baskenmütze auf seinem dünn gewordenen Haar.

Bäuerlich sahen sie aus, und zu Bauern waren sie geworden.

»Mein Gott, seht ihr glücklich aus«, lachte Anna nach der ersten Umarmung.

»Wir sind es auch«, sagte Laura. »Und denkt euch nur, Yochanan hat mich zu einer ehrbaren Frau gemacht. Im Mai haben wir geheiratet. Aber kommt doch herein.«

»Was ist mit den Kindern? Dürfen wir ihnen etwas geben?« fragte Michael.

Yochanan zog eine Handvoll Münzen aus der Hosentasche, warf sie unter die Kinder, die sich darum balgten wie überall auf der Welt.

»Unser Gepäck?« fragte Michael.

»Laßt nur, das holen wir später rein. Die Gören passen drauf.

Außerdem stiehlt hier niemand, das ist vollkommen unbekannt. Wenn wir wegfahren, lassen wir immer das ganze Haus auf.«

Sie folgten Yochanan und Laura in eine große Halle, in der es kühl war, denn die kleinen Fenster in den dicken Mauern hielten die Sonnenhitze fern.

Yochanan holte Wein in einem bauchigen Tonkrug. »Eigener«, sagte er stolz, als er die Tonbecher vollgoß. »Unser erster eigener Wein aus dem vorigen Jahr.«

»Wie schön, daß ihr hier seid«, sagte Laura. »Ich kann's noch gar nicht glauben.« Ihr Gesicht trug keine Schminke mehr, das eine Jahr auf dem Land hatte es mit einem hauchfeinen Netz von Falten überzogen, aber seltsamerweise sah sie jünger aus als zuvor.

»Bleibt solange ihr wollt«, sagte Yochanan, »denn dieses ist euer Haus.«

Sie blieben volle acht Tage. Wenn sie das Bedürfnis hatten, Laura und Yochanan zu sehen, spielten sie Karten mit ihnen, hörten sich Musik aus einem alten, aber wohltönenden Grammophon an; wenn sie allein sein wollten, waren sie allein, Yochanan und Laura blieben unsichtbar.

»Wir müssen zurück«, sagte Michael am achten Tag, »nur noch zwei Tage bleiben uns für die Rückfahrt. Und ich kann meinen Vertreter nicht überfordern.«

»Kommt wieder, wann immer ihr wollt«, sagte Yochanan. Er hatte Michael nicht untersucht, denn er sah so gut aus und fühlte sich so wohl wie selten in seinem Leben.

»Vielleicht kommen wir euch Weihnachten besuchen«, sagte Yochanan. Und Laura fügte hinzu: »Ja, ich möchte wieder mal eine richtige weiße Weihnacht erleben, mit einer gebratenen Gans und allem Drum und Dran.«

Weihnachten also würde man sich wiedersehen.

»Michael, es waren die schönsten Ferien meines Lebens«, sagte Anna in ihrer letzten Nacht, die sie wieder in einem stillen Landgasthof verbrachten.

»Nächstes Jahr wird unser Haus in Berlin stehen«, sagte Michael, »und wenn wir erst umgezogen sind, machen wir wieder Ferien. Dann in Spanien. Und im Jahr darauf in Griechenland.«

»Und im Jahr darauf in Israel«, sagte Anna.

»Woher weißt du, was ich gedacht habe?«

»Zieht es dich nicht dorthin?« fragte sie leise.

Er antwortete ebenso leise: »Ja, dort zieht es mich hin.«

»Friedel ist ja noch konfirmiert worden«, sagte sie, »aber Boris stellen wir es frei, welchen Glauben er wählen will.«

»Warum sagst du so etwas, jetzt und hier?«

»Weil ich denke, daß es dir Freude macht. Und weil ich denke, daß du noch viel, viel Freude in deinem Leben verdient hast.«

27

Am 3. Oktober 1794 kehrte ein Mann nach langem Widerstand gegen die Revolutionstruppen Bonn den Rücken, mit dem eine große, lebensfrohe Epoche dieser idyllischen grünen, an Venus- und Kreuzberg geschmiegten Stadt zu Ende ging: Nicht länger war sie Residenz des Kölner Kurfürsten Maximilian Franz. Denn er sollte der letzte sein.

Am 3. November 1949 wurde Bonn mit 200 gegen 179 Stimmen der Bundestagsabgeordneten endgültig zur provisorischen Bundeshauptstadt gewählt.

Eine neue große, hektischere und geschäftigere Epoche Bonns begann.

Christine freute sich darüber und war stolz wie viele Bonner Bürger.

»Es ist eine gute Wahl«, sagte sie. »Frankfurt wäre viel endgültiger gewesen, als alte Krönungsstadt und Sitz des Parlamentes von 1848. Mir scheint, wir haben kluge Köpfe in der Regierung. Der Heuss gefällt mir und der Adenauer auch. Dann mag ich den Dehler noch und den Carlo Schmid.«

Sie verfolgte alles, was in der neuen deutschen Politik geschah, mit glühendem Eifer und wacher Kritik.

Stundenlang diskutierte sie mit Michael, welche Partei zu wählen sei, aber in einem waren sie sich absolut einig: Westdeutschland, das nun Bundesrepublik hieß, würde den freiheitlichsten Zeiten entgegensehen, die man sich nur denken konnte.

»Ja, in diese Zeit kann man ohne Angst seine Kinder hineinwachsen sehen«, sagte Michael.

Am 7. November fühlte er sich nicht wohl, machte nachmittags keine Praxis mehr.

Am 9. November starb er nach kurzer, schwerer Krankheit, einem Versagen der Leber; ausgerechnet ein Mann wie er, der niemals zuviel getrunken hatte, immer mäßig im Essen gewesen war. Die Ärzte hatten ratlose Augen.

Michael Gugenheimer wurde auf dem Beueler Friedhof neben Ernst Schwarzenburg beerdigt.

Es folgten viele Leute seinem Sarg, die niemand kannte. Es lagen viele Kränze dort, ohne Inschrift auf den Schärpen.

Laura und Yochanan kamen aus der Toskana.

Franz und Lucy sandten nur eine Karte. Lilli blieb in Brüssel, Achim wollte sie nie wiedersehen.

Drei Tage später kehrte Friedel Gugenheimer noch einmal in die Clara-Schumann-Schule zurück.

»Warum wollen Sie denn von der Schule gehen, Friedel?« fragte Fräulein M.

Friedel stand vor dem Schreibtisch, sah die blauen Hefte, eines davon war ihres, der letzte Aufsatz: Wie stelle ich mir mein weiteres Leben vor? »Sie wissen es doch«, sagte sie. »Warum fragen Sie noch?«

»Sie waren immer eine sehr höfliche Schülerin. Manchmal hat das Lehrerkollegium sich gefragt, ob das bei Ihnen eine Haltung ist oder aus dem Herzen kommt.«

»Haben die Herren und Damen eine Antwort gefunden?«

»Friedel, es tut mir leid, was ich damals auf Pützchens-Markt sagte. Ich hoffe, das hat nichts mit Ihrem Entschluß zu tun, uns zu verlassen?«

»Nein, das hat es nicht.«

»Sie schauen immer auf die Hefte. Ihr Aufsatz hat mich beeindruckt.«

»Ich habe ihn abgeschrieben.«

»Ach?«

»Von meinem Vetter Achim.«

»Sie wollen gar nicht später Geschichte studieren?«

»Nein.«

»Nun ja, das würde sich ja auch schwierig gestalten ohne Abitur. Sie müßten in Abendkursen –«

»Ich gehe von der Schule, weil ich Geld verdienen will.«

»Es tut uns sehr leid, aber die Mittel, bedürftigen Schülerinnen zu helfen, sind beschränkt.«

»Auch das ist es nicht«, sagte Friedel, »ich fürchte, ich würde es nicht durchhalten, immer so höflich zu sein, wie Sie es nannten.«

»Ich weiß von Ihrem letzten Zusammenstoß in der Religionsstunde. Warum mußten Sie so provokativ auftreten?«

»Man fragte mich etwas, und ich antwortete, daß ich Jesus für einen vollkommenen Menschen halte.«

»Ich weiß, ich weiß.«

»Dann erübrigt sich doch eine Diskussion hierüber.«

»Ja, das tut es wohl.«

Die Hand, die ihr entgegengestreckt wurde, trug einen Ring mit einem ovalen Bernstein. Ein Insekt war darin eingeschlossen.

»Ich wünsche Ihnen alles Gute und Schöne für Ihren weiteren Lebensweg, Friedel. Das kommt aus dem Herzen.«

»Ich danke Ihnen«, sagte sie förmlich und schüttelte die Hand, wie es erwartet wurde. Es war ja das letztemal.

Außer der Hand mit dem Ring betrachtete sie die Füße vor ihr, in glänzenden, dunkelbraunen Nylons und ausgeschnittenen Sandalen – sie sollte mal kalte Essigumschläge machen, dachte sie, dann geht der Schwoll zurück, aber das sagte sie natürlich nicht.

Der Schulflur wurde gestrichen, auch im Treppenhaus roch es nach Terpentin und Kleister.

»Was wollte die Alte von dir?« fragte Melitta, die immer dann auftauchte, wenn man sie nicht brauchen konnte.

»Nichts Besonderes, mich verabschieden.«

»Du gehst wirklich ab?«

»Sicher.«

»Ausgerechnet du. Ich wünschte, ich hätte deine Noten.«

»Kannst sie jetzt kriegen.«

»Tut's dir denn nicht leid?«

»Doch.«

»Warum gehst du dann?«

»Weil ich kein Geld habe, um weiterzumachen.«

»Aber du kannst doch ein Stipendium kriegen –«

»Darauf will ich nicht angewiesen sein.«

Friedel blieb auf dem Treppenabsatz stehen, schaute durchs Fenster in den Schulhof.

Leer lag er da, aber sie stellte ihn sich erfüllt vor mit Spielen, Sportstunden, dem Aufreihen vor und nach der Pause, dem Lärm der Stimmen, der Pausenglocke.

Drüben im Anbau kochte sie wieder Schokoladenpudding aus eingebranntem Mehl und lernte, wie man Blumenkohl ohne Fett im Ofen überbäckt. Und tanzte wieder mit dem Jungen drüben, in der Aula der Liebfrauenschule, der sich als Mädchen verkleidet zum Ball der nonnengehüteten Schülerinnen eingeschmuggelt hatte.

Sah Gesichter auf sich zukommen, zurückweichen, lachen, kreischen, weinen, schimpfen.

Schön war's, komisch war's und manchmal zum Heulen.

Geh jetzt, dachte sie. »Ja, ich gehe jetzt«, sagte sie zu Melitta.

Friedels Abgangszeugnis war gut, sie sprach fließend Englisch, sie konnte Steno und Schreibmaschine – in sechs Monaten selbst beigebracht. Sogar für einen solchen Kurs fehlte das Geld; Michaels Halbschwestern in USA hatten bei seinem Tod die Rentenzahlungen aus dem Gugenheimer-Vermögen gestoppt. Berendson schrieb aus New York, er wolle sich darum kümmern, aber alles brauche seine Zeit. Auf Christines Pension waren sie allein angewiesen, und Lilli hatte die Miete erhöht.

Aber all das brauchte niemand zu wissen.

Friedel sah älter aus, als sie war, ernsthafter.

Sie trug ein graues Flanellkostüm, Christine hatte aus dem Stoff raus-geholt, was an Schick rauszuholen war.
Sie trug eine weiße Bluse dazu und weiße Handschuhe.
Die schwarzen Pumps, von Anna, drückten an den Ballen.
Die Ballen hatte sie von Michael geerbt.
Sie stellte sich bei einem Reisebüro vor und wurde als zu jung abge-lehnt, sie bewarb sich bei der kanadischen Botschaft und erhielt den Bescheid, die Stelle sei schon besetzt.
Ein Anwalt nahm sie schließlich als dritte Kraft, weil sie Englisch sprach und Michaels Tochter war.
»Mit ihm hab' ich als junges Mädchen im Königshof zum Fünfuhrtee getanzt«, sagte Anna und bekam sehnsüchtige Augen.
Aber den Fünfuhrtee gab es nicht mehr, und Friedels Chef hätte ohne-hin keine Zeit dafür gehabt.
Sie übersetzte Schriftsätze, dolmetschte, lernte nebenbei Franzö-sisch, geriet mit Christine in Streit, denn nie war diese mit ihrer Aus-sprache zufrieden.
Sie blieb bis um zehn im Büro, saß über kniffligen Gutachten. Anna kam sie abholen, Angst in den Augen, ein bißchen Mißtrauen. Stumm führte Friedel sie durch die leere Anwaltskanzlei.
»Siehst du, Mama, ich bin allein«, sagte sie sanft.
Sie hatte Freundinnen und Freunde, natürlich. Lief im Winter Schlittschuh und ging im Sommer schwimmen.
Feierte Karneval, sie tanzte so gern, und ging vor dem letzten Tanz. Ließ niemanden an sich heran.
»Du bist ein Eisschrank«, sagte Melitta.
»Und du ein Hochofen.«
Melitta lieh sich Bücher »mit Liebe drin«.
Friedel ging ins Theater, den Kontra-Kreis, sah »Die schmutzigen Hände« von Sartre und wehrte das zudringliche Bein einer Frau in einem schwarzen Alpakakostüm ab.
»Ach, wie gut, daß niemand weiß, daß ich Rumpelstilzchen heiß« mußte sie mit Boris spielen und Achims Mathematikaufgaben nachse-hen.
Um sechs Uhr morgens stand sie auf, abends ging sie kaum vor Mitter-nacht zu Bett. Wieder war's, als könnte kein Tag lang genug für sie sein.
Anna fuhr von der Krankenkasse aus zur Kur nach Sonthofen, kam hektisch vor Unternehmungslust zurück. »Ich mache eine Boutique auf, einen Laden für Strümpfe, Handschuhe und Schals. Ich muß doch etwas tun!« Sie weinte.
Christine fuhr allein nach Straßburg, um einen alten Freund wieder-zusehen, der aus Afrika nach Colmar heimgekehrt war.
Und Friedel verdiente inzwischen dreihundert Mark netto im Monat.

Alles war dadurch möglich, denn sie machten den kleinen, aber wichtigen Unterschied aus zwischen dem Sich-etwas-erlauben-Können und dem Drauf-verzichten-Müssen.

Es reichte auch zu Farbfilmen für ihre Kamera.

Eines Tages würde es eine Leica sein, zum Beispiel, oder eine Hasselblad. Davon träumte Friedel.

»Er hat mich kaum wiedererkannt«, sagte Christine, als sie aus dem Elsaß zurückkam, »aber schön war's doch, ihn noch einmal wiederzusehen, meinen Urwaldarzt, meinen Georg Bonet.« Und sie lächelte, wie eben nur Christine lächeln konnte.

»Weißt du denn noch, wann du mir die Karten gelegt hast?« fragte Friedel. »Weihnachten war's, 1941, und zwischendurch hörten wir London.«

»Und du rührtest deine Nüsse nicht an, weil du sparen wolltest.«

»Gestern hab' ich ihn kennengelernt. Meinen Prinzen, aus den Karten.«

»Wen?«

»Er ist Journalist, und wenn ich ihn wiedertreffe, weiß ich nicht, was ich tu.«

»Friedel!«

»Ach, Oma, sei doch nicht prüde.«

»Das war ich nie.«

»Na, also.«

»Was heißt denn das schon wieder?« Christine richtete ihre Schultern gerade aus, kreuzte ihre Füße.

»Was ich gesagt habe. Aber mach dir keine Sorgen, Oma, wenn es soweit ist, halte ich ihn auch fest.«

Ja, vergaß das Kind denn nie etwas?

»Nein, Oma«, sagte Friedel. »Ich vergesse nichts, so wenig wie du.«

Wie lange noch, dachte Christine, wie lange noch?